Isaac B. Singer

★★★★★★★★★★★★★★★★

Geschichten aus New York

MODERN
WOOLENS
SHOES

MOBIL

LEVIN
ALB
MEN
CO

Isaac B. Singer

★★★★★★★★★★★★★★★★

Geschichten aus New York

Mit 49 Bildern von Georg Eisler

Aus dem Amerikanischen von Ellen Otten
Die Erzählungen wurden den amerikanischen Originalausgaben
›A Crown of Feathers‹, New York 1973,
und ›Passions‹, New York 1975,
entnommen

Büchergilde Gutenberg
Frankfurt am Main
1981

Gesamtausstattung Juergen Seuss, Niddatal bei Frankfurt am Main

 Satz und Druck Color- und Werkoffsetdruckerei Richard Wenzel (gesetzt von Gerd Hoffmann), Goldbach bei Aschaffenburg. Schrift Cicero Garamond (Linotype-Bleisatz). Bindearbeiten C. Lachenmaier, Reutlingen. Papier 110 g holzfrei weiß Werkdruckpapier der Papierfabrik Scheufelen, Oberlenningen. Printed in Germany 1981.
ISBN 3 7632 2520 X

Neben der Normalausgabe erscheint eine Vorzugsausgabe
von 200 Exemplaren in bedruckter Kassette
mit einer beigelegten und von Georg Eisler
signierten und numerierten Radierung

Der Kabbalist vom East Broadway

Wie es in New York so oft geschieht, hatte sich die Gegend verändert. Aus den Synagogen waren Kirchen geworden, aus den Jeschiwas Restaurants oder Garagen. Hier und da konnte man noch ein jüdisches Altersheim finden, einen Laden, der hebräische Bücher verkaufte und als Treffpunkt für die ›Landsleit‹ aus Dörfern in Rumänien oder Ungarn diente. Ich mußte mehrmals in der Woche in diese Gegend, weil die jiddische Zeitung, für die ich schrieb, dort noch immer ihre Redaktion hatte. In der Cafeteria an der Ecke konnte man früher jiddische Schriftsteller, Journalisten, Lehrer, Geldsammler für Israel und dergleichen Leute treffen. Damals gab es auch noch die vertrauten Gerichte: Blintzes, Borscht, Kräppelach, Leberhäckerle, Reispudding und Eierküchelach. Jetzt kamen dort hauptsächlich Neger und Puertoricaner hin. Die Stimmen waren anders, die Gerüche waren anders. Trotzdem ging ich noch immer gelegentlich in diese Cafeteria, zu einem schnellen Imbiß oder um eine Tasse Kaffee zu trinken. Jedesmal, wenn ich sie betrat, sah ich auf den ersten Blick einen Mann, ich will ihn Joel Jabloner nennen, einen alten jiddischen Schriftsteller, dessen Spezialität die Kabbala war. Er hatte Bücher veröffentlicht über den heiligen Isaak Luria, über Rabbi Moses Cordovero, den Baalschem und Rabbi Nachman aus Braclaw. Jabloner hatte einen Teil der ›Sohar‹ ins Jiddische übersetzt. Er schrieb auch Hebräisch. Nach meiner Berechnung mußte er Anfang siebzig sein.

Joel Jabloner, groß, mager, mit gelblichem, runzeligem Gesicht, hatte einen glänzenden, völlig kahlen Schädel, eine scharfe Nase, eingefallene Wangen, eine Kehle mit auffallendem Adamsapfel. Seine hervorstehenden Augen waren bernsteinfarben. Er trug einen schäbigen Anzug, und das nicht zugeknöpfte Hemd ließ das weiße Haar auf seiner Brust sehen. Jabloner hatte nie geheiratet. In seiner Jugend war er schwindsüchtig gewesen, und die Ärzte hatten ihn in ein Sanatorium nach Colorado geschickt. Dort war er, wie jemand mir erzählt hatte, gezwungen worden, Schweinefleisch zu essen, und darüber war er schwermütig geworden. Ich hörte ihn selten ein Wort äußern. Wenn ich ihn begrüßte, nickte er kaum und wendete den Blick oft ab. Er lebte von den paar Dollar, die ihm der jiddische Schriftstellerverband jede Woche auszahlte. In seiner Wohnung in der Broome Street gab es weder ein Bad noch Telephon oder Zentralheizung. Er nahm weder Fisch noch Fleisch, nicht einmal Eier, und keine Milch zu sich – nur Brot, Gemüse und Obst. In der Cafeteria bestellte er immer eine Tasse schwarzen Kaffee und eine Portion Backpflaumen. So saß er stundenlang da, starrte die Drehtür an, den Kassierer oder die Wand, an die vor vielen Jahren einmal ein Plakatmaler den Markt in der Orchard Street mit seinen Schubkarren und Händlern gepinselt hatte. Jetzt blätterte die Farbe ab.

Der Vorsitzende des Schriftstellerverbandes erzählte mir, daß zwar alle New Yorker Freunde und Bewunderer von Joel Jabloner gestorben waren, er aber im Lande Israel noch Verwandte und Schüler habe. Man hatte ihn oft eingeladen, sich dort niederzulassen. Man würde seine Bücher veröffentlichen, versprach man ihm (er hatte Koffer voller Manuskripte), man würde ihm eine Wohnung verschaffen und in jeder Weise für ihn sorgen. Jabloner hatte einen Neffen in Jerusalem, der Professor an der dortigen Universität war. Es gab noch immer einige zionistische Führer, die in Joel Jabloner ihren geistigen Vater sahen. Warum saß er dann hier am East Broadway, ein schweigsamer, vergessener Mann? Der Schriftstellerverband würde ihm seine Pension nach Israel schicken, auch hätte er die Altersrente bekommen können, um die er sich aber nie gekümmert hatte. Hier in New York war schon einigemal bei ihm eingebrochen worden. Bei einem Straßenüberfall waren ihm die letzten drei Zähne ausgeschlagen worden. Eiserman, der Zahnarzt, der Shakespeares Sonette ins Jiddische übertragen hatte, erzählte mir, daß er Jabloner angeboten hätte, ihm ein Gebiß zu machen. Aber Jabloner hatte ihm geantwortet: »Es ist nur ein Schritt von falschen Zähnen zu einem falschen Gehirn.«

»Ein großer Mann, aber merkwürdig«, sagte Eiserman zu mir, während er in meinen Zähnen bohrte und einige Plomben machte. »Oder vielleicht will er auf diese Weise für seine Sünden büßen. Ich habe gehört, er soll in seiner Jugend Liebesaffären gehabt haben.«

»Jabloner und Liebesaffären?«

»Jawohl, Liebesaffären. Ich kannte selbst eine Hebräischlehrerin, Deborah Soltis, die war wahnsinnig verliebt in ihn. Sie war eine Patientin von mir. Sie starb vor etwa zehn Jahren.«

Im Zusammenhang damit erzählte mir Eiserman eine merkwürdige Geschichte. Joel Jabloner und Deborah Soltis trafen einander über zwanzig Jahre lang, ergötzten sich an ausgedehnten Gesprächen, diskutierten hebräische Literatur, Feinheiten der Grammatik, Maimonides und Rabbi Juda Halevi, aber das Paar ging nie so weit, sich zu küssen. Am nächsten kamen sie dem noch, als sie gemeinsam die Bedeutung eines Wortes oder einer Redensart in Ben Jehudas großem Wörterbuch nachschlugen und ihre Köpfe sich versehentlich berührten. Jabloner war in einer übermütigen Laune und sagte: »Deborah, laß uns unsere Brillen austauschen.«

»Wozu?« fragte Deborah Soltis.

»Nur so. Nur für ein Weilchen.«

Die beiden Liebenden tauschten ihre Lesebrillen aus, aber er konnte nicht mit ihrer und sie nicht mit seiner lesen. So setzten sie sich wieder ihre eigenen Brillen auf die eigenen Nasen – und das war die intimste Berührung, zu der es zwischen den beiden je kam.

Später ging ich nicht mehr zum East Broadway. Ich schickte meine Artikel mit der Post an die Redaktion. Ich vergaß Joel Jabloner. Ich wußte nicht einmal, ob er noch am Leben war. Und dann, eines Tages, als ich in Tel Aviv die Halle eines Hotels betrat, hörte ich Beifall aus einem angrenzenden Saal. Die Tür war halb offen und ich schaute hinein. Da stand Joel Jabloner auf dem Podium und hielt einen Vortrag. Er trug einen Alpaka-Anzug, ein weißes Hemd, ein seidenes Käppchen, und sein Gesicht sah frisch, rosig und jung aus. Er hatte den ganzen Mund voller neuer Zähne und hatte sich ein weißes Ziegenbärtchen wachsen lassen. Ich hatte gerade nichts Besonderes zu tun, suchte mir einen freien Stuhl und setzte mich.

Jabloner sprach nicht das moderne Hebräisch, sondern das alte biblische, in der Aussprache der aschkenasischen Juden. Wenn er gestikulierte, sah ich die glitzernden Manschettenknöpfe in seinen blütenweißen Manschetten. Ich hörte ihn sagen, in dem beim Studium des Talmud üblichen Singsang: »Wie konnte der Unendliche, der ja allen Raum ausfüllt, das Weltall erschaffen, da es doch, wie der ›Sohar‹ es ausdrückt, keinen Raum gibt, der von Ihm nicht erfüllt wäre.« Rabbi Chajim Vital gab die Antwort: »Vor der Schöpfung waren die Eigenschaften des Allmächtigen denkbar, aber nicht vorhanden. Wie könnte einer König sein ohne Untertanen, und wie kann es Gnade geben ohne jemanden, sie zu empfangen?«

Jabloner strich über seinen Bart und blickte in seine Notizen. Ab und zu nahm er einen Schluck Tee aus einem Glas. Ich sah eine ganze Anzahl von Frauen, sogar junge Mädchen, unter den Zuhörern. Einige Studenten machten Notizen. Seltsam, da saß auch eine Nonne. Sie mußte Hebräisch verstehen. ›Der jüdische Staat hat Joel Jabloner wiederbelebt‹, sagte ich mir. Man hat selten Gelegenheit, sich über das Glück eines anderen zu freuen, und für mich war Joel Jabloners Triumph ein Symbol des Ewigen Juden. Jahrzehnte hatte er als einsamer, vernachlässigter Mann verbracht. Jetzt war er zu seinem Recht gekommen. Ich hörte den Vortrag weiter an, anschließend konnten Fragen gestellt werden. Es war unglaublich, der traurige Mann hatte wirklich Humor. Man sagte mir, der Vortrag sei von dem Komitee veranstaltet worden, das sich die Veröffentlichung von Jabloners Werk zur Aufgabe gemacht hatte. Eines der Mitglieder des Komitees kannte mich und fragte mich, ob ich an dem Bankett zu Ehren Jabloners teilnehmen wolle. »Da Sie Vegetarier sind«, fügte er hinzu, »haben Sie Glück. Es wird nur Gemüse, Früchte und Nüsse geben. Wann gibt es schon mal ein vegetarisches Bankett? Einmal in einem ganzen Leben.«

Zwischen dem Vortrag und dem Bankett ging Joel Jabloner auf die Terrasse, um sich auszuruhen. Es war ein heißer Tag gewesen, jetzt am Spätnachmittag kam eine Brise vom Meer. Ich ging auf ihn zu und sagte: »Sie erinnern sich nicht an mich, aber ich kenne Sie.«

»Ich kenne Sie sehr gut. Ich habe alles gelesen, was Sie geschrieben haben«, erwiderte er. »Selbst hier versuche ich, Ihre Geschichten zu bekommen.«

»Wirklich? Es ist eine große Ehre für mich, Sie das sagen zu hören.«
»Bitte, nehmen Sie Platz«, sagte er und zeigte auf einen Stuhl.
Gott im Himmel, der schweigsame Mann war gesprächig geworden. Er fragte mich nach allem möglichen in Amerika, am East Broadway und über jiddische Literatur. Eine Frau kam auf uns zu. Über ihrem weißen Haar trug sie einen Turban, um die Schultern ein Satincape, und zudem hatte sie Männerschuhe mit niedrigen breiten Absätzen an. Sie hatte einen großen Kopf, hohe Backenknochen, die Hautfarbe einer Zigeunerin, schwarze Augen, die vor Zorn glühten. Mit kräftiger, männlicher Stimme sagte sie zu mir: »Adoni [mein Herr], mein Mann hat soeben einen anstrengenden Vortrag gehalten. Er muß noch bei dem Bankett sprechen, und ich möchte, daß er sich ein wenig ausruht. Seien Sie so freundlich, ihn in Ruhe zu lassen. Er ist kein junger Mann mehr und darf sich nicht zu sehr anstrengen.«
»Oh, verzeihen Sie.«
Jabloner runzelte die Stirn.
»Abigail, dieser Herr ist ein jiddischer Schriftsteller und mein Freund.«
»Er mag ein Schriftsteller und dein Freund sein, aber deine Kehle ist überanstrengt. Wenn du dich mit ihm streitest, wirst du nachher heiser sein.«
»Abigail, wir streiten uns nicht.«
»Adoni, bitte hören Sie auf mich! Er kann nicht selber auf sich aufpassen.«
»Wir werden uns später unterhalten«, sagte ich. »Sie haben eine treu ergebene Frau.«
»So sagt man mir.«
Ich nahm an dem Bankett teil. Aß, was es gab, Nüsse, Mandeln, Avocados, Käse und Bananen. Jabloner hielt wieder einen Vortrag, diesmal über den Autor eines kabbalistischen Buches ›Abhandlung über die Chassidim‹. Seine Frau saß neben ihm auf dem Podium. Jedesmal, wenn seine Stimme heiser wurde, reichte sie ihm ein Glas mit weißer Flüssigkeit – eine Art Joghurt. Nach dem Vortrag, in dem Jabloner seine Gelehrsamkeit bewiesen hatte, verkündete der Vorsitzende, daß ein Assistent der Hebräischen Universität an einer Biographie von Jabloner arbeite und daß für die Veröffentlichung des Buches gesammelt werde. Man rief den Au-

tor auf das Podium. Er war ein junger Mann mit einem runden Gesicht, blitzenden Augen und dem winzigsten Käppchen, das in seine pomadisierten Haare überging. In seinen Schlußworten dankte Jabloner seinen alten Freunden, seinen Studenten, all denen, die zu seinen Ehren erschienen waren. Er dankte auch seiner Frau Abigail, ohne deren Hilfe seine Manuskripte nie in Ordnung gebracht worden wären. Er erwähnte auch ihren ersten Mann, den er ein Genie nannte, einen Heiligen, eine Säule der Weisheit. Aus einer riesigen Tasche, die einem Handkoffer ähnlicher war als einer Damenhandtasche, nahm Frau Jabloner ein rotes Taschentuch, wie sie früher von altmodischen Rabbinern benutzt wurden, und schneuzte sich mit einem Geräusch, das durch den Saal hallte.
»Möge er für uns Fürsprache einlegen vor dem Thron der Herrlichkeit!« rief sie aus.
Nach dem Bankett ging ich zu Jabloner und sagte: »Wie oft, wenn ich Sie so ganz allein in der Cafeteria sitzen sah, wollte ich Sie fragen, warum Sie nicht nach Israel gehen. Warum haben Sie so lange gewartet?«
Er schwieg, schloß seine Augen, als ob die Frage Überlegung verlange, und zuckte die Achseln. »Der Mensch lebt nicht nach den Regeln der Vernunft.«

Wieder vergingen einige Jahre. Der Setzer der Zeitung, für die ich arbeitete, hatte eine Seite meines letzten Artikels verloren, und da dieser am nächsten Tage – Samstag – erscheinen sollte, war keine Zeit, den Durchschlag mit der Post zu schicken. Ich nahm ein Taxi und fuhr direkt in die Setzerei. Ich gab die fehlende Seite dem Setzer und ging dann in die Redaktion, um mit dem Redakteur und ein paar alten Kollegen zu sprechen. Es war ein Wintertag, es wurde früh dunkel. Als ich wieder auf die Straße trat, spürte ich nach langer Zeit wieder einmal das geschäftige Hin und Her des nahenden Sabbats. Obwohl die Gegend nicht mehr vorwiegend jüdisch war, waren einige Synagogen, Jeschiwas und chassidische Lehrhäuser trotzdem geblieben. Hier und da sah ich durch ein Fenster eine Frau die Sabbatkerzen anzünden. Männer in breitkrempigen Velvet- oder Pelzhüten gingen zum Gebet, begleitet von Knaben mit langen Schläfenlocken. Die Worte meines Vaters fielen mir ein: ›Der Allmäch-

tige will immer sein Quorum haben.‹ Ich erinnerte mich an die liturgischen Gesänge vom Sabbatbeginn: ›Lasset uns jauchzen‹, ›Komm, mein Freund‹, ›Der Palast des Königs‹.

Ich hatte es jetzt nicht mehr eilig, und ich entschloß mich, in der Cafeteria eine Tasse Kaffee zu trinken, ehe ich mit der Untergrundbahn nach Hause fuhr. Ich stieß die Drehtüre an. Einen Augenblick lang glaubte ich, daß sich nichts geändert hätte, und dachte, ich hörte noch jene Stimmen meiner ersten Jahre in Amerika: die Cafeteria war voller Intellektueller aus der Alten Welt, die laut ihre Ansichten über Zionismus, jüdischen Sozialismus, Leben und Kultur in Amerika äußerten. Aber die Gesichter waren mir nicht mehr vertraut. Spanisch war die Sprache, die ich hörte. Die Wände waren übermalt worden, die Szenen vom Orchard-Street-Markt mit seinen Schubkarren und Händlern waren verschwunden. Plötzlich sah ich etwas, das ich nicht glauben konnte. An einem Tisch in der Mitte des Raumes saß Joel Jabloner – ohne Bart, in einem schäbigen Anzug und einem nicht zugeknöpften Hemd. Er war abgemagert, runzelig, ungekämmt, sein Mund schien wieder eingefallen und leer. Seine hervorstehenden Augen starrten auf die Wand gegenüber. Irrte ich mich? Nein, es war wirklich Jabloner. Sein Gesichtsausdruck zeigte etwas von der Verzweiflung eines Menschen, der in einem unlösbaren Dilemma gefangen ist. Ich blieb stehen, mit der Kaffeetasse in der Hand. Sollte ich ihn begrüßen, ihn bitten, mich an seinen Tisch setzen zu dürfen?

Jemand stieß mich an, und ich verschüttete die Hälfte des Kaffees. Der Löffel fiel klirrend zu Boden. Jabloner drehte sich um, und eine Sekunde lang begegneten sich unsere Augen. Ich nickte ihm zu, aber er erwiderte den Gruß nicht. Dann wandte er sich ab. Ja, er hatte mich erkannt, hatte aber keine Lust zu einer Unterhaltung. Ich bildete mir sogar ein, daß er eine abwehrende Kopfbewegung gemacht hatte. Ich suchte einen Tisch an der Wand und setzte mich. Ich fing an, den Rest meines Kaffees zu trinken, während ich Jabloner von der Seite her aufmerksam betrachtete. Warum hatte er Israel verlassen? Hatte er sich dort nach etwas in New York gesehnt? Lief er vor jemandem davon? Ich hatte das Verlangen, zu ihm zu gehen und ihn zu fragen, aber ich wußte, ich würde nichts aus ihm herausbekommen.

Eine Macht, die stärker war als der Mensch und seine Berechnungen, hatte ihn aus dem Paradies vertrieben, zurück in die Hölle, folgerte ich. Er ging offensichtlich auch nicht einmal zu dem Freitagabend-Gottesdienst. Er war nicht nur den Menschen, sondern auch dem Sabbat feindlich gesinnt. Ich trank meinen Kaffee aus und ging.

Einige Wochen später las ich unter den Todesanzeigen, daß Joel Jabloner gestorben war. Er war irgendwo in Brooklyn begraben worden. In dieser Nacht lag ich bis drei Uhr wach und dachte über ihn nach. Warum war er zurückgekommen? Hatte er die Sünden seiner Jugend nicht abgebüßt? Fand seine Rückkehr zum East Broadway möglicherweise eine Erklärung in den Lehren der Kabbala? Hatten sich vielleicht einige heilige Funken aus der Welt der Offenbarung in die Heerscharen des Bösen verirrt? Und war es möglich, daß sie nur in dieser Cafeteria gefunden und an den Ort ihres heiligen Ursprungs zurückgebracht werden konnten? Ein anderer Gedanke kam mir – vielleicht wollte er in der Nähe der Lehrerin liegen, mit der er die Brillen getauscht hatte? Ich erinnerte mich der letzten Worte, die ich von ihm gehört hatte: ›Der Mensch lebt nicht nach den Regeln der Vernunft.‹

Ein Tag in Coney Island

Heute weiß ich ganz genau, was ich in jenem Sommer hätte tun sollen – meine Arbeit. Aber damals schrieb ich fast nichts. ›Wer braucht schon Jiddisch in Amerika?‹ fragte ich mich. Obwohl der Redakteur einer jiddischen Zeitung ab und zu in der Sonntagsausgabe eine Geschichte von mir druckte, sagte er mir doch deutlich, daß kein Mensch sich um die von mir beschriebenen zweihundert Jahre alten Dämonen, Dibbuks und Kobolde schere. Im Alter von dreißig Jahren, und als ein Flüchtling aus Polen, war ich bereits ein Anachronismus. Und als ob das noch nicht genug gewesen wäre, hatte Washington mir die Verlängerung meines Besuchsvisums abgeschlagen. Liebermann, mein Anwalt, versuchte, mir ein Einwanderungsvisum zu verschaffen, aber dazu brauchte man einen Geburtsschein, ein Leumundszeugnis, einen Brief, der bestätigte, daß ich eine Stellung hatte und nicht der Öffentlichkeit zur Last fallen würde, und noch andere Papiere, die ich nicht beschaffen konnte. Ich schrieb Brandbriefe an meine Freunde in Polen. Sie antworteten nicht. Die Zeitungen sagten voraus, daß Hitler jeden Tag in Polen einfallen könnte.

Ich erwachte nach einem unruhigen Schlaf voller Angstträume. Meine Warschauer Armbanduhr zeigte ein Viertel vor elf. Durch die rissigen Sonnenstores drang goldenes Licht. Ich hörte das Rauschen des Ozeans. Seit anderthalb Jahren hatte ich ein möbliertes Zimmer in einem alten Haus in Sea Gate gemietet, nicht weit von Esther (so will ich sie hier nennen), und ich bezahlte im Monat sechzehn Dollar dafür. Frau Berger, die Wirtin, machte mir Frühstück zum Selbstkostenpreis.

Bis man mich nach Polen deportieren würde, genoß ich noch den amerikanischen Komfort. Ich nahm ein Bad in dem Badezimmer auf dem Gang (um diese Tageszeit war es nicht besetzt), und ich sah ein großes Schiff anlegen, das aus Europa kam – entweder die ›Queen Mary‹ oder die ›Normandie‹. Was für ein Luxus, aus dem Badezimmerfenster zu schauen und den Atlantik nebst einem der neuesten und schnellsten Schiffe der Welt zu sehen! Während ich mich rasierte, faßte ich einen Entschluß: ich würde mich nicht von ihnen nach Polen deportieren lassen. Ich würde nicht in Hitlers Klauen fallen. Ich würde illegal dableiben. Man hatte mir gesagt, wenn Krieg ausbrechen würde, hätte ich eine gute Chance, automatisch Bürger der Vereinigten Staaten zu werden. Ich schnitt meinem Spiegelbild eine Grimasse. Mein rotes Haar hatte ich schon verloren. Ich hatte wässerig-blaue Augen, entzündete Augenlider, eingefallene Wangen und einen hervorstehenden Adamsapfel. Obwohl die Leute von Manhattan nach Sea Gate kamen, um braun zu werden, blieb meine Haut kränklich weiß. Meine Nase war schmal und blaß, mein Kinn spitz, meine Brust flach. Mir kam es oft vor, als sähe ich den Kobolden, die ich in meinen Geschichten beschrieb, nicht unähnlich. Ich streckte mir die Zunge heraus und nannte mich einen verrückten ›Batlan‹, einen weltfremden Müßiggänger.

Ich hatte geglaubt, so spät am Morgen wäre Frau Bergers Küche leer, aber sie waren alle da: Herr Chaikowitz; seine dritte Frau; der alte Schriftsteller Lemkin, der mal ein Anarchist gewesen war; und Sylvia, die mich vor einigen Tagen in das Kino in der Mermaid Street mitgenommen hatte (vor fünf Uhr nachmittags kostete es nur zehn Cents) und mir in gebrochenem Jiddisch übersetzt hatte, was die Gangster in dem Film sagten. In der Dunkelheit hatte sie meine Hand genommen, was mir ein Schuldgefühl gab. Erstens hatte ich mir selbst gelobt, die Zehn Gebote zu halten. Zweitens betrog ich Esther. Drittens hatte ich ein schlechtes Gewissen Annas wegen, die mir noch immer aus Warschau schrieb. Aber ich wollte Sylvia nicht beleidigen.

Als ich in die Küche trat, rief Frau Berger: »Hier kommt unser Schriftsteller! Wie kann ein Mensch nur so lange schlafen? Ich bin schon seit sechs Uhr auf den Füßen.« Ich sah auf ihre dicken Beine, die verkrümmten Zehen und hervorstehenden Ballen. Alle neckten mich. Der alte Chaikowitz sagte: »Ist Ihnen klar, daß Sie die Stunde für das Morgengebet verschlafen haben? Sie gehören wohl der chassidischen Sekte aus Kock an, die spät beten?«

Sein Gesicht war weiß, wie auch sein Spitzbart.

Seine dritte Frau, eine fette Person mit dicker Nase und fleischigen Lippen, stimmte ein.
»Ich wette, dieser Neuling hat nicht einmal Gebetsriemen.«
Lemkin sagte: »Wenn Sie mich fragen, er hat sicher die ganze Nacht an einem Bestseller geschrieben.«
»Ich bin zum zweitenmal hungrig«, verkündete Sylvia.
»Was möchten Sie heute haben?« fragte mich Frau Berger. »Zwei Brötchen mit einem Ei oder zwei Eier mit einem Brötchen?«
»Was immer Sie mir geben.«
»Ich bin bereit, Ihnen den Mond auf einem Teller zu servieren. Ich habe Angst davor, was Sie über mich in Ihrer jiddischen Zeitung schreiben könnten.« Sie brachte mir ein großes Brötchen mit Rührei und eine große Tasse Kaffee. Das Frühstück kostete fünfundzwanzig Cents, aber ich schuldete Frau Berger bereits die Miete für sechs Wochen und für sechs Wochen Frühstück.
Während ich aß, erzählte Frau Chaikowitz von ihrer ältesten Tochter, die vor einem Jahr Witwe geworden und nun wieder verheiratet war. »Haben Sie so etwas schon gehört?« sagte sie. »Ein Schluckauf, und er fiel tot um. Irgendwas in seinem Gehirn war geplatzt. Gott behüte einen vor den Unglücksfällen, die passieren können. Er hinterließ ihr mehr als fünfzigtausend Dollar Lebensversicherung. Wie lange kann eine junge Frau warten? Der damalige war ein Arzt, der jetzige ist ein Anwalt – der größte in ganz Amerika. Er hatte einen Blick auf sie geworfen und gesagt: ›Das ist die Frau, auf die ich gewartet habe.‹ Nach sechs Wochen heirateten sie und machten die Hochzeitsreise auf die Bermudas. Er hat ihr einen Ring für zehntausend Dollar gekauft.«
»War er Junggeselle?« fragte Sylvia.
»Er war schon mal verheiratet, aber sie war nicht sein Typ, und er ließ sich scheiden. Sie bekommt reichliche Alimente von ihm. Möge sie alles für Medizin ausgeben!«
Ich frühstückte schnell und ging. Draußen schaute ich in den Briefkasten, aber für mich war nichts da. Nach nur zwei Straßenblöcken konnte ich Esthers Haus sehen, das sie im vorigen Winter gemietet hatte. Sie vermietete Zimmer an Leute, die ihre Ferien in der Nähe von New York

verbringen wollten. Während des Tages konnte ich sie nicht besuchen, aber spät abends schlich ich zu ihr. In diesem Sommer wohnten eine Reihe jiddischer Schriftsteller und Journalisten in ihrem Haus, sie durften von meiner Liebschaft mit Esther nichts erfahren. Warum sollte ich ihren Ruf gefährden, da ich nicht die Absicht hatte, sie zu heiraten? Esther war fast zehn Jahre älter als ich. Sie hatte sich von ihrem Mann scheiden lassen – einem jiddischen Dichter, einem Modernen, einem Kommunisten und Scharlatan. Er war nach Kalifornien gegangen und schickte keinen Pfennig für ihre zwei kleinen Töchter. Er lebte mit einer Malerin zusammen, die abstrakte Bilder malte. Esther brauchte einen Mann, der sie und die Kinder erhalten konnte, und nicht einen jiddischen Schriftsteller, der sich auf Werwölfe und Geister spezialisiert hatte.
Ich lebte schon achtzehn Monate in Amerika, aber Coney Island setzte mich immer noch in Erstaunen. Die Sonne goß Feuer vom Himmel. Der Lärm vom Strand übertönte noch den des Ozeans. Auf der Strandprome-

nade schlug ein italienischer Wassermelonenverkäufer mit einem Messer auf ein Blech und rief mit wilder Stimme nach Käufern. Jeder brüllte auf seine Weise: Verkäufer von Popcorn und warmen Würstchen, Eiscreme und Erdnüssen, Zuckerwatte und Maiskolben. Ich kam an einer Bude vorbei, in der ein Geschöpf, halb Frau, halb Fisch, ausgestellt war; an einem Wachsfigurenkabinett mit Gestalten von Marie-Antoinette, Buffalo Bill und John Wilkes Booth; in einer anderen Bude saß im Dunkeln ein Astrologe mit Turban, umgeben von Karten und Globen der Himmelskonstellationen, und stellte Horoskope. Pygmäen tanzten vor einem kleinen Zirkus, ihre schwarzen Gesichter waren weiß bemalt, und alle waren mit einem Strick lose aneinandergebunden. Ein mechanischer Affe blies seinen Bauch wie einen Blasebalg auf und lachte heiser. Negerjungen schossen auf Blechenten. Ein halbnackter Mann mit schwarzem Bart und Haaren bis auf die Schultern verhökerte einen Trank, der die Muskeln stärken, die Haut verschönern und verlorene Manneskraft wiederbringen sollte. Er zerbrach mit seinen Händen schwere Ketten und verbog Münzen zwischen seinen Fingern. Ein wenig weiter kündigte ein Medium an, daß sie die Geister Verstorbener herbeirufen, die Zukunft voraussagen und in Liebes- und Ehegeschichten Rat erteilen könne. Ich hatte eine polnische Ausgabe von Payots ›Die Erziehung des Willens‹ bei mir. Dieses Buch, das lehrte, wie man die Faulheit überwinden und systematische geistige Arbeit leisten könne, war mir zu einer zweiten Bibel geworden. Aber ich tat das Gegenteil von dem, was das Buch predigte. Ich vergeudete meine Zeit mit Träumen, Sorgen und leeren Phantastereien und verstrickte mich in Sachen, die keine Zukunft hatten.

Am Ende der Strandpromenade setzte ich mich auf eine Bank. Jeden Tag versammelte sich dort die gleiche Gruppe alter Männer und ereiferte sich über den Kommunismus. Ein kleiner Mann mit einem runden roten Gesicht und schaumweißem Haar schüttelte heftig den Kopf und schrie: »Wer wird die Arbeiter retten – Hitler? Mussolini? Dieser Sozialfaschist Léon Blum? Dieser Opportunist Norman Thomas? Lang lebe Genosse Stalin! Gesegnet seien seine Hände!«
Ein anderer Mann, dessen Nase von kleinen Äderchen gezeichnet war,

schrie zurück: »Und was ist mit den Moskauer Prozessen? Und den Millionen von Arbeitern und Bauern, die Stalin nach Sibirien verbannt hat? Was ist mit den sowjetischen Generälen, die dein Genosse Stalin umgebracht hat?« Sein Körper war kurz und breit, als ob die Mittelpartie herausgesägt worden wäre. Er spuckte in sein Taschentuch und kreischte: »Ist Bucharin wirklich ein deutscher Spion? Hat Trotzki Geld von Rockefeller genommen? War Kamenew ein Feind der Arbeiterschaft? Und wie hältst du es selbst mit dem Proletariat? Du ausbeuterischer Hausbesitzer!«

Ich stellte mir oft vor, daß diese Männer ihre Diskussionen nicht einmal zum Essen oder Schlafen unterbrachen. Sie gingen aufeinander los wie rasende Böcke. Ich hatte einen Notizblock herausgezogen und einen Füllfederhalter, um etwas aufzuschreiben (vielleicht über diese Debattierer),

aber statt dessen begann ich ein kleines Männchen zu zeichnen, mit langen Ohren, einer Nase wie ein Widderhorn, Gänsefüßen und zwei Hörnern auf dem Kopf. Nach einiger Zeit bedeckte ich seinen Körper mit Schuppen und fügte Flügel hinzu. Ich betrachtete ›Die Erziehung des Willens‹. Disziplin? Konzentration? Was würde mir das schon nützen, wenn ich dazu verdammt war, in Hitlers Konzentrationslagern umzukommen? Und selbst wenn ich überlebte, wie könnte ein Roman von mir, oder eine Geschichte, der Menschheit helfen? Die Metaphysiker hatten zu früh aufgegeben, entschied ich. Die Wirklichkeit ist weder Solipsismus noch Materialismus. Man sollte am Anfang beginnen: Was ist Zeit? Was ist Raum? Hier lag der Schlüssel zu dem ganzen Rätsel. Wer weiß, vielleicht war ich dazu ausersehen, es zu lösen.

Ich schloß meine Augen und beschloß ein für allemal, den Zaun zwischen Idee und Sein, den Kategorien der reinen Vernunft und des Dings an sich niederzureißen. Durch meine Lider sah ich die rote Sonne. Das Donnern der Wellen und der Lärm der Menschen verschmolzen ineinander. Ich fühlte, fast greifbar, daß ich nur einen Schritt von der Wahrheit entfernt war. »Zeit ist nichts, Raum ist nichts«, murmelte ich. Aber dieses Nichts ist der Hintergrund des Weltbilds. Und was ist das Weltbild? Ist es Materie? Geist? Ist es Magnetismus oder Schwerkraft? Und was ist Leben? Was ist Leiden? Was ist Bewußtsein? Und wenn es einen Gott gibt, was ist Er? Eine Wesenheit mit unendlichen Eigenschaften? Die Monade aller Monaden? Blinder Wille? Das Unbewußte? Kann Er das Geschlechtliche verkörpern, wie die Kabbalisten andeuten? Ist Gott ein nie endender Orgasmus? Ist das universale Nichts das Prinzip der Weiblichkeit? Ich konnte jetzt zu keiner Entscheidung kommen, entschied ich. Vielleicht am Abend, im Bett ...

Ich öffnete meine Augen und ging in die Richtung von Brighton. Die Pfeiler der Hochbahn warfen ein Netz von Sonne und Schatten auf das Pflaster. Ein Zug aus Manhattan flog mit ohrenbetäubendem Gerassel vorbei. Ganz gleich, wie man Zeit und Raum definierte, dachte ich, man kann nicht gleichzeitig in Brooklyn und Manhattan sein. Ich ging an Schaufenstern vorüber, in denen Matratzen, Muster von Dachziegeln oder koschere Hühner ausgestellt waren. Ich blieb vor einem chinesischen Restaurant stehen. Sollte ich hier essen? Nein, in der Cafeteria war es vielleicht fünf Cents billiger. Ich war völlig abgebrannt. Wenn meine Geschichte ›Nach der Scheidung‹ nicht in der Sonntagsnummer erschien, blieb mir nur noch der Selbstmord.

Auf dem Rückweg wunderte ich mich über mich. Wie hatte ich es nur dahin kommen lassen können, daß ich kaum noch einen Cent in der Tasche hatte. Es ist wahr, Touristen durften nicht arbeiten, aber wie konnte die Einwanderungsbehörde wissen, ob ich in einem Restaurant Teller wusch oder als Laufjunge arbeitete, oder als Hebräischlehrer? Es war verrückt, so lange zu warten, bis man ganz pleite war. Gewiß, ich hatte mich davon überzeugt, daß ich von den Resten auf den Cafeteriatischen hätte leben können. Aber früher oder später hätten der Manager oder Kassierer den menschlichen Geier bemerkt. Die Amerikaner werfen lieber das Essen in den Abfallkübel, als daß sie es jemanden ohne Bezahlung essen ließen. Der Gedanke an Essen machte mich hungrig. Ich erinnerte mich daran, was ich über das Fasten gelesen hatte. Wenn er Wasser zu trinken hat, kann ein Mensch ungefähr sechzig Tage ohne zu essen leben. An anderer Stelle hatte ich gelesen, daß Amundsen auf einer seiner Expeditionen zum Süd- oder Nordpol einen seiner Schuhe gegessen hatte. Mein augenblicklicher Hunger, redete ich mir ein, war nichts als Hysterie. Zwei Eier und ein Brötchen enthalten genügend Stärke, Fett und Protein für einige Tage. Trotzdem, in meinem Magen nagte es. Meine Knie waren weich. Ich sollte am Abend Esther treffen, und Unterernährung führt zu Impotenz. Mit Mühe erreichte ich die Cafeteria. Ich trat ein, nahm einen Bon aus dem Automaten und näherte mich der Theke. Ich weiß, daß zum Tode Verurteilte noch eine letzte Mahlzeit bestellen; der Mensch will nicht einmal hingerichtet werden mit leerem Magen. Dies, dachte ich, ist der Beweis dafür, daß Leben und Tod keine Verbindung haben. Da der Tod keine Substanz hat, kann er nicht das Leben beenden. Er ist nur der Rahmen für Lebensvorgänge, die ewig sind.

Ich war damals noch nicht Vegetarier, aber ich beschäftigte mich mit den vegetarischen Grundsätzen. Trotzdem suchte ich mir Rindfleisch in Meerrettichsauce aus, mit gekochten Kartoffeln und Saubohnen, eine Tasse Nudelsuppe, ein großes Brötchen, eine Tasse Kaffee und ein Stück

Kuchen – alles für sechzig Cents. Ich ging mit meinem Tablett an Tischen mit den Resten von Mahlzeiten vorbei, blieb aber an einem sauberen stehen. Auf einem Stuhl lag das Mittagsblatt. Obwohl ich es gern gelesen hätte, fielen mir Payots Worte ein: Intellektuelle sollten langsam essen, jeden Bissen gründlich kauen und nicht dabei lesen. Trotzdem schielte ich nach den Überschriften. Hitler hatte abermals den polnischen Korridor verlangt. Rydz-Smigly hatte im Sejm verkündet, daß Polen um jeden Zentimeter Boden kämpfen würde. Der deutsche Gesandte in Tokio hatte eine Audienz beim Mikado gehabt. Ein englischer General im Ruhestand hatte die Maginot-Linie kritisiert und vorausgesagt, daß sie beim ersten Angriff fallen würde. Die Mächte, die die Welt regierten, bereiteten die Katastrophe vor.

Als ich meine Mahlzeit beendet hatte, zählte ich mein Geld, und mir fiel ein, daß ich bei der Zeitung anrufen müßte, um nach meiner Geschichte zu fragen. Ich wußte, ein Anruf von Coney Island nach Manhattan kostete zehn Cents, und der Redakteur der Sonntagsausgabe, Leon Diamond, kam selten ins Büro. Aber ich konnte nicht alles dem Schicksal überlassen. Zehn Cents würden die Situation kaum ändern. Entschlossen stand ich auf, fand eine leere Telephonzelle und verlangte die Nummer. Ich betete zu den gleichen Mächten, die die Weltkatastrophe vorbereiteten, mir eine falsche Verbindung zu ersparen. So deutlich ich mit meinem Akzent die Nummer aussprechen konnte, tat ich es. Ich mußte die Münze einwerfen. Das Telephonfräulein in der Redaktion meldete sich, und ich verlangte Leon Diamond. Ich war ganz sicher, sie würde sagen, er sei nicht in der Redaktion. Dann hörte ich seine Stimme. Ich begann zu stottern und mich zu entschuldigen. Als ich meinen Namen nannte, sagte er kurz: »Ihre Geschichte wird am Sonntag drin sein.«

»Danke. Ich danke Ihnen.«

»Schicken Sie mir eine neue Geschichte. Wiedersehen.«

»Ein Wunder! Ein Wunder des Himmels!« rief ich laut. Kaum hatte ich angehängt, als ein weiteres Wunder geschah: Geld strömte aus dem Telephon – Fünfer, Zehner, Fünfundzwanziger. Einen Augenblick lang zögerte ich; das Geld zu nehmen, war Diebstahl. Aber die Telephongesellschaft würde es bestimmt nicht bekommen, und jemand, der es weniger

nötig brauchte als ich, könnte es finden. Wie oft hatte ich nicht selbst Münzen eingeworfen, ohne eine Verbindung zu bekommen! Ich sah mich um und bemerkte eine dicke Frau in Badeanzug und breitrandigem Strohhut, die auf die Zelle wartete. Ich grapschte die Münzen, schob sie in die Tasche und verließ die Zelle, ein anderer Mensch. In Gedanken entschuldigte ich mich bei den allwissenden Mächten. Ich trat von der Cafeteria auf die Straße und schlenderte in die Richtung von Sea Gate. Ich rechnete: Wenn ich fünfzig Dollar für die Geschichte bekam, könnte ich Frau Berger dreißig für Miete und Frühstück geben, und mir blieben noch immer zwanzig. Außerdem würde ich bei ihr wieder Kredit haben und bleiben können. In dem Fall müßte ich Liebermann, den Anwalt, anrufen. Wer weiß, vielleicht hatte er schon Nachricht vom Konsul in Toronto. Ein Tourist konnte kein Einwanderungsvisum erhalten, solange er sich in den Vereinigten Staaten aufhielt. Ich würde nach Kuba oder Kanada fahren müssen. Die Reise nach Kuba war zu teuer, aber würde Kanada mich hereinlassen? Liebermann hatte mich darauf vorbereitet, daß ich von Detroit nach Windsor geschmuggelt werden müßte, und wer immer mich über die Brücke brachte, würde hundert Dollar dafür verlangen.
Plötzlich bemerkte ich, daß ich nicht einen, sondern zwei Diebstähle begangen hatte. In meiner Begeisterung hatte ich vergessen, für meinen Lunch zu zahlen. Ich hielt den Zettel noch in der Hand. Das war gewiß das Werk Satans. Der Himmel stellte mich auf die Probe. Ich entschloß mich, zurückzugehen. Ich ging schnell, fast lief ich. In der Cafeteria stand neben dem Kassierer ein Mann in weißer Uniform. Sie sprachen englisch. Ich wollte abwarten, bis sie fertig waren, aber sie redeten immer weiter. Der Kassierer sah mich von der Seite an und fragte: »Was wollen Sie?«
Ich antwortete auf jiddisch: »Ich habe vergessen, zu bezahlen.«
Er schnitt ein Gesicht und murrte vor sich hin: »Ach was. Scheren Sie sich fort.«
»Aber –«
»Raus hier«, knurrte er und blinzelte mir zu.
Endlich verstand ich, was da vor sich ging. Der Mann in der weißen Uniform war wohl der Besitzer oder der Manager, und der Kassierer wollte nicht, daß er entdeckte, ein Gast sei ohne Bezahlung durchgeschlüpft. Die

höheren Mächte hatten sich verschworen, mir einen Glücksfall nach dem anderen zu bescheren. Ich ging hinaus und sah durch die Glastür, wie der Kassierer und der Mann in der weißen Uniform lachten. Sie lachten über mich, den unerfahrenen Neuling mit seinem Jiddisch. Aber ich wußte, der Himmel wollte mich prüfen, er legte meine Verdienste und meine Missetaten auf die Waage: Verdiente ich es, in Amerika zu bleiben, oder mußte ich in Polen zugrunde gehen? Ich schämte mich meines Glaubens, nachdem ich mich selbst einen Agnostiker, einen Ungläubigen, genannt hatte, und ich sagte zu meinen unsichtbaren Kritikern: »Schließlich ist selbst nach Spinoza alles vorherbestimmt. Im Universum gibt es keine kleinen oder großen Ereignisse. Der Ewigkeit ist ein Sandkorn so wichtig wie die Milchstraße.«

Ich wußte nicht, was ich mit der Rechnung anfangen sollte. Sollte ich sie bis morgen behalten oder wegwerfen? Ich beschloß, das Geld dem Kassierer ohne Rechnung zu geben. Ich zerriß das Papier und warf es in den Abfallkorb.

Zu Hause angekommen, brach ich auf meinem Bett zusammen und sank in einen tiefen Schlaf, in dem ich die Rätsel von Zeit und Raum und Kausalität löste. Es schien unglaublich einfach, aber sobald ich die Augen öffnete, war alles vergessen. Was blieb, war der Geschmack von etwas Jenseitigem, Wunderbarem. Im Traum gab ich meiner philosophischen Entdeckung einen Namen, der Lateinisch, Hebräisch, Aramäisch oder eine Kombination aller drei Sprachen gewesen sein mag. Ich erinnerte mich, gesagt zu haben: »Sein ist nichts als ...«, und dann kam das Wort, das alle Fragen beantwortete. Draußen war schon Dämmerung. Die Badenden und Schwimmenden waren verschwunden. Die Sonne sank in den Ozean und hinterließ einen feurigen Streifen. Der Wind brachte den Geruch von fauligem Wasser. Eine Wolke in Gestalt eines riesigen Fisches tauchte aus dem Nichts auf, und der Mond schlich hinter die Schuppen des Fisches. Das Wetter schlug um; schrill tönte das Nebelhorn des Leuchtturms.

Ein Schlepper zog drei dunkle Leichter. Er schien unbeweglich, als hätte sich der Atlantik in das gefrorene Meer verwandelt, von dem ich in Märchenbüchern gelesen hatte.

Jetzt mußte ich nicht mehr knausern, ich ging in das Café in Sea Gate und bestellte Kaffee und Käsekuchen. Ein jiddischer Journalist, ein Mitarbeiter der Zeitung, die meine Geschichten druckte, setzte sich an meinen Tisch. Er hatte weißes Haar und ein gerötetes Gesicht.

»Wo stecken Sie denn eigentlich? Niemand sieht Sie. Ich habe gehört, daß Sie hier in Sea Gate wohnen.«

»Ja, ich lebe hier.«

»Ich habe ein Zimmer bei Esther gemietet. Sie wissen sicher, wer sie ist – die geschiedene Frau des verrückten Dichters. Kommen Sie doch mit hinüber. Die ganze jiddische Presse ist dort. Man hat verschiedentlich von Ihnen gesprochen.«

»So? Wer?«

»Oh, die Schriftsteller. Selbst Esther lobt Sie. Ich finde auch, daß Sie begabt sind, aber Sie suchen sich Themen aus, die niemanden interessieren und an die niemand glaubt. Es gibt keine Dämonen. Es gibt keinen Gott.«

»Sind Sie sicher?«

»Ganz sicher.«

»Wer hat die Welt erschaffen?«

»Ach, die alte Frage. Alles Natur. Evolution. Wer hat Gott erschaffen? Sind Sie wirklich so religiös?«

»Manchmal bin ich es.«

»Aus Trotz! Wenn es einen Gott gibt, wie kann Er erlauben, daß Hitler unschuldige Menschen nach Dachau verschleppt? Und wie steht es mit Ihrem Visum? Haben Sie sich darum bemüht? Wenn nicht, wird man Sie aus Amerika rausschmeißen, und Ihr Gott wird sich sehr wenig darum kümmern.«

Ich erzählte ihm all meine Schwierigkeiten, und er sagte: »Es gibt nur einen Ausweg für Sie – heiraten Sie eine Amerikanerin. Das legalisiert Sie. Später können Sie Ihre Einbürgerung beantragen und selbst Amerikaner werden.«

»Das würde ich nie tun«, sagte ich.

»Warum nicht?«

»Es ist eine Beleidigung, für die Frau und für mich.«

»Und in die Hände von Hitler fallen ist besser? Das ist nur Ihr dummer

Stolz. Sie schreiben wie ein reifer Mann, aber Sie benehmen sich wie ein Knabe. Wie alt sind Sie?«

Ich sagte es ihm.

»In Ihrem Alter bin ich wegen revolutionärer Umtriebe nach Sibirien verschickt worden.«

Der Kellner kam, und ich wollte bezahlen, als der Schriftsteller meine Rechnung nahm. Zuviel Glück heute, dachte ich.

Ich sah zur Tür und bemerkte Esther. Sie kam oft am Abend in dies Café, weshalb ich es gewöhnlich mied. Esther und ich hatten beschlossen, unser Verhältnis geheim zu halten. Außerdem war ich in Amerika pathologisch schüchtern geworden. Ich errötete wieder wie in meiner Jugend. In Polen war ich mir nie klein vorgekommen, aber unter den amerikanischen Riesen wurde ich es. Mein Warschauer Anzug wirkte hier fremdländisch, mit seinen breiten Revers und den wattierten Schultern. Zudem war er für das heiße Wetter in New York viel zu schwer. Esther warf mir immer vor, daß ich bei dieser Hitze einen steifen Kragen, eine Weste und einen Hut trüge. Jetzt sah sie mich und war so geniert wie ein polnisches Kleinstadtmädchen. Wir waren nie zusammen ausgegangen. Wir verbrachten unsere Zeit im Dunkeln, wie zwei Fledermäuse. Sie wollte umkehren, aber mein Tischgenosse rief sie an. Unsicher kam sie näher. Sie trug ein weißes Kleid und einen Strohhut mit einem grünen Band. Sie war sonnverbrannt, und ihre schwarzen Augen leuchteten wie die eines jungen Mädchens. Sie sah nicht aus wie eine Frau, die sich den Vierzigern nähert, sie war schlank und jugendlich. Sie kam herüber und begrüßte mich wie einen Fremden. Auf europäische Art schüttelte sie mir die Hand. Sie lächelte befangen und sagte ›Sie‹ statt ›du‹ zu mir.

»Wie geht es Ihnen? Ich habe Sie lange nicht gesehen«, sagte sie.

»Er versteckt sich«, rügte mich der Schriftsteller. »Er tut nichts wegen seines Visums, und man wird ihn nach Polen zurückschicken. Bald wird der Krieg ausbrechen. Ich habe ihm geraten, eine Amerikanerin zu heiraten, denn auf diese Weise würde er sein Visum bekommen, aber er hört nicht auf mich.«

»Warum nicht?« fragte Esther. Ihre Wangen waren gerötet. Ihr Lächeln war wehmütig, liebevoll. Sie setzte sich auf den Rand des Stuhles.

Wie gerne hätte ich eine kluge, witzige Antwort gegeben. Statt dessen sagte ich blöde: »Ich würde nicht heiraten, um ein Visum zu bekommen.« Der Schriftsteller lächelte und blinzelte mir zu. »Ich bin kein Heiratsvermittler, aber ihr beide würdet ein gutes Paar abgeben.«
Esther sah mich fragend an, bittend und vorwurfsvoll. Ich wußte, ich mußte sofort antworten, entweder ernsthaft oder mit einem Scherz, aber ich brachte kein Wort heraus. Mir war heiß. Mein Hemd klebte an mir und ich am Stuhl. Ich hatte das schmerzhafte Gefühl, mein Stuhl kippe um. Der Fußboden hob sich, die Lichter an der Decke flossen ineinander, wurden länger und nebelhaft. Das Café drehte sich wie ein Karussell.
Esther stand jäh auf. »Ich muß noch jemand treffen«, sagte sie und wandte sich ab. Ich sah sie zur Tür eilen. Der Schriftsteller lächelte wissend, nickte und ging an einen anderen Tisch, um mit einem Kollegen zu plaudern. Ich blieb sitzen, verwirrt über diesen plötzlichen Wandel meines Glücks. In meiner Bestürzung fing ich an, die Münzen aus meiner Tasche zu nehmen und sie zu zählen und wieder zu zählen, ich erkannte sie mehr durch Fühlen als durch Sehen und stellte schwierige Berechnungen an. Jedesmal kam etwas anderes heraus. So wie das Spiel mit den höheren Mächten jetzt stand, sah es aus, als hätte ich einen Dollar und ein paar Cents gewonnen, aber meine Zuflucht in Amerika und die Frau, die ich wirklich liebte, verloren.

Gefangene

Während der zwanziger Jahre, in der Zeit des Expressionismus, Kubismus und anderer Ismen der Malerei, war Zorach Kreiter ein überzeugter Impressionist geblieben. Er gehörte zu jenen Lodzern, die gewöhnlich in Warschau leben; dort hatte er den Ruf, fleißig und produktiv zu sein. Er arbeitete sogar beim Essen. Zorach Kreiter saß im Schriftsteller-Klub, kaute an einem Würstchen und zeichnete die Menschen um sich herum auf Papierservietten oder auf das Tischtuch. Er war groß und dunkel, mit gelbgrünen Augen und einem Mund, der nie stillstand. Entweder prahlte er mit seinen Heldentaten bei Frauen, oder er erzählte Unglaubliches aus Lodz und Paris, wo er sich häufig aufhielt. Irgendwo in Lodz hatte er auch eine Frau, aber er schien getrennt von ihr zu leben. Sein Vater, so erzählte er, war von einem Geschäftspartner um sein Vermögen gebracht worden. Er tischte so viele Lügen auf, daß ich nie wußte, ob er wirklich sein eigenes Atelier in Warschau hatte, wie er behauptete, oder ob er es mit irgend jemandem teilte; ob er viel Geld verdiente oder hungerte. Ich erinnere mich, ihn immer in dem gleichen braunen Anzug gesehen zu haben, dessen Taschen mit Zeichenblöcken, Kohlestiften und Zeitungen vollgestopft waren. Er ging nicht, sondern rannte auf seinen langen Beinen, immer hing eine Zigarette an seiner Unterlippe. Kreiter sprach nicht, er schrie, brüllte, schlug mit der Faust auf den Tisch und sprudelte vor Begeisterung über Dinge, die niemanden interessierten. Ich zahlte ihm fünf Zlotys für jede der beiden Zeichnungen, die er von mir machte. Jedesmal bemerkte er dazu: »Wenn ich wollte, könnte ich sie für tausend Zlotys verkaufen.«
»Warum tun Sie das nicht?«
»Was soll ich mit soviel Geld? Nehmen Sie die Zeichnungen. In fünfzig Jahren werden sie ein Vermögen wert sein.«
Anfang der dreißiger Jahre wollte er, daß ich ihm für ein Ölbild sitzen

sollte. Er hielt aber die Verabredung nicht ein. Bald darauf erfuhr ich, daß er nach Frankreich gegangen sei. Wenig später verbreitete sich im Schriftsteller-Klub die Neuigkeit, Zorach Kreiter habe ›Paris erobert‹. In der französischen Presse erschienen Artikel über ihn. Die Museen kauften seine Abeiten. Man erzählte mir, er habe seiner Frau keinen Pfennig geschickt. Also folgte sie ihm nach Paris und machte einen Skandal. Während all dies noch im Gang war, fuhr ich nach Amerika und ließ Kreiters Zeichnungen in meinem möblierten Zimmer zurück.

Der zweite Weltkrieg hatte begonnen. 1945 hörte ich, Kreiter sei umgekommen. Obwohl er die Möglichkeit gehabt hätte, nach Marokko zu fliehen, war er in Paris geblieben, und die Nazis hatten ihn in ein Konzentrationslager verschleppt. Seine Frau, der es gelungen war, nach Palästina zu entkommen, überlebte.

All dies erfuhr ich von Tobias Anfang, einem anderen Maler, der 1940 aus Paris nach New York gekommen war. Anfang war ein stiller kleiner Mann mit einem runden Gesicht, blondem Kraushaar und den rötlichen Augen eines Albino. Er hatte lange in Deutschland gelebt und eine deutsche Frau geheiratet, mit der er zwei Söhne hatte. Als Hitler an die Macht kam, schwor die Frau vor Gericht, die Kinder seien nicht von Anfang, ihr Vater sei ein Arier. Die Ehe wurde für nichtig erklärt. Tobias Anfang floh nach Paris, wo er mit Zorach Kreiter ein Atelier teilte. Er bestand darauf, Zorach Kreiter sei ein Genie gewesen. Anfang kannte auch Zorachs Frau, Sonja. Ich fragte ihn, was sie für eine Person sei.

»Ein aggressives Stück«, sagte er.

Diese Unterhaltung fand in einer Cafeteria am unteren Broadway statt. Tobias Anfang hatte mich nach einem Photo in einer jiddischen Zeitung erkannt und ein Treffen vorgeschlagen. Er trug ein beiges Corduroy-Jackett mit einem schwarzen Halstuch. Während er mir seine Zeichnungen in einem Skizzenbuch zeigte, erzählte er Geschichten über Zorach Kreiter. Kreiter konnte zwanzig Brötchen zu einer Mahlzeit verschlingen und die nächsten drei Tage fasten. Er konnte sich auf eine Bank im Park legen und geschlagene zehn Stunden durchschlafen. Einmal war Tobias Anfang Zeuge gewesen, wie Zorach es mit zehn Prostituierten

trieb, mit einer nach der anderen. Sonja, Zorachs Frau, beschrieb er als häßliche, hysterische Nymphomanin und gerissene Geschäftsfrau. Nachdem jeder von uns zwei Portionen Reispudding und viele Tassen Kaffee zu sich genommen hatte, lud mich Tobias in sein Atelier ein. Es war ein winziger Raum in einer Pension in Greenwich Village. Die Möbel bestanden aus einem zerbrochenen Stuhl und einer eisernen Bettstatt, die mit Leinwänden, Paletten, Pinseln, Rahmen und Lumpen bedeckt war. Der Fußboden war mit Zigarettenstummeln übersät. Das Fenster ging auf eine rote Ziegelmauer. Er zeigte mir Bilder, die mich verwirrten, ich hatte niemals solche Farben und Formen gesehen. Er hörte sich mein Lob an, bedankte sich überschwenglich und sagte dann: »Das alles ist einen Dreck wert.«

»Glauben Sie denn nicht mehr an die Kunst?«

»Ich glaube an überhaupt nichts mehr.«

»Was sollte man denn tun?«

»Nichts. Alles ist verloren – alles war von Anfang an kaputt.«

Ich mochte ihn, und obwohl ich selbst kein Geld hatte, wollte ich gern ein Porträt bei ihm bestellen. Er lehnte ab. »Wozu brauchen Sie das? In einer Welt, in der man Menschen in Gaskammern umbringt, was soll man da mit Kunst? Der ganze Unsinn sollte aufhören.«

Eines Abends lud ich ihn ein, mit mir zu essen, und wir gingen in die gleiche Cafeteria. Wiederum sprach er von Zorach Kreiter. »Wo mag er jetzt sein? Eine Handvoll Asche. Glauben Sie an die Existenz der Seele? Nach dem, was Sie schreiben, würde ich denken, ja. Die Seele ist also Asche.«

»Wer hat die Welt erschaffen?«

»Irgendwo im Kosmos war Materie vorhanden, und lange Zeit lag sie da und stank. Dieser Gestank war der Ursprung des Lebens.«

»Und wo kam die Materie her?«

»Das ist doch ganz gleich. Wichtig ist nur, daß wir keine Verantwortung tragen, weder uns noch anderen gegenüber. Das Geheimnis des Universums ist Apathie, Gleichgültigkeit. Die Sonne, die Erde, die Felsen, sie alle sind gleichgültig, und das ist eine Art passive Kraft. Vielleicht sind Gleichgültigkeit und Schwerkraft das gleiche.« Er sprach und gähnte. Er aß und rauchte.

»Warum rauchen Sie soviel?« fragte ich.

»Dadurch bleibe ich gleichgültig.«

Eine Zeitlang trafen wir uns öfters in der Cafeteria oder in der Bibliothek. Schließlich fing er doch an, mein Porträt zu malen, und ruinierte ein paar Leinwände. Ich bot ihm einen Vorschuß an, den er ablehnte. Während der Arbeit sprach er unentwegt von Zorach Kreiter. Offenbar hatte Zorach vor Sonja eine andere Frau gehabt, eine Näherin, die sich

das Leben genommen hatte. In Paris hatte er eine Freundin gehabt – eine Malerin, die den Verstand verloren hatte und in einem Irrenhaus geendet hatte. Tobias Anfang sagte: »Ich weiß, daß es keine Seele gibt, aber irgendwie spüre ich Kreiters Gegenwart. Nachts, wenn ich das Licht lösche, dann ist er da.«

»Sehen Sie ihn?«

»Nein. Wenn ich ihn sehen würde, wäre ich selbst reif für das Irrenhaus. Es ist ein ganz subjektives Gefühl. Er hatte starke hypnotische Kräfte.«

»Und warum benutzte er die nicht, um seine Lage zu verbessern?«

»Wer solche Kräfte besitzt, sucht nicht seinen eigenen Vorteil. Im Gegenteil, diese Menschen laufen vor sich selbst davon und beginnen erst zu leben, wenn sie tot sind.«

Nach vielen Versuchen gab Tobias Anfang es auf, mich zu malen.

Wie oft er auch einen Anlauf nahm, er brachte keine Ähnlichkeit zustande. Sein Kommentar dazu war: »Sie haben jeden Tag ein anderes Gesicht. Ihr Gesicht ändert sich sogar während einer Sitzung. Es brauchte einen Zorach, den Ausdruck einzufangen.«
Eines Tages teilte mir Tobias Anfang mit, daß er nach Paris zurückkehre. »Dort habe ich zwar auch nichts zu tun«, erklärte er mir, »aber dort ist es leichter, gleichgültig zu sein.«

In den fünfziger Jahren besuchte ich Israel, und in der Presse erschien eine Notiz über meine Ankunft. Eines Morgens läutete mein Telephon. Als ich den Hörer abnahm, vernahm ich nur ein Murren und Murmeln.
»Wer ist da?« fragte ich. »Bitte sprechen Sie etwas lauter.«
»Mein Name ist Tobias Anfang. Sie werden sich nicht an mich erinnern.«
»Ich erinnere mich Ihrer sehr wohl.«
»Dann haben Sie ein gutes Gedächtnis.«
»Wie lange sind Sie schon im Gelobten Land?«
Er antwortete nicht gleich. Endlich sagte er: »Ich bin seit fünf Jahren hier, aber niemand weiß es. Das ist eine lange Geschichte.«
»Leben Sie versteckt?«
»Man könnte es so nennen.«
»Aber warum?«
»Ach, das kann man nicht so schnell erzählen, und ich muß ganz besonders vorsichtig hier am Telephon sein. Ich würde Sie gern sehen. Ich sitze hier in einer Falle, könnte man sagen, und –« Tobias Anfang beendete den Satz nicht.
»Hat es was mit der Regierung zu tun? Sind Sie illegal hier?«
»Wie kann ein Jude illegal sein in Israel?«
»Ja, was ist denn los?«
»Ich kann es Ihnen am Telephon nicht erzählen. Vielleicht können wir uns irgendwo treffen. Ich gehe selten aus, aber ich könnte Sie besuchen. Ich bin kein richtiger Gefangener«, sagte er und kicherte.
»Kommen Sie in mein Hotel.«
»Das ist eine ziemliche Reise von mir aus. Das dauert ein bißchen.«
»Gut. Ich freue mich, Sie zu sehen.«

»Erzählen Sie niemandem etwas von meinem Anruf, ich flehe Sie an. Ich bin ein Vergessener hier – sozusagen ein Geist, wenn auch nicht einer von denen, über die Sie schreiben. Sind Sie allein?«

»Ja, ganz allein.«

»Gut, ich danke Ihnen. Verzeihen Sie mir, daß ... bis später.«

Tobias Anfangs Worte erregten meine Neugier. Was konnte ihm zugestoßen sein? War seine deutsche Frau wieder aufgetaucht und er versteckte sich vor ihr? Ich ging hinunter zum Frühstück, kaufte eine hebräische Zeitung und setzte mich damit draußen an einen Tisch, vor der Sonne durch eine grüne Markise geschützt. Durch einen Strohhalm schlürfte ich geeisten Kaffee. Auf der anderen Straßenseite verkaufte ein arabischer Händler Feigen, Datteln und Trauben von einem Eselskarren. Ich hörte ihn Hebräisch sprechen mit Jiddisch und Arabisch gemischt. Gelegentlich stampfte der Esel mit dem Huf, dann stand er wieder unbeweglich. Die Sonne verströmte trockenes Feuer. Von irgendwo tauchte ein Schmetterling auf und ließ sich auf der Blechwaage des Arabers nieder. Aus einer Nebenstraße kam ein Bettler auf mich zu, den Kopf nach links verdreht, eine steife Hand gekrümmt ausgestreckt. Ich gab ihm ein paar Piaster. In der Zeitung las ich von Diebstählen, Autounfällen und Schießereien an der Grenze. Eine Seite war voller Todesanzeigen. Nein, der Messias war noch nicht erschienen. Die Auferstehung war noch nicht in Sicht. Auf der anderen Seite der Straße waren in einem Laden orthopädische Schuhe ausgestellt.

Nach dem Frühstück kehrte ich in mein Zimmer zurück und versuchte, ein wenig zu schlafen, da ich eine schlechte Nacht gehabt hatte. Aber das Telephon störte mich dauernd, und nach einer knappen Stunde stand ich auf, öffnete die Läden und ließ das Licht herein. Gegenüber auf einem Balkon lag ein älterer, kränklich aussehender Mann auf einem Liegebett, mit Kissen gestützt, unter einem Sonnenschirm. Er trug ein schwarzes, seidenartiges Gewand und ein passendes Käppchen. Eine junge Frau, wahrscheinlich seine Tochter, brachte ihm ein Getränk, und ich konnte sehen, daß er seine Lippen im Gebet bewegte, ehe er trank. Ich blickte zu dem blaßblauen Himmel empor, den kein Wölkchen trübte. Wo war der Gott Israels? Warum wartete er so lange?

Kurz vor drei Uhr klopfte es an meiner Tür. Ich öffnete, und Tobias Anfang kam herein. Er schien noch kleiner, als er in New York gewesen war – blaß, gealtert und gebeugt. Was ihm an Haar geblieben, war goldgrau. Er sah mich prüfend an, unter flachsfarbenen Augenbrauen, blinzelte mit seinen rötlichen Albinoaugen und sagte: »Unglaublich, Sie sehen keinen Tag älter aus.«
Ich schlug vor, auf der Terrasse zu sitzen, aber er lehnte ab. Ich rief unten an und bestellte Erfrischungen. Anfang sah sich so gründlich im Zimmer um, als ob er vermutete, jemand habe sich versteckt, um ihm aufzulauern.
»Sind Sie sicher, daß uns niemand hören kann?« fragte er.
»Niemand.«
Wir sprachen über Israel und Amerika. Schließlich sagte Anfang: »Was mir widerfuhr, ist seltsam, aber je mehr ich darüber nachdenke, desto mehr fühle ich die Unausweichlichkeit. Es ist nicht einmal tragisch, es ist komisch.«
»Was ist denn geschehen? Ist Ihre deutsche Frau zurückgekehrt?« fragte ich, um ihm zu zeigen, daß ich eine Ahnung von seinem Leben hatte.
Er wurde ernst, beinahe zornig: »Ich habe weder von ihr noch von den Kindern gehört. Wenn sie noch leben, so sind sie erwachsen. Sie sind völlig verschwunden.«
»Versuchen Sie, sie zu finden?«
»Nein.«
Das jemenitische Zimmermädchen klopfte an die Tür und brachte Tee und Gebäck. Tobias Anfang betrachtete sie voller Mißtrauen und schüttelte den Kopf. »Nein, es hat nichts mit meiner Frau zu tun. Ich habe gehört, daß sie einen Nazi geheiratet hat, und der ist irgendwo in Rußland vermißt. Nachdem sie geschworen hat, mich betrogen zu haben – was soll ich da noch? Für mich sind sie vollkommen gestorben. Ich kam hierher, zuallererst, um Jude zu sein, und dann, um vielleicht einen Weg zur jüdischen Kunst zu finden. Wo sonst hätte ich ohne einen Pfennig hingehen sollen? Und wen, glauben Sie, habe ich hier gefunden? Zorach Kreiters Witwe, Sonja. Sie erzählte mir, daß sie eine Anzahl Bilder ihres Mannes retten konnte, und sie verkauft sie. Es schien mir recht unwahrscheinlich – wie konnte man in der Hast der Flucht vor den Nazis Bilder

retten? Was ich Ihnen jetzt berichte, ist ein Geheimnis – Gott verhüte, daß Sie je ein Wort davon wiederholen. Ich wollte natürlich gerne Kreiters letzte Arbeiten sehen, und ich fragte Sonja, wann ich kommen könne. Sie machte alle möglichen Ausflüchte. Schließlich gestand sie mir, die Bilder, die sie verkaufte, seien nicht wirklich von Kreiter.«

»Von wem denn?«
»Sie hatte die Bekanntschaft irgendeines Klecksers gemacht – eines Kopisten –, und er lieferte die Fälschungen. Wie sie vor den Kritikern und Kunstexperten bestanden, ist ein Rätsel, aber auch nicht so ein großes. Die sind ja ein Haufen von Idioten.«
»Und Sonja ist eine Schwindlerin«, sagte ich.
»Auch ich bin ein Schwindler.«
»Wie meinen Sie das?«
»Nachdem dieser Scharlatan auf und davon gegangen war – ich glaube, nach Australien –, wurde ich der Maler von Kreiters Bildern.«
»Warum taten Sie das?«
»Ich will mich nicht verteidigen, aber ich war hungrig und krank dazu.

Ich brauchte eine Frau. In New York kann man leicht Asket sein; in diesem Klima hier ist es unmöglich. Sie nahm mich auf und gab mir, was ich brauchte. Ich bin ein Mann ohne Ehrgeiz und jetzt, so scheint es, auch ohne Charakter.«

»Und man glaubt, daß die Bilder echt sind?«

»Ich bin tatsächlich eine Reinkarnation von Zorach Kreiter geworden.«

Wir schwiegen, dann sagte Tobias Anfang: »In dem Augenblick, als ich im ›Haaretz‹ von Ihrer Ankunft las, kam mir der Gedanke, Ihnen die Wahrheit zu sagen. Ein solches Geheimnis belastet das Gemüt. Sonja und ich sind in eine richtige Verschwörung verwickelt. In der Nacht trage ich die Bilder zu ihr. Wenn jemand sich die Mühe machen würde, der Betrug wäre leicht herauszufinden. Sie hat schon mehr Kreiters verkauft, als er während seines ganzen Lebens gemalt haben könnte. Aber weder die Kunsthändler noch die Käufer scheinen neugierig zu sein. Vielleicht hat der Besitzer der Galerie einen Verdacht, aber was geht's ihn an? Er bekommt seine Prozente. Ich habe gehört, daß es in Amerika Leute gibt, die anderen die Feder führen, sogenannte ›ghost-writers‹, aber daß es auch welche gibt, die für andere den Pinsel führen, das ist Sonjas Erfindung. Ich weiß gar nicht, warum ich Ihnen diese Geständnisse mache. Ich habe genügend Entschuldigungen für mein Verhalten. Ich bin überzeugt, daß ich den Leuten für ihr Geld gute Ware liefere, auch wenn die Signatur gefälscht ist. Das Wörterbuch nennt das Mystifikation, nicht Betrug. Hat nicht Rabbi Mosche de Leon den ›Sohar‹ unter dem Namen des Rabbi Simon ben Jochai geschrieben?«

»Ja, das ist wahr.«

»Haben Sie ein bißchen Geduld?«

»Ich habe viel Geduld.«

»Ich habe genügend von Ihnen gelesen, um zu wissen, daß Sie meine Lage verstehen werden«, sagte Tobias Anfang. »Ich habe oft das Gefühl, Kreiters Seele habe von mir Besitz ergriffen. Sie kennen meine Bilder aus New York. Als ich sie malte, war ich noch ich selbst – Welten entfernt von Zorach Kreiter. Hier bin ich Kreiter geworden. Was ich jetzt male, ist nicht eine Nachahmung, es ist mir völlig natürlich. Es bedarf keiner Kunstgriffe. Wenn ich versuche, wieder so zu malen wie früher, so ist mir das unmöglich. Ich spielte mit der Idee, in zwei verschiedenen Stilen zu malen und die Bilder auszustellen, die mir entsprachen – es ging nicht. Tobias Anfang ist nicht mehr – das klingt wie aus den okkulten Büchern oder wie ein Fall von Persönlichkeitsspaltung. Es ist sehr schwierig für mich, diese Verwandlung durchzumachen. Es ist wahr, ich bewunderte ihn, aber wir waren doch ganz entgegengesetzter Art. Er war von Natur aus extravertiert, während ich introvertiert bin. Er war in jeder Beziehung ein ungewöhnlicher Mensch. Ich lebe mit seiner Witwe und höre Dinge über ihn, die mich verblüffen, so grotesk sind sie. Manchmal bin ich nicht ganz sicher, mit wem ich die Nacht verbringe – mit ihr oder mit ihm. Ich geniere mich, es einzugestehen, aber ich bin ihr Gefangener, buchstäblich. Sie läßt mich nirgends hingehen, nicht einmal mit anderen Künstlern zusammen. Wir wohnen beide in Jaffa. Sie bekam das große Haus eines geflohenen Arabers – eines Scheichs oder so etwas ähnlichem. Alles, was ich ich bekommen konnte, war eine halbzerfallene Hütte, umgeben von Jemeniten und den Ärmsten der Armen. Es gibt nicht einmal ein Café in der Gegend. Früher lebte dort ein arabischer Schuster, und ich nehme an, Sie wissen, unter wie armseligen Bedingungen arabische Handwerker leben. Mein Zimmer hat kein Fenster. Anstelle der Tür gibt es nur einen Vorhang. Draußen scheint die Sonne, aber in meinem Raum herrscht ägyptische Finsternis. Ich male im Dunkeln, und oft denke ich, es geschieht ganz automatisch. Meine Hand wird geführt. Wenn ich die Leinwand auf die Staffelei stelle, weiß ich noch nicht, was ich malen werde, und verstehe erst, was ich tue, wenn es schon fast vollendet ist. Aber das Merkwürdigste ist die Verwandlung, die auch mit Zorach vor sich gegangen ist. Er war als Maler mehr oder weniger naturalistisch. Langsam hat sich sein Stil gewandelt – er ist nicht völlig, aber doch teilweise abstrakt geworden. Ich male mit unglaublicher Leichtigkeit, und das erschreckt mich. Glaubte ich an die Unsterblichkeit der Seele und alles, was damit zusammenhängt, wäre ich nicht so verwirrt.«

»Das ist Ihr Unterbewußtsein.«

In Tobias' Augen erschien ein Lächeln. »Ich fürchtete schon, Sie würden das sagen. Sie sollten sich schämen. Das ist nur ein leeres Wort.«

»Nicht leerer als die Worte ›Bewußtsein‹, ›Wille‹ oder ›Gefühl‹.«
»Es ist eine hohle Phrase. Was ist das Unterbewußtsein?«
Wir tranken Tee, knabberten Gebäck und saßen dann schweigend da. Ich fragte: »Was für ein Teufel ist diese Sonja?«
Tobias Anfang schob sein Glas zurück. »Sie ist eine Hexe. In Paris haßte ich sie wie die Pest. Zorach lief vor ihr davon. Wir saßen im Café, in der Coupole oder im Dôme, und sie tauchte auf und machte Szenen. Mehr als einmal habe ich gesehen, wie er sie verprügelte. Ich selbst habe ihr oft genug meine Meinung gesagt. Ich fand sie so abstoßend, daß ich überhaupt nicht verstand, wie jemand wie Zorach sich in sie verlieben konnte. Hier benimmt sie sich ganz anders. Sie ist von einem Dibbuk besessen – wie ich ist sie eine Reinkarnation von Zorach Kreiter geworden. In Wirklichkeit braucht sie mich gar nicht. Ich vermute, sie könnte Zorachs Werk selbst weiterführen, aber sie ist faul. Tagsüber ist sie nie zu Hause. Sie verbringt ihre Zeit damit, in den Cafés von Tel Aviv zu sitzen. Sie kennt viele Leute. Sie fährt nach Jerusalem und Haifa, verkehrt mit Professoren, Schriftstellern und Politikern. Es gibt hierzulande eine Clique von wichtigtuerischen Witwen, und sie ist ihre Anführerin. Früher wußte hier niemand etwas von Zorach Kreiter, aber durch sie ist er jetzt berühmt. Man schreibt über sie in den Zeitungen – am Freitag, auf der Klatschseite. Und durch all dies gibt es keinen Tobias Anfang mehr.«
»Haben Sie keine Verwandten?«
»Hier nicht. Ich hatte ein paar Freunde in Paris und Amerika, aber die wissen nicht, wo ich bin. Ich hätte Sie auch heute nicht treffen können, wenn Sonja nicht nach Safed gefahren wäre. Dort lebt eine Kolonie von Künstlern, und sie versucht, sie zu managen. Wirklich, es ist zu komisch.«
»Lassen Sie den Tee nicht kalt werden.«
»Nein.«
»Wie können Sie mit so einem Stück schlafen?«
Tobias Anfang rührte in seinem Tee. »Das ist eine Geschichte für sich. Ich bin nicht wirklich mit ihr zusammen, sondern mit Zorach, als ob ich homosexuell geworden wäre auf meine alten Tage. Wir reden nur von ihm. Ohne das würde sich bei mir nichts regen. Sie erwähnten das Unterbewußtsein. Ich habe Freud und die anderen gelesen. Ich kenne alle Theo-

rien, aber Dinge beim Namen nennen, heißt noch nicht, sie heilen. Außerdem, mich auf die Couch des Analytikers zu legen, dafür bin ich nicht geschaffen. Ganz Israel ist ein kleines Dorf. Wenn sich eine Fliege auf Ihre Nase setzt, weiß es gleich jeder. Sonja ist vorsichtig genug, die Bilder nicht in Ausstellungen zu schicken, damit kein Kritiker Verdacht schöpfen kann. Sie hat großen geschäftlichen Scharfsinn und erzielt immer Höchstpreise. Das hindert sie aber nicht, mir nur einen Hungerlohn zu zahlen. Sie behandelt mich wie eine Katze oder einen Hund – das ist die Wahrheit.«
»Sie kann Sie doch nicht zwingen, hierzubleiben. Sie könnten doch nach Paris oder Amerika zurückkehren.«
»Was? Ich habe mich in Israel verliebt. Das Land fasziniert mich. Früher hatte ich einmal eine Philosophie der Gleichgültigkeit. Hier kann man nicht gleichgültig sein. Nachts, wenn der Mond scheint und ich durch die engen Gassen gehe, bin ich verzaubert. Ginge ich in ein anderes Land, ich würde vor Sehnsucht sterben. Ich spaziere am Meer entlang, und ich höre buchstäblich die Worte der Propheten. Ich weiß, das ist nur in meiner Phantasie so, aber ich bin von den alten Israeliten umgeben, sogar von den Kanaaniten und all den Völkern, die Josua vorangingen, dem Sohn von Nun. Ich habe in Algerien und Marokko gelebt. Dort sind die Geister wilde Apachen, Mörder, Wahnsinnige. Dieses Land hier wimmelt von Heiligen und von Helden. Obwohl ich nicht an Gott glaube, höre ich Seine Stimme. Ein Atavismus hat sich unserer bemächtigt, und er ist noch stärker als der Lebenstrieb. Fühlen Sie es nicht?«
»Ich fange an, es zu fühlen.«
»Zu Ihrem Besten, laufen Sie davon, ehe es zu spät ist. Nur noch ein halbes Jahr hier, und Sie werden sich nicht mehr losreißen können.«
»Und Sie halten sich immer noch für einen Atheisten?« fragte ich.
»Was macht es schon für einen Unterschied, was ich bin? Ich möchte gern, daß Sie Sonja kennenlernen und meine Bilder sehen. Sie hat Ihre Bücher gelesen, und als Ihre Ankunft in der Presse gemeldet wurde, war sie ganz aufgeregt. Gewöhnlich schläft sie wenig, immer nur zwei bis drei Stunden in der Nacht. Aber in dieser Nacht lag sie wach und sprach von Ihnen, bis der Morgen dämmerte.«

»Was weiß sie denn von mir?«
»Zorach hat ihr von Ihnen erzählt. Und ich habe auch oft über Sie mit ihr gesprochen – warum, das weiß ich selbst nicht.«
»Wie soll ich mich denn an sie wenden?«
»Rufen Sie sie an, aber erwähnen Sie mich nicht. Sie dürfen nicht wissen, daß ich hier bin. Wenn sie Lust dazu hat, wird sie uns zusammenbringen. Aber kommen Sie als Zorachs Freund, nicht als meiner. Sie hat immer Angst, ihr Geheimnis könnte herauskommen. Das ist ihre fixe Idee.«
Er schwieg, und ich öffnete die Tür zum Balkon. Hitze schlug mir ins Gesicht. Ich schaute über die Dächer, Fenster, Balkone und Läden. Worin unterschied sich dies alles von Brooklyn? fragte ich mich. Nein, dies hier war nicht nur der übliche Chamsinwind, das war eine Flamme vom Sinai. Der Himmel dort oben war nicht nur die Atmosphäre, sondern ein Himmel voller Engel, Seraphime und Gott. Der orthopädische Schuhmacher war ein Nachkomme derer, die aus der Babylonischen Gefangenschaft zurückkehrten, und vielleicht auch derer, die später aus Spanien vertrieben worden waren. Der Herr hat ihn in das Land zurückgeführt, das er Abraham versprach, als er den Bund mit ihm schloß. Er und alle anderen hier sind Gefangene, ganz wie Tobias Anfang.

Sonja und ich saßen in dem kleinen Wagen, Sonja am Steuer, und fuhren nach Jaffa. Sie steuerte nur mit der linken Hand. Goldene Anhänger, Glückssymbole aller Art, hingen von ihrem Handgelenk. In der rechten Hand hielt sie eine brennende Zigarette. Ab und zu sah ich sie von der Seite an.
Sie war klein, mager, mit dunklem Teint und hohen Backenknochen; ihre flache Stupsnase hatte Nasenlöcher, so groß wie bei einer Bulldogge. Ihr behaarter Unterkiefer sprang vor. Sie hatte wulstige Lippen und große schiefstehende Zähne.
Sie hupte dauernd und verfluchte alle, die ihr im Weg waren.
»Was brauchen Sie Amerika?« sagte sie. »Dies hier ist ein jüdisches Land. In Amerika wird es auch Antisemitismus geben, genau wie in Polen. Es gibt ihn schon. Sicher, sie haben dort ein paar jüdische Senatoren und vielleicht sogar einen Gouverneur, aber auf jeden der Senatoren kom-

men Tausende von Juden, die unter Vorurteilen zu leiden haben. Bleiben Sie lieber hier. Man wird Sie mit offenen Armen aufnehmen.«
Sie hielt vor einem Gebäude mit einer Kuppel. Ein Hund kam herausgelaufen und bellte. Im sandigen Garten arbeitete ein dunkelhäutiger kleiner Mann, der ein Araber oder ein jemenitischer Jude sein mochte. Wir betraten eine große Halle, mit Wänden voller Bilder – wie in einem Museum. Die Läden waren geschlossen und Sonja öffnete sie nicht. In dem halben Licht erkannte ich Szenen aus Polen, Paris, einen Markt in Warschau, Frauen mit Scheitel, Talmudschüler, Hochzeitsmusikanten, chassidische Tänzer.
»Gott allein weiß, wie ich es fertiggebracht habe, all diese Bilder zu retten«, sagte Sonja. »Aber es geschehen Wunder. In seinen letzten Jahren malte Zorach Tag und Nacht. Nie in seinem Leben war er so produktiv wie in dieser Zeit. – als hätte er eine Vorahnung des nahen Endes gehabt. Er schrieb auch seine Erinnerungen, Hunderte von Seiten. Sie wissen das wahrscheinlich nicht, aber in den letzten Jahren lebten wir wieder zusammen. All unsere Mißverständnisse hatten sich gelöst, und er war ein treuer Ehemann. Er diktierte mir seine Autobiographie. Er erwähnt Sie oft darin und mit größter Bewunderung.«
»Wie ich sehe, wurde er ein eher abstrakter Maler«, unterbrach ich sie.
»In den letzten Monaten kam ein anderer Zorach zum Vorschein. Früher schimpfte er furchtbar auf Chagall. Plötzlich, ohne Vorwarnung, wurde er selbst ein Moderner. ›Was ist schon so Besonderes daran, die Natur abzubilden?‹ fragte er mich. ›Der Künstler muß sein eigenes Weltall erschaffen.‹ Das waren seine Worte. Er erklärt es auch alles in seiner Autobiographie. Unglücklicherweise ist mein Jiddisch nicht auf literarischem Niveau. Und meine Handschrift ist ein einziges Gekrakel. Nur ich kann sie lesen, und manchmal ist es selbst für mich zuviel. Ich brauchte einen Schriftsteller von Ihrem Rang, um Ordnung in dieses Chaos zu bringen. Ich könnte Ihnen Tausende von Details liefern, und zusammen würden wir ein Buch produzieren, das die Welt staunen machen würde.«
»Ich muß nach Amerika zurück. Warum suchen Sie sich nicht jemand anderen?«
»Wen könnte ich schon finden? Die hebräischen Schriftsteller haben ihr

Jiddisch vergessen. Außerdem, sehr wenige von ihnen taugen etwas. Die besten Autoren wurden von den Nazis ermordet. Die paar jiddischen Schriftsteller, die wir noch haben, sind alt, krank und verbittert. Aber, und das ist wichtiger, Sie schätzten Zorach, und er schätzte Sie.«

»Was wurde eigentlich aus Tobias Anfang?« fragte ich. »Er und Zorach waren doch eng befreundet. Vor vielen Jahren traf ich Tobias in Amerika. Plötzlich war er verschwunden.«

Sonja sah mich mit ihren hervorquellenden Augen prüfend an. »Er ist in Israel, aber er arbeitet nicht mehr. Er hat einfach sein Talent verloren.«

»Was tut er denn? Hat er geheiratet?«

»Geheiratet? Das glaube ich nicht. Da er nicht arbeitet, wer würde ihn heiraten? Er ist nicht der einzige. Die Künstler, die sich hier niedergelassen haben, erleben entweder eine Auferstehung, oder sie verkümmern. Ich sehe ihn manchmal in Jaffa oder in Tel Aviv. Ich glaube, er lebt in dieser Gegend. Er ist nicht mehr der gleiche Tobias Anfang, nur noch ein Schatten seiner selbst. Aber in Israel läßt man einen Künstler nicht verhungern. Irgendwie kommt er durch. Ich will mich dessen nicht rühmen, aber ich habe ihm mehr als einmal geholfen.«

Im Nebenzimmer läutete das Telephon. Sonja verschwand nach nebenan und ließ mich allein. Mir schienen die Gerüche der Araber, die hier einst gelebt hatten, noch in der Luft zu hängen. Ein süßlich würziger Duft erfüllte den Raum. Vielleicht war dies ein Harem gewesen. Sonja kam nicht so bald zurück. Als sie eintrat, sagte sie: »Kommen Sie, wir werden jetzt essen.«

»Danke, ich bin nicht hungrig.«

»Mein Gast hat hungrig zu sein. Außerdem muß ein Mann essen, sonst –«

Sie nahm meinen Arm und drückte ihn an ihren Körper, mit einem wissenden Lächeln. Das Speisezimmer hatte einen Steinfußboden. Auch hier hingen an allen Wänden Bilder. Auf der marmornen Tischplatte standen Schüsseln mit Fruchtsalat, saurer Sahne, weißem Käse und Tomaten, dazu Körbe mit Pitta, dem arabischen Brot. Ein dickes jemenitisches Mädchen, mit Augen so groß wie die eines Pferdes, servierte Kaffee in winzigen Tassen. Die Mahlzeit hatte etwas Orientalisches und gleichzeitig Zeremonielles an sich – es war zu spät für Lunch und zu früh für das

Abendessen. Einige Male streifte mich Sonjas Bein. Ich konnte sie jetzt besser sehen. Ihr Gesicht war sonnverbrannt, vertrocknet und runzelig. Um ihren mageren Hals, voller blauer Adern, trug sie Ketten und Perlschnüre. Ihre Augen waren noch schwärzer als die der Jemenitin. Eine geheimnisvolle Dunkelheit glänzte in ihnen. Man konnte sich schwer vorstellen, daß diese intensive Schwärze das Licht des Tages sehen konnte. Wie merkwürdig – plötzlich wurde ich von Begierde nach diesem häßlichen Geschöpf ergriffen.

Ich hörte mich selbst fragen: »Wie kommt es, daß Sie nicht wieder geheiratet haben?«
Sonja schob ihre Kaffeetasse zurück. »Nach Zorach? Eine Frau, die das Glück oder das Unglück gehabt hat, mit einem echten Künstler zu leben, kann nicht – verzeihen Sie den Ausdruck – mit irgendeinem Mann ins Bett gehen, sei er Arzt, Professor oder Ben Gurion selber. Wenn ein Künstler eine Frau besitzt, so bleibt sie auf immer seine Gefangene. Für mich ist Zorach nicht tot – ich lebe immer noch mit ihm, ich bewundere seine Malerei, ich höre seine Worte. Sobald ich die Augen schließe, ist er da. Ohne seine Führung könnte ich das nicht vollbracht haben, was ich vollbracht habe. Er hat mir sogar von Ihrem bevorstehenden Besuch hier gesprochen, vielleicht schon, ehe Sie selbst die Reise beschlossen hatten.«

»Wie spricht er zu Ihnen?«
»Oh, auf viele Arten. Ich besitze ein Ouija-Brett, eine Alphabettafel, und manchmal sitze ich damit auf bis spät in die Nacht. Die kleine Schreibvorrichtung läuft mit unheimlicher Geschwindigkeit. Meine Finger berühren sie kaum. Ich erfahre Dinge, von denen ich keine Ahnung hatte. Ich schreibe ganz automatisch. Ich nehme einen Bleistift, breite ein Blatt Papier aus, und Zorach muß Ihnen etwas sagen, und ich hoffe, Sie werden es gut aufnehmen: Sie sind nicht nur auf einen Besuch hergekommen. Sie wurden geschickt, weil Zorach seine Erinnerungen veröffentlicht sehen möchte, und Sie sind der einzige Mensch, der das durchführen kann.«
»Ich muß nach Amerika zurück.«
»Sie müssen gar nicht. Sie können bleiben. Ich werde Ihnen ein Zimmer geben und alles, was Sie brauchen. Sie haben keine Angehörigen in Amerika – zu wem müssen Sie zurückkehren? Hier gibt es viele interessante Frauen. Glauben Sie mir, Sie werden hier nicht fasten müssen.« Und Sonja blinzelte mir zu. Das Telephon läutete wieder. Sie ging ins Nebenzimmer. Ich sah, daß ihre Beine krumm und dünn wie Stecken waren. Wieder blieb sie eine ganze Weile fort. Ich konnte sie ins Telephon murmeln hören.
Bei ihrer Rückkehr strahlte sie.
»So ein merkwürdiger Zufall. Tobias Anfang rief an. Ich habe seit ewigen Zeiten nichts mehr von ihm gehört. Ist das nicht seltsam? Grade sprachen wir über ihn. Aber so etwas passiert mir dauernd. Als ich ihm sagte, daß Sie hier sind, wurde er schrecklich aufgeregt. Er hat sich einfach selbst eingeladen und wird bald hier sein. Anfang braucht Ermutigung. Er hat keinen einzigen Freund hier. Wenn Sie in Israel bleiben, wird er wieder zum Leben erwachen. Und dann können wir, Sie und ich, Zorachs Erinnerungen für die Veröffentlichung vorbereiten –«
Ich aß von den Süßigkeiten und spülte sie mit starkem Kaffee hinunter. Sonja sagte: »Glauben Sie an ein zukünftiges Leben?«
»Ja.«
»Ich dachte es mir, nach dem, was ich von Ihnen gelesen habe. Allerdings weiß man nie, ob ein Schriftsteller wirklich von etwas selbst überzeugt

ist oder ob er es nur für den Gebrauch des Lesers erfindet. Ich glaube an die Seele. Zorach ist gerade jetzt bei mir. Ich sehe ihn in Ihnen.«
»Wie kann denn das sein? Wir waren ganz entgegengesetzte Naturen.«
»Das glauben Sie nur. Wenn ein Mensch stirbt, tritt seine Seele in die seiner Freunde ein, die ihm nahe waren und ihn bewunderten. Eine Zeitlang waren er und Tobias Anfang sehr eng befreundet, und als Tobias gerade jetzt anrief, glaubte ich einen Augenblick lang, Zorachs Stimme zu hören. Diese Dinge kann man nicht erklären. Ich sitze neben Ihnen, und ich fühle Zorachs Gegenwart. Sie waren sein Lieblingsautor. Er erwähnt Sie oft in seinen Erinnerungen. Vor einigen Wochen lag ich eines Nachts wach, und er sprach zu mir über Sie eine ganze Stunde lang.«
»Was sagte er?«
Sonja sah mich listig und mit unterdrücktem Vergnügen an. »Das ist noch mein Geheimnis.«
Ich wußte, daß ich im Begriff war, eine Torheit zu begehen, eine Unbesonnenheit und einen Verrat, aber ich blickte auf eines der Bilder und fragte: »Wer hat das gemalt – Anfang?«
Sonja straffte sich. »Wie kommen Sie darauf? Es ist von Zorach. Eine seiner letzten Arbeiten.«
»Es erinnert mich an Anfang«, antwortete ich gegen meinen Willen. Es war, als ob ein anderer durch mich sprach.
»Ich habe keine Arbeiten von Anfang«, sagte Sonja ägerlich. »Ich sagte Ihnen doch, daß er aufgehört hat, zu malen. Er gehört zu denen, die hier aufgegeben haben.«
Sie warf mir einen wütenden Blick zu.
Ich erschrak.
Eine Frau wie sie war imstande, mich zu vergiften.
Ich stand auf und sagte: »Es ist alles Schwindel. Zorach hat keine Bilder hinterlassen, und Erinnerungen hat er auch nicht geschrieben.«
Ich lief zur Tür, und sie rannte hinter mir her. Ich bildete mir ein, daß sie einen Teller nach mir warf. In der Diele tappte ich nach der Tür. Draußen erstickte mich fast die ungeheure Hitze. Mir wurde schwindlig. Ich hatte das Gefühl, daß es mir gerade noch gelungen war, einer großen Gefahr zu entrinnen. Noch einen Augenblick, und ich wäre verloren gewe-

sen. Ich blickte auf und sah am anderen Ende der Straße Tobias Anfang – gebeugt, schäbig, verwelkt – ein alter Mann auf schlurrenden Füßen. Er sah mich und begrüßte mich. Ich sah mich um, und da stand Sonja. Sie wartete auf mich, mit ausgebreiteten Armen, ihr Gesicht von einem triumphierenden Lachen gefältelt, als ob meine Flucht nur ein Streich und ein Zeichen unserer Vertrautheit gewesen sei. Sie winkte mich mit ihrem Zeigefinger heran, und ich hörte sie mit schriller Stimme rufen: »Meschuggener literat, kum krik« (Verrückter Schreiber, komm zurück).

In dieser Nacht blieb ich bei Sonja. Tobias hatte darauf bestanden, früh zu gehen. Im Morgengrauen begannen die Regenfälle. Blitze leuchteten auf, und es donnerte. Der Wind heulte wie ein Haufen Schakale. Die Sonne ging auf – ein blakender Docht inmitten schwarzer Wolken. Der Morgen war so dunkel wie die Abenddämmerung. Aus dem Radio kam die Nachricht, daß die Straße nach Tel Aviv überschwemmt sei. Dienstmänner mußten die Fußgänger von einer Seite der Straße zur anderen tragen. Spät am Abend setzte ich mich mit Sonja vor den Kamin, und mit Hilfe des Ouija-Bretts diktierte sie mir das erste Kapitel der Erinnerungen von Zorach Kreiter.

Eigentum

Ich saß im Café Royal mit Max Peschkin – so werde ich ihn hier nennen. Ich war jung und gerade erst aus Polen gekommen; er war ein ehemaliger Anarchist, dessen Erinnerungen eben in drei Bänden erschienen waren. In den dreißiger Jahren hatte der Anarchismus in den Vereinigten Staaten schon ausgespielt (das war Peschkins eigener Ausdruck), aber es gab noch Reste der alten Gruppe, und die veröffentlichte eine jiddische Zeitschrift. Max Peschkin hatte mich zum Lunch eingeladen und mir seine Bücher als Geschenk mitgebracht. Er war klein, hatte milchweißes Haar, ein rundes rotes Gesicht und Augen, die noch keineswegs müde waren. Wir aßen Zwiebelbrötchen mit saurer Sahne, tranken Kaffee im Glas, und Peschkin sagte: »Was es früher hier einmal gab, das ist vorbei. Unsere Sozialisten sind mächtig abgekühlt. Sie gebrauchen zwar noch die alten Phrasen, aber es steckt nichts mehr dahinter. Und was unsere Kommunisten angeht, die lesen jeden Morgen das Rote Blatt und wiederholen es wie Bibelworte. Gestern war Bucharin ein großer Führer; heute ist er ein Verräter. Und stünde in ihrem Blatt, daß Stalin ein Feind des Volkes sei und ein toller Hund, würden sie auch das wiederholen. Die Anarchisten waren anders. Der Anarchismus zog immer mehr Leute mit eigener Persönlichkeit an – noch die Unwissenden unter ihnen hatten eine Art Unabhängigkeit. Als ich in den frühen neunziger Jahren nach Amerika kam, ging es mit dem aktiven Anarchismus schon bergab, obwohl noch immer über die Prostestversammlung im Haymarket in Chicago gesprochen wurde und auch über die vier, die man aufgehängt hatte: Spies, Parsons, Fischer und Engel. Die Marxisten hatten die Führung übernommen. Aber in der jiddischen Gegend an der Lower East Side blühte der Anarchismus noch. Nicht alle von uns wollten darauf warten, bis der Konzentrationsprozeß des Kapitals abgeschlossen war und Kautsky oder de Leon das Zeichen gab, daß die Stunde der Revolution gekommen sei. Es ist richtig, wir hatten keine bedeutenden Theoretiker oder Führer in New York, aber wir bekamen Schriften aus London, wo Kropotkin König war. Außerdem kamen Besucher aus Rußland und Deutschland, manchmal sogar aus Spanien. Unsere Versammlungen waren immer überfüllt. Die meisten der russischen Delegierten sprachen jiddisch. Wir waren so verblendet zu glauben, daß, wenn ein paar Bomben explodieren würden, die Massen wie ein Mann aufstehen und alle Regierungen abschaffen würden.

Ich brauche Ihnen nicht zu sagen, daß Anarchismus ein Name für viele verschiedene Theorien und Bewegungen ist. Zwischen Proudhon und Bakunin besteht ein großer Unterschied. Und was Stirner angeht, der ist ein Kapitel für sich. Ehe ich nach Amerika kam, war ich Student. Ich las alle Theoretiker – erst in Rußland, dann in England. Aber hier, in der Lower East Side, konnten die meisten unserer Leute nicht einen vom anderen unterscheiden. Sie waren gefühlsmäßige Anarchisten. Sie pflegten zu sagen: ›Laßt uns erst einmal die Tyrannen loswerden, dann geschieht schon etwas.‹ Alexander Berkman saß im Gefängnis und war schon halb vergessen, aber Emma Goldman und ihre Predigten über die freie Liebe machten riesigen Eindruck – besonders auf die Frauen.

Wenn Sie meine Erinnerungen lesen, werden Sie die Namen von Maurice und Libby finden. Ich konnte nicht alles schreiben, was ich über die beiden weiß, weil noch Leute leben, die sie gekannt haben und die sie wiedererkennen würden, selbst mit veränderten Namen. Hinzu kommt, daß nur ein Romanschriftsteller dieser Geschichte gerecht werden könnte. Vielleicht interessiert es Sie. Wenn Sie Zeit haben und nichts Besseres zu tun, würde ich sie Ihnen gern erzählen.«

»Ich habe Zeit und auch nichts Besseres zu tun«, versicherte ich ihm.

»Gut. In fünfzig Jahren wird man nichts mehr von alldem wissen. Sie sind aber noch ein junger Mann. Wie alt sind Sie? Noch nicht fünfunddreißig? Ich hielt Sie für älter.«

»Im Juli werde ich dreiunddreißig.«

»Nu, da sind Sie noch ein Säugling. Maurice lernte ich etwa 1893 kennen, vielleicht war es auch 94 oder 95. Hier in den Vereinigten Staaten redeten die Anarchisten damals nur, aber in Rußland ging es wild zu. Da gab es ein Dutzend verschiedener Gruppen: ›Die schwarze Fahne‹, ›Brot und Freiheit‹, ›Anarchie‹, ›Die Motivlosen‹. Die bemerkenswerteste Gruppe von allen war die letztere, die behauptete, der Mensch dürfe töten, rauben, Feuer legen ohne jedes Motiv, nur um der staatlichen Autorität zu trotzen. Ich weiß nicht mehr, wann es war, aber sie warfen eine Bombe in das Hotel Bristol in Warschau. Sie waren damals wahrscheinlich noch nicht auf der Welt. In Odessa jagten sie ein Schiff in die Luft. In Bialystok wurde eine Führerin des ›Bunds‹, Esther Riskin, von einer ihrer Bomben getötet. Später hörten wir, eine Anzahl dieser Anarchisten seien gewöhnliche Banditen geworden – vielleicht waren sie es von Anfang an. Maurice war ein kleiner Mann mit schwarzen Augen und langem, lockigem Haar. Er trug auch einen Bart – einen winzigen. Er sprach immer auf unseren Versammlungen. Ich geniere mich, es zu gestehen, aber von allem, was wir anstellten, waren unsere berüchtigten Jom-Kippur-Bälle das wichtigste Ereignis. Es galt unter Atheisten als ›mizwa‹, als Vorschrift, ausgerechnet am Jom Kippur, dem höchsten Feiertag, einen Ball zu veranstalten, nicht koscher zu essen, mit Vorliebe sogar Schweinefleisch, und damit den Allmächtigen zu ärgern. Maurice war die Seele dieser Veranstaltungen – nicht als Tänzer, sondern als Propagandist. Was er für seinen Lebensunterhalt tat? Nichts, soviel ich weiß. Seine Frau Libby war der Verdiener. Sie nähte Damenblusen für die Konfektion. Ich glaube, sie nähte auch Herrenhemden.

Obwohl ich selbst noch ein Neuling war, unterrichtete ich Ausländer in Englisch, in einem Bildungsverein. Ich suchte damals gerade ein Zimmer. Wo ich wohnte, war es schrecklich schmutzig. Das Essen war unbeschreiblich. Irgend jemand erzählte mir, Maurice habe ein Zimmer zu vermieten. Er war ein komischer Typ. Er trug immer eine Pelerine, einen schwarzen breitrandigen Hut und einen flatternden Schlips. Obgleich er klein und zart war, hielt er feurige Reden. Für gewöhnlich hatte er eine sanfte Stimme, aber wenn er das Thema ›Kapitalismus‹ anschnitt, dann wurde sie schrill. Er griff die Anarchisten, die sich nur mit Propaganda beschäftigten, heftig an. Er glaubte nur an Terror. Seine Frau kam meistens mit und hörte ihm zu, aber ich glaube, sie nahm ihn nicht sehr ernst. Sie war kaum größer als er, dunkel, anziehend. Sie trug langes Haar, in einem

Knoten aufgesteckt, nicht kurz geschnitten wie die Anarchistinnen. Wenn sie lächelte, erschien ein Grübchen in ihrer linken Wange. Oft trug sie einen Faltenrock und eine Bluse mit hohem Kragen. Maurice wetterte gegen Rockefeller, und sie saß auf einer Bank hinten im Raum und gähnte. Manchmal brachte sie auch ihr Strickzeug mit.

Eines Abends ging ich nach seiner Rede zu ihm und fragte, ob es wahr sei, daß er ein Zimmer zu vermieten hätte. Er schien erfreut und rief Libby. Sie erzählte mir von ihrer großen Wohnung in der Attorney Street und sagte, daß sie sehr gerne jemanden aus ihrem Kreis als Untermieter nehmen würde. Damals war es eine Kleinigkeit für mich, umzuziehen. Ich mußte nur meinen Koffer packen und ihn von der Rivington Street nach der Attorney Street tragen. Das Haus, in dem sie lebten, war in einer Gegend, die man heute heruntergekommen nennen würde, die Wohnung lag im dritten Stock, es gab keinen Aufzug. Die Toilette war in der Diele, wer ein Bad nehmen wollte, mußte zum Barbier gehen, der auch der Bademeister war. Mein Zimmer war klein, das Fenster ging auf die Straße, und die Einrichtung bestand aus einem eisernen Bettgestell. Was brauchte ich mehr? Wo ich vorher gewesen war, schliefen wir zu dritt in einem Alkoven.

Über der Tür zum Wohnzimmer hing ein Schild ›Eigentum ist Diebstahl‹, ein Satz von Proudhon. Bilder von Godwin, Proudhon, Bakunin, Kropotkin, Johann Most hingen an den Wänden und, natürlich, auch die Märtyrer von Chicago. Vielleicht hätte Maurice auch Stirner noch aufgehängt, aber es gab kein Bild von ihm. Sozialistische und anarchistische Broschüren füllten ein Bücherregal. Ich vergaß, Ihnen zu sagen, daß ich ein überzeugter Anhänger von Stirner war. Ich hatte nicht nur Stirner, sondern auch Feuerbach gelesen, dessen Schüler Stirner gewesen war, ehe er sich gegen ihn auflehnte. Mein Ideal war eine ›Gemeinschaft von einzigen‹. Ich wollte der ›vollendete einzige‹ werden – eine ›Weltgeschichte in mir selbst‹, ich war bereit, ›mir und dem, was mein ist‹, zu dienen. Das waren Stirnersche Sätze. Für Proudhon war Eigentum böse, für Stirner war es das Wesentliche des Humanismus. Was wirkliche Toleranz bedeutete, wußte keiner von uns. Da ich mit dem Slogan über der Tür nicht übereinstimmte, begann ich sofort, mit Maurice zu debattieren. Und das wollte er gerade. Er war immer bereit, zu argumentieren. Ich zitierte Stirner und er Proudhon. Ich hatte nur das Zimmer gemietet, ohne Essen, aber Libby machte auch für mich Abendessen. Wir saßen zu dritt am Tisch, und Maurice zog gegen das Eigentum zu Felde und gegen alles, was damit zu tun hatte. Er sah voraus, daß nach der Revolution Worte wie ›mein‹ und ›dein‹ aus dem Wörterbuch verschwinden würden. Ich fragte ihn: ›Wie willst du dann einem Mann die gute Nachricht überbringen, daß seine Frau ihm einen Sohn geboren hat?‹ Und Maurice schrie: ›Die ganze Einrichtung der Ehe wird verschwinden! Sie ist auf der Sklaverei aufgebaut. Welches Recht hat ein Mensch auf den anderen?‹ Er regte sich so auf, daß er fast den Tisch umwarf. Libby sagte zu ihm: ›Dein Teller – ich meine, unser Teller – wird gleich hinfallen, und unser Magen wird leer bleiben. Außerdem werden wir auch noch Flecke auf unsere Hosen machen.‹

Ich lachte, die Frau hatte wirklich Humor. Aber Maurice blieb todernst. Er brüllte: ›Du machst noch Witze, was? Alle Ungerechtigkeit, alles Böse kommt vom Eigentum. Warum springen sich die Imperialisten gegenseitig an die Gurgel? Worauf beruht alle Ausbeutung?‹ In seiner Wut griff er auch Stirner an: ›Was ist das für ein Widerspruch – ‚eine Gemeinschaft von einzigen'.‹ Ich sagte: ›Und wie steht es mit der Liebe? Wenn ein Mann eine Frau liebt, dann will er sie für sich und nicht für andere.‹ ›Eifersucht ist kein natürliches Gefühl‹, antwortete Maurice. ›Eifersucht ist ein Produkt des Feudalismus und des Kapitalismus. Im Altertum, als die Menschen noch in Gemeinschaften lebten, gehörten alle Kinder der Gemeinschaft.‹ ›Woher weißt du das‹, fragte Libby. ›Warst du dabei?‹, und Maurice sagte: ›Das ist eine feststehende Tatsache.‹ Er erwähnte Buckle oder irgendeinen anderen Historiker. Wir diskutierten bis ein Uhr früh. Währenddessen wusch Libby ab. Sie öffnete die Küchentüre und sagte: ›Ich bin todmüde. Könnt ihr nicht morgen weiterdiskutieren? Die Probleme halten sich.‹ Maurice war so aufgeregt, er antwortete ihr nicht einmal. Sie sagte: ›Wie ihr wollt, ich gehe schlafen.‹ Dann wandte sie sich an mich: ›Dein Bett – ich meine, unser Bett – ist gemacht.‹«

»Wurde sie Ihre Geliebte?« fragte ich.

Max Peschkin hob die Augenbrauen. »Sie besitzen eine starke Intuition, ohne Zweifel. Aber nicht so eilig. Geduld! Ich habe vergessen, Ihnen zu erzählen, daß ich nach dem Essen eine kleine Auseinandersetzung mit Libby hatte. Ich fragte sie nach dem Preis des Essens, und sie war beleidigt. ›Ich bin nicht deine Köchin‹, sagte sie. ›Ich habe dich als einen Freund eingeladen.‹ Am nächsten Morgen sagte ich nach dem Frühstück: ›Einmal kann man eingeladen werden, aber dauernd umsonst zu essen, das geht nicht.‹ Ich verdiente fünf Dollar in der Woche, und das war damals ein anständiges Gehalt. Ich sagte ihr, daß ich nicht mehr bei ihnen essen würde, bis wir uns über die Kosten geeinigt hätten. Nach einigem Hin und Her fiel die Entscheidung: ich durfte die Unkosten bezahlen.

Nach wenigen Tagen waren wir wie alte Freunde. Ich ging für sie auf den Markt in der Orchard Street und kaufte billig ein. Ich schleppte ihre Pakete zu und von den Geschäften, für die sie arbeitete. Sie sprach Russisch und Polnisch recht fließend, aber ihr Englisch war schlecht, und ich bot an, ihr Privatstunden zu geben. Jetzt wollte sie mich bezahlen, und wir stritten uns wieder. Wir alle waren damals jung, wußten es aber nicht. Da ich von Natur aus eifersüchtig bin, konnte ich mir nie vorstellen, daß andere es nicht sind. Ich bemühte mich, Maurice nicht eifersüchtig zu machen. Aber er schien sehr zufrieden, daß Libby und ich uns angefreundet hatten. Einmal wollte ich spazierengehen, und er schlug vor, Libby sollte mich begleiten. Libby errötete und sagte: ›Was soll das? Vielleicht will er lieber alleine gehen.‹ ›Unsinn‹ sagte Maurice, ›es ist viel netter zu zweit.‹ Ein anderes Mal hatte ich zwei Karten für das Jiddische Theater, und er schlug mir vor, Libby mitzunehmen. ›Sie sitzt den ganzen Tag an der Nähmaschine‹, sagte er. ›Sie soll sich auch einmal vergnügen.‹ Ich nahm sie mit in das Theater, und wir sahen Jacob Adler – den Großen Adler, wie man ihn nannte – in einem Melodrama von Gordin. Dann gingen wir in die Grand Street, um Knisches zu essen. Die Straßen waren voll mit Leuten, die die jiddische Zeitung vom nächsten Morgen kauften und sich über die Leitartikel und die Theaterstücke, die in der Second Avenue

gespielt wurden, unterhielten. Wir kamen spät nach Hause; Maurice strahlte vor Entzücken. Er arbeitete an einer Rede über den Güteraustausch in einer freien Gesellschaft. Ehe Libby zu Bett ging, sagte sie zu mir: ›Vielen Dank für den Abend.‹ ›Sich bedanken ist nicht genug‹, sagte Maurice. ›Was soll ich tun – ihm zu Füßen fallen?‹ Und Maurice sagte: ›Er hat zumindest einen Kuß verdient.‹ ›Man hat mich nicht so erzogen, daß ich fremde Männer küsse‹, sagte Libby, ›aber wenn du es befiehlst, so will ich es tun.‹ Sie kam zu mir, legte beide Hände an meine Wangen und küßte mich auf den Mund. Ich muß Ihnen dazu sagen, daß ich damals noch eine Jungfrau war. Ich hatte schon kleine Liebeleien gehabt, aber sie waren alle romantisch und platonisch gewesen. In der Attorney Street, gleich gegenüber unserem Haus, war ein Bordell, aber diese Frauen waren mir widerlich. Außerdem, wie kann ein Idealist sich mit weißer Sklaverei abgeben? Das war eine kapitalistische Einrichtung, ein Sport für die Morgan & Co.

An diesem Abend war Maurice müde und ging gleichzeitig mit Libby zu Bett. In meinem Zimmer brannte eine Gaslampe. Es war schon einige Male passiert, daß ich eingeschlafen war, ohne das Licht zu löschen. Die Tür öffnete sich, und Libby erschien in Nachthemd und Hausschuhen. Ihr Haar hing lose bis auf die Schultern. Sie sagte: ›Wenn du nicht mehr lesen willst, mache ich das Licht aus. Es ist schade, Gas zu verschwenden.‹ Und sie lächelte und blinzelte mir zu.

Mehr als vierzig Jahre sind seit diesem Abend vergangen, aber mir ist, als sei es erst gestern gewesen. Damals schlief ich sofort ein, wenn ich nur den Kopf auf das Kissen legte. Aber in dieser Nacht war ich zu unruhig zum Schlafen. Libbys Kuß hatte mich erregt – nicht einmal so sehr der Kuß wie die Art, auf die sie mein Gesicht gehalten hatte. Ihre Hände waren warm gewesen, fast heiß.

Trotzdem schlief ich nach einer Weile ein. Es war Winter, und die Nächte waren lang. Ich wachte auf und wußte nicht, hatte ich eine Stunde geschlafen oder sechs. Es war nicht ganz dunkel im Raum, der Schein einer Straßenlaterne fiel herein. Plötzlich sah ich Libby. Sie stand an meinem Bett. Obgleich ich mich für einen Freidenker hielt, glaubte ich doch ein paar Sekunden lang, daß sie eine jener Teufelinnen sei, einer der Lilith-

Geister, die Talmudschüler zur Sünde verlocken. Ich sagte: ›Libby?‹ Sie beugte sich über mich, und in ihrem Flüstern lag sowohl Leidenschaft wie Spott: ›Laß mich in dein Bett, mir ist kalt.‹ Ich starb fast vor Angst. Meine Zähne klapperten. ›Wo ist Maurice?‹ fragte ich. ›Er hat es mir erlaubt‹, sagte sie. ›Er will keinerlei Eigentum besitzen.‹

Würde mir so etwas heute zustoßen, bekäme ich wahrscheinlich einen Herzanfall, aber damals war ich dreiundzwanzig, und mein Blut kochte. Ich vergaß alle Verbote. Vor einiger Zeit las ich, daß ein Mann, den man gezwungen hatte, vierzig Tage zu fasten, eine Ratte aß. Es gibt eine Form des Hungers, die alle anderen Gefühle abtötet. Erst als sie mich nach einer halben Stunde verließ, wurde mir klar, was wir getan hatten. Aber ich war so erschöpft, ich konnte nicht wach bleiben.

Am nächsten Morgen frühstückten wir alle drei wie gewöhnlich, und Maurice schien etwas feierlich, fast glücklich. Er sagte: ›Ich kann nicht eine Sache predigen und das Gegenteil davon tun. Unter uns herrscht Brüderlichkeit.‹ Damals wußten wir noch nicht, was wir heute wissen. Aber ich hatte Forel gelesen, vielleicht war es auch Krafft-Ebing – genau weiß ich es nicht mehr –, und ich wußte, es war nicht reiner Altruismus. Es gibt Männer, und auch Frauen, die den Drang haben, alles zu teilen. Ich war ein Glückspilz; ich hatte alles in einem – ein Zimmer, Essen und eine Geliebte. Maurice wurde ganz überwältigend freundschaftlich. Er lobte mich über den grünen Klee. Er küßte mich sogar. Hielt er eine Rede, so mußte ich mit Libby in der ersten Reihe sitzen. Und immer fand er Gelegenheit, mich zu zitieren. Er war bereit, mir alles zuzugestehen, nur nicht Stirner. Er kritisierte ihn immer noch erbarmungslos. Zu jener Zeit war Stirner noch nicht ins Jiddische übersetzt, und unsere Genossen wußten weng von ihm. Aber Maurice griff ihn bei jeder Gelegenheit an. Tatsächlich war er es, der Stirner in der Lower East Side bekannt machte.

Zwei Jahre vergingen, und sie schienen meine glücklichsten Jahre. Bald brachte ich meine Lohntüte Libby – the paydy, wie es in unserem amerikanisierten Jiddisch hieß –, und sie vollbrachte Großes mit diesen fünf Dollar. Ich glaube, ich bekam sogar eine Gehaltserhöhung. Sie gab mir Essen, kaufte meine Kleider und verwöhnte mich. Es gibt keine Geheimnisse. Die Lower East Side ist wie ein Dorf. Außerdem verheimlichte

Maurice unsere Liebschaft nicht. Er prahlte sogar damit. Unsere Genossen unterhielten sich darüber. Alle stellten die gleiche Frage: Was wird werden, wenn ein Kind kommt? Aber wir paßten schon auf, daß keines kam.

Nach einiger Zeit wurde alles zur Routine, und ich bemerkte, daß Libby nicht mehr so feurig war. Die Leute in der Attorney Street fingen an, schlecht über uns zu reden. Libbys ›Landsleit‹ schrieben an ihre Verwandten in der Heimat und berichteten von unserem schändlichen Treiben. Man drohte uns sogar mit Deportation. Wir planten, in den Westen zu ziehen. Irgendwo im Staate Oregon sollte es noch Reste der frühen Kommunen geben, die Sozialisten und Utopisten gegründet hatten. Sie brachen allerdings auseinander, weil jedes Mitglied nicht nur seine eigenen Ideen darüber hatte, wie die Menschheit zu befreien sei, sondern auch, wie Heu zu stapeln und Kühe zu melken seien. Viele der Mitglieder wurden faul und wollten nicht arbeiten. Einige wurden verrückt.

Wie wir mittendrin waren in alldem, gab es eine Sensation: Ein russischer Revolutionär, der zu zwanzig Jahren Zwangsarbeit in Sibirien verurteilt worden war, aber fliehen konnte, hatte nach vielen Wochen oder

Monaten des Umherirrens durch Wälder und Tundren Amerika erreicht. Er hatte sich zum Pazifik durchgeschlagen und soll als blinder Passagier auf einem Frachter in San Francisco gelandet sein. Sie werden es nicht glauben, aber ich habe vergessen, wie er hieß. War es Baruschkin? Oder Kaluschin? Nein, auch nicht. Das ist das Schlimme im Alter – man vergißt Namen. Ich erwähne ihn in meinen Erinnerungen. Aber es stellte sich bald heraus, daß er kein Revolutionär war, sondern ein verbrecherischer Lügner, ein Scharlatan. Er war nicht als Bombenwerfer verurteilt worden, wie man uns erzählt hatte, sondern wegen Diebstahls. Aber das heißt das Pferd am Schwanz aufzäumen. Wir glaubten damals, eine Hauptstütze der russischen Revolution besuche New York und daß er seinen wahren Namen deshalb nicht preisgab, weil er vorhatte, nach Rußland zurückzukehren. In der jiddischen Presse erschien eine Notiz, er werde in einem der größten Säle der südlichen Stadt sprechen. Man hörte sogar, er sei ein rebellischer Sohn russischer Aristokraten. Alles gelogen. Nur etwas war richtig: Er war ein Großrusse, kein Jude, ein Riesenkerl, blond, blauäugig, und er sprach echtes Russisch. Bei unseren Genossen galt das als Zeichen der Vornehmheit. So viele der Besucher aus Rußland waren unsere eigenen Brüder gewesen – klein und dunkel –, und sie alle sprachen Russisch mit einem Akzent. Man hatte so viel Reklame gemacht, daß viele hundert Getreue, die gekommen waren, ihn zu hören, keinen Einlaß fanden. Sie blieben draußen – ich unter ihnen. Ich kam spät. Maurice sollte ihn einführen, und Libby saß ganz vorne. Natürlich konnte ich nicht hören, was Maurice sagte, aber der Mann aus Moskau hatte die Stimme eines Löwen. Ich kann mich erinnern, daß ich, nachdem er zehn Minuten gesprochen hatte, zu einem Nachbarn sagte: ›Wenn der ein Revolutionär ist, will ich ein Tatar sein.‹

Man könnte einen ganzen Roman über die Sache schreiben, aber ich will mich an die Tatsachen halten: Libby verliebte sich in ihn. Sie hat es mir später selbst gesagt: sie warf nur einen Blick auf ihn, und sie wußte, ihr Schicksal war besiegelt.

Es ist seltsam, ich kann mich genau daran erinnern, wie unsere Affäre begann, aber wie sie endete, habe ich vergessen. Ich glaube, ich schlief in dieser Nacht überhaupt nicht in Maurices Wohnung. Es kann sein, daß Maurice den Mann aus Moskau mit nach Hause genommen hatte nach dem Vortrag und daß ich woanders hingehen mußte. Es kam alles so plötzlich. An einem Tag hatte ich alles bei Maurice – und am nächsten Tag mußte ich packen und fortgehen. Sie waren beide vernarrt in ihn, Maurice und Libby – Maurice sogar noch mehr als sie. Jetzt, wo es einen Freud gibt, wissen wir wenigstens, wie man so ein Verhalten nennt.

So ist der Mensch, kaum hat er einen Namen für eine Sache, schon ist sie kein Rätsel mehr.

Aber damals hatten wir noch keinen Namen dafür. Selbst wenn man sie hatte, ich wußte nichts davon. Ich erinnere mich, meinen Koffer den East Broadway entlanggeschleppt zu haben und alle paar Schritte stehengeblieben zu sein. Ich war aus dem Paradies vertrieben worden, ohne meine Sünde zu kennen.

Nach einigen Monaten wurde der Schwindler entlarvt. Es kamen Briefe aus Rußland, die alle seine Behauptungen bestritten. Zu jener Zeit war ich schon aufgewacht. Ich begriff, daß Leute wie Maurice Heldenverehrer sind. Und in ihrem Zusammenleben war Libby auch so geworden. Jetzt, da sie mich so leicht gegen irgend jemand anderen auswechseln konnten, erkannte ich, daß unsere Beziehung von Anfang an keinen wirklichen Gehalt gehabt hatte. Bei so einem verdrehten Paar zu leben, konnte einem jungen Mann nicht guttun. Es dauerte nicht lange, und ich traf die Frau, die ich heiratete und die die Mutter meiner Kinder wurde. Sie starb vor einiger Zeit.

Was aus Libby und Maurice wurde? Sie ließen sich scheiden. Himmel und Erde verbünden sich, damit solche Dinge nicht von Dauer sind. Libby heiratete einen älteren Mann, einen Apotheker. Maurice ging, wenn ich mich nicht irre, nach Oregon, wo er so lange blieb, bis die Kolonie sich auflöste. Er kehrte mit einer häßlichen Frau zurück, die älter war als er. Sowohl Libby wie er zogen sich völlig von der Bewegung zurück. Viele Jahre später traf ich ich ihn in Miami Beach. Ich suchte damals eine Wohnung mit allem Komfort, und man hatte mir ein Haus in der Meridian Avenue empfohlen. Ich trat in die Halle und sah Maurice. Er war der Besitzer. Eine Mieterin zankte sich gerade mit ihm, weil sie kein heißes Wasser hatte. Er war dick geworden und wabbelig, trug nach der Mode

von Miami Beach Shorts und ein rosageblümtes Hemd. Er war auch kahl geworden.
Ich wartete ein Weilchen und hörte zu, dann trat ich näher und sagte: ›Maurice, mein Lieber, ‚Eigentum ist Diebstahl'.‹ Er umarmte mich und weinte wie ein Kind. Er hatte sich von seiner zweiten Frau scheiden lassen und wieder geheiratet. Er bot mir eine Wohnung zu einem Spottpreis an. Seine Frau prahlte, ihre Kräppelach seien weltberühmt. Mir stand der Sinn nicht nach Scherzen. Außerdem war seine dritte Frau noch häßlicher als die zweite. Beide sind tot.«
»Was wurde aus Libby?« fragte ich.
Max Peschkin schloß die Augen. »Auch sie ist schon in einer Welt, wie wir alle sie hier auf Erden zu verwirklichen suchen – einer besseren Welt.«

Die Aktentasche

Man sagt, dauerndes Herumhetzen sei eine typisch amerikanische Krankheit. Obwohl ich kein gebürtiger Amerikaner bin, so bin ich doch ein Opfer dieser Krankheit. Manchmal bin ich in einer solchen Hetze, daß ich mich anstrengen muß, mich daran zu erinnern, daß ich Kohn heiße. Ich bin immer in Eile, selbst wenn ich schlafe.

In jenem Winter arbeitete ich an einer Zeitung, schrieb Bücher, ging auf Vortragsreisen und nahm eine Gastprofessur an einer Universität im mittleren Westen an, wo ich Vorlesungen über moderne Literatur halten sollte. Obwohl ich nur jede zweite Woche zwei Tage dort sein mußte, nahm ich mir eine Wohnung und ließ ein Telephon legen. Die Universität stellte mir ein Büro zur Verfügung, und dort gab es auch ein Telephon. Die Telephone läuteten dauernd; jedesmal, wenn ich eine der Türen öffnete, begrüßte mich das Geklingel. Professoren wollten mich kennenlernen, ihre Frau luden mich zum Lunch oder Abendessen ein, Studenten brachten ihre Arbeiten zum Durchsehen, ältere Semester der Journalistik wollten Interviews, Mitglieder der lokalen jüdischen Gemeinde baten mich, in ihrem Gemeindehaus einen Vortrag zu halten.

Da ich nicht nein sagen kann, sagte ich zu allem ja. Mein kleines Notizbuch war so überfüllt mit Telephonnummern und Adressen, daß ich meine eigene Handschrift kaum entziffern konnte. Ich hatte eine Wohnung in Manhattan und ein Büro bei der Zeitung, infolgedessen erhielt ich Post und Bücher an vier verschiedene Adressen. Ich hatte keine Zeit, die Haufen von Papier, die sich überall ansammelten, auch nur durchzusehen. Manchmal öffnete ich nicht einmal die Umschläge. Leute wie ich haben gewöhnlich Sekretärinnen, aber ich war nie lange genug an einem Ort. Außerdem durfte niemand von all meinen verrückten Beziehungen zu Frauen wissen. Über die Jahre meines langen Junggesellenlebens hatte ich einen unsichtbaren Harem von Verflossenen oder Verpaßten angesammelt. Allen machte ich Versprechungen. Einige waren noch verhältnismäßig jung, andere inzwischen alt geworden. Eine hatte Krebs. Verschiedene hatten geheiratet, manche sogar zum zweiten oder dritten Mal. Ihre Töchter behandelten mich wie ihren Stiefvater. Man erwartete von mir, daß ich Glückwünsche und Geschenke zu ihren Geburtstagen und anderen Gedenktagen schickte. Die meisten vernachlässigte ich und wachte nachts mit schlechtem Gewissen auf. Ich trat oft auf telepathischem Wege mit ihnen in Verbindung, und sie schienen auf dem gleichen Wege zu antworten. Telepathie, Hellseherei und Vorahnungen ersetzten Briefe, Telephonanrufe und Besuche. Ich tat allen unrecht, und trotzdem überschütteten mich diese Frauen weiterhin mit Liebe. Vielleicht weil ich – in Gedanken zumindest – ihnen immer noch ergeben war. Vor dem Einschlafen betete ich für sie.

Im Februar jenes Winters hatte ich eine Woche ohne Verpflichtungen. Der Rabbiner einer kalifornischen Gemeinde, vor der ich sprechen sollte, war plötzlich gestorben, und mein Vortrag wurde vertagt. Kaum hatte ich die Nachricht erhalten, da beschloß ich, die freien Tage mit Reisl zu verbringen. Die Nacht vorher war ich bei ihr in der Bronx. Mein Flugzeug sollte mittags um zwölf abfliegen. Ich stand um sechs Uhr auf. Reisls kranke Mutter Lea Hinda schlief immer lange. Reisl hatte mir Frühstück gemacht. Als ich um acht Uhr bei mir in der Wohnung eintraf, fand ich unter die Tür geschoben ein Telegramm, das meinen Vortrag absagte.

Ehe ich ging, hatte Reisl sich beklagt: »Früher bliebst du tagelang bei mir. Jetzt bleibst du höchstens eine Nacht.«

Und plötzlich hatte ich eine ganze freie Woche!

Zuerst legte ich mich auf die Couch und versuchte, den versäumten Schlaf nachzuholen. Wir waren erst um ein Uhr morgens aus dem Theater nach Hause gekommen. Das Telephon läutete, und ich ließ es läuten. Ich dachte an die Worte Esaus: ›Siehe, ich muß doch sterben, was soll mir denn die Erstgeburt?‹ Die Art von Leben, die ich führte, gab mir das Gefühl, langsam Selbstmord zu verüben. Ich war schon so weit, daß ich nie mehr als fünf Rasierklingen kaufte. Zehn zu kaufen, hieße das Schicksal herausfordern – ich konnte jeden Tag eine Herzattacke oder einen Nervenzusammenbruch bekommen.

Gegen elf wachte ich auf, genauso müde, wie ich mich hingelegt hatte. Ich sah mich im Zimmer um. Die Putzfrau hatte operiert werden müssen und war zur Erholung zu ihrer alten Mutter nach Puertorico gefahren. Die Wohnung war schmutzig. Bücher, Zeitschriften, Unterhosen, Krawatten, Taschentücher lagen am Boden verstreut. Der Schreibtisch war mit Papieren bedeckt. Obwohl ich versuchte, Ordnung zu halten, lebte ich doch in dauernder Unordnung. Ich konnte nie etwas finden. Ich verlor Rechnungen. Ich verlegte meinen Füllfederhalter und meine Brille. Ich zog einen Schuh an und konnte den zweiten nicht finden. Eines Tages vermißte ich meinen Cashmeremantel. Ich suchte überall, selbst an Orten, die für ein Unterhemd zu klein gewesen wären, er war verschwunden. War bei mir eingebrochen worden? Nirgends waren Zeichen eines Einbruchs. Warum sollte ein Dieb nur den Mantel nehmen? Ich öffnete den Schrank noch einmal und fand den Mantel zwischen meinen anderen Sachen. Kann man vor lauter Geistesabwesenheit blind sein?

Ich rief Reisl an und teilte ihr die gute Nachricht von meiner freien Woche mit.

»Komm sofort hierher!« rief sie.

»Nein. Komm du und verbringe den Tag bei mir. Später gehen wir dann zu dir!«

»Du weißt, daß ich meine Mutter nicht allein lassen kann.«

»Du kannst, auf ein paar Stunden.«

Nach vielem Hin und Her stimmte Reisl zu, ›in die Stadt zu kommen‹, so nannte sie den Weg nach Manhattan. Lea Hinda hatte eine alte Nachbarin, die nach ihr sehen würde. Lea Hinda litt an hohem Blutdruck und einem halben Dutzend anderer Krankheiten, aber irgendwie schaffte sie es, am Leben zu bleiben. Sie nahm zahllose Tabletten und hielt die strengste Diät, von der ich je gehört hatte. Nachdem sie das Leben im Getto und in Konzentrationslagern überstanden hatte, war sie entschlossen, neunzig zu werden.

Obwohl Reisl versprochen hatte, in einer Stunde dazusein, wußte ich doch, es würden drei werden. Zu Hause lief sie halbnackt und mit ausgetretenen Hausschuhen herum. Aber wenn sie sich in die Stadt begab, dann trug sie ihr Sabbatkleid. Bevor sie fortging, legte sie der Mutter alle Ta-

bletten hin, die sie brauchte, herzstärkende, entwässernde, vitaminhaltige. Lea Hinda lernte nie, mit diesen amerikanischen Medizinen umzugehen.

Jetzt hatte ich Zeit, mich zu rasieren, zu baden, vielleicht sogar ein Manuskript anzusehen. Aber das Telephon ließ mir keine Ruhe. Ich hatte meinen Rasierapparat verlegt und verbrachte eine Viertelstunde damit, ihn zu suchen. Plötzlich erinnerte ich mich, ihn in den Koffer gelegt zu haben, den ich nach Kalifornien mitnehmen wollte. Als ich ihn auspackte, läutete das Telephon wieder. Die Stimme war die eines Erwachsenen, der ein Kind nachahmt, und ich tippte auf Sara Pitzeller. Obwohl sie krebskrank war, hatte sie ihren Humor bewahrt.

»Weißt du, daß deine Sara gestorben ist?« sagte sie mit der kindlichen Stimme.

Ich war sprachlos.

»Warum antwortest du nicht? Hast du Angst vor den Toten? Die tun dir nichts. Denen kannst auch du nicht mehr weh tun. Ist das nicht großartig?« Sie legte den Hörer auf.

Es läutete dreimal an der Tür. Das mußte Reisl sein. Sie kam immer in einem Aufruhr an. Sie trug in sich die Spannungen des Gettolebens, der heimlichen Grenzübertritte, der Barackenlager Verschleppter und Heimatloser. Sie war blond, blauäugig, schlank, und obwohl sie bald vierzig war, sah sie aus wie ein Mädchen in den Zwanzigern. Sie war Schneiderin von Beruf, man hatte sie sogar als Mannequin beschäftigen wollen. Aber sie sprach kein Englisch. Außerdem hatte sie sich im Getto das Trinken angewöhnt.

Noch ehe sie die Tür geschlossen hatte, schrie sie: »Nie wieder fahre ich irgendwohin mit der Untergrundbahn. Lieber sterbe ich.«

»Was war denn los?«

»Ein Kerl hing sich an mich. Ich sagte zu ihm: ›Go, Mister, I no understand English.‹ Aber er hörte nicht auf, mich zu belästigen. Besoffen wie Lot. Und Augen wie ein Mörder. Als ich ausstieg, stieg er auch aus. Vater im Himmel! Ich dachte, jeden Moment zieht er das Messer heraus.«

»Dein Kleid ist ein bißchen auffallend, und deshalb ...«

»Du verteidigst ihn noch. Du bist immer auf der Seite meiner Feinde. Du wärst imstande, selbst Hitler zu verteidigen. Das ist ein ganz einfaches Kleid. Du wirst es nicht glauben, aber ich habe den Stoff für einen Dollar von einem Restetisch gekauft . . . Ich habe meine Zündhölzer vergessen. Ich muß eine Zigarette rauchen.«

Ich brachte Reisl Zündhölzer.

Sie zog den Rauch ein, blies eine Rauchwolke von sich und sagte: »Ich muß was trinken.«

»So früh am Tag?«

»Gib mir ein Glas Kognak. Ich habe dir was zu essen mitgebracht.«

Jetzt erst bemerkte ich, daß sie einen Korb trug. Ich hatte sie oft gebeten, mir kein Essen mitzubringen. Das zog nur Küchenschaben und Mäuse an. Aber sie machte, was sie wollte. Sie schlug auch meine Warnungen in den Wind, daß sie vom Trinken und Rauchen krank werden würde. Sie rauchte drei Päckchen am Tag. Sie rauchte auch mitten in der Nacht. Ich wollte ihr ein kleines Glas eingießen, aber sie riß mir die Flasche aus der Hand und goß ein Wasserglas voll. Sie trank es mit der Hast eines Alkoholikers, und für einen Augenblick war ihr Gesicht seltsam verzerrt. Dann wurde sie vergnügt.

Sie hatte Lunch für uns beide mitgebracht, aber ich mußte fast alles allein essen. Zigaretten und Alkohol genügten ihr. Sie hatte die Gerichte gekocht, die ihr von zu Hause vertraut waren: Kartoffelpudding, gebackene Nudeln, Grütze mit Pilzen und Backpflaumen. Während ich aß, sagte sie: »Im Getto wagte ich nicht einmal, von so einer Mahlzeit zu träumen. Wir beteten um trockenes Brot. Ich habe einmal gesehen, wie sich zwei Juden um eine verschimmelte Brotkruste prügelten. Die Nazis peitschten beide aus wegen Störung der öffentlichen Ruhe. Wo ist der Gott, über den du schreibst? Er ist ein Mörder, nicht ein Gott. Wenn ich die Macht hätte, würde ich jeden aufhängen, der über Ihn plappert.«

»Dann würdest du mich an den Galgen bringen?«

»Dich nicht, Liebling. Ich würde dir den Mund verstopfen, das ist alles. Du weißt nicht, was du sagst – du bist wie ein kleines Kind ohne Verstand. Wie ein Bub wie du überhaupt Bücher schreiben kann, ist ein Wunder. Die Wahrheit ist, du schreibst sie gar nicht – ein Dibbuk ist in dich gefahren. Er schreibt. Wenn du den Pudding nicht bis auf den letzten Krümel aufißt, gehe ich nach Hause und seh' dich nie wieder an. Gib mir noch ein Glas.«

»Ich gebe dir nichts mehr – nicht einmal, wenn du dich auf den Kopf stellst.«

»Komm schon! Ich will diese dreckige Welt ein paar Sekunden lang vergessen. Mit wem bist du ins Theater gegangen, zur ›Türkischen Hochzeit‹?«

»Mit niemandem.«

»Aber du hast doch in deiner Besprechung eine Begleiterin erwähnt.«

»Ach, das ist nur mein Stil, in dem ich mich ausdrücke.«

»Schöner Stil! Drück dich nicht so gebildet aus mit mir. Ich weiß genau, daß du mit Weibern herumziehst. Mögen sie alle in Flammen aufgehen! Genüge ich dir nicht? Du bist mit irgendeiner Nutte zur ›Türkischen Hochzeit‹ gegangen. Die Plagen des Pharao sollen sie treffen! Sie hat sich wahrscheinlich hier im amerikanischen Luxus gewälzt, während ich in einem Bunker mit Ratten und Läusen verfaulte. Jetzt stiehlt sie mir noch meinen Mann. Sie soll in der Hölle braten!«

»Du verfluchst jemanden, der gar nicht existiert.«

»Doch existiert sie, und die anderen auch. Ich wünschte, es gäbe sie nicht. Deshalb trinke ich ja. Gib mir noch einen Schluck.«

»Nein.«

»Du willst nicht? Dann bist du ein kaltblütiger Mörder. Du magst von Rabbinern abstammen, aber ich glaube, deine Mutter hat einen Bastard zur Welt gebracht. Sieh mich nicht so an. Das ist schon vorgekommen in unserer verfluchten Geschichte. Wie erklärst du dir sonst die blonden Köpfe und Stupsnasen unter uns? Wir sind gar keine Juden. Die Christen verfolgen Christen! Die wirklichen Juden sind schon lange ausgestorben. Vielleicht gibt es noch eine Handvoll in Jerusalem. Gib mir noch einen kleinen Kognak, oder ich sterbe.«

»Tu's nur.«

Reisl heftete ihre hellblauen Augen auf mich. »Ich weiß wirklich nicht, warum ich dich liebe. Was sehe ich in dir? Jahrelang habe ich mich nach einem Mann gesehnt. Schließlich fand ich einen. Und der ist verrückt und schlecht.«

Wir umarmten uns, ich hob sie hoch, und einer ihrer Schuhe fiel zu Boden. Das Telephon läutete. Meine Universität. Der Dekan der Abteilung für Englisch wollte mich nur daran erinnern, daß ich morgen eine Vorlesung zu halten hätte. Himmel, ich hatte völlig darauf vergessen. Ich fragte ihn, ob man sie verschieben könnte. Er sagte, man hätte extra einen bestimmten Saal reserviert, und eine Verschiebung käme nicht in Frage. Während ich noch sprach, stieg Reisl das Blut ins Gesicht. Sie riß sich von mir los und humpelte zu ihrem zweiten Schuh. Sie fiel hin. Wie sie da lag, fing sie an zu schreien: »So geht es mit allen unseren Plänen! Ich verfluche den Tag, an dem ...«

»Komm mit mir.«

»Du weißt, daß ich das nicht kann, du Schlappschwanz. Oder ich muß vorher meine Mutter vergiften.«

»Aber ich muß gehen.«

»So geh. Aber bei deiner Rückkehr wirst du zwei Leichen vorfinden. Ich habe dieses Schicksal verdient, weil ich am Leben bleiben wollte. Niemand sollte so etwas überleben – es ist Sünde. Um mich herum starben sie wie die Fliegen, und ich träumte von gebratenem Schnitzel und Liebe. Dafür werde ich jetzt bestraft. Komm nicht in meine Nähe. Du bist mein schlimmster Feind.« Ich sah sie an, und ich sah eine knochige Nase, ein spitzes Kinn, eingefallene Wangen. Als sie angekommen war, sah sie wie ein junges Mädchen aus. Jetzt hatten die Jahre sie eingeholt. Ich bemerkte auch die Krähenfüße um ihre Augen. Ihre Nasenlöcher weiteten sich. Sie schrie auf. »Gib mir die Flasche! Ich muß mich besaufen.«

»Nicht in meiner Wohnung.«

»Gib mir die Flasche. Es gibt für mich nur noch den Suff. Warum hat Gott die Welt erschaffen? Beantworte mir das. Er ist kein Gott. Er ist ein Teufel. Er ist auch ein Hitler – und das ist die bittere Wahrheit.«

»Halt den Mund!«

»So, jetzt bist du auch noch fromm geworden, was? Du fürchtest dich vor meinen Gotteslästerungen? Er saß in Seinem siebenten Himmel und sah zu, wie man Kinder in die Gaskammern schleppte. Die Engel sangen zu Seinen Ehren, und Er sonnte sich in der himmlischen Glorie. Gib mir die Flasche. Wenn du es nicht tust, bringe ich mich sofort um.«

Meine Vorlesung hieß ›Hat die Literatur des Unterbewußten und des Absurden eine Zukunft?‹ Während ich sprach, spürte ich, daß die Zuhörer mir nicht zustimmten. Man hörte Gemurmel und Husten, gefolgt von feindlichem Schweigen. Eine Frau versuchte, mich zu unterbrechen. Ich war mir dessen nicht bewußt, aber ich hatte die Psychologisierer und Soziologisierer unter den heutigen Romanschreibern angegriffen. Während der Diskussion warfen die Studenten Kafka und Joyce als Argumente gegen mich in die Debatte. Und wie stand es um die Symbolisten? Wollte ich wirklich die Uhr der Literaturgeschichte zurückdrehen bis zu Flauberts Realismus? Einige meiner Studenten hatten lange, undurchsichtige Arbeiten geschrieben, die den ›inneren Menschen‹ wiedergeben sollten. Andere versuchten, in ihren Arbeiten die Gesellschaft neu aufzubauen – oder zumindest die alte zu zerstören. Ein Professor wies auf den Widerspruch zwischen meiner Theorie der Literatur und meinen eigenen Schriften hin, die symbolisch, oft sogar mystisch seien. Ich versuchte, meine Ansichten zu erklären, aber der Vorsitzende teilte mit, es sei Zeit für Erfrischungen. Wir gingen in einen Saal, wo es Punsch und Schnäpse gab. Dieser Empfang war mir zu Ehren gegeben worden, aber die Literaturprofessoren übersahen mich und unterhielten sich untereinander. Sie erzählten sich Witze, die gerade ›in‹ waren. Ich zog mich in eine Ecke zurück, nippte an meinem Punsch – ich war ein Außenseiter.

Eine Frau kam zu mir heran. Ich erkannte sie, aber konnte mich nicht an ihren Namen erinnern oder wo wir uns begegnet waren und wann. Sie sah sowohl jung aus wie gealtert, als ob sie gerade einer schweren Krankheit oder einer Krise entronnen sei. War sie eine Studentin höheren Semesters oder ein Professor, überlegte ich. Sie hatte schwarze Augen, schwarzes krauses Haar, eine hohe Stirn und ein leicht behaartes Kinn. Das schwarze Kleid stand ihr nicht. Ihr Glas war fast leer. Sie sprach zögernd, als sei sie beschwipst. »Erkennen Sie mich nicht?«

»Ich kenne Sie«, sagte ich, »aber ich habe keine Ahnung, wer Sie sind.«

»Rosalie Kadisch.«

»Mein Gott!«

Wir wollten uns einen Kuß geben, aber die Gläser waren im Weg. Ich hatte Angst, sie mit Punsch zu begießen.

Sie sagte: »Ich bin alt geworden, aber du hast dich nicht verändert.«
»Was bleibt einem anderes übrig, als alt zu werden?« sagte ich. »Aber was machst du hier? Wo kommst du her? Was hast du inzwischen erlebt?«
Sie lächelte verschmitzt und zeigte weit auseinanderstehende, gelbe Zähne. »Ich komme aus dem Heiligen Land und gebe hier einen Kurs über moderne hebräische Literatur. Außerdem schreibe ich an meiner Doktorarbeit.«
»Was wurde aus deinem christlichen Freund?«
»Du erinnerst dich also doch. Er heiratete eine geschiedene Frau mit Geld.«
»Und will er nicht mehr die Menschheit erlösen?«
»Seine Frau hat ihn fest am Wickel. Sie hat vier Kinder von ihrem ersten Mann und ist wieder schwanger.«
»Wo leben sie?«
»In Kalifornien, wie alle, die einen Knacks haben.«
»Und was ist mit dir?«
Sie zwinkerte. »Mit mir?« Dann erzählte sie von sich. In Jerusalem hatte sie sich in einen jungen Professor verliebt, der jeden Moment geschieden werden sollte, dann aber doch bei seiner Frau blieb. Danach hatte sie eine Affäre mit einem italienischen Studenten gehabt, der viel jünger war als sie, eine Heirat mit ihm war ausgeschlossen. Sie hatte auch etwas mit einem Araber gehabt. Jetzt wollte sie von der Liebe nichts mehr wissen.
»Was tust du statt dessen?«
»Ich rauche Marihuana.«
»Genügt dir das?«
»Immer noch besser, als mir die Geständnisse impotenter Männer anzuhören.«
»So weit ist es mit dir gekommen?«
»Ja, ich bin zynisch geworden«, sagte sie. »Ich habe keinerlei Illusionen mehr, über niemanden und nichts. Aber ich muß meinen Doktor machen. Sonst verdient man so gut wie nichts.«
»Wie geht es deinen Eltern?«
»Sie erwarten nichts Gutes mehr von mir.«
Es war spät geworden. Rosalie sagte: »Ich habe eine Wohnung hier. Willst

du auf eine Tasse Kaffee oder Tee herüberkommen? Ich gehe nie vor zwei Uhr schlafen. Ich muß morgen auch nicht unterrichten. Hab keine Angst, ich werde dich nicht verführen.«

Ich wollte mich verabschieden, aber der Dekan und seine Frau waren schon gegangen. Die anderen Gäste kannte ich nicht. Diese Universität war wie eine ganze Stadt. Als wir gingen, nahm Rosalie meinen Arm. Draußen war es eiskalt. Ich hatte mir besonders warme Schuhe, dicke Handschuhe und eine wollene Gesichtsmaske gekauft. Ich kam mir vor wie ein Mitglied des Ku-Klux-Klan, wenn ich durch die Schlitze lugte. Wir gingen durch schwach beleuchtete schneebedeckte Straßen, während der Wind gegen uns drückte. Er blies durch meine Kleidung, ich fror erbärmlich. Treibender Schnee wirbelte um uns herum. Mir fiel die Beschreibung von Reisen an den Nord- oder Südpol ein, die ich als Junge gelesen hatte. Die schneebeladenen Lampen verbreiteten nur ein schwaches Licht. Es war glatt, und wir klammerten uns aneinander, um nicht zu fallen. Ein grünblauer Stern funkelte über einem Dach. Hier unten war es elf Grad unter Null; dort oben mochten es hundert Millionen Grad über Null sein.

Rosalie Kadisch und ich stiegen drei Treppen zu ihrer Wohnung hinauf. Überall lagen Bücher und Zeitschriften herum – auf ihrem Klappbett, auf den Stühlen, auf dem Boden, selbst auf dem Eisschrank und auf dem Gasherd. Sie räumte schnell einiges beiseite und setzte den Kessel auf. Sie brachte Schnäpse und Kekse. Ich bin kein großer Trinker, aber ich wollte mich nach dem Spaziergang etwas erwärmen. Wir tranken einander zu, und sie sagte: »Ich habe dich nie vergessen. Ich wollte meine Doktorarbeit über dein Werk schreiben, aber ich konnte nicht genügend Material darüber finden.«

Plötzlich fiel mir ein, daß ich Reisl anrufen sollte. Da saß sie in der Bronx und wartete. Vielleicht versuchte sie, mich zu erreichen. Als ich mit Rosalie davon sprach, sagte sie: »Du mußt dich nicht genieren. Ruf sie an.«

Ich wählte und hörte Reisls Stimme. Sie klang schrill. Sie hatte mir mein Fortgehen noch nicht verziehen. Sie sagte: »Wie ging's mit der Vorlesung?«

»Soso.«

»Du hast wohl vergessen, daß es hier schon eine Stunde später ist? Ich wollte ins Bett gehen.«
»Man hatte mir noch eine Cocktail Party gegeben. Ich konnte nicht von dort aus anrufen.«
»Bist du jetzt in deiner Wohnung?«
»Ja«, log ich und bereute es sofort.
»Das ist nicht wahr. Du bist ein Betrüger und ein Lügner. Ich habe vor fünf Minuten in deiner Wohnung angerufen.«
»Ich bin gerade nach Hause gekommen«, sagte ich und wußte, es würde alles nur schlimmer machen.
Reisl sagte: »O.K. Häng ein. Ich ruf' dich gleich zurück.« Ich wollte noch etwas sagen, aber sie hatte schon aufgelegt. Ich hörte das Telephon in meiner leeren Wohnung läuten. Ich hörte auch Reisls wütende Reden. Ja, dachte ich, diesmal hab' ich sie verloren. Zwischen uns ist alles aus.
Rosalie sah mich von der Seite an. »Keine Angst«, sagte sie, »sie wird sich schon wieder mit dir aussöhnen.«
»Niemals.«
»Versuch's mal mit Marihuana. Von einer wirst du nicht süchtig.«
»Nein. Ich möchte lieber noch ein Glas Schnaps.«
Ich versuchte, mich zu trösten. Diese verfluchte Liebe, dachte ich; dieser ganze romantische Unfug war keinen Pfifferling wert. Wie recht hatte die jüngere Generation – sie verlangten keine ewige Treue mehr, und Eifersucht kannten sie nicht. Neunundneunzig Komma neun Prozent unserer sogenannten Instinkte waren uns von sozialer Hypnose aufgezwungen.
Rosalie brachte Tee und Gebäck. Es war unsinnig, jetzt nach Hause zu eilen. Sie war kultiviert, sah nicht schlecht aus. Jedenfalls gehörten wir beide einem Stamm an, der dabei war, sich selbst zu zerstören.

Eine Woche oder mehr verging. Ich begab mich auf eine andere Vortragsreise. Das Wetter wurde immer schlechter. Die Zeitungen kündeten Schneestürme und nie dagewesene Kältewellen für das ganze Land an. Die Züge blieben stecken, und man mußte den halberfrorenen, hungrigen Reisenden Hilfe bringen. Im Winter reiste ich lieber mit dem Zug als

mit dem Flugzeug. Mein kleines Notizbuch erinnerte mich daran, daß ich am Abend in der Stadt M. sein sollte – im mittleren Westen, auch das Hotel hatte ich aufgeschrieben. Irgendwo hatte ich noch einen Brief von der Organisation, die mich eingeladen hatte, aber der war schon mit meinen Notizen für den Vortrag in der Aktentasche verstaut. Im allgemeinen brauchte ich weder Adressen noch Telephonnummern. Sobald ich im Hotel ankam, holte mich derjenige ab, der die ganze Veranstaltung abwickelte. Bis zu meiner Abreise würde er sich um mich kümmern. Ich hielt den gleichen Vortrag in Synagogen und Universitäten, vor den Damen der zionistischen Frauenorganisationen und vor Bibliothekaren.
In Chicago versuchte ich einen Schlaf- oder Liegewagen zu bekommen. Es gab keinen. Wegen des Wetters mußte ich vierzehn Stunden vor dem Vortrag dort ankommen. Mein Zug würde um vier Uhr morgens eintreffen. Das macht nichts, beschloß ich. Ich könnte im Hotel bleiben und arbeiten. Die Vertreter der Organisation würden mich sicher zu den Mahlzeiten einladen. Ich war nicht mehr daran gewöhnt, mit der Eisenbahn zu fahren, aber ich gebe mich nicht lange mit solchen Kleinigkeiten ab. Ich fand einen Platz am Fenster. Es war warm. In Chicago hatte ich Zeitungen, Zeitschriften und die Autobiographie eines Sexbesessenen gekauft. Ich hatte auch ein Sandwich und einen Apfel bei mir, falls ich während der Nacht hungrig werden sollte. Ich hatte Angst, daß sich irgendein langweiliger Patron neben mich setzen könnte, aber der Wagen blieb halb leer.
Wir fuhren durch eine von Schnee und dichtem Nebel fast unsichtbare Stadt. Lastwagen und Autos krochen die Straßen entlang. Aus den Fabrikschornsteinen quoll Rauch. Hier und da zuckte Feuer aus Schloten. Nach einiger Zeit zog ich das Rouleau herunter und fing an zu lesen. Wie gewöhnlich brachte die Zeitung das Neueste über Morde, Vergewaltigungen und Feuersbrünste; die Leitartikel handelten von der Mafia und von der Gefahr, die von Drogensüchtigen ausging. In der Zeitschrift stand ein langer Artikel über eine Schauspielerin, die plötzlich berühmt geworden war und für einen Auftritt zwanzigtausend Dollar bekam. Der Sexbesessene beschrieb die Umstände, die zu seiner Psychose geführt hatten: ein zerrüttetes Elternhaus, ein trinkender Vater, seine Bordell-

besuche, die Liebhaber seiner Mutter. All das war erschreckend und ermüdend. Ich begann über die Zukunft der Literatur nachzudenken: Was konnte ein Romanschriftsteller den nackten Tatsachen noch hinzufügen? Sensationen und Melodramen waren unser täglich Brot. Das Unglaubliche war nur allzu glaubhaft.

Ich gähnte und blätterte in dem Buch. Obwohl ich nicht hungrig war, aß ich das Sandwich und den Apfel. Für einen Vierteldollar mietete ich ein Kissen von dem Schaffner, lehnte mich zurück und versuchte zu schlafen. Allmählich wurde es dunkel im Zug. Ich schloß die Augen, halb dämmerte ich, halb dachte ich nach. Reisl hatte ich bestimmt verloren. Wenn ich anrief, legte sie sofort den Hörer auf. Es wird sich schon noch jemand neben mich setzen, dachte ich. Ich begann zu träumen, hörte aber immer noch den Schaffner den Namen der Station ausrufen. Dann muß ich fest eingeschlafen sein, denn er weckte mich. Wir waren in M. angekommen. Ich nahm meinen Mantel herunter, meinen Kleidersack und die Aktentasche. Ich war der einzige Reisende, der hier ausstieg. Ein eiskalter Wind blies. Es war ein ziemliches Stück zu gehen von meinem Wagen bis zum Bahnsteig. Hundert Jahre lang war die Station en Symbol für Tumult und Lärm gewesen, jetzt war sie dunkel und leer. Ein Schwarzer schnarchte auf einer Bank. Ich trat auf die Straße, um ein Taxi zu suchen. Zuerst schien es hoffnungslos, aber schließlich tauchte eines auf. Der Fahrer nahm mein Gepäck. Ich nannte ihm den Namen des Hotels.

»Wo soll das sein? Nie gehört.«

Ich griff in meine Brusttasche, um die Adresse nochmals zu überprüfen. Mein Notizbuch war nicht da. Der Fahrer holte ein Büchlein und eine Taschenlampe heraus, um nachzusehen. Ich war überrascht. Für gewöhnlich buchte man für mich ein Zimemr in einem bekannten und erstklassigen Hotel. Wir kamen durch hell erleuchtete Straßen, dann fuhren wir durch dunkle, enge Gassen. Mich beschlich Mißtrauen. Hatte er vielleicht vor, mich zu berauben? Das Taxi hielt vor einem schäbigen, drittklassigen Hotel. Ich war wütend auf die Veranstalter, die mich eingeladen hatten. Ich beschloß, am nächsten Morgen sofort nach New York zurückzukehren. Ich bezahlte den Fahrer, der an der verschlossenen Tür läutete und klopfte. Nach einiger Zeit kam ein verschlafener Bursche heraus.

Er trug einen Sweater. Ich fragte, ob für mich ein Zimmer reserviert sei. Er zuckte die Achseln. »Reserviert? Nein.«
Irgend etwas stimmte nicht. In diesem Haus gab es nicht einmal einen Aufzug. Der Bursche führte mich eine schmale Treppe hinauf. Es stank nach Gas und Kohlendunst. Er öffnete eine Tür und machte Licht: eine nackte Birne hing an der Decke. In dem Zimmer blätterten die Tapeten von den Wänden, das Linoleum hatte Löcher, die Einrichtung bestand aus einem Metallbett und einer wackeligen Kommode. Es erinnerte mich an die möblierten Zimmer, die ich in den Zeiten meiner Armut bewohnt hatte. Der Angestellte ging. Erst jetzt bemerkte ich, daß mich ein großes Unglück befallen hatte. Die Aktentasche, die ich aus dem Zug mitgenommen hatte, war nicht meine eigene, und in meiner befanden sich meine Vorträge und andere wichtige Papiere; offenbar hatte ich auch mein kleines Notizbuch in die Aktentasche getan. Und um das Unglück vollzumachen, hatte ich meine Traveller-Schecks dort auch hineingestopft. Warum ich das gemacht hatte, weiß ich bis heute nicht, es sei denn, die Mächte, die das Leben eines Menschen bestimmen, wollten mir die größten Qualen bereiten. Alles, was ich besaß, waren zwei Dollar und etwas Kleingeld.
Ich blickte mich nach einem Telephon um, aber in dem Zimmre gab es keines. Etwas in mir machte sich, bei aller Sorge, über die Falle lustig, in der ich saß. Ich hatte eine Hoffnung – meine Gastgeber würden mich am nächsten Tag abholen. Aber mich beschlichen Zweifel, ob ich in das richtige Hotel gegangen war. Keine Organisation würde ihren Redner in so einer Bruchbude unterbringen. Es mußte alles ein Irrtum sein. Es wurde mir immer klarer, daß dies die Strafe für mein Verhalten Reisl gegenüber war. Ihre Flüche hatten sich erfüllt. Wie immer, wenn ich in Schwierigkeiten geriet, erwachte mein Glaube von neuem.
Ich merkte, daß es im Zimmer kalt war. Der Heizkörper war mit Staub bedeckt, und die Farbe blätterte ab, es kam keine Wärme. Ich schlug die Decke zurück und bekam ein schmutziges Kopfkissen zu sehen. Es roch leicht nach einem Wanzenmittel. Ich schloß meine Augen, versuchte dem Unterbewußten in mir zu lauschen, der Macht, die nach von Hartmann immer das Richtige trifft. Wer und was hatte mich in diese Kalamität

NO
TURN
NO
TURN

gebracht? Es sah eigentlich so aus, als hätte ich es selbst getan. Ich zog mich aus und benutzte meinen Mantel als zweite Decke. Wenn ich nur mein kleines Notizbuch bei mir hätte! Ich konnte mich an keine einzige Telephonnummer erinnern, außer meiner eigenen und Reisls. In meiner Wohnung in New York war natürlich niemand, und Reisl würde nicht mit mir sprechen. Ich hatte Angst, nicht einschlafen zu können, aber ich schlief sofort tief und fest.

Am nächsten Tag ging ich in eine Telephonzelle und rief Reisl an – als Gespräch, das der Angerufene zu zahlen hat. Es meldete sich niemand. Nach einer Stunde versuchte ich es wieder, dann nach zwei und drei Stunden – ohne Erfolg. Gewöhnlich nahm die Mutter das Telephon ab, wenn Reisl fort war. Hatte sie die Mutter umgebracht und dann sich selbst? Ich versuchte, mich an andere Telephonnummern zu erinnern, aber ich war von Gedächtnisverlust befallen. Es gab nur eine Möglichkeit – irgendeinen Juden zu finden, der vielleicht wußte, wo mein Vortrag heute abend stattfinden sollte. Aber erst mußte ich etwas zu mir nehmen. Ich hatte nicht gefrühstückt, und der Hunger nagte an mir. Ich ging in eine Cafeteria, aß Pfannkuchen und zwei Brötchen und trank Kaffee. Das kostete fünfundachtzig Cents. Mein Vermögen bestand aus einem Dollar und achtundfünfzig Cents. Zu einem Taxi reichte es nicht mehr.

Ich ging durch die Straßen, bis ich einige Läden fand. Unter den Namen war einer – Morris Shapiro. Dort kann ich vielleicht etwas erfahren, dachte ich. Möglicherweise wollte Morris Shapiro heute abend zu meinem Vortrag kommen. Ich betrat das Geschäft. Es war groß, aber die Ware war schäbig. Die Tische waren bedeckt mit Nachthemden, Blusen, Kleidern, Sweatern, Schals, Strümpfen – billigem Ramsch aller Art. Es war heller Tag, aber die Lampen brannten. Ich mußte an die Geschichte von König Salomon denken. Asmodi, der böse Geist, hatte ihn vierhundert Meilen entfernt von Jerusalem aussetzen lassen. Der König Israels ging herum und rief: »Ich bin Salomon!« Er war wenigstens ein König. Aber wer war ich schon? Einer von Tausenden von Schriftstellern in Amerika – und ein jiddischer noch dazu.

Ich sah mich nach jemandem um, der Morris Shapiro hätte sein können, aber ich sah nur Käuferinnen und Verkäuferinnen. Ich ging auf eine zu.
»Ist Morris Shapiro zu sprechen?«
Lächelnd schätzte sie mich ab. »Mr. Shapiro ist nicht im Hause.«
»Wann wird er zurück sein?«
»Was wollen Sie denn von ihm?«
Stammelnd fing ich an zu erzählen. Sie hörte nur mit halbem Ohr. Zwischendurch rief sie einer anderen Verkäuferin etwas zu. Ihr Puppengesicht war von blondgefärbtem, welligem Haar umrahmt.
»Mr. Shapiro ist heute in Chicago«, sagte sie endlich.
»Könnten Sie mir die Adresse einer Synagoge oder eines Rabbiners geben?«
»Ich bin nicht jüdisch. Hallo, Sylvia!«
Sie zeigte auf eine kleine Frau mit schwarzem Haar, die den gleichen hellblauen Kittel trug wie alle anderen Verkäuferinnen. Sylvia war gerade mit einer Kundin beschäftigt. Ich wartete, während eine ältere Frau zweimal eine Schürze anprobierte und sich nicht entscheiden konnte, ob sie sie kaufen sollte. Sylvia stand geistesabwesend neben ihr, Kaugummi im Munde. Schließlich sagte die Kundin: »Ich will mal in den Spiegel schauen.«
Ich fing an, Sylvia von meinem Dilemma zu berichten.
Sie sah ärgerlich aus. Ich verschwendete ihre Zeit. Sie sagte: »Es gibt mehrere Synagogen hier, aber ich glaube, sie sind nur am Sabbat offen.«
»Wissen Sie vielleicht, wo einer der Rabbiner wohnt?«
»Nein. Sehen Sie im Telephonbuch nach.«
»Wo kann ich eines finden?«
»Im Büro der Western Union.«
»Und wo ist das?«
»Über die Straße.«
Ich dankte ihr und ging. Ich konnte das Zeichen der Western Union nirgends finden. Hatte sie mich zum Narren gehalten oder wurde ich blind? Nach meiner Uhr war es jetzt zwei Uhr fünfzehn. In sechs Stunden sollte ich meinen Vortrag halten.
Trotz der Kälte waren die Straßen gestopft voll mit Fußgängern, und

Autos und Lastwagen krochen Stoßstange an Stoßstange vorwärts, wie in New York oder Chicago. Die Leute sahen mürrisch und ungeduldig aus. Eine ältere Frau zog ihren Hund an der Leine. Er hatte an einem Baumstamm haltgemacht und rührte sich nicht. Die Frau fluchte. »Herr des Himmels, wozu hast Du all dies geschaffen?« murmelte ich. In diesem Augenblick sah ich das Büro der Western Union. Ich ging hinein, griff nach einem Telephonbuch und blätterte bis zu ›J‹. Es gab keine Organisation, die mit dem Wort ›Jewish‹ begann. Die Juden im mittleren Westen legten offenbar keinen besonderen Wert darauf, ihre Jüdischkeit hervorzuheben. Was sollte ein Mensch unter diesen Umständen tun – sich hinlegen und sterben? Ich hatte meinen Verleger in New York, konnte mich aber nicht an seine Telephonnummer erinnern. Außerdem war das Unternehmen so gut wie bankrott. Kürzlich hatte sich eine Sekretärin beklagt, daß sie schon seit fünf Wochen kein Gehalt bekommen habe. Und mein Lektor ließ sich gerade scheiden und war irgendwo in Reno.
Ich suchte in den gelben Seiten unter der Überschrift ›Kirchen‹. Ich fand zwei Synagogen angeführt. Ich wollte schon anrufen, hatte aber keine passenden Münzen. Inzwischen hatte jemand die einzige Telephonzelle betreten. An der Art und Weise, wie er sich dort niederließ, konnte ich erkennen, daß er nicht so bald wieder herauskommen würde.
Während der Jahre, in denen ich meinen Lebensunterhalt mit Schreiben und Vorträgen verdiente, hatte ich den Geschmack der Armut vergessen. Jetzt kam er zurück. Ich hatte spät gefrühstückt, aber ich war wieder hungrig. Ich wartete auf den Angestellten der Western Union, er sollte mir Geld wechseln. Aber er saß an seinem Telegraphenapparat und sah nicht in meine Richtung. Ich dachte, Schriftsteller sollen eben nicht reich werden. Sie sollten nicht einmal ein regelmäßiges Einkommen haben. Die Gutgenährten können die Hungrigen nie verstehen. Leute, die ein Heim haben, können sich niemals mit denen identifizieren, die auf der Straße schlafen. Erinnerung, Phantasie reichen nicht aus. Vielleicht wollte mich die Vorsehung an meine Sendung als Schriftsteller erinnern?
Nachdem ich zehn oder fünfzehn Minuten gewartet hatte, wechselte mir der Angestellte meinen Vierteldollar. Ich rief beide Synagogen an. Keine Antwort bei der ersten. Bei der zweiten kam eine Sekretärin an den Ap-

parat und teilte mir mit, der Rabbiner sei abwesend – er verbrachte ein Studienjahr in England. Sie wußte von keinem Vortrag, der für den heutigen Abend in der jüdischen Gemeinde angesetzt war. Sie klang irritiert, es würde keinen Sinn haben, ihr meine Geschichte zu erzählen.
Ich leistete einen heiligen Schwur: wenn mich der Allmächtige aus dieser schrecklichen Lage erlöste, würde ich in Zukunft freundlicher all denen gegenüber sein, die zu mir um Hilfe kamen. Noch einmal – ›zum allerletzten Mal‹, sagte ich mir – rief ich bei Reisl an. Keine Antwort. Es war ganz klar, daß dort eine Katastrophe passiert war. Lea Hinda war gestorben oder hatte einen Herzanfall gehabt. Oder hatte Reisl ihr untersagt, das Telephon anzurühren?
Ich ging zurück in das Hotel und durchsuchte meine drei Anzüge. Vielleicht würde sich ein anderes Notizbuch oder Geld in den Taschen finden. Alles, was ich fand, war eine Stange Kaugummi, mit der ich meinen Hunger stillte. Dann begann ich, mich mit der Aktentasche zu beschäftigen, die ich aus dem Zug mitgenommen hatte. Ich machte meinem Ärger Luft und brach das Schloß auf. Was ich schon vermutet hatte, traf zu: sie gehörte einer Frau. Ich nahm ein Nachthemd, einen Kosmetikbeutel aus Plastik, Strümpfe, Wäsche, eine Bluse und einen Pullover heraus. Keine Spur eines Namens oder einer Adresse. In meiner Aktentasche war meine Adresse und auch meine New Yorker Telephonnummer, aber selbst wenn die Frau dort anrief, dort war niemand, der antworten könnte. Ich konnte ja nicht einmal sicher sein, daß sie meine Aktentasche hatte. Sie konnte sie auch zu einem Fundbüro gebracht haben. Ich hätte den Bahnhof anrufen sollen, aber die Kräfte verließen mich.
Ich streckte mich auf dem Bett aus und dachte an Selbstmord. Wenn das Leben und die Seelenruhe eines Menschen von einer Aktentasche voller Papiere abhing, dann war das Leben keinen Pfifferling wert. Man braucht nur ein paar Fetzen Papier zu verlieren, und schon ist man ein Niemand.
Ob ich meine Anzüge verpfänden sollte? Oder meine Uhr? Es war drei Uhr und zwanzig Minuten. In einer Stunde etwa würde es dunkel werden. Die Heizröhren waren kaum lauwarm. Ich hatte mich nicht rasiert, nicht einmal die Zähne geputzt. Stoppeln bedeckten mein Gesicht. Sollte

ich zur Polizei gehen? Gab es irgendeine Institution, die für derartige Fälle zuständig war?
Ich döste vor mich hin, riß mich dann aber zusammen. Ich mußte nochmals versuchen, Reisl zu erreichen. Es fiel mir ein, daß ich die Auskunft nach Telephonnummern der Leute fragen konnte, deren Adressen ich wußte. Warum war ich nicht früher darauf gekommen? Meine Schwierigkeit ist, daß ich sofort den Kopf verliere, wenn irgend etwas schiefgeht. Jeder andere in meiner Lage hätte längst einen Ausweg gefunden. Ich schämte mich, so hilflos zu sein, und machte mir Vorwürfe, letzten Endes noch immer ein Jeschiwaschüler zu sein. Wenn es nur nicht so kalt gewesen wäre, vielleicht hätte ich dann auch mehr Energie gehabt. Die Kälte lähmte mich.
Ich zog zwei Pullover an und nahm einen Schal um, ehe ich ausging. Ich fürchtete mich vor der Dunkelheit in dieser fremden, kalten Stadt. Ich ging in einen Drugstore in der Nähe des Hotels. Ohne hinzusehen, zählte ich das Geld in meiner Tasche. Im Geiste machte ich eine Liste derer, die bereit wären, mir zu helfen. Ich hob einen fortgeworfenen Umschlag vom Boden auf und kritzelte darauf die Namen von Freunden und Bekannten, deren Adressen ich zu wissen glaubte. Das Schlimme war, sicher war ich bei keiner einzigen.
Es gab vier Kabinen in diesem Drugstore, alle waren besetzt. Während ich wartete, flehte ich den Herrn, dessen Gebote ich nicht gehalten hatte, an, mich von meiner Pein zu erlösen. Ich gelobte, achtzehn Dollar an wohltätige Vereine zu geben. Ein wenig später fügte ich noch einmal achtzehn hinzu. Ich mußte Buße tun, davon war ich überzeugt. Ich wurde dafür bestraft, daß ich die Vorschriften der Tora nicht befolgt hatte. Der Spötter in mir machte sich über meine Frömmigkeit lustig und sagte voraus, daß ich wieder mein altes Ich sein würde, sobald ich nach New York zurückkehrte. Offenbar erhörte Gott mein Gebet. Ich rief die Auskunft der Stadt an, wo ich Gastprofessor war, erhielt die Nummer von Rosalie, und – ich traute meinen Ohren nicht – sie war am Telephon. Nachdem sie meinen Namen gehört hatte, war sie bereit, das Gespräch zu bezahlen. Ich erklärte ihr, was mir zugestoßen war, und sprach mit der Dringlichkeit eines Menschen, der sich in tödlicher Gefahr befindet.

»Ich werde alles tun, was ich kann, mein Lieber«, sagte sie. »Ich werde dir telegraphisch Geld schicken. Ich würde es selber bringen, aber ich habe morgen eine Verabredung mit meinem Doktorvater.«
»Rosalie, bis zu meinem letzten Atemzug werde ich dir das nie vergessen. Natürlich zahle ich dir das Geld gleich zurück.«
»Warum bist du so verängstigt? Finde doch heraus, wo du den Vortrag halten sollst.«
»Aber wie?«
»Geh zur Polizei. Die finden alles, was sie wollen.«
Ich gab Rosalie die Adresse meines Hotels. Wiederum schwor ich ihr ewige Dankbarkeit.
Sie sagte: »Ich wünschte, ich könnte zu dir kommen. Ich habe meine Doktorarbeit satt.«
Mit zitternder Hand legte ich auf, überwältigt von meinem Erfolg, als sei ich soeben vom Tode errettet worden. Ich war voller Liebe zu Rosalie. Sie war ausschweifend, und sie rauchte Marihuana, aber der göttliche Funke war noch lebendig in ihr, denn sie war bereit, einem anderen Menschen zu helfen. Sie war tausendmal besser als Reisl, schrie eine Stimme in mir. Ich war bereit, Rosalie vom Fleck weg zu heiraten. Ihre Vergangenheit ging mich nichts an. Was wir brauchten, war ein neues Verhältnis zwischen den Geschlechtern. Der Langeweile und dem Betrug des heutigen Familienlebens mußte ein Ende gemacht werden.
Meine Münze war durchgefallen, und ich steckte sie wieder in den Schlitz, um nochmals Reisls Nummer anzurufen. Eine übernatürliche Macht sagte mir, diesmal würde ich sie erreichen. Ich sah sie vor mir, wie sie in der Nähe des Telephons stand. Ich hörte es läuten und dann ihre Stimme. Atemlos sagte ich: »Reisl, ich flehe dich an, bei allem was dir heilig ist, bitte nimm dieses Gespräch an.«
»Wollen Sie dieses Gespräch bezahlen oder nicht?« fragte die Telephonistin ungeduldig.
Nach kurzem Zögern sagte Reisl ja. Ihre Stimme klang heiser, als ob sie sich gestritten oder geweint hätte.
»Reisl, mir ist etwas Schreckliches passiert. Ich habe meine Aktentasche verloren, meine Traveller-Schecks und mein kleines Notizbuch. Ich habe

keinen Pfennig Geld, und ich sitze fest in dieser Stadt. Höre mich an, wenn du noch einen Funken Menschlichkeit in dir hast.«

»Wo bist du – du Mörder, Hund, du Biest?«

»Reisl, jetzt ist nicht die Zeit für Auseinandersetzungen. Es sei denn, du willst, daß ich sterbe.«

Da Rosalie mir schnellste Hilfe versprochen hatte, war mir klar, daß ich nicht mehr verzweifeln mußte. Aber ich war doch nicht so sicher, ob sie ihr Versprechen halten würde. Ich erzählte Reisl die ganze Geschichte, stöhnend, zitternd, beschämt darüber, wie ich meine Gefahr übertrieb. Reisl sagte: »Wahrscheinlich hast du eine deiner Nutten getroffen, und sie hat dich ordentlich ausgenommen.«

»Ich schwöre dir, ich sage die Wahrheit.«

Sie schwieg einen Augenblick. »Was soll ich denn tun?« sagte sie dann. »Ich kann Mutter nicht allein lassen.«

»Dann telegraphiere mir wenigstens etwas Geld. Ich muß raus aus diesem Rattenloch.«

»Gut. Gib mir deine Adresse.«

Ich sagte ihr, wo ich war. Wenn die beiden Frauen ihr Versprechen hielten, würde ich zwei telegraphische Geldanweisungen bekommen, aber man weiß ja nie, wie Menschen sich verhalten oder was sonst geschehen kann. Jedenfalls hatte mir das Schicksal geholfen, sowohl Reisl wie Rosalie telephonisch zu erreichen – ein sicheres Zeichen, daß ich noch nicht umkommen sollte.

Wieder auf der Straße, fühlte ich mich völlig erschöpft von der Kälte, dem Wind und meiner Erregung. Ich ging in einen Supermarkt und kaufte Milch und Brot. Nun blieben mir noch vierundneunzig Cents. Als ich herauskam, war es schon dunkel. Obwohl ich mir den Weg gemerkt hatte, fand ich doch nur mit Mühe in das Hotel zurück. Es wurde immer kälter und meine Nase gefühllos. Ein nebliger Dunst verhinderte die Sicht. Alle paar Minuten fühlte ich in meiner Tasche, ob der Zimmerschlüssel und das Stück Papier mit der Hoteladresse noch da waren. Am Rande des Bürgersteiges hackten Tauben nach einer Brotkruste, die jemand ihnen zugeworfen hatte. Sie konnten weder damit fertig werden, noch es aufgeben. Diese Geschöpfe erfüllten mich mit Mitleid für sie und

Wut gegen ihren Schöpfer. Wo verbrachten sie die Nacht in diesem schrecklichen Wetter? Ihnen mußte kalt sein, und sie waren sicher hungrig. Vielleicht werden sie in dieser Nacht sterben. Ich hätte ihnen gern das Stück Brot zerkleinert, aber ich wußte, sie würden wegfliegen, sobald ich mich dem Brot näherte. Ich nahm mein Brot heraus, zerkleinerte einige Stücke und streute sie ihnen hin. Vorübergehende rempelten mich an, aber die Tauben nahmen meine Gabe. Ich biß mehr Brot ab und warf es ihnen hin.

Ein Polizist kam auf mich zu. »Sie behindern den Verkehr«, sagte er. »Außerdem gibt es ein Gesetz, das Taubenfüttern in den Straßen verbietet.«

»Aber sie sind hungrig.«

»So hungrig nun auch wieder nicht.« Er sah mich ärgerlich an. Ich ging weiter, aber sobald er außer Sicht war, warf ich den Tauben noch ein Stückchen Brot zu. Erschreckt flogen sie davon. Die Kabbalisten haben recht: die unsere ist die schlechteste aller Welten. Hier herrscht Satan. Ich fragte jemanden nach dem Weg. Es stellte sich heraus, ich stand genau neben dem Eingang zum Hotel.

Der Hotelangestellte rief herüber: »Wie lange werden Sie bleiben?«

»Ein oder zwei Tage. Ich erwarte telegraphische Geldüberweisungen.« Er sah mich von oben bis unten zweifelnd an. »Ihr Zimmer ist ab übermorgen besetzt.«

Ich ging nach oben und setzte mich zu meinem Abendessen hin. Wie mir das frische Brot und die Milch schmeckten. Jeder Schluck machte mich lebendiger. Ich aß im Halbdunkel. Ich kostete die Heiligkeit der Armut. Plötzlich fiel mir ein, ich hatte keinerlei Ausweis bei mir. Selbst wenn das Geld kam, vielleicht würden sie es mir nicht aushändigen. Was täte ich dann? In diesem Augenblick hörte ich Schritte und heftiges Klopfen an meiner Tür. Ich sprang auf. Meine Finger fummelten an dem Türschloß. Im Licht des Korridors sah ich den Hotelangestellten und mehrere andere Herren.

Einer von ihnen sagte: »Warum ist es so dunkel?« Dann nannte er meinen Namen. In wenigen Minuten hatte sich alles aufgeklärt. Die Organisation, die mich eingeladen hatte, hatte schon die ganze Stadt abgesucht.

Ich machte das Licht an. Ich sah die Gesichter wohlsituierter Gemeinderepräsentanten. Alle redeten auf einmal. Den ganzen Tag suchten sie mich schon. Sie hatten in Hotels, bei der Bahn, am Flughafen nachgefragt. Man hatte auch die Polizei informiert. Die Frau mit meiner Aktentasche hatte angerufen. Dann fiel einem von ihnen ein, ich könnte in ein falsches Hotel gegangen sein. Das elende Loch, in dem ich mich befand, hatte einen ähnlichen Namen wie das Luxushotel, in dem ein Zimmer für mich bereitstand.

Einer sagte stolz: »Vor uns können Sie sich nicht verstecken.«

»Er ist ein Sherlock Holmes«, sagte ein anderer und zeigte auf den ersten Sprecher.

Sie machten Witze und lachten. Einer stellte sich als der Präsident vor und zeigte verächtlich auf das halbgegessene Brot und die Milch. »Kommen Sie sofort mit«, rief er, »der Saal ist ausverkauft.«

»Ich habe meinen Vortrag nicht bei mir. Er ist in meiner Aktentasche.«

»Wir werden jemanden hinschicken, sie abzuholen. Es ist nur fünfzehn Meilen von hier. Die Frau, die sie hat, ist unser Mitglied.«

»Aber ich habe mir Geld hierher anweisen lassen.«

»Das wird man weiterleiten an das Hotel, wohin wir Sie jetzt bringen.«

Einer nahm meinen Kleidersack, ein anderer die Aktentasche, die nicht mehr zuging. Ich bemerkte, daß ich die Rechnung noch nicht bezahlt hätte, aber der Präsident sagte, es sei schon erledigt. Unten starrte mich der Angestellte überrascht an. Er nickte und entschuldigte sich. Das Blitzlicht von Photographen flammte auf. Ich hätte mich über den Gang der Ereignisse freuen sollen, statt dessen war ich traurig. Dämonen hatten ihr Spiel mit mir getrieben. Ich wußte, es war nicht ihr letzter Streich gewesen.

Man fuhr mich in einer Limousine zum feinsten Hotel. Ich hatte kaum Zeit, mich zu rasieren, zu duschen und mich umzuziehen, und schon wirbelte man mich in ein Restaurant zu einem Essen mit vielen Leuten. Inzwischen brachte jemand meine Aktentasche. Dann kam ein Journalist des Lokalblatts, um mich zu interviewen.

Spät am Abend, in meinem Hotelzimmer, rief ich Reisl und Rosalie an. Wie einfach es war, von einem großen Hotel aus zu telephonieren, die Taschen voll mit Traveller-Schecks und dazu noch das Honorar für den

soeben gehaltenen Vortrag. Beide waren nicht zu Hause. Ich ging zu Bett und sank in einen tiefen Schlaf. Ich erwachte gegen zehn am nächsten Morgen, badete und bestellte das Frühstück. Ich mußte im Hotel bleiben, bis das Geld kam. Ich brauchte es zwar nicht mehr unbedingt, aber es war mir wichtig zu wissen, ob sie Wort gehalten hatten. Außerdem mußte ich mich erst von diesem schrecklichen Erlebnis erholen.
Gegen ein Uhr kam der Präsident, um mich zum Lunch abzuholen. Dann zeigte er mir im Wagen die Stadt. Wir kamen an Morris Shapiros Geschäft vorbei. Ich blickte hinüber zu dem Büro der Western Union und erkannte die Cafeteria, wo ich gefrühstückt hatte. Der Präsident drehte dauernd eine Zigarre zwischen den Fingern und wiederholte, M. sei nur eine kleine Stadt. Er schien sich für die Kleinheit zu entschuldigen.
Ich sagte: »Trotzdem kann man hier leicht verlorengehen.«
»Unmöglich!«
Er wollte mir alles zeigen, was die Stadt zu bieten hatte: das Museum, Schulen, die Landwirtschaftliche Hochschule. Aber ich hatte wenig Geduld für all dies. Ich war noch müde und hatte gehofft, vor dem Essen, zu dem mich der Vorsitzende abholen würde, noch etwas schlafen zu können. Endlich fuhr mich der Präsident ins Hotel zurück. Es war schon dunkel. Die Fensterscheiben sahen bläulich aus. Ich legte mich in den Kleidern hin. Von Zeit zu Zeit fühlte ich in meiner Hüfttasche nach den Traveller-Schecks. Ich schlief ein.
Ein Klopfen weckte mich. Es war ganz dunkel. Erschreckt richtete ich mich auf. Ich wußte nicht, wo ich war. Meine Beine waren kraftlos, wie nach einer Krankheit. Ich öffnete die Tür. Im Licht des Korridors sah ich zwei mir wohlbekannte Gesichter: Reisl und Rosalie. Ich starrte sie an. Reisl trug den schäbigen Pelzmantel, den sie in einem deutschen Lager erstanden hatte. Auf dem Kopf hatte sie einen weißen Schal. Rosalie trug auch einen Pelzmantel. Beide schleppten Taschen. Ich war zu verschlafen, um erstaunt zu sein.
Rosalie sagte: »Nun, willst du uns nicht hereinbitten?«
Sie hatten offenbar beide beschlossen, persönlich zu kommen, um mich aus meiner Lage zu befreien. Sie hatten sich vielleicht in dem anderen Hotel getroffen, dachte ich, oder in dem Flugzeug, das eine Zwischenlan-

dung in Chicago machte. Ich war viel zu müde, nach einer Erklärung zu fragen oder mich zu rechtfertigen. Ich war erstarrt. Ich sah sie lange Zeit an. Die Kobolde hatten mir einen neuen Streich gespielt – sie hatten nicht vor, mich in Ruhe zu lassen. Rosalie lachte mit den Augen. Reisl sah mich mit spöttischem Mitleid an. War dies mein endgültiger Untergang? Oder hatten die höheren Mächte ein Gebet erhört, das ich gar nicht auszusprechen gewagt hatte?

Ich hörte mich sagen: »Kommt herein. Mazel tow! Dies ist die Nacht der Wunder.«

Der Bischofsmantel

Jacob Getzelles war der Leiter eines Verlages, den ein Millionär namens Bernard Neihaus hauptsächlich aus Prestigegründen ins Leben gerufen hatte. Neihaus hatte ein Vermögen mit Grundstücks- und anderen Geschäften verdient. Der Verlag gab nicht mehr als fünf bis sechs Bücher im Jahr heraus, Judaica – meistens Übersetzungen aus dem Hebräischen. Jacob Getzelles hatte das Hebrew Union College absolviert, aber er war nicht Rabbiner geworden. Einige Zeit hatte er an einem kleinen College im Mittelwesten Hebräisch unterrichtet. Dann hatte er viele Jahre lang eine Stellung bei einer philanthropischen Organisation in New York. Die ihn kannten, witzelten, Jacob Getzelles' einziges Talent sei, mit seinem Chef zu Mittag zu essen. Jacob war ein kleiner Mann von dunkler Hautfarbe, mit runden rötlichen Backen, welligem Haar ohne eine Spur von Grau, obwohl er über Sechzig war. Er hatte eine breite Nase, krause Augenbrauen und braune Augen, die wie die eines Kindes funkelten. Gerüchte wollten wissen, daß er in seiner Jugend allerlei Liebeleien gehabt habe. Nach wenigen Ehejahren war seine Frau an Krebs gestorben, er hatte nie wieder geheiratet. Zu dieser Zeit wurde er der Leiter in Bernard Neihaus' Verlag.

Bernard Neihaus gab Bücher nicht heraus, wie es andere Verleger tun. Er spielte mit ihnen. Erst mußte er sich in den Originaltext verlieben. Dann brauchte er viel Zeit, bis er den richtigen Übersetzer fand.

Wenn das Werk illustriert werden sollte, suchte er lange nach einem geeigneten Künstler.

Bernard Neihaus war ebenso klein wie Jacob, aber rund wie eine Tonne; er wog 250 Pfund. Mit Bernard Neihaus zum Lunch zu gehen, war eine langwierige Angelegenheit. Alle geschäftlichen Entscheidungen wurden während dieser schweren Mahlzeiten getroffen. Die Ärzte hatten Neihaus darauf aufmerksam gemacht, daß sein Blut fast nur noch aus Cho-

lesterol bestünde, aber Bernard pflegte zu sagen: »Es gibt kein Cholesterol. Es ist eine Erfindung der Ärzte.«
Am Tage nach seinem neunundsiebzigsten Geburtstag bekam Bernard Neihaus einen Herzanfall und starb. Ob das Cholesterol daran schuld war, das erfuhr man nie. Bald darauf lösten seine Söhne den Verlag auf, und Jacob Getzelles war ohne Stellung. Aber die Mächte, die sich um Jacob Getzelles kümmerten, sandten ihm Bessie Feingevirtz, die Witwe eines Mannes, der Hotels gebaut hatte. Sie war die frühere Vorsitzende einer Organisation, die gegründet worden war, um Studenten in Palästina finanzielle Hilfe zu gewähren, und baute selbst Hotels. Sie war einige Jahre älter als Jacob, sie hatte eine fleischige, pickelige Nase und die Stimme eines Mannes, und seitdem sie ihr eigenes Haar verloren hatte, trug sie eine rote Perücke. Nach dem Tode ihres Mannes war Bessie einigemal drauf und dran gewesen zu heiraten, aber die Kandidaten zogen sich zurück und beschwerten sich, daß es mit ihrem herrischen Charakter nicht auszuhalten sei. Jacob Getzelles jedoch war gewöhnt, sich zu fügen. Nachdem sie verheiratet waren, prahlte Bessie, sie hätte bei ihrem ersten Zusammentreffen zu Jacob gesagt: »Jacob, mein Lieber, Sie werden mein Ehemann.« Und er wurde ihr Mann.
Anfangs war noch die Rede davon, den Verlag wieder aufleben zu lassen – Bessie hatte einen Hang zu Kultur und berühmten Leuten. Aber bald merkte sie, daß Jacob nicht genügend Initiative besaß, um ein Verleger zu sein. Außerdem konnte das Verlegen von Büchern Hunderttausende verschlingen. Sie redeten und planten vergebens, bis sie schließlich entschieden, für sie wäre es das beste, den Rest ihres Lebens irgendwo in Kalifornien zu verbringen. Sam Feingevirtz hatte keine Kinder hinterlassen, und Bessie behauptete, sie besitze genug für sie beide, um in Luxus zu leben, selbst wenn sie hundertzwanzig Jahre alt würden, und obendrein könnte sie noch einen schönen Batzen für wohltätige Zwecke hinterlassen.
Erst ging das Paar auf eine fünfmonatige Weltreise. Dann sah sich Bessie nach einem Haus in Kalifornien um. Sie fand bald, was sie suchte: ein üppig möbliertes Haus mit einem Garten und einer Doppelgarage in Hollywood Hills. Wie immer hatte Bessie vorteilhaft gekauft; eine Woche nach

der Unterzeichnung des Kaufvertrags bot man ihr schon viel mehr, als sie bezahlt hatte.

Der Umzug nach Kalifornien war mühsam. Bessie brauchte viel Zeit, bis alles so war, wie sie es wollte. Als das getan war, konnte sie sich Jacob widmen. Sie hatte beschlossen, daß Jacob ein Buch schreiben und auch mit ihr an ihrer Autobiographie arbeiten sollte, in der sie die frühen Jahre in dem polnischen Städtchen Pisznica beschreiben würde, dann ihre Ankunft in Amerika, die Arbeit in den Werkstätten der Konfektion, das Erlernen der englischen Sprache, ihre Heirat mit Sam Feingevirtz, ihre Tätigkeit in der Organisation, in der sie Vorsitzende wurde, und ihren Kampf mit den eifersüchtigen Damen, die sie schließlich zwangen, zurückzutreten. Bessie hatte einen genauen Plan ausgearbeitet, in dem festgelegt wurde, wann und was Jacob essen sollte, welche Art von Kleidung er wann zu tragen hatte (sie bevorzugte seidene Hemden, auffallende Krawatten, Samtjacken und Pantoffel mit Pompons) und wann er arbeiten sollte. Aber in Kalifornien wurde Jacob faul und apathisch. Er gähnte und döste vor sich hin. Er litt an Schreibkrampf und bekam ein nervöses Zucken am linken Auge. Auf der Hochzeitsreise hatte Jacob jeden Tag ein Liebesgedicht für Bessie geschrieben. Er hatte ihr Anekdoten über Schriftsteller, Übersetzer und Berühmtheiten, denen er begegnet war, erzählt und komische Geschichten über Bernard Neihaus und seine Launen. Jetzt war Jacob schweigsam geworden; Bessie mußte die Worte aus ihm herausziehen. Der Garten um das Haus hätte einen Mann zur Pflege gebraucht, aber Jacob zeigte kein Interesse für Gartenarbeit. Den ganzen Tag lief er im Bademantel herum und ging nicht einmal zum Friseur. In Los Angeles und seinen Vororten war es unbedingt notwendig, daß man Auto fahren konnte. Bessie ordnete Fahrstunden für Jacob an. Nach der dritten Stunde rief der Fahrlehrer Bessie an und sagte: »Es tut mir leid, aber das ist ein hoffnungsloser Fall. Ihr Mann würde auf seiner ersten Ausfahrt jemanden umbringen.«

Bessie fing an, sich mit dem Gedanken an Scheidung zu befassen. Aber dann traf sie Phyllis Gurdin, eine jüdische Frau aus Philadelphia, die Witwe eines spiritistischen Bischofs, Thomas Delano Gurdin, der bei einem Flugzeugabsturz umgekommen war. Er hatte seiner Frau ein Haus in der Nähe von Bessies Haus hinterlassen. Sie war ein Hypnotiseur, ein Medium, ein Wunderheiler, sie war eine Sachverständige in der Auslegung von Tarockkarten, und sie war das Oberhaupt einer Gruppe, die ›in Zungen sprach‹. Zwischen den beiden Frauen entstand eine enge Freundschaft. Als einige Bäume in Bessies Garten einen spinnwebartigen Befall

entwickelten, empfahl Phyllis Gurdin nicht nur ein Spritzmittel, sondern auch ein spezielles Gebet gegen den Schwamm. Bessie bekam Warzen auf dem Kinn, und Phyllis gab ihr einen Trank und einen Zauberspruch, der sie eintrocknen lassen sollte.

Nach einiger Zeit lud Phyllis Gurdin Jacob und Bessie zu einem Gottesdienst derer, die in Zungen sprachen. Er fand in Phyllis Gurdins Wohnzimmer statt. Sie küßte alle, Männer und Frauen, bei ihrem Eintreten. Bald war das Zimmer voller Männer mit grauem Haar und Frauen mit gefärbtem Haar. Phyllis Gurdin hatte ein dunkelhäutiges Gesicht, schwarze Augen, buschige Brauen. Sie trug eine Brille mit dicken Gläsern.

Ihre Haarfarbe war ein grelles Orangerot. Auf ihrer Oberlippe war ein weißer Flaum sichtbar. Sie trug ein weißes Gewand und einen roten Turban. Phyllis Gurdin führte die Gemeinde im Singen der Hymnen an. Sie tanzte, und die Gemeinde tanzte mit ihr. Der Gesang wurde lauter. Sie tanzten wie rasend, klatschten in die Hände, stießen laute Worte des Lobes für Gott, Jesus und Phyllis Gurdin aus. Plötzlich fingen sie an, Worte zu schreien, die Bessie noch nie gehört hatte. Das war keine Sprache, das war ein Kauderwelsch: Laute wie ›charopakitcichi‹, ›hatchomarumbi‹, ›leptchocalduku‹. Aller Augen strahlten vor Freude. Männer umarmten Frauen. Frauen umarmten Männer. Ein Trommler trommelte. Ein Trompeter stieß in eine Trompete, die einen großen Trichter hatte. Sie schrien, sprangen, schüttelten sich, gerieten in einen Zustand der Verzükkung. Bessie sah voller Erstaunen zu. War dies Wahnsinn? Zauberei? Eine Orgie? Ein Bacchanal? Bessie wurde es heiß. Sie hatte keinen Alkohol getrunken, kam sich aber betrunken vor. Seit Jahren litt sie an Arthritis und Krampfadern – jetzt wurden ihre Füße seltsam leicht.

Plötzlich fing auch Bessie an zu hopsen, zu klatschen und in einer Sprache zu schreien, die sie nicht verstand. War es Griechisch, Persisch, Tatarisch? War ein Dibbuk in sie gefahren? Der Boden unter ihren Füßen schwankte. Die Wände drehten sich. Bessie hörte sich selbst kreischen: »Mutchiefalkosy! Sappolachia! Rinchiehoppler! Saltalafonta!« Liebe zu allen überwältigte sie, als seien sie alle ihre Brüder und Schwestern. Sie lief zu Jacob hinüber, der in einer Ecke bei der Tür stand, drückte ihn an ihren Busen, lachte, weinte und heulte: »Katcharololshy! Poladumbka! Zakafier!«

Jacob fuhr zusammen, lächelte und antwortete mit heiserer Stimme in einer Mischung von Jiddisch, Hebräisch und Aramäisch: »Pitchapoi! Yegar Sadussa! Otz koytzetz ben koytzetz!«

Bessie befürchtete, Jacob könne ihre geistige Wiedergeburt ebenso zu verhindern suchen wie manche ihrer anderen Pläne und Programme. In dem Fall war sie bereit, für eine schnelle Scheidung nach Reno zu gehen. Aber diesmal machte Jacob mit. Er schloß sich eng an Phyllis Gurdin an. Stundenlang saß er mit ihr und Bessie vor dem Ouija-Brett und half die Mitteilungen entziffern, die Phyllis Gurdins Kontrollgeist, ein Indianer, der sich Rotäugiger Häuptling nannte, aus der anderen Welt sandte. Jacob und die beiden Frauen legten ihre Hände auf einen Tisch ohne Nägel und fühlten ihn vibrieren, Antworten klopfen, sich leicht abheben. Er nahm an den Zusammenkünften derer, die in Zungen redeten, teil und fing ein sinnloses Geschwätz an, das Phyllis wegen seiner bizarren Folgerichtigkeit erstaunte. Sie versicherte Jacob und Bessie, dies sei eine Sprache, die auf einem Planeten außerhalb des Sonnensystems gesprochen würde. Könnte man den Schlüssel dazu finden, so würde die Menschheit Einsicht in die Geheimnisse des Universums gewinnen. Jacob war überrascht, die bisher so knauserige Bessie in großem Stile Geld ausgeben zu sehen. Die Gemeinden der Sekte derer, die in Zungen reden, brauchten eine Kirche, und Bessie stiftete einen riesigen Betrag. Phyllis Gurdin brauchte einen Kombiwagen, um die Alten und Behinderten zu den Versammlungen zu bringen, und Bessie übernahm die Kosten. Die beiden Frauen küßten sich, wann immer sie sich trafen, und nannten einander ›Baby‹, ›Liebling‹, ›Süßes‹, ›Schatz‹, ›glückliche Seele‹ und mit anderen Kosenamen. Bessie, die auf ihrer Weltreise eifersüchtig gewesen war und Szenen gemacht hatte, wenn Jacob auch nur mit einer Kellnerin freundlich sprach, verlangte jetzt, daß er Phyllis wie eine Schwester behandle – noch inniger als eine Schwester. Bessie schalt ihn, wenn er Phyllis nicht beim Kommen oder Gehen küßte. Wenn Bessie nach Los Angeles fuhr – sie hatte einen Makler am Wilshire Boulevard, der sie bei ihren Geschäften beriet –, bereitete Phyllis das Mittagessen für Jacob, das aus Brunnenkresse, Pilzen, langkörnigem, braunem Reis und Joghurt bestand. Sie erinnerte ihn daran, seine Medikamente zu nehmen und sich nach dem Essen hinzulegen. Sie erzählte ihm von der erhabenen Liebe, die zwischen ihr und dem seligen Bischof bestanden hatte, und beschrieb die intimsten Details. Bei jeder Gelegenheit sprach sie von ihrer Jüdischkeit und daß sie sich ihres Ursprungs stets bewußt sei. Am Jom Kippur fastete sie. Sie hatte eine Großmutter gehabt, die aus Rußland nach Amerika ausgewandert war und nie Englisch gelernt hatte. Phyllis hatte Jiddisch mit ihr gesprochen; sie erinnerte sich noch an viele Worte. Wann immer sie an die Ostküste fahren mußte, verfehlte sie nie, in Philadelphia haltzumachen, um sich an den Gräbern ihrer Eltern und Großeltern niederzuwer-

fen, hebräische Gebete zu sprechen und Blumen dort zu lassen. Als Phyllis einmal in Trance geriet, erschienen ihr die Geister der Vorfahren und versicherten ihr, daß sie ihr Verhalten billigten und sie bei ihrem Tode willkommen heißen würden. Wo sie waren, gab es keine Unterschiede zwischen Juden und Nichtjuden, Weiß und Schwarz, Amerikanern und Europäern. Alle Seelen lebten zusammen, strebten nach geistiger Entwicklung, stiegen auf von Wohnung zu Wohnung und halfen den Neuangekommenen, ihre geistige Heimat zu finden.
Eines Abends blieb Phyllis länger in Bessies Haus als gewöhnlich. Der Tisch vibrierte, begierig danach, sich in die Luft zu heben. Bessie und Phyllis mußten Gewalt anwenden, damit er nicht an die Decke stieg. Unter dem Tisch drückte Phyllis ihr Knie gegen das Jacobs, und ein Zittern lief über seinen Rücken. Das Schreibgerät schrieb schnell und genau, enthüllte Geheimnisse und überbrachte Grüße von vielen verstorbenen Verwandten. Im Trancezustand verkündete Phyllis, daß Jacobs Mutter gegenwärtig sei und daß sie ihren geliebten Sohn nicht vergessen habe. Sie wachte über ihn im Himmel und legte Fürsprache für ihn ein. Seine Mutter sprach durch den Mund von Phyllis auf Jiddisch mit englischen Brocken, nannte ihn ›Jankele, mein Täubchen‹, und küßte ihn mit Phyllis' Lippen. Später sprach der Bischof. Mit tiefer Stimme verkündete er, daß Bessies und Jacobs Umsiedlung nach Los Angeles und der Kauf eines Hauses in der Nähe von Phyllis kein Zufall gewesen seien. Die himmlischen Mächte hatten all das veranlaßt, denn sowohl Bessie wie Jacob seien ausersehen, eine wichtige Rolle in der religiösen Erneuerung zu spielen, die durch das Verschmelzen von Judentum und Christentum entstehen würde – eine neue Epoche auf dem Wege zur Erlösung.
Gegen ein Uhr wurde Jacob so schläfrig, daß er seine Augen nicht mehr offenhalten konnte. Bessie und Phyllis brachten ihn zu Bett, deckten ihn zu, gaben ihm einen Gutenachtkuß und wünschten ihm beseligende Visionen. Bald schlief er fest.
Als er erwachte, war es noch dunkel.
Er streckte die Hand nach Bessie aus, aber es war eine fremde Brust, die er berührte. Er lauschte und hörte das Schnarchen zweier Nasen. Auch Bessie ewachte.

»Liebster, wundere dich nicht. Es wurde sehr spät, und ich wollte Phyllis nicht nach Hause fahren lassen. Ich bestand, darauf, daß sie hier mit uns schlafen sollte, weil ...«

Phyllis hörte auf zu schnarchen. »Ich werde auf das Sofa gehen.«

»Nein, Phyllis, mein Mann ist dein Mann«, sagte Bessie feierlich. »Jacob, du sollst wissen, daß wir heute abend einen Bund geschlossen haben. Wir beide sind wie Rahel und Lea, und du bist unser Jacob. Umarme sie, küsse sie, liebkose sie. Eine Schwester ist nicht eifersüchtig auf die andere. Im Gegenteil.«

»Ich habe dich ihr für ein Bund Alraunen abgekauft.« Die gelehrte Phyllis wandelte die Geschichte aus der Genesis ab. Sie sprach mit ersticktem Lachen.

Jacob Getzelles war stumm. Die totgeglaubte Leidenschaft erwachte wieder. »Träume ich?« fragte er.

»Nein, Jacob, mein Geliebter, es ist Wirklichkeit.« Bessie sprach mit zitternder Stimme. »Phyllis' Mann, der Bischof, hat dich erwählt. Er erschien uns und sagte ...«

»Jacob, seine Seele ist in dich eingegangen«, unterbrach Phyllis. »Du wirst seinen Platz in unserer Gemeinde einnehmen.«

Dinge geschehen mir, noch dazu in meinem Alter, dachte Jacob bestürzt. Er zitterte, überwältigt von der ewigen männlichen Furcht vor Hilflosigkeit. Er zog Phyllis an sich, und sie drängte sich an ihn. Er küßte sie, und sie biß seine Lippen mit solcher Inbrunst, daß alle Zweifel augenblicklich verflogen. Begierde überfiel ihn. Bessie schrie: »Nimm sie! Tu, was sie will!«

»Mein Gemahl, komm zu mir«, flehte Phyllis ihn an.

Der Tag brach an, als Jacob leise das Bett verließ. Nach längerem Flüstern und Kichern waren Phyllis und Bessie wieder eingeschlafen. Jetzt ging Jacob auf wackeligen Beinen in das Badezimmer. Diese Nacht der Zügellosigkeit war vorüber, sie hatte ihn mit einer Schwäche in den Lenden und Stechen in der Blase zurückgelassen. Jacob Getzelles litt seit Jahren an einer Vergrößerung der Prostata. Mit Hilfe von Medikamenten und Massage hatte er eine Operation umgangen, aber der Arzt in New York hatte ihn gewarnt, ein Hinausschieben der Operation könnte Komplikationen verursachen. Jetzt stand er vor dem Spiegel – zerzaust, runzelig, gelbgesichtig. »Bin ich glücklich?« fragte er sich. »War ich vorher glücklicher?« Kopf und Knie schmerzten. Er ging auf die Toilette, um zu urinieren. Aber das Wasser kam nur mit Unterbrechungen und tropfenweise. Er sagte sich: »Es ist zu spät für ein solches Glück.«

Als Phyllis Gurdin in den okkultistischen Zeitschriften bekanntgab, daß der Geist von Thomas Delano Gurdin auf den Planeten Erde zurückgekehrt und in den Körper von Jacob Getzelles eingegangen sei, einem hebräischen Gelehrten, einem Philosophen und Mystiker, erwartete sie viele begeisterte Zuschriften und Besuche der Anhänger des Bischofs. Aber aus irgendeinem Grunde gab es keinen Widerhall. Selbst ihre eigene Gruppe blieb skeptisch. Jacob Getzelles war gerade operiert worden und sah verfallen aus. Er sah dem Bischof so gar nicht ähnlich. Thomas Delano Gurdin war hochgewachsen und blauäugig gewesen, hatte langes Haar gehabt und mit einer kräftigen Stimme im biblischen Stil gesprochen. Er hatte einen magnetischen Blick gehabt. Jacob Getzelles war klein und schüchtern und sprach Englisch mit einem Akzent. Er gestattete Phyllis, sein Sprachrohr zu sein, und nickte nur sanft zu allem, was sie sagte. In dem Bischofsmantel, den Phyllis enger und kürzer gemacht hatte, und mit der Mitra, die sie ihm aufsetzte, sah Jacob Getzelles aus wie ein Schlemihl.

Tatsächlich gab es unter den Gläubigen Intrigen gegen Phyllis. Sie hatte Geld für den Kirchenbau in Empfang genommen und dem Komitee keine Rechenschaft darüber abgelegt. Sie hatte einen ungünstigen Vertrag mit einem Bauunternehmer abgeschlossen, und viele Gemeindemitglieder verdächtigten sie, von ihm dafür Prozente bekommen zu haben. Ihre Beziehung zu Bessie, die an der Börse spekulierte und Grundstücksgeschäfte machte, schickte sich nicht für jemanden, der angeblich schon mit einem Fuß im Himmel stand. Phyllis erhielt sowohl anonyme als auch unterzeichnete Briefe, in denen sie Heuchler, Dieb, Veruntreuer genannt wurde und Jacob Getzelles Schwindler und Betrüger. Jemand erstattete Anzeige beim Staatsanwalt. Wenn Jacob Getzelles sich am Nachmittag in seinem Zimmer hinlegte, hörte er Bessies lange telephonische Unterhaltungen mit Phyllis, und sie sprachen nicht von den höheren Sphären, sondern über Zinsen, Hypotheken und Kredite. Phyllis blieb nicht mehr über Nacht in Bessies Haus, und Jacob Getzelles brauchte sich keine Sorgen um seine Männlichkeit zu machen. Alles endete in einem Fiasko. Der Boden, auf dem die Kirche hätte stehen sollen, erwies sich als gefährlich, die Sachverständigen warnten, daß bei heftigen Regenfällen die Kirche den Hügel hinunterrutschen könnte. In dem Mitteilungsblatt ihrer Sekte wurde Phyllis Gurdin bezichtigt, ein falscher Prophet zu sein.

Der Sommer war ungewöhnlich heiß. Die meisten Mitglieder von Phyllis' Kreis gingen in die Rocky Mountains oder ans Meer, um Kühlung zu finden. Andere nahmen an okkulten Zusammenkünften in Texas, Wisconsin, Pennsylvania oder New Jersey teil. Einige erforschten die Gesetze des Karma und Nirwana in Kalifornien in einer vegetarischen Kolonie unter der Leitung eines weißbärtigen Guru. Tage vergingen, ohne daß Phyllis anrief. Bessie versuchte, sie telephonisch zu erreichen. Aber es meldete sich niemand. Jacob merkte, daß Bessie vor Ärger krank wurde. Sie sprach kaum mehr mit ihm. Sie verbrachte ihre Zeit mit Rauchen und dem Kritzeln von Zahlen. Er sah sie nie etwas essen. Auch Jacob machte eine Krise durch. Trotz der Operation hatte er noch immer Schwierigkeiten beim Wasserlassen. Der Arzt riet zu einer nochmaligen Operation. Vor einiger Zeit hatte Phyllis ihm einen Koffer voller Bücher über Spiritismus, Theosophie und Astrologie gebracht. Jacob las die Werke von Mme. Blavatsky, Gurdjieff, Uspensky, Ford und die Bibel der übersinnlichen Forschung ›Phantasms of the Living‹ von Gurney, Myers und Podmore. Obwohl Bessies Haus klimatisiert war, blieb die Luft feucht, und Jacob lief den ganzen Tag in seiner Unterwäsche herum. Er lag auf dem Sofa, stierte durch die Sonnenbrille in seine Bücher und sprach mit sich selbst. Die Geschichte von dem Mann, den seine Frau auf einem Schiff mitten im Atlantik besucht, obwohl sie ihr Haus im Westen Amerikas nie verlassen hatte, war wirklich bemerkenswert. Beruhte nur dieser eine einzige Fall auf Wahrheit, so mußten alle Werte umgewertet werden. Aber war dieser Fall echt? Er hätte ja ein Traum, eine Halluzination oder auch einfach ein Schwindel sein können. Wie viele Wunder schrieb man nicht jedem kleinen Wunderrabbi, jeder Wahrsagerin zu? Wie viele Offenbarungen empfing Phyllis nicht jeden Tag?

Schließlich verlor Jacob jedes Interesse, selbst an dem Übersinnlichen. Sein Kopf war schwer. Er lag den ganzen Tag auf dem Sofa. Manchmal schlief er ein und wachte erschrocken wieder auf. Er duselte ein, schlug die Augen wieder auf, verstört von einem Traum, den er sofort wieder vergaß. Nichts störte ihn mehr – nicht die Hitze, nicht die Feuchtigkeit und auch nicht das Stechen in seiner Blase. Die Warnung seines Arztes, daß er in Gefahr war, eine Harnvergiftung zu bekommen, erschreckte ihn nicht. Jacob hatte einen Mordbericht in der Zeitung gelesen, aber weder konnte er Mitleid mit dem Opfer noch Haß gegen den Mörder empfinden. Wenn das Telephon läutete, nahm er den Hörer nicht ab. Der Briefträger brachte einen Eilbrief, er ließ ihn ungeöffnet liegen. Auch seine Schlaflosigkeit störte ihn nicht mehr. Bessie konnte auch nicht schlafen. Sie seufzte, kratzte sich und murmelte vor sich hin. Obgleich sie zusammen in einem großen Bett schliefen, schien sie weit entfernt zu sein, und

er vergaß sie gänzlich. Manchmal sprach sie zu ihm, aber es war ihm unmöglich, sie aufmerksam anzuhören. Er hörte sie sagen: »Jacob, unser Leben ist ein einziger großer Irrtum. Ich sehe keinen Ausweg.«
An jenem Morgen rief Bessie ihn nicht zum Frühstück in die Küche. Sie verließ das Haus, ohne ihm zu sagen, wohin sie ging. Sie kam mittags nicht nach Hause. Aus irgendeinem Grunde hatten der Durst, der Jacob quälte, und der häufige Drang zum Wasserlassen aufgehört. Aus reiner Gewohnheit öffnete er eines der Bücher, die Phyllis ihm gebracht hatte – er konnte kaum die Worte lesen.
›Ist es schon Dämmerung oder bekomme ich den Star?‹
Es wurde ihm bewußt, daß er von sich wie von einem Fremden dachte.
Plötzlich flog die Tür auf, und Bessie taumelte herein. »Sie ist auf und davon, diese Betrügerin, diese Verbrecherin! Sie hat den Laden dichtgemacht und sich nicht einmal verabschiedet. Es ist deine Schuld, deine, deine!« Bessie schrie hysterisch: »Du hast mich mit all diesen Verrückten und Bekloppten zusammengebracht. Sie ist mit meinem Vermögen durchgebrannt. Ich bin nackt und bloß. Selbst das Haus gehört uns nicht mehr. Sie hat mich in den Wahnsinn hypnotisiert!«
Bessie riß ihm das Buch aus der Hand und warf es auf den Boden. Sie stieß einen kleinen Tisch um, auf dem die Zeitschriften lagen, und kreischte: »Was liest du da für Blödsinn, vergräbst dich in diesem Mist? Es ist alles Schwindel. Wenn sie eine Heilige ist, bin ich der Papst. Auch ihr Mann war ein Hochstapler. Es ist alles Schwindel! Bischof Jacob Getzelles, daß ich nicht lache! Weh über mein elendes Leben! Mörder!« Das letzte Wort sprach Bessie auf Jiddisch aus: »Rozoach!« Sie trat die Bücher mit Füßen und spie auf sie. »Was sollen wir jetzt tun? Gott hat mich gestraft und mir den Verstand genommen. Diese Hexe hat mich mit ihrem Geschwätz und ihrer falschen Liebe geblendet. Diese Räuberin, diese Abenteurerin. Ich will nicht mehr leben! Hörst du mich oder hörst du mich nicht?« stöhnte Bessie. »Ich will auf der Stelle sterben.« Ihre rote Perücke fiel herunter, und mit kahlem Schädel, von dem nur ein paar weiße Haarsträhnen hingen, stand sie da.
In Jacobs Innerem zerbrach etwas. »Sei still. Wenn wir schon sterben müssen, laß uns würdig sterben.«

»Es lohnt sich nicht mehr zu leben. Alles ist verloren. Verflucht sei der Tag, an dem meine Augen dich zum erstenmal erblickten, dich und sie. Sie hat mich zum Bettler gemacht Wenn du noch leben willst, geh in ein Altersheim.«

»Bessie, ich will nicht leben.«

»Ich geh' in die Küche und dreh' den Gashahn auf.«

»Ja, tu das.«

»Steh auf. Ich habe nicht einmal einen Platz auf dem Friedhof. Sollen sie mich zu den Hunden werfen.«

Bessie lief zur Klimaanlage und stellte sie ab. Sie riß die Kissen und die Decke vom Sofa an sich und rannte in die Küche.
Jacob folgte ihr. Seltsam: zum erstenmal fühlte er etwas wie Liebe für diese wilde Frau. Bessie schloß die Küchentür und die Fenster, löschte die Stichflammen aus und öffnete alle Hähne am Herd. Jacob starrte sie an. Er war sich nicht klar darüber, aber er spürte keine Furcht mehr vor dem Tod. Er fühlte sich wie einer der Astralkörper, über die er gelesen hatte – gewichtlos, ergeben, einer außerhalb seiner selbst liegenden Macht unterworfen. So stirbt man also? überlegte er. Aber er war nicht einmal mehr neugierig. Er war ein Kind, und Bessie brachte ihn ins Bett. Sie breitete die Sofadecke über den Boden und warf die Kissen darauf. »Wir wollen nicht auf den harten Fliesen sterben.«
Bessie half Jacob, sich hinzulegen. Sie streckte sich neben ihm aus und küßte ihn. Ihr Gesicht war heiß und feucht. »Wenn es einen Gott gibt oder was immer Er ist, bald werden wir es wissen.«
»Es gibt dort nichts«, antwortete Jacob, über seine eigenen Worte erstaunt. Im Korridor läutete das Telephon, Bessie fuhr auf. »Wer kann das sein? Ganz gleich.« Es läutete noch lange. Dann wurde es still.
Bessie umarmte Jacob. Sie fragte ihn: »Soll ich das Gebet sprechen ›Höre, Israel‹?« Und Jacob murmelte: »Nicht nötig.«
Das waren seine letzten Worte.
Am nächsten Tag fand man ihn und Bessie tot auf. Nach vielen Monaten, als Bessies Anwälte in New York ihren Nachlaß ordneten, zeigte es sich, daß er immer noch vierhunderttausend Dollar betrug, außer dem Besitz, den sie Phyllis überschrieben hatte und den die Anwälte versuchten zurückzuerhalten.
»Sie ist sicher nicht wegen Mangels an Geld gestorben«, sagte einer der Anwälte, ein kleiner Mann mit spitzem Schädel, spitzer Nase und spitzen Augen. »Warum hat sie keinen Brief hinterlassen?« Während er sprach, spitzte er einen Bleistift, der schon sehr gut gespitzt war. Der andere Anwalt, ein großer, schwerer Mann mit gelben Augenbrauen und einem wabbeligen Doppelkinn, dachte lange nach und sagte dann: »Ich habe Dutzende von Briefen von Selbstmördern gelesen, aber kein einziger hat je die Wahrheit gesagt.«

Der Dritte

Draußen herrschte drückende Hitze, aber in der Cafeteria war es kühl. Während des Tages, zwischen drei und fünf, war es hier fast leer. Ich setzte mich an einen Tisch an der Wand, trank Kaffee, aß langsam ein Stück Apfelkuchen und las in einer okkulten Zeitschrift. Unter den Briefen an die Redaktion war einer von einer Frau, deren Katze von einem Wagen überfahren worden war. Sie hatte sie beerdigt, aber jede Nacht kam die Katze sie besuchen. Die Frau gab ihren Namen an und ihre Adresse in einem Dorf in Texas. Ihr Brief klang aufrichtig, er war mit Sicherheit nicht erfunden. Aber gibt es den Astralleib wirklich? überlegte ich. Und gibt es ihn auch bei Tieren? Wenn dem so ist, mußte ich meine ganze Philosophie überprüfen.

Ehe ich so einen großen Auftrag übernahm, ging ich erst an die Theke und holte mir noch eine Tasse Kaffee. ›Eine Wirklichkeit hat nichts mit der anderen zu tun‹, sagte ich mir.

Ich sah mir die wenigen Leute an, die um mich herum saßen. Ein junger Mann in einem rosa Hemd studierte die Prognosen für ein Pferderennen und rauchte dabei eine Zigarette nach der anderen, sein Aschenbecher war bis obenhin mit Stummeln und Asche gefüllt. Zwei Tische weiter las ein Mädchen die ›Gesucht‹-Anzeigen in der der Zeitung. Links neben der Tür saß ein großer Mann mit einem weißen Bart und langem Haar – ein Überbleibsel des alten Amerika. Ich hatte ihn oft gesehen. Er sah arm, aber sauber aus und trug immer ein Buch bei sich. Ob er fromm war? Ob er ein Freidenker der alten Schule war, ein Pazifist, ein Vegetarier, ein Spiritist, ein Anarchist? Er hatte mich schon seit längerer Zeit interessiert, aber ich hatte mir nicht die Mühe gemacht, herauszufinden, wer er war. Die Tür ging auf, und jemand kam herein, den ich zwar erkannte, aber weder konnte ich mich an seinen Namen erinnern noch daran, wo ich ihn getroffen hatte. Er war ein kleiner Mann mit einer sandfarbenen Mähne. Sein Kopf war zu groß für seinen Körper. Er konnte ebensogut vierzig wie fünfundfünfzig sein. Sein Gesicht war von verwelkter Hagerkeit. Er hatte hohe Backenknochen, eine lange Oberlippe und das winzige Kinn eines Säuglings. Er trug ein Sporthemd und Leinenhosen. Am Automaten zögerte er. Seine gelben Augen schossen von rechts nach links, als suche er jemanden. Dann sah er mich, und sein Gesicht belebte sich. Er zog kräftig an dem Automaten und nahm den Bon heraus, der Automat klingelte laut. Er kam mit vorsichtigen Schritten auf meinen Tisch zu. Er trug Sandalen mit zwei Riemen. Er schien sich der New Yorker Hitze angepaßt zu haben, während ich einen Anzug, Hut und Schlips trug. Als er bei mir angelangt war, sagte er in dem vertrauten Polnisch-Jiddisch der Lubliner Gegend: »Was machen Sie hier mitten am Tag? Sich abkühlen? Kann ich mich zu Ihnen setzen? Darf ich Ihnen etwas holen?« Seine Stimme war leicht nasal.

»Danke. Nichts. Setzen Sie sich.«

»Sie haben mir einmal versprochen, mich anzurufen«, sagte er. »Aber so geht es hier in dieser Stadt – niemand hat Zeit oder Geduld. Sicher haben

Sie meine Telephonnummer verloren. Es geht mir auch so – ich schreibe Adressen und Nummern auf, und sie verschwinden. Kommen Sie oft hierher? Früher war ich hier Stammgast, aber seit kurzem nicht mehr. Meine Frau hat mehrmals nach Ihnen gefragt. Wohnen Sie in der Nähe?« Ehe ich antworten konnte, lief er mit kleinen schnellen Schritten zur Theke hinüber.

›Wer ist er?‹ fragte ich mich.

Eigentlich hatte ich gehofft, allein zu bleiben.

Er kam zurück mit einem Glas geeisten Kaffees und Blaubeerkuchen.

»Ich wäre gern ins Kino gegangen«, sagte er, »aber wer geht gern allein? Ich weiß nicht, was gegeben wird, aber vielleicht würden Sie mit mir kommen. Als mein Gast.«

»Danke, aber mir ist überhaupt nicht nach einem Film zumute.«

»Nein? Gewöhnlich gehe ich nicht ins Kino, wenn meine Frau mich nicht dazu zwingt, aber heute wäre ich bereit, ein paar Stunden dazusitzen und die Eintönigkeit des Alltags zu vergessen. Meistens sehe ich gar nicht auf die Leinwand. Ich lasse sie reden, schießen, singen oder was immer ihnen Spaß macht, ohne mich. Da man weiß, daß man an dem, was da oben vor sich geht, nichts ändern kann, wird man Fatalist. Manchmal denke ich, die Wirklichkeit ist nur ein anderer Film. Geht es Ihnen auch so?«

»Ja, aber in dem wirklichen Film spielen wir alle mit und haben eine Rolle und stehen vor der Wahl, sie gut zu spielen oder zu verspielen.«

»Sie glauben also an den freien Willen. Ich glaube nicht daran – absolut nicht. Wir sind Marionetten – das ist alles. Jemand zieht an einem Faden, und wir tanzen. Ich bin ein überzeugter Determinist.«

»Trotzdem, wenn Sie über die Straße gehen und ein Auto kommt, dann rennen Sie.«

»Auch das ist vorbestimmt. Ich las einmal in der Zeitung, daß ein junger Mann und seine Freundin zu Abend aßen und sich dann zum russischen Roulette hinsetzten. Zwischen ja und nein erschoß er sich. Jeder will das Schicksal versuchen. Warum habe ich in der letzten Zeit Ihren Namen nicht mehr in der Zeitung gelesen?«

»Ich habe nichts anbringen können.«

»Aus dem Grund bin ich Hausbesitzer geworden, wenn man das so nennen kann. Ich habe ein Haus mit möblierten Zimmern gekauft, und davon lebe ich. Manche Wochen geht es gut, manche schlechter, aber ich muß mir wenigstens nicht mehr die Ansichten der Redakteure anhören. Die Leute zahlen im voraus. Alle Arten von Leuten. Der Mann mag ein Mörder sein, ein Dieb oder ein Zuhälter, aber er gibt mir die fünf Dollar, und ich gebe ihm den Schlüssel. Heute hätte ich gern ein Zimmer auf ein paar Stunden für mich gehabt, aber es war alles besetzt. Man weiß das nie.«
Er trank einen Schluck Kaffee, zog seine Augenbrauen hoch und sagte:
»Sie wissen nicht, wer ich bin, nicht wahr?«
»Ich kenne Sie, aber ich muß gestehen, ich kann mich nicht an Ihren Namen erinnern. Das ist wie Gedächtnisschwund bei mir.«
»Ich habe es gleich gemerkt. Fingerbein – Selig Fingerbein. Das ist mein Schriftstellername. Niemand nennt mich mehr bei meinem richtigen Namen. Wir sind uns im Café Royal begegnet.«

»Natürlich. Jetzt weiß ich alles«, sagte ich. »Sie haben eine sehr hübsche Frau – Genia.«
»Sie erinnern sich also doch! Ich vergesse oft Gesichter und Begebenheiten. Früher schrieb ich Gedichte und veröffentlichte sie auch, aber wer braucht heute Gedichte? Sie sind überflüssige Ware. Und doch gibt es Gefühle, die nur ein Gedicht ausdrücken kann. Stellen Sie sich das Hohe Lied in irgendeiner anderen Form vor! Aber es ist veraltet: ›Liebe ist stark wie der Tod. Und ihr Eifer ist fest wie die Hölle.‹ Othello, ebenfalls. Eifersüchtig zu sein und jemanden zu erdrosseln ist heute nichts so Besonderes mehr. Wahre Liebe ist Vergeben. Der zivilisierte Mensch muß die allergrößte Kunst erlernen: die Eifersucht zu besiegen. Rauchen Sie?«
»Nein.«
»Warum nicht? Eine Zigarette hilft manchmal. Frauen mußten Generationen lang leiden – Vielweiberei, Harems, Männer, die aus den Kriegen mit Konkubinen heimkehrten. Jetzt werden die Männer sich fügen müssen. Frauen haben genau die gleichen Gelüste wie wir – vielleicht sogar noch mehr. Lachen Sie mich nicht aus, aber die Unterwelt ist in diesen Dingen viel weiter als wir, obwohl die Europäer große Schritte vorwärts gemacht haben sollen, wie ich höre. Wenn der König von England seinen Thron aufgibt, um eine geschiedene Amerikanerin zu heiraten, so ist das nicht nur Stoff für Schlagzeilen, sondern auch symptomatisch für die neue Zeit und den neuen Menschen.«
Selig Fingerbein legte seine kleine Faust auf den Tisch. Er kostete den Blaubeerkuchen und schob den Teller zurück. Er fragte: »Haben Sie etwas Zeit?«
»Ja, ich habe Zeit.«
»Ich weiß, daß ich bereuen werde, was ich jetzt tue. Aber da ich nicht ins Kino gegangen bin und Sie hier getroffen habe, will ich Ihnen etwas erzählen, was mit Ihnen zu tun hat.«
»Mit mir? Wieso?«
»Eigentlich mit dem, was Sie schreiben – nicht mit Ihnen persönlich.«
Der kleine Mann, der sich Selig Fingerbein nannte, drehte seinen Kopf, als fürchte er, gehört zu werden. Seine gelben Augen beobachteten mich, halb lächelnd, halb fragend. Er sagte: »Niemand darf je erfahren, was

ich Ihnen jetzt erzählen werde. Jeder muß einem Menschen etwas anvertrauen können. Wenn niemand Ihr Geheimnis kennt, dann ist es kein Geheimnis, sondern nur eine verborgene Sache. Es handelt sich um meine Frau. Zwischen uns besteht eine große Liebe. Als ich Junggeselle war, dachte ich immer, es könne keine Liebe geben zwischen den Leuten, die unter dem Hochzeitsbaldachin standen und ein Schlafzimmer teilten. Keine andere Einrichtung wird soviel belächelt und angespuckt wie die Ehe. Aber die meisten der Spötter gehen früher oder später zum Rabbiner oder zum Priester und knüpfen das Band. Geht eine Ehe schief, versuchen sie es ein zweites, ein drittes – ein fünftes Mal. Natürlich gibt es eine Menge alter Junggesellen und alter Jungfern, aber heiraten möchten sie alle. Sie suchen, bis sie sterben. Sie sagten eben, meine Frau sei schön. Danke. Ich kann Ihnen nicht beschreiben, wie schön sie als Mädchen war. Wir sind beide aus Kielce. Wir gehörten der ›Zionistischen Jugend‹ an, so trafen wir uns. Alle jungen Männer waren in sie verliebt, manche ganz wahnsinnig. Ich bin äußerlich nichts Besonderes als Mann – das kann man sehen –, aber ich war intelligenter als die anderen, und Genia und ich verliebten uns ineinander. Ich wollte nicht in der polnischen Armee dienen, so gingen wir 1924 nach Amerika, am gleichen Tag, an dem Amerika die freie Einwanderung abschaffte. Wir waren arm wie die Nacht, und Genia arbeitete in einem Laden, damit ich meine Gedichte kritzeln konnte. Sie glaubte, ich würde ein zweiter Slowacki oder Byron werden. Wie meine Mutter zu sagen pflegte: ›Wer denkt, macht sich zum Narren.‹ Ich muß Ihnen nicht sagen, was es heißt, in New York ein jiddischer Dichter zu sein. Unter diesen Umständen würde Lord Byron auch ein Hausbesitzer geworden sein.

Langsam verlor ich den Glauben an meine schöpferischen Kräfte. Aber unsere Liebe litt nicht darunter. Was eine Frau in einem Mann sieht und was ein Mann in einer Frau sieht, wird kein Dritter je ergründen. Der Tag mochte noch so schwer gewesen sein, unsere Abende waren immer Festtage. Ganz gleich, wo wir wohnten, in Broome Street, Ocean Avenue, Brighton Beach, unsere Wohnung war immer wunderschön. Wir hatten beide gern schöne Sachen um uns, und damals konnte man Antiquitäten in der Third Avenue für ein Butterbrot bekommen. Zu unserem

Bedauern hatten wir keine Kinder. Ich wurde Lehrer für Jiddisch und verdiente anständig. Hier und da, wenn ein Redakteur irgendwo eine Lücke hatte, veröffentlichte er etwas von mir in seiner Zeitschrift. Genia wurde befördert in ihrem Laden. Wir gaben nicht alles aus, was wir verdienten. Im Sommer gingen wir in ein Hotel im Gebirge, in die Catskills. Wir reisten in den Vereinigten Staaten. Wir fuhren sogar nach Europa. Und trotzdem konnte ich mich nicht mit meinem Versagen als Dichter abfinden, und Genia litt darunter. Eines unserer wirklichen Vergnügen war Lesen. Ich liebte die Literatur, und Genia konnte ohne Bücher nicht existieren. Im Anfang lasen wir Jiddisch und Polnisch, später, als wir die Sprache gelernt hatten, Englisch. Ich will nicht angeben, aber wir beide haben guten Geschmack. Sie erinnern sich doch an den Vorsänger, der sagte: ›Singen kann ich nicht, aber ich verstehe Singen.‹ Genias Geschmack ist noch besser als meiner. Es ist komisch, daß Leute, die dumm und taub sind, Kritiker und Professoren für Literatur werden können, während Genia, die das absolute Gehör für Worte hat, in einem Laden arbeitet. Na, das gehört alles zur Heuchelei dieser Welt. Überarbeitet haben wir uns nicht, weder Genia noch ich; ihr Job ließ ihr viel freie Zeit, und in einer jiddischen Schule ist auch nicht soviel zu tun. Wir luden Leute zum Abendessen ein; wir gaben kleine Gesellschaften, gewöhnlich für die wenigen gleichen Freunde. Aber am liebsten waren wir allein, und oft dankten wir Gott, wenn die Gäste gegangen waren. Wie viele Paare führen so ein Leben?
Aber wie sehr ich auch meine Frau liebte, ich war anderen Frauen gegenüber nie gleichgültig. Ich muß Ihnen das nicht erklären. Wie kann der heutige Mensch sich gegen die Befriedigung seiner Gelüste wehren? Ich war nicht fromm, und selbst wenn ich es gewesen wäre, mehr als eine Frau zu besitzen, ist nach dem jüdischen Gesetz keine wirkliche Sünde. Das Verbot der Vielweiberei ist uns von den Christen aufgezwungen worden. Ich war vielleicht kein Byron, aber mein Appetit auf Frauen war so groß wie seiner. Sie kennen unser Milieu. Es gab immer Gelegenheiten. Ich war nie ernsthaft verstrickt, aber von Zeit zu Zeit schlief ich mit einer anderen Frau. Anfangs hielt ich es vor Genia geheim, aber Genias Instinkt ist stark – manchmal denke ich, sie kann Gedanken lesen.

Als ich schließlich beichtete, machte sie nicht viel her damit. ›Tu, was du willst, aber komm zu mir zurück‹, sagte sie. ›Keine Frau kann dir das geben, was ich dir geben kann.‹ Typisch weibliches Gerede. Es wurde mir auch klar, daß meine sogenannten Abenteuer neues Verlangen in ihr weckten. Auch das ist nichts Neues.
So ging es eine ganze Reihe von Jahren. Wir verbrachten unsere Abende und Nächte im Gespräch – Phantasien, Tatsachen, was wir gelesen hatten. Wie die meisten Männer wollte ich Freiheit, wenn es sich um andere Frauen handelte, und gleichzeitig wollte ich eine sittsame Frau. Anfangs hatte Genia gedroht, daß, wenn ich mir Freiheiten nähme, sie es auch tun würde. Aber die Zeit verging, und alles blieb wie vorher. Von Natur aus ist Genia schüchtern – die Art Schüchternheit, die von Gott weiß wie vielen Großmüttern ererbt ist. Der Gedanke an einen anderen Mann machte sie schaudern, so sagte sie mir. ›Was wäre, wenn –‹, war ein Spiel, das wir oft spielten. ›Stell dir vor, du wärst in dieser Situation, was würdest du tun?‹ Die Situationen fanden wir oft in Ihren Geschichten in den jiddischen Zeitungen. Ob Sie sich wohl klar darüber sind, wie weitgehend die Literatur das Leben beeinflußt? Wir haben uns wahrscheinlich mehr die Köpfe über Ihre Helden zerbrochen als Sie.
Ich könnte bis morgen mit Ihnen hier sitzen und hätte Ihnen noch kein Tausendstel von dem erzählt, was geschah. Aber ich werde mich kurz fassen. Genia kam allmählich zu der Ansicht, daß es keinen wesentlichen Unterschied gebe zwischen der männlichen und weiblichen Psychologie, sie sprach sogar davon, sich einen Mann zu suchen. Ich nahm es nicht ernst. Ihre Worte erregten mich, und Anregung tut gut. Sie wollte wissen, wie ich es aufnehmen würde, wenn sie jemand kennenlernen sollte, der sie anzog und dem sie in einem leidenschaftlichen Augenblick nachgeben würde. Würde ich sie verlassen – sie nicht mehr lieben? Und täte ich das, wäre es nicht der Beweis, daß ich verschiedene Maßstäbe anlegte? Ich versicherte ihr, ich würde es nicht tun; was mir recht war, sollte ihr billig sein. Aber das wollte alles nichts heißen – Genia erhielt viele Anträge, und sie sagte immer ›nein‹. Sie gestand mir, sie habe sich entschlossen, es mir gleichzutun – einmal wenigstens – um sich zu beweisen, daß sie eine moderne Frau sei und keine verschlafene Tante, die hinter dem Ofen saß.

Sie bekam einen regelrechten Komplex. Warum sollte sie nicht tun können, was Mme. Bovary, Anna Karenina, Ihre Hadassa und Clara getan haben? Die Mädchen in ihrem Laden prahlten mit ihren Erfolgen. Heutzutage muß der Teufel nicht sehr laut sprechen, um uns zu versuchen. Die neun Musen tun seine Arbeit. Und da war Genia und lief herum wie eine Art Heilige Jungfrau. Sie fing an, über ihre Rückständigkeit in einem Jargon zu sprechen, den sie aus Büchern von Ärzten und Liebesexperten zusammengelesen hatte.
Lachen Sie nicht, aber Genia verlangte von mir, ich solle ihr helfen, einen Liebhaber zu finden. Ist das nicht verrückt? Sie sagte: ›Ich kann es nicht ohne dich. Finde du mir jemanden.‹ Sie wollte wenigstens einmal versuchen, was es heißt, ›fortschrittlich‹ zu sein. Eines Abends setzten wir uns hin und stellten tatsächlich eine Liste möglicher Kandidaten auf. Es war ein Spiel. Ich bin schon über Fünfzig und Genia ist nicht viel jünger. Wir könnten Großeltern sein. Statt dessen saßen wir da, mitten in der Nacht, und stellten Listen möglicher Liebhaber auf. Komisch, was?«
»So komisch auch wieder nicht.«
»Warten Sie. Ich hole mir einen Kaffee.«

Selig Fingerbein brachte zwei Tassen Kaffee, eine für sich, eine für mich. Er trank einen Schluck und sagte: »In den Büchern, die ich las, kam oft das Wort ›Hausfreund‹ vor. Ich habe nie den Sinn dahinter verstanden. Warum sollte ein Mann seiner Frau gestatten, ihn zu betrügen? Warum läßt er ihn überhaupt in sein Haus? Ich hielt das für eine Erfindung der Romanschriftsteller und Dramatiker. In Kielce gab es so etwas nicht. Aber hier in Amerika habe ich erlebt, daß es das gibt – bei Schauspielern, Ärzten, Geschäftsleuten. Es gibt wirklich Männer, die sich mit dem Liebhaber ihrer Frau anfreunden. Sie essen zusammen, trinken zusammen und gehen zusammen ins Theater. Daß mir das einmal passieren könnte, war jenseits meiner wildesten Phantasien, aber jetzt habe ich einen Hausfreund, und deshalb sitze ich hier mit Ihnen zusammen. Deshalb wollte ich ins Kino gehen. Wenn er kommt, gehe ich. Ich gehe sogar, bevor er kommt. Vielleicht ist er kein richtiger Hausfreund, aber er kommt ins Haus, und ich weiß es.

Es begann folgendermaßen. Vor einigen Jahren tauchte ein Flüchtling aus Polen auf. Vielleicht kennen Sie ihn, deshalb werde ich nur seinen Vornamen nennen – Max. Angeblich war er ganz polonisiert, aber er sprach Jiddisch. Er ist Maler – das behauptet er jedenfalls. Er macht ein paar Kleckse auf eine Leinwand, und das soll ein Sonnenuntergang in Zakopane oder ein Stierkampf in Mexiko sein. Die Hauptsache, die Leute kaufen es. Der moderne Käufer ist genauso ein Scharlatan wie der Verkäufer. Steht eine Gestalt auf ihren Füßen, ist es banal. Aber wenn Sie sie auf den Kopf stellen, dann ist es originell. Ich begegnete ihm im Café Royal. Er ist ein aalglatter Bursche, mit hungrigen Augen, die um Liebe und Freundschaft betteln – weiß der Teufel, was noch. Wir wurden miteinander bekannt gemacht, und er stürzte sich auf mich, als sei ich sein seit langem verloren geglaubter Bruder. Sofort wollte er mein Porträt malen. Er erzählte mir, daß er in Kielce Familie hatte, und es stellte sich heraus, daß ich ein entfernter Verwandter von ihm bin. Wenn Männer besonders freundlich zu mir sind, ist es meistens wegen Genia, und sie machen auch kein Geheimnis daraus, aber Genia war nicht dabei, als ich Max kennenlernte, und als er sie schließlich sah, war er nicht beeindruckt. Genia war beleidigt. Sie ist nicht gewöhnt, von Männern ignoriert zu werden.

Max malte mein Porträt, und ich sah halb aus wie ein Affe, halb wie ein Krokodil. Das ist alles, was sie können. Es stellte sich heraus, das er ein gerissener Geschäftsmann war. Er handelte mit Antiquitäten und Schmuck. Gestern war er erst in Amerika angekommen, und schon kannte er alle Welt, und alle Welt kannte ihn. Er bot uns Gelegenheitskäufe an: silberne Gewürzbüchsen, elfenbeinerne Torazeiger, Etrogdosen, Tabaksdosen und sonst allerlei. Genia ist verrückt nach Nippsachen, und er verkaufte sie ungewöhnlich billig. Er brauchte Monate, um mein Bild fertig zu malen. Er sah mich mit schmachtenden Augen an, und bei jeder Gelegenheit berührte er mich. Einmal versuchte er, mich zu küssen. Ich war entsetzt. Nach einiger Zeit erklärte er mir geradeheraus, er liebe mich. Ich hätte mich übegeben können! Ich sagte zu ihm: ›Max, mach dich nicht lächerlich. Ich bin von dieser Art Verrücktheit so weit entfernt wie der Himmel von der Hölle.‹ Er fing an zu seufzen wie ein verschmähter Liebhaber.

Ich erzählte Genia alles, und sie wußte nicht, ob sie lachen oder weinen sollte. Über so etwas liest man, aber wenn es einem selber begegnet, ist es unbegreiflich. Jetzt hatten wir ein neues Thema, über das wir uns am Abend unterhalten konnten. Genia war empört, daß ich für einen Mann anziehender war als sie. Ich entschloß mich, ihn loszuwerden, aber wie? Max ist nicht der Mensch, der einen losläßt. Er kam immer wieder zu uns, und jedesmal brachte er ein Geschenk mit. Er kannte alle Leute vom Theater – vom Broadway, nicht nur vom Jiddischen Theater in der Second Avenue – und er bekam Karten für uns. Da saßen wir, zu dritt, in der ersten Reihe und sahen ein Stück, auf das wir sonst Monate hätten warten müssen. Er führte uns aus zu Lindy und sonst überall hin. So wird man also ein Hausfreund, dachte ich. Im Theater versuchte er, meine Hand zu halten, aber ich sagte ihm, wenn er etwas Derartiges noch einmal täte, wäre er bei mir unten durch. Die ganze Geschichte ekelte mich an.

Aber plötzlich entstand zwischen Genia und mir etwas wie ein Wettbewerb. Es machte mir fast Spaß. Da versuchte eine schöne Frau, die Aufmerksamkeit dieses Halunken zu erregen, und der gaffte mich an. Wenn Genia zu ihm sprach, tat er, als ob er sie nicht hörte; sagte ich die blödesten Dinge, schrie er vor Entzücken. Können Sie sich etwas Lächerlicheres vorstellen? Aber es wurde mir langsam klar, daß er unser Familienleben zerstörte. Jeden Abend dachten Genia und ich uns die verschiedensten Vorwände aus, um ihn aus unserem Leben verschwinden zu lassen. Wir faßten feste Entschlüsse. Am nächsten Tag rief Max an, um zu sagen, daß er ein Geschenk oder einen Gelegenheitskauf oder eine aufregende Geschichte hätte, die er uns erzählen müsse. Ehe ich noch nein sagen konnte, hatte Genia ihn schon zum Abendessen eingeladen. Später fand ich heraus, daß seine Antiquitäten aus einer Fabrik stammten, die Reproduktionen herstellte. Ich erfuhr auch, daß die meisten seiner Gemälde Kopien waren. Dieser Mann war durch und durch eine Fälschung.
Ich will es nicht in die Länge ziehen. Genia fing an, ihn alleine zu treffen. Sie hatte ihren ganztägigen Job aufgegeben und arbeitete nur zwei Tage in der Woche. In der Zwischenzeit hatte ich das Haus mit den möblierten Zimmern gekauft, und das beschäftigte mich vollauf. Ich hatte keine Geduld mehr mit diesem Bluffer und seinen liebeskranken Blicken. Genia sagte immer noch schreckliche Dinge über ihn, aber offensichtlich wollte sie ihn mir wegstehlen. Er benahm sich tatsächlich wie eine Frau. Er klatschte, er liebte Spielereien, er trug Ringe mit Steinen an fast allen Fingern. Sein Haar war lang und glänzte von Öl. Kleidung war seine idée fixe. Ich bin klein, nicht er, aber er trug Schuhe mit erhöhten Absätzen. Und seine Krawatten! Welche Frau konnte das aushalten? Sie werden denken, ich bin naiv, aber es kam mir wirklich nicht in den Sinn, daß Genia eine Affäre mit ihm haben könnte.«
»Eine Affäre? Obwohl er ein Homosexueller ist?« fragte ich.
»Weiß der Teufel, was er ist. Da alles andere bei ihm Schwindel ist, ist es das vielleicht auch. Möglicherweise hat er nur mit mir geflirtet, um an Genia heranzukommen. Er ist ein schlauer Fuchs. Langsam, während ich mich von ihm abwandte, wurden Genia und er dicke Freunde. Sie gingen zum Lunch und zum Abendessen; sie gingen ins Theater und ins Kino, zu

Ausstellungen. Wenn ich protestierte, sagte Genia: ›Auf wen bist du eifersüchtig? Er interessiert sich mehr für dich als für mich.‹ Um die Wahrheit zu sagen, jedesmal, wenn sie ausgingen, wurde ich aufgefordert mitzukommen, aber ich lehnte immer ab. Genia schwor, daß er sie nie berührt hätte, und ich glaubte ihr. So ging es monatelang. Es ist erstaunlich, welcher Selbsttäuschungen man fähig ist. Außerdem hatte ich genug von all diesen Filmen, Theatern und Gelegenheitskäufen. Die Wohnung mußte gestrichen werden, und wo sollten wir all den Trödel hintun? Millionen Dinge sind erfunden worden, aber noch niemand hat etwas erfunden, um die Katastrophe des Streichens einer Wohnung zu verhindern. Plötzlich wird dein ganzes Hab und Gut ausgeräumt. Die Bilder werden von den Wänden genommen. Bücherhaufen liegen auf dem Boden. Man ist ein Fremder in seinem eigenen Haus. Der Gestank der Farbe macht einem übel. Man erkennt die bittere Wahrheit: ein Heim ist, wie alles andere, nur eine Illusion.
Allmählich bemerkte ich, daß alles auseinanderfiel, und eines Abends gestand mir Genia, daß sie ein Verhältnis mit ihm hatte.«
Selig Fingerbein trank seinen kalten Kaffee in einem Zug aus. Er sah mich vorwurfsvoll an. »Warum sind Sie so entsetzt? Sie schreiben wie ein moderner Mensch, und dann sitzen Sie da mit Ihren alten Moralbegriffen und Vorurteilen. Ich hatte sie früher auch, aber ich habe mich davon frei gemacht. Man kann eine moderne Frau nicht dazu verurteilen, ihr ganzes Leben mit dem gleichen Mann zu leben, und wenn sie ihn noch so sehr anbetet. Es gibt keine zurückhaltendere Frau als Genia, aber sie lebt im zwanzigsten Jahrhundert, und Sie können nicht von ihr verlangen, daß sie Selig Fingerbein für den einzigen Mann in New York hält. Trotzdem, als mir Genia von ihrem Verhältnis berichtete, machte es mich krank. Mein ganzes Leben schien mir zerstört. Wenn ich gekonnt hätte, ich hätte sie vor das Sanhedrin geschleppt und sie steinigen lassen – wie es in alten Zeiten geschah. Aber in New York gibt es kein Sanhedrin. Ich hätte meine Sachen packen können und gehen – aber wohin hätte ich gehen sollen? Und zu wem hätte ich gehen sollen? Am Abend, als sie es mir erzählt hatte, lag ich mit Genia im Bett, und sie weinte wie ein kleines Mädchen. ›Was soll ich tun? Wenn du bereit bist, zu sterben, dann will ich mit dir

sterben – nur um dir zu zeigen, daß ich zu dir gehöre und zu niemandem sonst.‹ Sie jammerte und zitterte, daß das Bett bebte, und ich – Sie können mich einen Idioten nennen – ich tröstete sie. Ich sagte ihr, es sei keine Tragödie, aber dabei klapperten mir die Zähne.
An jenem Abend schworen wir, daß unsere Verbindung mit Max aus und vorbei sei, aber ich wußte, es war nicht so. Die Schöpfer der Religionen

kannten Gott nicht, aber die menschliche Natur kannten sie. In den ›Sprüchen der Väter‹ heißt es, daß eine Sünde eine andere nach sich zieht. Ein Schritt vom Wege der Tugend, und alle Tabus sind gebrochen.
Sie schreiben über Religion, Ehe und Sex. Sie scheinen den modernen Menschen mit all seinen Verwicklungen und Irrtümern zu verstehen. Aber sie können auch nicht mehr tun als kritisieren, den Weg zurück zum Glauben zeigen auch sie nicht. Ohne die Frömmigkeit unserer Eltern und Großeltern ist es uns unmöglich, uns so zu benehmen, wie sie es taten. Ich will Ihnen etwas sagen, obwohl ich mich schäme, es zu gestehen. An jenem Abend schlief Genia schließlich ein, nachdem sie ein paar Tabletten genommen hatte, aber ich konnte überhaupt nicht schlafen. Ich zog meinen Schlafrock an und meine Hausschuhe und ging in meine Bibliothek. Ich sah die Bücher an und wußte, kein einziges konnte mir die Richtung weisen. Was können Tolstoj oder Dickens oder Balzac einen lehren? Sie hatten Talent, aber sie waren ebenso verwirrt wie wir. Plötzlich sah ich einen Band des Talmud, und ich dachte, da mich die Weltlichkeit so im Stich gelassen hat, sollte ich vielleicht zu Gott zurückkehren. Ich nahm das Traktat Beza heraus, schlug es auf und fing an, wie in alten Zeiten zu murmeln: ›Wenn ein Ei an einem Feiertag gelegt wurde, so sagt die Schule des Schammaj: das Ei darf gegessen werden. Und die Schule von Hillel sagt: es darf nicht gegessen werden.‹ Eine gute halbe Stunde lang nickte und murmelte ich wie ein Jeschiwaschüler. Anfangs war es wie süßes Heimweh, aber je länger es dauerte, desto schwerer wurde mir zumute. Solange man daran glaubte, daß diese Gesetze Moses auf dem Berge Sinai gegeben wurden, ergab alles einen Sinn. Ohne diesen Glauben war alles nur pure Scholastik. Ich wurde müde und ging zu Genia zurück. Wir schlafen in einem Bett. An diesem Abend kam ich zu dem Schluß, daß der Mann den stärksten Instinkt in sich abtöten muß: eine Frau zu besitzen als Teil seines Eigentums. Wenn es einen Gott gibt, vielleicht führt Er uns in diese Richtung.«
»Und was geschah dann?«
»Es gab kein ›dann‹. Genia hatte versprochen, obwohl ich es nicht von ihr verlangt hatte, daß sie Max nicht wiedersehen würde. Aber sie trifft ihn immer noch. Ihre Arbeit hat sie ganz aufgegeben. Sie braucht es nicht

mehr, und ich kann ja nicht den ganzen Tag und die ganze Nacht mit ihr zusammen sein. Seit einiger Zeit habe ich mit allem die Geduld verloren: mit Genias Schuld und mit dem, was wir Kultur nennen. Ich kann aus den Stücken, die am Broadway gespielt werden, und aus Picassos Bildern keinen Fetisch machen. Selbst gute Literatur interessiert mich nicht mehr. Die Wand, die die Welt von der Unterwelt trennt, ist zu dünn geworden. Der Richter, der Anwalt und der Mörder hegen alle die gleichen Ideen, lesen die gleichen Bücher, besuchen die gleichen Nachtklubs, reden das gleiche Kauderwelsch. Wir kehren zur Höhle zurück, auch wenn es eine Höhle mit Telephon, Elektrizität und Fernsehen ist. Früher glaubte ich, Genia durch und durch zu kennen, aber seit diese Mißgeburt in unser Haus eingedrungen ist, entdecke ich immer neue Züge an ihr. Selbst ihre Stimme ist nicht mehr die gleiche. Was Max angeht, so kann ich ihn nicht einmal hassen, was mich wirklich überrascht. Ich weiß nicht, was er ist, und es ist mir auch gleich. Ich weiß nur, daß er dasselbe will wie wir alle – soviel Vergnügen als möglich, ehe wir auf ewig verschwinden.«
»Er ist also kein Homosexueller?«
»Weiß der Teufel, was er ist! Vielleicht sind wir alle Homosexuelle. Ich habe vergessen, Ihnen das Wichtigste zu sagen: Genia geht seit einiger Zeit zu einem Psychoanalytiker. Max geht seit Jahren zu ihm. Sie wollten mich auch zu einem Mitglied ihres Klubs machen, aber ich ziehe es vor, über das Ei nachzudenken, das an einem Feiertag gelegt wurde.«
Ich hatte nicht bemerkt, daß die Cafeteria sich gefüllt hatte. Ich sagte zu Selig: »Gehen wir. Man wird uns sonst rauswerfen.«
Wir traten auf den Broadway, und die Glut eines Hochofens schlug mir entgegen. Es war noch Tag, aber die Neonlichter brannten schon und kündigten in feuriger Sprache den Segen an, den Pepsi-Cola, Bonds Anzüge, Camel-Zigaretten und Wrigleys Kaugummi über uns bringen würden. Lauwarmer Gestank stieg aus den Untergrundbahnrosten auf. Über einem Kino hing, vier Stockwerke hoch, das Plakat einer halbnackten Frau, von Scheinwerfern angestrahlt – mit zersaustem Haar, wilden Augen, gespreizten Beinen, eine Pistole in jeder Hand. Um ihre Taille trug sie eine Schärpe mit Fransen, die ihre Geschlechtsteile bedeckte. Eine Menschenmenge hatte sich angesammelt und starrte sie an. Männer mach-

ten Witze, Frauen kicherten. Ich sah Selig an. Die eine Hälfte seines Gesichts war grün, die andere rot – wie ein modernes Bild. Er starrte sie an, bewegte seine Lippen, ein Auge lachte, das andere weinte. Ich sagte zu ihm: »Wenn es keinen Gott gibt, dann ist sie unser Gott.«
Selig Fingerbein zitterte, als sei er aus einem Trancezustand aufgewacht. »Was *die* verspricht, kann sie auch liefern.«

Ihr Sohn

Ich war noch nicht lange in New York, als mich eines Tages ein Dichter zum Essen in Sholums Café einlud. Er genoß unter den jiddischen Schriftstellern den Ruf eines Gecken, Zynikers und Schürzenjägers. Seine Frau war so fett, daß sie kaum durch eine Tür ging – jedenfalls hatte man mir so etwas erzählt. Sie aß aus Kummer über die Liebschaften ihres Mannes. Er war schon nahe an Siebzig, aber sein Haar war noch immer goldblond. Er hatte blaue Augen, eine hohe Stirn und eine Nase und ein Kinn, die ihm einen welterfahrenen Ausdruck gaben. Sein Anzug war nach englischem Schnitt, und er rauchte eine Havannazigarre. Sein Hemd war rot und grau gestreift, seine Krawatte goldbestickt. Er trug einen Diamantring und Manschettenknöpfe mit Monogramm. Es fiel mir auf, daß er Oscar Wilde ähnelte. Er schrieb auch wie Wilde – paradoxe Bemerkungen und Aphorismen. Ich war neunundzwanzig Jahre alt, soeben aus Warschau angekommen, und er sprach zu mir wie ein älterer Schriftsteller zu einem Anfänger, indem er seinen Rat anbot.

Er sagte: »Sie sehen aus wie ein Talmudschüler, aber an der Art, wie Sie schreiben, kann ich erkennen, daß Sie über Frauen Bescheid wissen.«

Die Tür des Cafés öffnete sich, ein Mann mit einem zerbeulten Hut trat ein. Sein Gesicht war blaß, unrasiert; seine Augen waren blutunterlaufen, schläfrig und voll der Schwermut der Verzagten. Er kam geradewegs an unseren Tisch. Wortlos griff mein Gastgeber – ich will ihn Max Bender nennen – in die Tasche, zog einen Scheck heraus und überreichte ihn dem Neuankömmling. »Na, Bill, sehen Sie jetzt schon, wie es weitergeht?« fragte er.

»Es wird alles immer nur schlimmer«, murmelte der Mann.

»Und das Darlehen hat nicht geholfen?«

»Mir kann nichts mehr helfen.« Er sprach Jiddisch mit amerikanischem Akzent. Obgleich seine Stimme leise klang, hörte sie sich doch an wie ein

gedämpfter Schrei. Bitterkeit lag um seine Lippen. Eine Schulter war höher als die andere. Der billige Schlips, den er trug, saß schief. An seinem Mantel fehlte ein Knopf. Von weitem schien er in den Fünfzigern zu sein, aber in der Nähe sah ich, daß er viel jünger war. »Also, ich gehe wieder«, sagte er.
»Vielleicht trinken Sie ein Glas Kaffee mit uns? Dieser junge Mann hier –«
»Ich muß gehen!«
»Wohin?«
»Jemandem in den Hintern kriechen, damit ich hundert Dollar für die Hypothekenzinsen leihen kann. Wenn ich sie nicht bekomme, werde ich das Haus verlieren und mit meiner Familie auf der Straße liegen.«
Max Bender biß sich auf die Unterlippe. »Warten sie. Ich gebe Ihnen die hundert Dollar, und Sie brauchen niemandem in den Hintern zu kriechen.«
»Mir ist alles gleich.«
Max Bender öffnete seine Brieftasche und zählte hundert Dollar ab. Er schüttelte den Kopf und blinzelte mir zu. Bill raffte das Geld zusammen, murmelte irgend etwas, das ein Gruß gewesen sein mochte, und ging. Auf mich warf er keinen Blick.
»Wohl ein Verwandter, was?« sagte ich.
Max Bender lächelte und zeigte dabei ein falsches Gebiß. »Ein Sohn, aber nicht meiner. Er hat mich als seinen Vater adoptiert, und er hat auch ein Recht darauf. Aber woher wußte er, daß er dieses Recht besaß? Ich werde Ihnen die Geschichte erzählen, wenn Sie wollen. Ich schwöre beim Barte des Asmodi, daß ich sie noch nie erzählt habe. Ich wollte immer einmal darüber schreiben, aber ich bin ein Dichter, kein Prosaschriftsteller. Warten Sie, ich bestelle noch eine Portion Blintzes. Lassen Sie uns den Tag gemeinsam verbringen.«
»Es wird mir ein Vergnügen sein.«
»Lassen Sie mich nur noch anzünden.« Er nahm eine Zigarre und rollte sie zwischen seinen Fingern.
»Ich mache es so kurz wie möglich«, sagte er. »Ich hatte vor vierzig Jahren eine Geliebte, die größte Liebe meines Lebens. Sie ist nun schon siebenunddreißig Jahre tot, aber es vergeht kein Tag, ohne daß ich an sie

denke. Man könnte sagen, keine Stunde. Ich hatte andere große Liebschaften. Selbst heute stecke ich noch bis hierin in Dummheiten mit Weibern« – er hielt einen Finger an die Kehle –, »aber keine ist ihr vergleichbar, und keine wird es je sein. Sie war verheiratet, natürlich, was sonst? Und sie hatte nicht nur einen Ehemann, sondern einen Ehemann, der sie auch noch mit wilder Leidenschaft liebte. Und sie haßte ihn ebenso glühend, wie er sie liebte. Ihr Name war Sonja, der gewöhnlichste Name, den ein russisches Mädchen haben kann. Sie hatte nichts Besonderes an sich, die üblichen dunklen Augen, schwarze Zöpfe, alles Drum und Dran,

wie man es in jiddischen Romanen lesen kann. Aber als ich sie im ›Verein ehemaliger Szydlower‹ traf – die Familie meiner Mutter kam aus Szydlow – und ein paar Minuten mit ihr gesprochen hatte, verliebte ich mich hoffnungslos in sie, und, glauben Sie mir, hoffnungslos ist keine Übertreibung. Ich brannte an allen Gliedern, und dazu merkte ich noch, daß es ihr ebenso ging. Tödliche Angst befiel uns, voreinander und vor dem, was sich anbahnte. Ihr Mann saß oben auf dem Podium – er war der Vorsitzende des Vereins – und schlug mit einem kleinen Hammer auf den Tisch, um die Leute zur Ruhe zu mahnen. Ich vergaß, Ihnen das Wichtigste zu sagen: Sie war zwölf Jahre älter als ich und hatte vier Kinder. Alles Mädchen. Sie lebten in der Avenue C, im Süden der Stadt, und er war, Gott sei gepriesen, Handlungsreisender. Er verkaufte Textilien und mußte oft nach Fall River in Massachusetts fahren, das ist das Lodz von Amerika. Sein Name war Chaskell Wallach.

Sonja hatte etwas von einer Intellektuellen. Sie hatte Arcybasevs ›Sanin‹ gelesen und konnte ganze Seiten aus ›Eugen Onegin‹ auswendig. Sie hatte auch versucht, Gedichte auf Jiddisch zu schreiben. Wenn ihr Mann unterwegs war, ging sie in die Oper. Sie las sozialistische Broschüren. Chaskell Wallach haßte und bewunderte zugleich ihre Vornehmheit. Er hatte eine riesige Nase, die vorstehenden Augen eines Golem und die Stimme eines Stiers. Er konnte nicht sprechen, nur brüllen. Sonja erzählte mir, noch im Bett schreie er mit ihr. Er hatte den dummen Ehrgeiz gehabt, Präsident des ›Vereins ehemaliger Szydlower‹ zu werden. Auf den Sitzungen wurde nur über eine Sache gesprochen – den Friedhof. Er nahm an dem Begräbnis jedes verstorbenen Mitglieds teil. Diesem Grobian hatte der Tod Gelegenheit gegeben, Vereinspräsident zu werden und sich mit Knisches vollzustopfen und Likör zu trinken auf Kosten des Vereins. Er verstand von Sex und Liebe soviel wie ein Eunuch. Nach einiger Zeit gestand mir Sonja, daß in all den Jahren, die sie zusammen waren, er sie nie befriedigt hatte. Bald nach der Hochzeit fing sie an, von Liebhabern zu träumen, aber im Grunde ihres Herzens war sie eine kleinstädtische, zurückhaltende Frau, wenn sie auch in Augenblicken der Leidenschaft Worte hervorstoßen konnte, die den Marquis de Sade überrascht hätten. Unsere Affäre begann beim allerersten Treffen. Sonja sagte, ihr sei heiß,

und ich lud sie zu einem Eis in der Houston Street ein. Auf der Treppe küßten und bissen wir uns wie zwei Wahnsinnige, und bis wir in der Eisdiele anlangten, hatten wir verabredet, nach Kalifornien oder Europa auszureißen.
Es gibt Feuer, die plötzlich ausbrechen. Vielleicht haben Sie von dem Feuer im Triangle-Gebäude gehört? In ein paar Minuten verbrannten dort Dutzende, vielleicht sogar Hunderte von Fabrikarbeiterinnen. Steht ein solches Unheil ins Haus, muß man es nicht erst anfachen.
Ich bin kein Wissenschaftler, aber ich habe ein wenig Naturwissenschaft studiert. Ich kenne die Theorien über Evolution. Das ist ein einziger großer Schwindel. Das Weltall entstand in einer Sekunde. Gott selbst, wenn es ihn gibt, war einfach da. Vorher gab es nur das Nichts. Ganz plötzlich war alles da – Gott, die Welt, Leben, Liebe, Tod. Oh, hier kommen unsere Blintzes.«
»Die Blintzes erschienen nicht so urplötzlich«, bemerkte ich.
»Hier in Sholums Café? Wenn dieser Koch Gott wäre, hielten wir immer noch bei der Schöpfung.«

Wir aßen unsere Blintzes, und Max Bender fuhr fort. »All das Gerede über das Ausreißen führte zu nichts. Eine Mutter von vier Kindern läuft nicht einfach davon. Das alte Spiel des Betrugs begann. Wenn Chaskell unterwegs war, konnte uns nichts zurückhalten. Sie traf mich in einem Hotel oder einem möblierten Zimmer, das ich gemietet hatte. Ich war damals verheiratet, aber wir hatten keine Kinder. War ihr Mann in der Stadt, dann wurde es schwierig. Er ließ sie nicht einen Augenblick allein. Er konnte weder schreiben noch rechnen, und sie war seine Sekretärin. Außerdem bestand er darauf, daß sie seine Lieblingsgerichte kochte – gefüllte Kischkes, fette Suppen und weiß der Teufel, was noch. Sie schlich sich manchmal auf eine Stunde fort, und wir fielen hungrig übereinander her. Sie erzählte die erstaunlichsten Geschichten, hatte im Wachen phantastische Träume und Visionen – oder wie soll ich es nennen? Was mich angeht, ich wurde in ihrer Nähe ein wahrer Riese. Die gewöhnlichen Liebesgeschichten kühlen sich mit der Zeit ab, aber die unsere wuchs mit den Jahren, und so etwas nimmt kein gutes Ende.

Meine Frau entdeckte, daß ich eine andere liebte – mit meinen kleineren Affären hatte sie sich abgefunden –, und sie benutzte jedes Mittel, das einer Frau zur Verfügung steht, um mich von Sonja zu trennen. Sie nahm sogar die Tochter ihrer Schwester ins Haus – ein Mädchen von neunzehn Jahren – und versuchte, sie für mich zu verführen. Hätte ich es nicht erlebt, ich würde nicht glauben, wie weit eine eifersüchtige Frau gehen kann. Sie drohte sogar, mich zu betrügen, aber wer betrügt, droht nicht. Sie gehörte zu den Frauen, die nur *einen* Mann wollen. Ob das biologisch oder eine Art Selbsthypnose ist, kann ich nicht sagen. Hypnose selbst ist ja biologisch. Die ganze Geschichte der Menschheit ist eine Geschichte der Hypnose.

Um es kurz zu machen: Sonjas Mann kam dahinter. Als ich das erfuhr, erschrak ich zu Tode. Er hätte mich mit einem Schlag niederstrecken können. Er hatte ein Paar Pranken wie ein Kutscher. Ich bin kein Held, und es war nie mein Ideal gewesen, für ein romantisches Abenteuer mein Leben zu lassen. Aus lauter Furcht verließ ich vorübergehend die Stadt.

Sonja rief mich an, um mir zu berichten, welchen Kummer er ihr machte. Er zerschlug das ganze Geschirr. Er schlug sie. Er hielt die Kinder in Angst und Schrecken. Er erzählte den Mitgliedern des Vereins alles über uns. Aber aus einem mir ganz unverständlichen Grunde versuchte er nicht, sich an mir zu rächen. Er rief nicht einmal meine Frau an, was das mindeste ist, was man erwarten kann. Vielleicht hielt er alle Schriftsteller für Scharlatane, zu tief unter ihm, sie ernst zu nehmen. Wie auch immer, niemand weiß, was im Gehirn eines anderen vor sich geht. Jemand, der soviel durchgemacht hat wie ich, weiß aber, daß Psychologie keine Wissenschaft ist und nie eine sein wird.

Er benutzte eine andere Methode – er schwängerte Sonja, damit sie keine Zeit für Liebesgeschichten hätte. Nach der Geburt der vierten Tochter hatten sie eine Art Geburtenverhütung praktiziert. Aber jetzt bestand er darauf, daß sie noch ein Kind bekäme. Sonja war in den Vierzigern und glaubte nicht mehr an eine mögliche Schwangerschaft. Aber es passierte, und Sonja gebar den Burschen, den sie gerade hier gesehen haben. Er ist ihr Sohn. Ich weiß, was Sie denken. Nein, er ist nicht mein Sohn. Er sieht aus wie sein Vater, obwohl der ein Kraftmeier war und er ein

Schwächling ist. Übrigens, ich vermute, daß ich steril bin. Wie dem auch sei, Sonja wurde schwanger, und es war die schwerste Schwangerschaft, die ich je gesehen habe. Als sie im fünften Monat war, sah sie aus wie im neunten. Sie wurde gelb, als hätte sie Gelbsucht. Er hatte sie physisch und seelisch vergewaltigt. Wir waren beide sicher, daß sie im Wochenbett sterben würde. Die wenigen Male, die wir uns trafen, sprach sie nur vom Tod. Ich mußte ihr versprechen, daß ich mich neben ihr beerdigen ließe, wenn meine Zeit gekommen sei. Unglücklicherweise läßt sich das nicht machen. Chaskell liegt schon neben ihr. Und der Friedhof ist so voll mit den ›Landsleit‹ aus Szydlow, daß ich mich woanders werde beerdigen lassen müssen.

Nein, sie starb nicht bei der Geburt. Sie lebte noch fast zwei Jahre, aber diese Jahre waren ein langsames Sterben. Ihr Mann schwängerte sie nochmals, und dieses Mal hatte sie eine Fehlgeburt. Keine Einzelheiten! Von dem Tage an, als ich von ihrer Schwangerschaft erfuhr, hörte jede körperliche Beziehung zwischen uns auf. Wir hatten weder den Wunsch danach noch die Gelegenheit. Ich war an ihrem Tode schuld, und das Schuldgefühl war zu stark, um Raum für andere Gefühle zu lassen. Ich fürchtete auch, mein eigenes Ende sei nahe. Ich besuchte Sonja auf dem Sterbebett, und sie sagte zu mir: ›Verlaß Welwel nicht.‹ Welwel ist der Name, den sein Vater dem Knaben gegeben hatte. Später wurde aus Welwel Bill.

Ich mochte den Knaben nie. Erstens war er an Sonjas Tod schuld, obwohl er nichts dafür konnte. Zweitens hatte er etwas vom Charakter seines Vaters, wenn auch nicht dessen Stärke. Ein Jahr nach Sonjas Tod heiratete Chaskell wieder und zog nach Brooklyn. Nachdem Jahre bitterster Reue für mich vergangen waren, kehrte das alte Feuer zurück. Aber ich konnte nicht mit Frauen zusammen sein, ohne mir Sonja vorzustellen, ohne mich zu der Vorstellung zu zwingen, sie alle seien Sonja. In solchen intimen Augenblicken nannte ich jede Frau Sonja. Jahrelang litt ich an Halluzinationen. Ich sah Sonja auf der Straße, in der Untergrundbahn. Einmal sah ich sie im Central Park. Ich hatte vergessen, daß sie tot war, und sprach zu ihr. Sie löste sich vor meinen Augen auf. Sonja hatte mir einen Packen Gedichte, an mich gerichtet, hinterlassen. Ich muß Ihnen nicht erklären, daß dies keine Gedichte im herkömmlichen Sinne waren.

Aber sie waren von höchster Aufrichtigkeit und dadurch von echter Kraft. Völlige Aufrichtigkeit ist mit den Kräften der Natur verbunden.

Ich lese diese Gedichte noch heute. Ich kann sie auswendig. Einige sind über diesen Welwel, den sie Benjamin und Benoni nannte, nach dem Sohn der Mutter Rahel. Sonja liebte die Heilige Schrift. Sie besaß eine jiddische Bibelübersetzung, die von den christlichen Missionaren herausgegeben war. In ihren Gedichten nennt sie ihn ›Dein Sohn‹, denn ich war der Grund, daß er auf die Welt kam. Es ist eine Art geistiger Vaterschaft.

Jahre vergingen, ohne daß ich mit Sonjas Kindern in Berührung kam. Zu ihren Lebzeiten sagte sie mir, daß die Mädchen mich verfluchten – wenigstens die beiden älteren. Chaskell hatte seinen Kindern die Augen geöffnet und Haß gegen mich in ihre Herzen gesät. Meinetwegen hatten sie eine Stiefmutter! Diese romantischen Lieben, die die Dichter so überschwenglich preisen, können in Wirklichkeit Leben zerstören. Unsere frommen Großeltern betrachteten, was wir Liebe nennen, als Verbrechen, und so ist es auch. Wenn diese Art von Liebe wirklich eine Tugend wäre, so würden die heutigen Menschen sie nicht so vergöttern. Sie ist das Gegenteil des freien Willens – die äußerste Form der Hypnose und des Fatalismus. Unsere gottesfürchtigen Mütter und Väter lebten ohne diese Sklaverei ein sittsames Leben, und glauben Sie mir, sie waren hilfsbereiter zueinander als die in Liebesgeschichten Verstrickten. Und das gilt auch für mich. Die Liebe unserer Zeit ist nur zu oft Verrat und Treuebruch. Und Haß dazu.

Ja, so vergingen die Jahre, und ich hörte nichts von Chaskell. Er war mehr als zwanzig Jahre älter als ich. Dann hörte ich, er sei gestorben – wahrscheinlich hatte er sich überfressen. Eines Tages läutete das Telephon. Es war sein Sohn. Er sagte: ›Mein Name ist Bill – Welwel. Ich bin Sonjas Sohn.‹

Seine Stimme mißfiel mir. Schon damals hörte ich den Vorwurf im Ton. Trotzdem verabredete ich mich mit ihm. Drei seiner Schwestern hatten geheiratet, berichtete er. Die jüngste war nach England gegangen. Nach Chaskells Tod hatte sich die Familie aufgelöst, wie es so geht. Bill sagte einen ganzen Katalog des Jammers her. Sein Vater hatte ihn drangsaliert. Die Schwestern verzogen und haßten ihn zugleich. Die Schule hatte er nicht abgeschlossen. Er hatte viele Stellungen gehabt und war um alle betrogen worden. Er brauchte Geld. Er blickte mich an wie der Sohn den ihm entfremdeten Vater. Er bat nicht, er verlangte. Alles an ihm ärgerte mich, und am liebsten hätte ich gesagt: ›Ich schulde Ihnen nichts, scheren Sie sich davon.‹ Statt dessen gab ich ihm alles, was ich hatte. Er nahm es und bedankte sich nicht einmal. Nachdem er gegangen war, schwor ich mir, diese elende Kreatur nie wiederzusehen. Aber ich wußte, daß ich ihm gegenüber hilflos war. Ich schuldete ihm etwas, das ich niemals zurückzahlen konnte.«

Max Bender hielt einen Augenblick inne, um mehr Kaffee zu bestellen. »Ich habe viele Nichtsnutze in meinem Leben gesehen«, fuhr er fort, »aber einen größeren Schlemihl als diesen Bill gibt es in der ganzen Welt nicht. Er fing alles verkehrt an. Er wollte nichts lernen, er wollte keine Ausbildung, er eignete sich nicht fürs Geschäftsleben. Was immer er versuchte, es ging schief. Wie das Sprichwort sagt: ›Wenn er mit Leichentüchern handelt, stirbt niemand.‹ Manchmal macht so jemand noch eine gute Partie und heiratet eine tüchtige Frau, die ihm hilft. Aber er heiratete ein faules Mädchen – einen richtigen Klumpen –, und sofort begann sie, ihn mit Kindern zu überschütten. Kinder werden mal krank, Erwachsene auch, aber sein Haus war wie ein Krankenhaus. Das halbe Einkommen ging für Ärzte und Medizin drauf. Auch sonst hatte er viel Pech. Einmal brach Feuer aus. Ein andermal gab es einen Rohrbruch, und die Decke stürzte ein. Bei jeder Katastrophe kam er schweißgebadet zu mir gerannt. Und ich tat, was ich konnte.

Sie können das nicht wissen, aber jahrelang besaß ich eine Druckerei – meine eigenen Bücher brachten so gut wie nichts. Ich habe nie nachgerechnet, was mich dieser Bill gekostet hat, aber es waren Tausende von Dollar. Ich habe ihm auch geholfen, das Haus zu kaufen, von dem wir gerade sprachen. Natürlich weiß er, Hypothekenzinsen werden fällig, aber jedesmal, wenn es so weit ist, kommt er angelaufen – am letzten Tag. Ich bedaure wirklich, nicht alle seine Unglücksfälle und Katastrophen aufgeschrieben zu haben. Ein ganzes Buch könnte man daraus zusammenstellen, und es wäre sowohl tragisch wie komisch.

Es gab Zeiten, da wollte ich aufbegehren. Schließlich und endlich, er war nicht mein Fleisch und Blut. Wäre ich ganz sicher, daß es ein Jenseits gibt und daß Sonja, wo immer sie auch sein mag, weiß, was ich für ihren Liebling tue, dann würde ich Himmel und Erde in Bewegung setzen, ihn zu beschützen. Gibt es aber nichts dort oben, und Sonja ist nur ein Häufchen Staub, für wen bringe ich dann all diese Opfer? Ihm ist noch nie eingefallen, mir irgendeine Kleinigkeit zu Chanukka oder zum Geburtstag mitzubringen. Wenn meine Bücher erschienen, gaben mir meine Kollegen gelegentlich ein Festessen. Ich ließ ihn immer dazu einladen. Er ist nie gekommen. Sie haben gesehen, wie er an sich riß, was ich ihm gab. Nicht einmal ein Dankeschön. Und so geht es seit Jahren.

Dieser Nebbich ist mein Feind, weil er irgendwie ahnt – nennen Sie es Unterbewußtsein oder einfach Instinkt –, daß ich dafür verantwortlich bin, daß er auf der Welt ist. Er hegt einen Groll gegen mich. Er scheint zu glauben, ich sei auch irgendwie an seinen Fehlschlägen schuld. Ein Kabbalist erzählte mir, daß, wenn ein Mann eine Frau vergewaltigt oder ihr gegen ihren Willen ein Kind gibt, er eine Seele, die nicht auf die Welt gehört, vom Throne der Herrlichkeit zerrt und daß diese Seele in der Welt umherirrt wie im Chaos. In den wenigen Unterhaltungen, die ich mit diesem Bill hatte, wiederholte er immer wieder: ›Ich lebe nicht lange.‹ Das hinderte ihn aber nicht, darauf anzuspielen, ich möge ihn in meinem Testament bedenken. Er ist aus Widersprüchen zusammengesetzt. Vielleicht ist das ganze Weltall ein einziger Widerspruch. Gott selbst hat sich widersprochen, und daraus entstand die Welt. Was halten Sie von dieser Philosophie?

Hören Sie weiter. Ich habe Ihnen von Bills fünf Töchtern erzählt – eine klüger als die andere. Ausgerechnet mit den Kindern hatte er Erfolg. Er hatte kein Geld, sie auf ein College zu schicken, aber drei von ihnen schafften es allein. Sie bekamen außerdem Stipendien. Mich interessierten seine Töchter. Oft habe ich ihn gebeten, sie kennenlernen zu dürfen, aber er hielt mich von ihnen fern. Sie werden es nicht glauben, er lud mich niemals zu sich ein, in das Haus, das ich ihm geholfen hatte zu kaufen. Ich hatte angenommen, daß er eines der Mädchen nach seiner Mutter nennen würde, aber er gab allen christliche Namen: Jean und Beatrice und Nancy und ähnliche. Er will von der Jüdischkeit nichts wissen. Weihnachten kauft er einen Baum! Und der hat tatsächlich das Feuer im Haus verursacht.

Ich habe mich damit abgefunden, ihm mein ganzes Leben lang etwas schuldig zu sein, aber hinterlassen werde ich ihm keinen Pfennig. Außerdem habe ich wenig zu vererben. Meine Druckerei habe ich schon vor Jahren aufgegeben.

Jetzt kommt aber erst das tollste Stück. Vor ein paar Monaten kam mein Buch ›Das Bernstein-Idol‹ heraus. Sehen Sie mich nicht so erstaunt an. Ich habe ungewöhnliche Titel gern. Irgendwo bin ich zuinnerst ein Dadaist, ein Futurist – wie immer Sie das nennen wollen. Wenn es goldene, silberne, steinerne Idole gibt, warum nicht eines aus Bernstein? Und selbst wenn es sie nicht in Wirklichkeit gibt, warum nicht in der Dichtung? Sie wissen besser als ich, daß die Kabbala auf Buchstabenkombinationen beruht. Bringt man zwei Dinge zusammen, die vorher niemals zusammengehörten, so beginnen sie eine Existenz, und vielleicht werden dadurch die Sphären bereichert.

Kurzum, meine guten Kollegen gaben mir wieder einmal ein Fest. Sie fragten, wen sie einladen sollten, und ich gab ihnen die Liste der Neujahrskarten, die meine Frau zu verschicken pflegt. Wir aßen, und wir lästerten über andere Schriftsteller, wie das so geht. Während ich mit einem zähen Hühnerviertel kämpfte, kam Sonja an den Tisch. Ja, Bills Tochter. Sie hieß Nancy, aber es war Sonja, wie sie mit achtzehn Jahren ausgesehen haben mochte. Ich war sprachlos. Sie sagte zu mir: ›Sie kennen mich nicht, aber ich kenne Sie. Ihretwegen lernte ich Jiddisch, damit ich Ihre Gedichte lesen konnte. Ich bin Sonjas Enkelin!‹ Und sie lächelte, als wäre dies alles ein Scherz.

Ich konnte kaum die Tränen zurückhalten. ›Sie sehen genau wie Ihre Großmutter aus‹, brachte ich hervor. Um nicht erst Illusionen aufkommen zu lassen, sagte sie rasch, daß sie einen Freund hätte und daß sie bald heiraten würden. Er studierte an der Universität Princeton und stammte aus der Gegend von Arizona. Sie sagte noch mehr: ihr zukünftiger Ehemann – wahrscheinlich bereits ihr Liebhaber – interessierte sich auch für meine Arbeit und wollte ebenfalls Jiddisch lernen. Er studierte Literatur. Ich hörte kaum, was sie sagte. Die Gläubigen sprechen von der Aufer-

stehung, und hier geschah sie vor meinen Augen. Aber Sonja war Sonja, und dies hier war Nancy. Ihr fehlte die Intensität ihrer Großmutter. Ich bat sie, sich neben mich zu setzen. Bald würden die Reden beginnen. Ich hörte sie sagen: ›Warum besuchen Sie uns nie? Wir betrachten Sie alle als unseren Großvater. Jetzt, wo wir das Haus auf dem Lande haben, könnten Sie sich dort ausruhen oder schreiben. Wir haben ein Gastzimmer.‹
›Ein Haus auf dem Lande?‹ fragte ich. Sie sagte: ›Hat mein Vater Ihnen nichts davon erzählt? So etwas! Er kann kaum die Hypothek auf dem alten Haus abzahlen und geht hin und kauft ein neues Haus mit neuen Schulden. Mein Vater muß sich immer um etwas sorgen können, sich den Kopf zerbrechen. Das alte Haus ist fast abbezahlt, und wir Mädchen verdienen jetzt auch. Wir könnten bald schuldenfrei sein. Aber er kauft ein Sommerhaus, und es wird neue Krisen geben. Da haben Sie meinen Vater.‹ Ich war so aufgeregt, daß ich den Rednern nicht zuhörte, und als ich dran war, zu antworten, verhedderte ich mich. Dabei galt ich als guter Redner. An jenem Abend ruinierte ich meinen Ruf.
In dieser Nacht schloß ich kein Auge. Ich schwor den heiligsten Schwur, Bill bei seinem nächsten Auftauchen am Kragen zu nehmen und ihn zum Teufel zu jagen. Ich schimpfte mich selbst ›Ochse‹, ›Pferd‹, ›Dummkopf‹. Kaum eine Woche verging, und er stand wieder vor mir, schief zugeknöpft, in zerlumpten Kleidern, mit bleichem Gesicht, Düsternis im Auge – ein Bild der Verzweiflung. Er blickte mich an wie das Opfer den Mörder und sprach: ›Es gibt nur noch einen Ausweg – mich aufzuhängen!‹
Ich wollte ihn anschreien: ›Verkaufen Sie Ihr Sommerhaus, Sie Schwindler! Sie Schmarotzer! Sie lausiger Schnorrer!‹ Und gleichzeitig dachte ich, warum soll er denn kein Sommerhaus haben? Warum soll er nicht etwas besitzen, wo er hingehen und ausruhen kann? Und wenn er sein Wort hielt und sich wirklich erhängte? Ich habe Idioten aus dem Fenster springen sehen, beim Wallstreet-Börsenkrach von 1929, als ihre Aktien in die Tiefe sausten. Den Rest wissen Sie schon. Ich zahle wie ein Vater. Sie waren soeben Zeuge. Was sagen Sie zu alldem?«
»Spinoza behauptet, daß alles zur Leidenschaft werden kann. Und ›alles‹ schließt auch alle möglichen Gefühlsregungen ein«, sagte ich.

»Mitleid auch?«
»Auch Mitleid.«
»Und wie steht es mit der Liebe?« fragte er.
»Spinoza vergleicht die Liebenden mit den Geisteskranken«, sagte ich.
»So? Ja, er ist durchaus im Recht. Aber nach all diesen Jahren ist es zu spät für mich, gesund zu werden.«

Der Egotist

In dem New Yorker Mietshaus am Riverside Drive, in dem ich damals wohnte, hatte ich zwei Stockwerke über mir eine Nachbarin – Maria Davidowna. Berühmte russische Emigranten besuchten sie – Radikale, Sozialisten. Sie war groß und dunkel, mit klassischen Proportionen und grauen Augen hinter ihrem Kneifer mit dicken Gläsern. Ihr Haar war straff zu einem Knoten gezogen. Sie trug immer dunkle Röcke und Blusen mit Stehkragen. Sie erinnerte mich an die revolutionären Frauen in Rußland, die in Dachkammern lebten und mit der Hand illegale Flugschriften druckten oder Bomben bastelten, um sie gegen die Schergen des Zaren zu werfen. Ich lernte sie kennen, als der Fahrstuhl außer Betrieb war und ich ihr half, eine alte eselsohrige russische Enzyklopädie zu tragen, die sie in der Fourth Avenue gekauft hatte. Als wir besser miteinander bekannt wurden, lud sie mich zu sich zum Schachspielen ein, und jedesmal, wenn wir spielten, besiegte sie mich.

Allmählich lernte ich auch ihre Freunde kennen, besonders ihre drei regelmäßigen Besucher. Einer war der Führer einer Fraktion in der Duma gewesen – Popov. In New York war seine Frau gestorben, und er hatte eine entfernte Verwandte von Maria Davidowna geheiratet. Popov lebte nur ein paar Straßenblocks entfernt von uns. Seine neue Frau war krank, und Popov kaufte ein und kochte. Ich traf ihn oft im Supermarkt, wenn er den Einkaufswagen schob. Er war klein, mit breiten Schultern und einem Kopf mit weißem Haar, das wie Schaum aussah. Er hatte rotes Gesicht, eine Stupsnase und einen weißen Spitzbart. Er trug immer den gleichen doppelreihigen Anzug und Schuhe mit runder Kappe. Sein Schlips hatte einen breiten Knoten. Manchmal schien es mir, als ob er sich vor vierzig Jahren so gekleidet hatte und seitdem bei den gleichen Kleidern geblieben war, wie auch bei dem gleichen Gesichtsausdruck, den ich auf einem Bild von ihm in einem Buch über Rußland gesehen hatte. Jedesmal, wenn wir uns trafen, streckte er seine schwere Hand aus und drückte meine Hand einmal lang, dann nochmals kurz. Da ich nicht Russisch konnte, sprach er in gebrochenem Englisch mit mir. In der russischen Politik hatte er den Ruf eines Friedensstifters zwischen den einzelnen Richtungen, eines, der viele Spaltungen in der radikalen Bewegung verhindert hatte. Der Kern seiner gutmütigen Ausführungen war, daß wir trotz aller Schwierigkeiten dankbar dafür sein sollten, in einem freien Land zu leben.

Der zweite Besucher, Professor Bulov, hatte eine Geschichte der Russischen Revolution von den Dekabristen bis zu Stalin geschrieben. Bulov war groß und breit – ein Riese von einem Mann –, mit einem vierkantigen gelblichen Gesicht und den schrägen Augen eines Mongolen. Er sprach selten; er schüttelte nur seinen Kopf. Maria Davidowna erzählte mir, daß er in seiner Jugend Bären mit einem Knüppel gejagt hatte. Später saß er jahrelang in Einzelhaft in einem russischen Gefängnis, und das war der Grund, warum er so schweigsam war. Er hatte eine plattgedrückte Nase, eine niedrige Stirn, dicke Lippen und einen borstigen Haarschopf. Er haßte die Bolschewiken mit einer Leidenschaft, die aus seinen stählernen Augen zu glühen schien. Ich stellte mir vor, daß sein Groll auf die Zeiten Dschingis-Khans zurückging. Maria Davidowna sagte, Bulov könne Popov nie verzeihen, sich der Verhaftung Lenins widersetzt zu haben. Ich erfuhr, daß es Bulov gelungen war, aus Rußland zu fliehen, nachdem er einen G.P.U.-Mann getötet hatte. Wann immer er vom heutigen Rußland sprach, pflanzte er seine Faust auf den Tisch, und ich hatte stets das Gefühl, der Tisch könnte dem Druck dieser mächtigen Faust kaum standhalten und müßte zusammenbrechen.

Kusenski war der dritte Besucher. Er war als Graf geboren. Er war der revolutionären Bewegung beigetreten, als er noch sehr jung war, und hatte eine bedeutende Rolle in den neun Monaten von Kerenskis Regime gespielt. Kusenski war groß, mager, mit hoher Stirn und einem spitzen Bart, der schwarz geblieben war, obwohl er schon in den Sechzigern war. Er hatte braune Augen, die oft mit weltweisem Humor lächelten.

Kusenski war als Skeptiker bekannt, als Witzbold, als Frauenheld. Er war eleganter gekleidet als die anderen Russen, die Maria Davidowna

besuchten, und trug im Sommer und Winter Gamaschen. Einmal sah ich Maria Davidowna ein seidenes Hemd für ihn bügeln. Ein Schriftsteller, der diese Gruppe gut kannte, erzählte mir, Kusenski hätte die Seele eines Feuilletonisten – nicht die eines Kämpfers. Seine Witze ließen die anderen sich unbehaglich fühlen. Kusenski und ich hatten etwas gemeinsam: Wenn er mit Maria Davidowna Schach spielte, schlug sie auch ihn unweigerlich. Manchmal spielten er und ich gemeinsam gegen sie. Kusenski rauchte eine Zigarette, summte eine russische Melodie, aß die Kichererbsen und das Halva, die Maria Davidowna uns hingestellt hatte, trank viele Gläser Tee mit Zitrone, machte einen falschen Zug nach dem anderen und warf die ganze Zeit mit witzigen Bemerkungen um sich. Neben ihm wurde ich ein noch schlechterer Spieler. Wenn wir schließlich beide schachmatt waren, pflegte Kusenski zu sagen: »Reg dich nicht auf, Genosse, der endgültige Sieg ist unser. Der Tag der Rache ist nahe.« Und damit zwinkerte er Professor Bulov zu und schnitt Grimassen. Es war eine Parodie auf Bulovs Glauben, daß jeden Tag eine Gegenrevolution in Rußland ausbrechen würde.
Kusenski und Bulov waren beide Junggesellen. Aus Bemerkungen, die Maria Davidowna fallenließ, und aus Widmungen in Büchern, die Kusenski ihr zu Geburtstagen geschenkt hatte, erriet ich, daß er sie geliebt hatte. Was Bulov anging, so schien er in sie verliebt zu sein. Er sah sie aus seinen schrägen Augen mit den schweren Säcken darunter begierig an. Er achtete auf jedes Geräusch, das sie in der Küche beim Teekochen machte. Maria Davidowna half ihm beim Materialsammeln für sein umfangreiches Buch. Eins wußte ich ganz sicher, er blieb nie über Nacht in ihrer Wohnung. Ich traf ihn manchmal um zwei Uhr nachts, wenn er im Fahrstuhl hinunterfuhr. Dann sah er besonders verärgert aus, hatte eine wellige Falte auf der Stirn und erwiderte meinen Gruß nicht. Sein breites Gesicht mit den hohen Backenknochen hatte einen grünlichen Schimmer. Ich glaubte, Bulov sei beständig eifersüchtig, verdächtige jeden Mann, ein Verhältnis mit Maria Davidowna zu haben, und könne kaum seine Wut bezwingen, die jeden Augenblick mit sibirischer Wildheit auszubrechen drohte.
Manchmal lud mich Maria Davidowna zu sich ein, wenn keine anderen

Gäste da waren. Nachdem sie mich schachmatt gesetzt hatte, tranken wir Tee und aßen Konfitüre dazu und unterhielten uns über Zionismus, den Talmud, jiddische Literatur. Da wir beide in einer uns fremden Sprache redeten, waren unsere Gespräche nicht sehr tiefgehend.
Maria Davidowna hatte studiert und viel gelesen, kannte die russische und französische Literatur, aber ihr Verstand war der eines Sozialtheoretikers. Sie versuchte, überall Logik zu entdecken. Die Unerfahrenheit der Jugend war ihr geblieben. Die Jahre hatten sie nicht verändert. Irgendwo war sie noch eine Gymnasiastin – ein Fräulein aus den Tagen vor dem ersten Weltkrieg. Ich war sicher, sie führte ein Tagebuch. Sie hatte aus Rußland ein dickes Album voller verblaßter Photograpien mitgebracht, die sie mit zahllosen Studenten, Freundinnen, Verwandten zeigten. Die meisten jungen Männer hatten Bärte; manche trugen schwarze Blusen und Gürtel mit Quasten. Ich blätterte oft in dem Photoalbum und fragte Maria Davidowna nach Einzelheiten. Sie sah die Photos mit kurzsichtigen Augen an, als ob sie selbst nicht mehr sicher sei, wer die einzelnen Leute waren, und sagte schließlich: »Im Krieg gefallen.« »Von den Bolschewisten erschossen.« »Am Typhus gestorben.«
Ich versuchte, sie über ihre Freundschaft mit Kusenski und Bulov auszufragen, aber sie antwortete ausweichend. Immerhin erfuhr ich einige Details. Maria Davidowna war die Tochter eines reichen Holzhändlers. Sie hatte das Gymnasium in Kiew mit einer Goldmedaille verlassen. Während sie die siebente Klasse besuchte, war sie einer revolutionären Gruppe beigetreten. Die kurze Zeit des Kerenski-Regimes war eine Zeit persönlichen Triumphs für sie gewesen. Sie stand allen menschewistischen Führern nahe; sie vertrauten ihr wichtige Regierungsmissionen an. Jeder Tag des Jahres war voller Überraschungen gewesen. Dies war ein Jahr ohne Winter gewesen, denn die Revolution begann im Frühjahr und endete im Herbst, als die Kommunisten die Macht übernahmen. Seit damals lebte Maria Davidowna in einer Art verlängerter Trauer. Sie floh aus Rußland, verbrachte kurze Zeit in Warschau, Wien, Prag und London und fühlte sich nirgends zu Hause. Sie studierte an einer Reihe von Universitäten, ohne je ein Fach zu Ende zu studieren. Sie lebte seit Jahren in New York, aber sie konnte diese prosaische Stadt mit ihrem Lärm, ihrer

Hetze, ihrem Schmutz und der Gier nach Geld nicht ausstehen. Sie behauptete, es gebe kein einziges schönes Gebäude in New York, nicht ein einziges gemütliches Restaurant oder Café und daß, allen elektrischen Lampen zum Trotz, die Stadt bei Nacht so dunkel sei wie der Dschungel. Die Untergrundbahn war für sie ein Alpdruck.
Einmal öffnete Maria Davidowna mir ganz unerwartet ihr Herz. Ich hatte ihr gesagt, daß sie in Wirklichkeit eine weltliche Nonne in einem privaten Kloster sei. Als sie diese Worte hörte, nahm se ihren Kneifer ab, und ihr Gesicht wurde nackt und kummervoll. Auf beiden Seiten ihrer Nase, wo der Kneifer saß, sah man tiefe blaue Einschnitte. Sie hob die geröteten Lider und fragte: »Haben Sie je einen lebenden Leichnam gesehen? Ich meine das nicht bildlich, sondern wörtlich.«
»Wörtlich nicht.«
»Da Sie über Geister und ähnliche Themen schreiben, sollen Sie wissen, daß Sie sich einem lebenden Leichnam gegenüber befinden.«

»Wann sind Sie gestorben?«
»Nach der bolschewistischen Revolution.«
»Wie?«
»Ach, darüber wäre zuviel zu sagen. In Wirklichkeit war ich tot, sogar als ich noch jung war. Ich verlangte zuviel vom Leben, und die, die zuviel verlangen, bekommen gar nichts. Mein Vater war selten zu Hause. Ich weiß nicht, warum er meiner Mutter aus dem Wege ging. Sie war eine schöne Frau, wenn auch melancholisch. Sie starb, als ich noch auf dem Gymnasium war. Ich war ihre einzige Tochter. Jeden Tag, wenn ich meine Schultasche nahm und zur Schule ging, fragte ich mich: ›Wofür lebe ich? Was ist der Sinn des Lebens?‹ Das war nicht nur eine Laune. Ich hatte immer den starken Wunsch, zu sterben. Ich beneidete die Toten. Ich ging oft auf den griechisch-orthodoxen Friedhof und starrte stundenlang auf die Photographien an den Grabsteinen. Die Februarrevolution brachte mich vom Tod ab. Ich war berauscht. Aber ich wußte, selbst damals, daß

der Rausch nicht dauern würde. Kerenskis Regime hatte alle Symptome der Ernüchterung – es war eine Art Karneval, der bald sein Ende finden mußte. Der Bolschewismus war der bittere Katzenjammer danach – es tut mir leid ...«
Eine Weile schwiegen wir beide. Dann fragte ich: »Was ist Kusenski für ein Mensch?«
»Ein Egotist – der größte Egotist, dem ich je begegnet bin. Er hat sich sein Leben lang vor der Wirklichkeit versteckt. Alles, was von dem Karneval übriggeblieben ist. ist ein Haufen Abfall, aber für ihn ist es immer noch ein Feiertag, der private Feiertag eines Hedonisten. Bitte, fragen Sie mich nicht mehr. Ich habe schon zuviel gesagt.«
Und Maria Davidowna setzte ihren Kneifer wieder auf.

Ich bemerkte allmählich, daß Kusenski nicht wohl aussah. Sein Gesicht war gelblich geworden, seine Wangen schienen hohl. Wenn er eine Zigarette anzündete, zitterte das Streichholz zwischen seinen langen Fingern. Eines Abends, als Kusenski Maria Davidowna besuchte, brachte Popov einen Topf Borscht, den er selbst gekocht hatte. Kusenski aß nur einen Löffel voll.
Popov sagte: »Dieser Borscht ist ein Heilmittel. Er ist mit Zitrone gekocht, nicht mit Sauersalz.«
»Gewiß, alle Welt weiß, daß Sie ein erstklassiger Koch sind – nach dem zu urteilen, was Sie in Rußland zusammengekocht haben.«
Kusenski machte immer noch Witze, aber alles andere veränderte sich. Wenn ich mit Maria Davidowna Schach spielte, gab er mir keine Ratschläge mehr. Er summte auch nicht mehr seine ständige Melodie. Alle paar Minuten ging er ins Badezimmer und kehrte auf wackeligen Beinen zurück. Sein Bart wurde weiß, und ich vermute, daß er ihn vorher gefärbt hatte. Man erzählte mir, daß er seine Memoiren schreibe, daß er eine Unterstützung von einer Stiftung erhalte.
In Maria Davidownas Büchern über Rußland fanden sich Bilder von Kusenski: als Gymnasiast, als Student, als Revolutionär, als politischer Gefangener in der Verbannung, als Redner in einer Massenversammlung in Petersburg. Er war ein Teil der Geschichte Rußlands und daher auch

der Weltgeschichte. Aber hier lag er auf Maria Davidownas Sofa, hustete in ein Taschentuch, schlief häufig ein, und Maria Davidowna schalt ihn, weil er seine Diät nicht einhielt und Angst hatte, zu einem Arzt oder in ein Hospital zu gehen.
Maria Davidownas Worte, daß sie ein lebender Leichnam sei, hatten mich mehr beeindruckt, als es solche Redensarten tun sollten. Ich fing an, mir einzubilden, daß ein süßlicher Verwesungsgeruch in der Wohnung hing. Obwohl all ihre Lampen am Abend brannten, blieben die Räume im Dunkel, vielleicht weil die Wände bis zur Decke mit Bücherregalen bedeckt waren. Jedesmal, wenn ich ein Buch herausnahm, bröckelten trokkene Papierfetzen von den Blättern ab. Ich bemerkte auch, daß Bulov und Kusenski mit Maria Davidowna sprachen, aber nicht miteinander. Sie vermieden sogar, sich anzusehen. Hatten sie sich gestritten oder hatten sie sich einfach nichts mehr zu sagen? Ich begann mich vor Bulov zu fürchten. Manchmal, wenn er schweigend dasaß mit seinen schrägen Augenritzen, hatte ich das Gefühl, er sei noch in den sibirischen Wäldern – ein vorgeschichtlicher Mensch, der durch eine Laune der Natur ins zwanzigste Jahrhundert hineingefallen und Professor geworden war. Ich besuchte Maria Davidowna nicht mehr.
Eines Abends, als ich in meinem Zimmer saß und Zeitung las, klopfte jemand an meine Wohnungstür. Im allgemeinen klopfte nur der Kammerjäger unangemeldet bei mir. Allerdings, der kam immer tagsüber. Ich ging in die Diele und fragte: »Wer ist da?«
»Ich. Maria Davidowna.«
Ich erkannte ihre Stimme, obwohl sie halb erstickt klang. Ich ließ sie herein. Da stand Maria Davidowna, ohne ihren Kneifer, mit bleichem und verändertem Gesicht.
Sie sagte: »Bitte, entschuldigen Sie, daß ich Sie störe, aber etwas Schreckliches ist geschehen, und ich weiß nicht, an wen ich mich wenden soll. Kusenski ist soeben gestorben.«
»Gestorben? Wie? Wo?«
»In meiner Wohnung. Ich telephonierte, aber niemand ist zu Hause, weder Bulov noch Popov. Oder vielleicht habe ich nicht richtig gewählt – ich habe meine Gläser verloren und kann einfach nichts sehen.«

»Haben Sie einen Arzt gerufen?«
»Er wäre nie zu einem Arzt gegangen. Haben Sie Mitleid und kommen Sie mit mir. Ohne Gläser bin ich blind.«
Kindische Angst überfiel mich, aber ich konnte Maria Davidowna nicht abweisen und sie mit einer Leiche allein lassen. Wir benutzten nicht den Aufzug, sondern stiegen schweigend hinauf. Maria Davidowna hielt sich an meinem Arm fest. Wir gingen durch den langen Korridor ihrer Wohnung, durch das Wohnzimmer und betraten das Schlafzimmer. Auf Maria Davidownas breitem Bett lag Kusenski, in Anzug mit Krawatte, mit Schuhen und Gamaschen. Ich erkannte ihn kaum. Seine gerade Nase hatte sich gekrümmt, seine Haut war dunkelgelb geworden, sein weißer Bart stand nach oben. In den Falten der Augenwinkel lag noch ein gefrorenes Lächeln. Nach einigem Zögern fragte Maria Davidowna: »Glauben Sie, ich sollte die Polizei anrufen?«
»Die Polizei? Warum? Vielleicht sollten Sie bei der russischen Zeitung anrufen.«
»Nachts ist dort niemand. In meiner Aufregung ließ ich meine Gläser fallen. Es ist ein Wunder, daß ich es fertigbrachte, Ihre Tür zu finden. Mit ihm ist mein Leben zu Ende.« Ihr Ton änderte sich. »Könnten Sie vielleicht meine Gläser suchen?«
Ich suchte auf dem Boden, auf dem Nachttisch, auf der Kommode, aber Maria Davidownas Kneifer war nirgends zu sehen. Ich sagte: »Vielleicht sollten Sie die englischen Zeitungen anrufen.«
»Sie werden Einzelheiten verlangen, und ich bin zu durcheinander, mich an irgend etwas zu erinnern. Das Telephon läutet – warten Sie!«
Maria Davidowna ging aus dem Schlafzimmer. Ich wollte ihr folgen, schämte mich aber, so feige zu sein. Ich starrte Kusenski an; mein Herz klopfte stark. Sein Gesicht war gelb und starr wie ein Knochen. Sein Mund war klein, halb offen und zahnlos. Auf dem Teppich sah ich sein Gebiß liegen, merkwürdig lang, mit einem Plastikgaumen. Mit der Spitze meines Schuhs schob ich es unter das Bett.
Maria Davidowna kam zurück. »Verrückt – man hat mir grade gesagt, daß ich zwei Gratisstunden in einer Tanzschule gewonnen habe. Was soll ich tun?«

»Wenn Sie sich an die Nummern erinnern können, werde ich Popov und Bulov anrufen.«
»Sie sind bestimmt nicht zu Hause. Bulov wird gleich hier sein – jeden Augenblick. Wir tranken Tee und spielten Schach. Plötzlich brach er auf dem Bett zusammen, und es war vorbei.«
»Ein gnädiges Ende.«
»Er lebte wie ein Egotist, und jetzt hat er uns verlassen wie ein Egotist. Was soll ich tun? Jede Sekunde wird die Hölle sein. Bitte setzen Sie sich.«
Ich setzte mich auf einen Stuhl, Maria Davidowna auf einen anderen. Ich richtete es so ein, daß ich die Leiche nicht sehen konnte. Maria Davidowna faltete die Hände. Sie sprach in einem Singsang, der mich an die Wehklagen der Mütter und Großmütter erinnerte.
»Es war alles Selbstsucht. Sein Ins-Volk-Gehen, sein Gefängnisaufenthalt – alles. Er war ein Herr bis zur letzten Sekunde seines Lebens. Was immer er gab, es war ein Almosen – selbst seine Liebe. Er war zu stolz, zu einem Arzt zu gehen. Was mich betrifft, ich habe Jahre für nichts verschwendet. Ich vergaß, daß ich eine jüdische Tochter war. Kürzlich las ich in meiner Bibel über die Israeliten, die Götzen dienten. Ich sagte mir: ›Mein Götzenbild war die Revolution, und dafür werde ich von Gott bestraft.‹«
»Es ist gut, daß Sie es eingesehen haben.«
»Es ist zu spät. Er ging, als es ihm paßte, und ließ mich zurück, um tausendfach zu sterben. Damals setzten sie all ihre Hoffnungen auf die Revolution. In den letzten dreißig Jahren haben sie sich nach der Gegenrevolution gesehnt. Aber was macht es für einen Unterschied? Sie sind alt und krank. Die neue Generation wird die Wahrheit nicht erfahren. Der einzige ihnen gebliebene Ehrgeiz ist, die Agonie zu verlängern. Er hat es wenigstens zugegeben.«
Das Telephon läutete. Diesmal war es Popov. Ich hörte, wie Maria Davidowna ihm die Neuigkeit berichtete. Sie wiederholte immer wieder: »Da, da, da.«
Nach kurzer Zeit kamen sowohl Popov wie Bulov, und andere ebenfalls – einige mit weißen Bärten, einige mit weißen Schnurrbärten. Ein alter Mann stützte sich auf Krücken. Popovs Anzug war fleckig, seine

Backen waren gerötet, als käme er gerade von einem heißen Ofen. Seine kindlichen Augen schienen zu sagen: ›Seht, was er uns angetan hat!‹ Bulov nahm das Handgelenk der Leiche und fühlte nach dem Puls. Er zog ein Gesicht, bewegte seinen vierkantigen Kopf von einer Seite zur anderen, und seine Augen sagten: »Das ist gegen jede Regel, Graf. So benimmt man sich nicht.« Geschickt schloß er der Leiche den Mund. Allmählich kamen Frauen in langen altmodischen Kleidern und Schuhen mit niedrigen Absätzen, das spärliche Haar war in Knoten zusammengefaßt und mit Haarnadeln befestigt. Eine von ihnen trug einen türkischen Schal, wie meine Großmutter ihn zu tragen pflegte. In Amerika hatte ich vergessen, daß es solche runzeligen Gesichter und gebeugte Rücken gab. Eine alte Frau ging an zwei Stöcken. Sie machte einen Schritt, und ich hörte das knirschende Geräusch von zerbrechendem Glas. Sie war auf Maria Davidownas Kneifer getreten. Ihr kleines haariges Kinn zitterte, als ob sie eine Beschwörung murmelte. Ich erkannte sie nach einem Bild, das ich in einem Buch gesehen hatte. Sie war eine erfahrene Bombenherstellerin

gewesen und hatte in dem berüchtigten Gefängnis von Schlüsselburg in Einzelhaft gesessen.
Ich wollte gehen, aber Maria Davidowna bat mich, zu bleiben. Sie stellte mich immer neuen Besuchern vor, und ich hörte Namen, die mir aus Büchern, Zeitschriften und Zeitungen vertraut waren: Führer der Revolution, der Duma; Mitglieder von Kerenskis Kabinett. Jeder von ihnen hatte historische Reden gehalten, an entscheidenden Konferenzen teilgenommen. Da ich Polnisch verstand, wenn auch nicht Russisch, konnte ich ihren Worten folgen. Die alte Frau mit den Stöcken fragte: »Sollten wir nicht Kerzen anzünden?«
»Kerzen? Nein«, sagte Popov.
Die Frau im türkischen Schal knackte mit ihren rheumatischen Fingern. »Selbst jetzt ist er schön.«
»Vielleicht sollte man ihn zudecken«, sagte der alte Mann auf Krücken.
»Wer kann seinen Platz einnehmen?« fragte Popov und antwortete selbst: »Niemand.« Sein Gesicht wurde schlagflüssig rot, und sein weißer Bart schien noch weißer. Er murmelte: »Wir sterben aus; bald wird niemand mehr übrig sein; die Ewigkeit ruft uns – das große Mysterium. Rußland wird uns vergessen.«
»Sergej Iwanowitsch, übertreiben Sie nicht.«
»Es steht geschrieben in der Bibel: ›Ein Geschlecht vergeht, das andere kommt.‹ Gestern noch war er jung und kühn – wie ein Adler.«
Einer aus der Gruppe, klein, hager, mit einem spitzen melierten Bart, der dicke Gläser trug, hinter denen seine Augen zu schielen schienen, begann eine Art Nachruf zu halten. »Er lebte für Rußland, und er starb für Rußland«, sagte er.
Maria Davidowna unterbrach ihn. »Er lebte für niemanden außer für sich selbst. Die Welt wird nie erfahren, wie groß sein Egotismus war – nie, nie!«
Man schwieg.
Das Telephon läutete, aber niemand nahm es ab. Alle sahen bestürzt aus, bekümmert, vorwurfsvoll, bereit, zu vergeben. Die Falten um Kusenskis Augenwinkel schienen zu lachen. Maria Davidowna bedeckte ihr Gesicht mit beiden Händen und begann mit heiserer Stimme zu wehklagen.

Nachbarn

Sie wohnten beide in meinem Haus in Central Park West – er zwei Stockwerke unter mir, sie eins über mir. Größere Gegensätze als diese beiden waren schwer vorstellbar. Morris Terkeltoyb war der Verfasser ›wahrer Geschichten‹ für eine jiddische Zeitung, an der ich ebenfalls mitarbeitete. Margit Levy war die ehemalige Geliebte eines italienischen Grafen. Eines hatten beide gemeinsam: Über keinen von ihnen erfuhr ich je die Wahrheit. Morris Terkeltoyb versicherte mir, daß seine Geschichten erfunden seien, aber wenn ich sie las, wurde mir klar, ganz erfunden konnten sie nicht sein. Die Einzelheiten und sonderbaren Ereignisse, die sie enthielten, konnte nur das Leben selbst entworfen haben. Ich beobachtete ihn oft mit älteren Leuten, die wie die Gestalten aus seinen Geschichten aussahen. Morris Terkeltoyb war weit davon entfernt, literarische Gewandtheit zu besitzen. Sein Stil wimmelte von Klischees. Auf der Redaktion sah ich einmal eines seiner Manuskripte. Er hatte keine Ahnung von Satzbau. Kommata und Bindestrich benutzte er aufs Geratewohl. Jeder Satz endete mit drei Gedankenstrichen. Aber Morris Terkeltoyb wollte in meinen Augen ein schöpferischer Schriftsteller sein, kein Reporter.

In der Zeit, in der ich ihn kannte, tischte er viele Lügen auf. Zahllose Frauen hatten sich ihm in die Arme geworfen – Gesellschaftslöwinnen, Stars der Metropolitan Opera, berühmte Schriftstellerinnen, Ballettänzerinnen, Schauspielerinnen. Jedesmal, wenn Morris Terkeltoyb auf Urlaub nach Europa fuhr, kam er mit einer Liste neuer Liebesabenteuer zurück. Einmal zeigte er mir einen Liebesbrief in einer Handschrift, die ich als seine eigene erkannte. Er genierte sich nicht einmal, seine Geschichten mit Szenen aus der Weltliteratur auszuschmücken. In Wirklichkeit war er ein einsamer, alter Junggeselle mit krankem Herzen und nur einer Niere. Er schien sich seiner abwesenden Niere nicht bewußt zu sein; ich erfuhr es durch einen Verwandten von ihm.

Morris Terkeltoyb war klein, breitschulterig, mit Resten von weißem Haar, das er wie eine Brücke quer über seinen Schädel kämmte. Er hatte große wäßrige Augen, eine Adlernase und einen fast lippenlosen Mund – einen Spalt, der ein großes Gebiß sehen ließ. Er sagte, er stamme von Rabbinern und Kaufleuten ab, und er mußte in seiner Jugend den Talmud studiert haben, denn seine Rede war mit Zitaten daraus gespickt.

Seine Muttersprache war Jiddisch, aber er sprach auch ein gebrochenes Englisch, ein fehlerhaftes Polnisch und eine Art Jiddisch-Deutsch, wie es auf zionistischen Kongressen gesprochen wird. Langsam gelang es mir, aus seinen Übertreibungen einige Tatsachen herauszulösen. In Polen war er mit der Tochter eines Rabbiners verlobt gewesen; sie starb eine Woche vor der Hochzeit an Typhus. Er hatte in Berlin am Rabbinerseminar von Hildesheimer studiert, aber kein Examen abgelegt. In der Schweiz hatte er philosophische Vorlesungen an einer Universität besucht. Er hatte einige Gedichte in einer jiddischen Anthologie veröffentlicht und auch Aufsätze n der hebräischen Zeitung ›Morgenstern‹. Von seinen Geliebten kannte ich nur eine – die Witwe eines Hebräischlehrers. Ich begegnete ihr auf einer Neujahrsgesellschaft, und nach ein paar Drinks erzählte sie mir, daß sie jahrelang mit Morris Terkeltoyb liiert gewesen war. Er litt an Schlaflosigkeit und zeitweise an Impotenz. Sie machte sich über seine Prahlereien lustig. Ihr gegenüber hatte er sich gerühmt, mit Isadora Duncan eine Affäre gehabt zu haben.

Meine andere Nachbarin, Margit Levy, schien keine Lügnerin zu sein, aber die Ereignisse in ihrem Leben waren so seltsam und kompliziert, daß ich nie schlau aus ihr wurde. Ihr Vater war Jude; ihre Mutter gehörte der ungarischen Aristokratie an. Ihr Vater soll sich das Leben genommen haben, als er erfuhr, daß seine Frau ein Verhältnis mit einem Mitglied der Familie Esterhazy hatte – ein Verwandter der Esterhazy, der eine Hauptrolle in der Dreyfus-Affäre gespielt hatte. Als er sein Vermögen in Monte Carlo verspielt hatte, nahm sich der Liebhaber ihrer Mutter das Leben. Nach seinem Tod wurde Margits Mutter wahnsinnig und verbrachte zwanzig Jahre in einer Klinik in Wien. Margit wurde von einer Schwester ihres Vaters erzogen, die die Geliebte eines brasilianischen Kaffeeplantagenbesitzers war. Margit Levy sprach ein Dutzend Sprachen. Sie hatte Koffer voller Photograpien, Briefe, alle Arten von Dokumenten, die die Wahrheit ihrer Erzählungen bezeugten. Sie sagte mir oft: »Aus meinem Leben könnte man nicht nur ein Buch machen, sondern eine ganze Literatur. Die Hollywoodfilme sind ein Kinderspiel, verglichen mit dem, was ich erlebt habe.«

Jetzt lebte Margit Levy in einem einzigen Zimmer als Pensionärin einer alten Jungfer und überlebte mit der Altersrente. Sie litt an Rheumatismus und konnte kaum gehen. Sie trippelte mit winzigen Schritten, indem sie sich auf zwei Stöcke stützte. Obwohl sie behauptete, in den Sechzigern zu sein, rechnete ich mir aus, daß sie einiges über Siebzig sein mußte. Margit Levy lebte in einem Zustand der Verwirrung. Jedesmal, wenn sie mich besuchte, vergaß sie etwas – ihre Handtasche, ihre Handschuhe, ihre Brille, ja selbst einen ihrer Stöcke. Manchmal färbte sie ihr Haar rot, manchmal schwarz. Sie legte Rouge auf ihr runzeliges Gesicht und benutzte zuviel Wimperntusche. Unter ihren dunklen Augen hatte sie schwarze Säcke. Die Nägel ihrer verkrümmten Finger waren grellrot

lackiert. Ihr Hals erinnerte mich an ein gerupftes Huhn. Ich hatte ihr gesagt, daß meine Sprachkenntnisse nicht sehr gut seien, aber wieder und wieder sprach sie zu mir französisch, italienisch oder ungarisch. Obwohl ihr Name jüdisch war, trug sie, wie ich bemerkte, unter der Bluse ein kleines Kreuz, und ich nahm an, daß sie übergetreten war. Margit Levy hatte sich einmal eines meiner Bücher aus der Stadtbibliothek geliehen, und seitdem las sie alles, was ich schrieb. Sie versicherte mir, sie habe all die Kräfte, die ich in meinen Geschichten beschrieb – Telepathie, Hellsehen, Vorahnungen oder die Fähigkeit, mit Toten in Beziehung zu treten. Sie besaß ein Ouija-Brett und einen kleinen Tisch ohne Nägel. So arm sie war, auf einige okkulte Zeitschriften war sie abonniert.
Nach ihrem ersten Besuch bei mir schüttelte sie mir die Hand und sagte mit zitternder Stimme: »Ich wußte, daß Sie in mein Leben kommen würden. Dies wird meine letzte große Freundschaft sein.«
Und sie brachte mir als Geschenk ein Paar Manschettenknöpfe, die sie vom Grafen Esterhazy geerbt hatte – jenes Esterhazy, der in einer Nacht achtzigtausend Kronen verspielt und sich dann eine Kugel durch den Kopf gejagt hatte.

Ich kam nicht auf den Gedanken, meine beiden Nachbarn zusammenzubringen. Tatsächlich lud ich weder den einen noch die andere ein. Sie pflegten an meine Tür zu klopfen, und wenn ich nicht zuviel zu tun hatte, bat ich sie, wer immer es war, herein und bot ihnen, ihm oder ihr, Kaffee und Gebäck an. Morris Terkeltoyb erhielt aus Tel Aviv hebräische Zeitungen. Wenn er eine Besprechung eines meiner Bücher oder auch nur eine Anzeige davon fand, brachte er sie mir. Ab und zu, wenn Margit Levy im Herd ihrer Vermieterin, der alten Jungfer, einen Kuchen gebacken hatte, kam sie vorbei und bestand darauf, mir ein Stück davon zu geben. Aber einmal geschah es, daß beide zur gleichen Zeit kamen. Margit hatte zwischen ihren Papieren einen Brief gefunden, über den sie mit mir gesprochen hatte. Morris hatte in einer Monatszeitschrift aus Südafrika den Nachdruck einer Skizze von mir entdeckt. Ich stellte meine Gäste einander vor; obwohl sie seit Jahren in dem gleichen Hause wohnten, waren sie sich nie begegnet. Margit war in den letzten Monaten ziemlich taub geworden. Aus irgendeinem Grunde konnte sie ›Terkeltoyb‹ nicht aussprechen. Sie zupfte an ihrem Ohr, runzelte die Stirn und sprach den Namen falsch aus. Gleichzeitig schrie sie in Terkeltoybs Ohr, als ob er der Schwerhörige sei. Morris sprach Englisch, aber sie konnte seinen Akzent nicht verstehen. Er versuchte es mit Deutsch. Margit Levy schüttelte ihren Kopf und ließ ihn jedes Wort wiederholen. Wie ein strenger Lehrer verbesserte sie seine Grammatik und Aussprache. Er hatte die Gewohnheit, Worte zu verschlucken, und wenn er aufgeregt war, wurde seine Stimme schrill. Ohne seinen Kaffee auszutrinken, stand er auf und ging zur Tür: »Wer ist das verrückte alte Weib?« fragte er mich. Er schlug die Tür zu, als sei es meine Schuld, daß es ihm nicht gelungen war, Eindruck auf Margit Levy zu machen.

Als er gegangen war, nannte Margit Levy ihn einen ungebildeten Idioten, einen Grobian, sie, die sonst übertrieben höflich zu jedem war und so weit ging, die Hunde und Katzen ihrer Nachbarn mit Komplimenten zu überhäufen. Obgleich sie wußte, daß ich aus Polen kam, konnte sie ihre Wut nicht bezähmen und sprach von ihm als ›einem polnischen Schlemihl‹. Gleich darauf entschuldigte sie sich und versicherte mir, ich sei eine Ausnahme. Auf ihren Backen erschienen Flecke, die so rot waren, daß sie durch das Rouge hindurch sichtbar wurden. Den Kaffee, den ich ihr vorgesetzt hatte, ließ sie stehen. An der Tür ergriff sie meine beiden Handgelenke, küßte mich und bat: »Bitte, mein Lieber, lassen Sie mich diese Kreatur nie wiedersehen.«

Ich glaubte, sie weinen zu hören, als sie die Treppe hinaufstieg. Margit hatte Angst vor Aufzügen. Sie war einmal drei Stunden in einem stekkengeblieben. Ein anderes Mal hatte die Lifttür ihre Hand eingequetscht, so daß sie dabei einen Diamantring verloren hatte. Sie hatte den Hausbesitzer verklagt.

Nach diesem Zusammentreffen beschloß ich, nie wieder einen von beiden in meine Wohnung zu lassen, wenn der andere da war. Ich hatte mit beiden die Geduld verloren. Wenn Morris Terkeltoyb nicht mit seinen Erfolgen bei Frauen oder den fabelhaften Angeboten von Verlegern und Universitäten protzte, dann beschwerte er sich über die Unhöflichkeit, mit der ihn Redakteure, Kritiker, die Vertreter des Journalistenverbandes oder die Sekretäre des P.E.N.-Klubs behandelten. Niemand ließ ihn gelten; die Leute legten ihn alle herein. Die Korrektoren an unserer Zeitung weigerten sich nicht nur, die Fehler zu korrigieren, die er in seinen Geschichten angemerkt hatte, sie verstümmelten seinen Text auch noch absichtlich. Einmal erwischte er jemanden beim Umbruch in der Setzerei, wie er in einem Aufsatz Zeilen vertauschte. Als Morris sich bei der Gewerkschaft der Drucker beschwerte, erhielt er keine Antwort. Er nannte die jiddische Literatur ein ›Racket‹. Er beschuldigte die Autoren des jiddischen Theaters, seine Geschichten auszuschlachten. Er sagte zu mir: »Sie werden wahrscheinlich glauben, daß ich an Verfolgungswahn leide. Vergessen Sie nicht, daß die Menschen einander wirklich verfolgen.«

»Nein, das vergesse ich nicht.«

»Mein eigener Vater hat mich verfolgt.« Und mit klagender Stimme brachte Morris Terkeltoyb einen langen Monolog vor, der gut als ein Dutzend Kapitel eines Fortsetzungsromans auf einer Seite der ›wahren Geschichten‹ hätte erscheinen können. Wann immer ich versuchte, ihn zu unterbrechen, um nach Einzelheiten zu fragen, fuhr er mit solcher Intensität fort zu erzählen, daß er nicht aufzuhalten war. Meine Fragen wischte er mit einer ungeduldigen Handbewegung beiseite.

Bei aller Verschiedenheit hatten Margit Levy und Morris Terkeltoyb doch viel Gemeinsames, fand ich. Wie er warf auch Margit alles durcheinander, Namen, Daten und Episoden. Wie er beschuldigte auch sie längst verstorbene Menschen, unzählige Vergehen gegen sie verübt zu haben. Alle bösen Mächte hatten sich zu ihrem Ruin verschworen. Ein Börsenmakler, der ihr Geld angelegt hatte, verfiel dem Wettfieber bei Pferderennen und vergeudete ihr Kapital. Ein Arzt, der ihren Rheumatismus heilen sollte, gab ihr eine Spritze, die einen Ausschlag am ganzen Körper verursachte und eine Krankheit, an der sie fast gestorben war. Im Winter glitt sie häufig auf dem Eis aus, in Warenhäusern fiel sie die Rolltreppen hinunter. Ihre Handtasche wurde ihr gestohlen. Einmal wurde sie auf einer belebten Straße am hellichten Tag überfallen. Margit Levy schwor, daß, wenn sie in Ferien ging, die alte Jungfer, bei der sie wohnte, ihre Kleider und ihre Unterwäsche trug, ihre Briefe öffnete und sich selbst mit ihren Medizinen bediente.

»Aber wer würde die Medizin anderer Leute einnehmen?« fragte ich sie. Sie antwortete: »Wenn sie könnten, würden sich die Menschen gegenseitig die Augen stehlen.«

Im Sommer machte ich lange Ferien. Ich fuhr in die Schweiz, nach Frankreich und Israel. Ich verließ New York Mitte August, wenn mein Heuschnupfen beginnt, und kam Anfang Dezember zurück. Meine Miete hatte ich im voraus bezahlt, die Wohnung bei meiner Abreise abgeschlossen. Für Diebe gab es dort außer Büchern und Manuskripten nichts zu holen.
Am Tag meiner Rückkehr fiel Schnee in New York. Als ich vor meinem Haus aus dem Taxi stieg, war ich verblüfft von dem, was ich sah. Margit Levy kroch mit einem Stock und einer Krücke die Straße entlang, und Morris Terkeltoyb hielt ihren Arm. Mit seiner freien Hand schob er ein

Wägelchen mit Lebensmitteln aus dem Supermarkt an der Columbus Avenue. Margits Gesicht war gelb von der Kälte und verrunzelter denn je. Sie trug einen schäbigen Pelzmantel und einen schwarzen Hut, der mich an meine Kindheit in Warschau erinnerte. Sie schien krank und abgemagert. Ihre zu nahe beieinanderstehenden Augen hatten den durchdringenden Ausdruck eines Raubvogels. Morris Terkeltoyb war auch gealtert. Seine Adlernase war rot, und ein weißer Bart sproß ihm.
Wie ungewöhnlich ein Ereignis auch sein mag, meine Überraschung dauert nie länger als einen Augenblick. Ich näherte mich ihnen und fragte: »Wie geht es Ihnen, meine Freunde?«
Margit schüttelte ihren Kopf. »Die Tatsachen sprechen für sich selbst.«
Später erzählte mir eine Nachbarin, daß die alte Jungfer, bei der Margit gewohnt hatte, die Wohnung aufgegeben hatte, um nach Miami zu ziehen. Margit hätte auf der Straße gelegen. Statt dessen war sie zu Morris Terkeltoyb gezogen. Wie es dazu gekommen war, wußte die Nachbarin nicht. Ich bemerkte, daß Margit Levys Name auf Morris Terkeltoybs Briefkasten hinzugefügt worden war.
Ein paar Tage nach meiner Rückkehr besuchte mich Margit. Sie weinte, mischte Deutsch und Englisch und erzählte mir ausführlich, wie diese selbstsüchtige alte Jungfer sich entschieden hatte, ohne Warnung wegzuziehen, und wie alle Nachbarn ihr Mißgeschick gleichgültig aufgenommen hatten. Der einzige, der sich menschlich gezeigt hätte, war Morris Terkeltoyb gewesen. Margit tat, als hätte er sie nur als Untermieterin aufgenommen. Aber am nächsten Tag klopfte Morris an meine Tür, und aus seinen nicht beendeten Sätzen und Gebärden ging hervor, daß ihre Beziehung mehr war als die zwischen Vermieter und Untermieter. Er sagte: »Man wird älter, nicht jünger. Wenn man krank ist, braucht man jemanden, der einem ein Glas Tee bringt.«
Er nickte, zwinkerte mir zu, lächelte schuldbewußt und blöde und lud mich ein, sie am Abend zu besuchen.
Nach dem Essen ging ich hinunter. Margit empfing mich als Gastgeberin. Die Wohnung sah sauber aus, an den Fenstern waren Vorhänge, auf dem Tisch lag ein Tischtuch und standen Teller, die nur Margit gehören konnten. Ich hatte Blumen mitgebracht; Margit küßte mich und trocknete ei-

nige Tränen. Margit und Morris fuhren fort, sich mit ›Sie‹ anzureden, nicht mit ›Du‹, aber ich glaubte, gehört zu haben, daß Margit es einmal vergaß und ›Du‹ sagte. Sie redeten miteinander in einem Mischmasch aus Deutsch-Englisch-Jiddisch. Als Morris Terkeltoyb Hering mit den Fingern aß und sie hinterher an seinem Ärmel abwischte, sagte Margit zu ihm: »Nimm deine Serviette. Wir sind in New York, nicht in Klimontow.«

Und Morris Terkeltoyb antwortete mit typisch polnisch-chassidischer Betonung: »Nu, von mir aus.«

In jenem Winter war Morris Terkeltoyb krank. Es fing mit einer Grippe an. Dann entdeckte der Arzt, daß er Zucker hatte, und verschrieb Insulin. Er ging nicht mehr auf die Redaktion der Zeitung und schickte seine Manuskripte mit der Post. Margit erzählte mir, daß er seine eigenen Aufsätze in der Zeitung nicht mehr las, weil sie so viele Fehler enthielten. Jedesmal, wenn er einen las, bekam er Herzklopfen. Sie bat mich, die Korrekturfahnen für ihn aus der Druckerei mitzubringen. Ich wollte gerne helfen, aber ich hatte nur selten Zeit, in die Redaktion zu gehen. Ich hielt oft Vorträge und war wochenlang nicht in der Stadt. Als ich einmal in die Setzerei kam, sah ich Margit Levy dort. Sie stand da und wartete auf die Fahnenkorrekturen. Sie kam jetzt zweimal in der Woche mit der Untergrundbahn in die Stadt – einmal holte sie die Fahnen, das andere Mal brachte sie sie zurück. Sie sagte zu mir: »Ärger schadet der Gesundheit mehr, als Medikamente heilen können.« Sie sagte noch etwas, das nur von Morris Terkeltoyb stammen konnte: »Ein Schriftsteller stirbt nicht an medizinischen Fehlern, sondern an Druckfehlern.« Der Setzerlehrling Jake warf ihr die Druckfahnen hastig hin. Margit setzte ihre Brille auf und sah die Bogen an. Jake zog die Fahnen oft so nachlässig ab, daß am Rande Buchstaben fehlten oder ganze Zeilen, weil das Papier nicht lang genug war für die Spalte. Obwohl sie kein Jiddisch konnte, schien sie doch zu merken, daß einige der Fahnen fehlerhaft waren, und sie ging Jake zwischen den summenden Linotypemaschinen suchen. Der Junge schreie sie an und beschimpfe sie, beschwerte sie sich, als sie zurückkam. »Behandelt man so in Amerika die Literatur?«

Gegen das Frühjahr zu fing Morris Terkeltoyb an, wieder in die Redaktion zu gehen, aber Margit bekam einen Gallenanfall und wurde in ein Hospital gebracht. Morris besuchte sie zweimal am Tage. Die Ärzte stellten allerlei Komplikationen fest. Man machte viele Untersuchungen und nahm dafür eine Menge Blut ab. Morris behauptete, daß die amerikanischen Ärzte ihre Patienten nicht respektierten; sie schnitten an ihnen herum, als seien sie schon Leichen. Die Schwestern kamen nicht, wenn man sie rief, und die Kranken bekamen nicht die richtige Kost. Morris mußte Suppe für Margit kochen und ihr Orangensaft bringen. Er fragte mich: »Wieso sollten Ärzte besser sein als Schriftsteller oder Regisseure? Es ist doch die gleiche menschliche Rasse.«

Ich verließ New York wieder auf etwa drei Monate. Als ich im Herbst zurückkehrte, las ich in der Zeitung, daß der Jiddische Schriftstellerverband eine Gedächtnisfeier für Morris Terkeltoyb veranstaltete, am dreißigsten Tag nach seinem Tod. Während einer Fahnenkorrektur hatte er einen Herzanfall erlitten. Vielleicht war er an einem Druckfehler gestorben. Am Abend fuhr ich mit Margit in einem Taxi zu dem Saal. Er war schlecht beleuchtet und halb leer. Margit war in Schwarz gehüllt. Sie verstand die jiddischen Redner nicht, aber sie schluchzte jedesmal, wenn der Name Morris Terkeltoyb erwähnt wurde.

Einige Tage danach klopfte Margit an meine Tür. Zum erstenmal sah ich sie ohne Schminke. Sie sah aus wie eine Neunzigjährige. Als sie sich setzte, mußte ich ihr helfen. Ihre Hände zitterten, ihr Kopf wackelte, und sie konnte nur schwer sprechen. Sie sagte: »Ich will nicht, daß man nach meinem Tode die Manuskripte von Morris in den Abfallkübel wirft.« Ich mußte ihr feierlich versprechen, eine Institution zu finden, die alles aufnehmen würde: seine Manuskripte und Bücher, die Tausende von Briefen, die er in Koffern und sogar in einem Wäschekorb aufgehoben hatte.

Margit lebte noch dreizehn Monate. In dieser Zeit kam sie immer wieder mit Plänen zu mir. Sie wollte eine Sammlung von Morris Terkeltoybs besten Arbeiten veröffentlichen, aber er hatte so viele Manuskripte hinterlassen, daß es Jahre dauern würde, eine Auswahl zu treffen. Es schien aussichtslos, einen Verleger zu finden. Sie stellte immer wieder die gleiche Frage: »Warum hat Morris nicht in einer verständlichen Sprache geschrieben – Polnisch oder Ungarisch?« Ich sollte ihr eine jiddische Grammatik besorgen, damit sie die Sprache lernen könne. Obwohl sie niemals etwas von dem, was er geschrieben, gelesen hatte, sprach Margit von ihm als einem Talent, vielleicht sogar einem Genie. Ein andermal hatte Margit ein Manuskript gefunden, das wie ein Theaterstück aussah, und sie drängte mich, es einem Theater anzubieten oder jemanden zu finden, der es ins Englische übersetzen würde.

Margit Levy verbrachte die letzten Monate ihres Lebens mehr im Hospital als zu Hause. Einigemal ging ich sie besuchen. Sie lag auf der Allgemeinen Abteilung, und ihr Gesicht hatte sich so verändert, daß ich bei jedem Besuch Mühe hatte, sie zu erkennen. Ihre falschen Zähne paßten nicht mehr in den geschrumpften Mund. Ihre Nase war auch krumm geworden, genau wie die von Morris. Sie sprach bald Deutsch, bald Französisch, bald italienisch mit mir. Einmal traf ich einen anderen Besucher bei ihr – ihren Anwalt, einen deutschen Juden. Ich hörte, wie sie zu ihm sagte, sie habe ein Grab auf dem Friedhof des Vereins ehemaliger Klimontower gekauft, in der Nähe von Morris' Grab.

Sie starb im Januar. Es war ein kalter Tag, und der Wind blies. Zwei Leute kamen zu der kurzen Feier in der Kapelle. Der Anwalt und ich.

Der Rabbi sprach schnell das Totengebet ›Barmherziger Gott‹ und ein paar Abschiedsworte. Ich hörte ihn sagen: »Nur in einem Dorf hat man das Privileg, einen guten Namen zu hinterlassen. In einer Stadt wie New York stirbt der Name eines Menschen oft schon vor ihm.« Dann wurde der Sarg in den Leichenwagen geschoben, der zum Friedhof fuhr, und Margit Levy begab sich in die Ewigkeit ohne irgendwelche Begleitung. Ich wollte mein Versprechen halten, einen Ort für Morris Terkeltoybs Packen von Manuskripten zu finden, aber alle Institutionen, bei denen ich anfragte, lehnten ab. In meiner Wohnung bewahrte ich einen Koffer auf, der mit seinen Schriften gefüllt war, und zwei Alben, die Margit Levy gehört hatten. Den ganzen Rest warf der Hausmeister auf die Straße. An jenem Tag verließ ich das Haus nicht.

In Morris Terkeltoybs Koffer fand ich zu meiner Überraschung Bündel von verblichenen Liebesbriefen, die Frauen an ihn geschrieben hatten – alle auf jiddisch. Eine Frau drohte, sie würde Selbstmord begehen, wenn er nicht zu ihr zurückkehre.

Nein, Morris Terkeltoyb war nicht der psychopathische Aufschneider gewesen, für den ich ihn gehalten hatte. Frauen hatten ihn wirklich geliebt. Mir fiel Spinozas Ausspruch ein, daß es keine Unwahrheiten gibt, nur entstellte Wahrheiten. Ein merkwürdiger Gedanke kam mir: Vielleicht würde ich unter diesen Briefen einen von Isadora Duncan finden. Einen Augenblick lang hatte ich vergessen, daß Isadora Duncan kein Jiddisch konnte.

Ein Jahr nach dem Tod von Margit Levy erhielt ich eine Einladung des Vereins ehemaliger Klimontower, der Enthüllung eines Grabsteins für Malkah Levy beizuwohnen – der Verein hatte ihr einen hebräischen Namen gegeben. Aber an diesem Sonntag setzte ein starker Schneefall ein, und ich war sicher, daß man die Enthüllung verschieben würde. Außerdem erwachte ich mit einem schweren Ischiasanfall. Ich nahm ein heißes Bad, aber für wen sollte ich mich rasieren und anziehen? Ich vermißte ja auch niemanden. Nach dem Frühstück nahm ich Margits Album heraus, einige von Morris' Briefen, sah die Photos an und las. Ich duselte ein, träumte und hatte den Traum vergessen, als aufwachte. Von Zeit zu Zeit sah ich aus dem Fenster. Der Schnee fiel dünn und friedlich, als ob er sein eigenes Fallen betrachte. Der kurze Tag ging zu Ende. Der verlassene Park wurde ein Friedhof. Die Gebäude am Central Park South ragten auf wie Grabsteine. Am Riverside Drive ging die Sonne unter, und das Wasser des Reservoirs spiegelte einen brennenden Docht wider. Der Heizkörper, neben dem ich saß, zischte und brummte: ›Staub, Staub, Staub.‹ Der Singsang drang in meine Knochen, zusammen mit der Wärme. Er wiederholte eine Wahrheit, so alt wie die Welt, so tief wie der Schlaf.

Späte Liebe

Harry Bendiner wachte um fünf Uhr mit dem Gefühl auf, daß, was ihn betraf, die Nacht vorbei war und er keinen Schlaf mehr finden würde. Tatsächlich wachte er jede Nacht ein dutzendmal auf. Vor Jahren war er an der Prostata operiert worden, aber der konstante Druck auf die Blase war dadurch nicht behoben worden. Er schlief eine Stunde oder weniger und wachte dann auf, weil er hinaus mußte. Selbst seine Träume drehten sich um diesen Drang. Er stand aus dem Bett auf und tappte auf wackeligen Beinen ins Badezimmer. Auf dem Weg zurück trat er auf den Balkon seiner Eigentumswohnung im elften Stock hinaus. Zur Linken sah er die Wolkenkratzer von Miami, zur Rechten das rollende Meer. Die Luft war während der Nacht etwas kühler geworden, aber sie war noch immer tropisch lau. Es roch nach toten Fischen, Öl und vielleicht auch nach Orangen. Harry blieb lange dort stehen und genoß die Seebrise auf seiner feuchten Stirn. Obwohl Miami Beach sich zu einer großen Stadt entwickelt hatte, glaubte er, noch die Everglades zu spüren, mit den Gerüchen und Dünsten ihrer Vegetation und ihrer Sümpfe. Manchmal erwachte eine Möwe in der Nacht und schrie. Es kam auch vor, daß die Wellen den Kadaver eines Barracuda oder eines jungen Walfisches an den Strand spülten. Harry Bendiner schickte seinen Blick in die Richtung von Hollywood. Wie lange war es her, daß die ganze Gegend noch unentwickelt war? Innerhalb von wenigen Jahren war eine unbebaute Wüste in ein besiedeltes Gebiet verwandelt worden, voller Hotels, Eigentumswohnungen, Restaurants, Supermärkte und Banken. Die Straßenlampen und Neonlichter verdunkelten die Sterne am Himmel. Selbst mitten in der Nacht rasten Wagen durch die Straßen. Wohin eilten all diese Leute vor Sonnenaufgang? Schliefen sie denn nie? Welche Kraft trieb sie voran? »Nun, das ist nicht mehr meine Welt. Wenn man erst mal über Achtzig ist, ist man schon so gut wie eine Leiche.«

Er stützte seine Hand auf das Geländer und versuchte, sich des Traumes, den er eben gehabt hatte, zu entsinnen. Er konnte sich nur erinnern, daß alle die, die in dem Traum erschienen waren, jetzt tot waren – Männer sowohl wie Frauen. Träume nahmen offenbar keine Notiz vom Tod. In seinen Träumen waren seine drei Frauen noch am Leben, ebenso wie sein Sohn Bill und seine Tochter Sylvia. New York, seine Heimatstadt in Polen und Miami Beach verschmolzen in eins. Er, Harry oder Herschel, war gleichzeitig erwachsen und ein Chederschüler.

Er schloß die Augen für einen Augenblick. Warum war es unmöglich, sich an Träume zu erinnern? Er konnte sich auf jede Einzelheit von Ereignissen besinnen, die vor siebzig oder fünfundsiebzig Jahren stattgefunden hatten, aber die Träume der heutigen Nacht lösten sich auf wie Schaum. Irgendeine Kraft bewirkte, daß auch nicht die geringste Spur übrigblieb. Ein Drittel des Lebens eines Menschen stirbt daher schon, bevor er ins Grab sinkt.

Nach einiger Zeit setzte Harry sich auf den Plastiksessel, der auf dem Balkon stand. Er blickte hinüber aufs Meer, nach Osten, wo bald der Tag dämmern würde. Es hatte eine Zeit gegeben, da er morgens als erstes schwimmen gegangen war, besonders während der Sommermonate, aber jetzt verspürte er keine Lust mehr zu solchen Dingen. Manchmal standen in den Zeitungen Berichte darüber, daß Haifische Schwimmer angegriffen hätten, und es gab noch andere Geschöpfe des Meeres, deren Bisse schwere Folgen haben konnten. Ihm genügte es jetzt, ein warmes Bad zu nehmen.

Seine Gedanken wendeten sich geschäftlichen Dingen zu. Er wußte genau, daß Geld ihm nicht helfen konnte; trotzdem, man konnte nicht immer über die Tatsache nachdenken, daß ›alles ganz eitel war‹. Es war einfacher, über praktische Sachen nachzudenken. Aktien und Obligationen stiegen oder fielen. Dividenden und andere Einkünfte mußten bei der Bank eingezahlt werden, und für die Steuer mußte darüber Buch geführt werden. Telephon- und Elektrizitätsrechnungen mußten bezahlt werden, ebenso die Unterhaltung der Wohnung. Einen Tag in der Woche kam eine Frau zum Saubermachen und um seine Hemden und Unterwäsche zu bügeln. Ab und zu mußte ein Anzug gereinigt und Schuhe mußten

repariert werden. Er erhielt Briefe, die beantwortet werden wollten. Das ganze Jahr hindurch hatte er nichts mit der Synagoge zu tun, aber an Rosch haschana und an Jom Kippur mußte er dort für die Gottesdienste seinen Platz haben, und deshalb bekam er Anrufe zugunsten Israels, Bitten um Unterstützung von Lehranstalten, Talmudschulen, Altersheimen und Hospitälern. Jeden Tag kam so ein Haufen ›Abfallpost‹, und bevor er sie wegwarf, mußte er sie mindestens öffnen und überfliegen.
Da er sich entschlossen hatte, den Rest seines Lebens ohne Frau und auch ohne Haushälterin zu verbringen, hatte er sich selbst um seine Mahlzeiten zu kümmern, und jeden zweiten Tag ging er in den benachbarten Supermarkt einkaufen. Er schob sein Wägelchen durch die Gänge und wählte aus dem Angebot Milch, Hüttenkäse, Obst, Büchsengemüse und Hackfleisch aus, gelegentlich auch Pilze, ein Glas Borscht oder gefilten Fisch. Er hätte sich ohne weiteres den Luxus eines Mädchens leisten können, aber manche Mädchen galten als unehrlich. Und was sollte er mit sich anfangen, wenn jemand anders ihn bediente? Er erinnerte sich an ein Wort aus der Gemara, daß Trägheit zu Wahnsinn führe. Er fühlte sich frischer, wenn er sich mit dem elektrischen Herd in der Küche befaßte, auf die Bank ging, die Zeitungen las – besonders den Wirtschaftsteil – und ein oder zwei Stunden im Büro der Maklerfirma Merrill Lynch verbracht hatte, wo er die Kurse der New Yorker Börse vorbeiflimmern sah. Kürzlich hatte er sich ein Fernsehgerät angeschafft, aber er benutzte es selten. Seine Nachbarn im Hause fragten ihn oft spitz, warum er alles selbst mache, was doch andere für ihn tun könnten. Man wußte, daß er reich war. Man gab ihm Ratschläge und stellte Fragen: Warum habe er sich nicht in Israel niedergelassen? Warum ging er während des Sommers nicht in ein Hotel im Gebirge? Warum heiratete er nicht wieder? Warum hatte er keine Sekretärin? Er hatte den Ruf, ein Geizhals zu sein. Sie erinnerten ihn dauernd daran: ›Sie können es doch nicht mitnehmen‹ – als ob das eine überraschende Offenbarung sei. Aus all diesen Gründen ging er nicht mehr zu den Mieterversammlungen und auch nicht zu den Parties. Jeder versuchte, auf diese oder jene Weise etwas aus ihm herauszuholen, aber ihm würde niemand auch nur einen Penny geben, wenn er in Not wäre. Vor ein paar Jahren war in einen Bus von Miami Beach nach Miami ein-

gestiegen, und ihm hatten zwei Cent am Fahrgeld gefehlt. Alles, was er bei sich hatte, waren Zwanzigdollarscheine. Niemand hatte sich erboten, ihm entweder die zwei Cent zu geben oder einen Schein zu wechseln, und der Fahrer hieß ihn aussteigen.

In Wirklichkeit fühlte er sich in keinem Hotel so wohl wie in seiner Wohnung. Die im Hotel servierten Mahlzeiten waren viel zu reichlich für ihn und nicht so gekocht, wie er es brauchte. Er mußte sich schon selbst darum kümmern, daß er eine Diät bekam, die salzfrei, cholesterolarm und ungewürzt war. Außerdem waren Flugreisen und Taxifahrten zu anstrengend für einen Mann seiner zarten Konstitution. Es wäre auch unvernünftig, in seinem Alter nochmals zu heiraten. Jüngere Frauen verlangten Sex, und an einer alten Frau war er nicht im geringsten interessiert. Da er nun einmal so veranlagt war, war er dazu verurteilt, allein zu leben und allein zu sterben.

Ein rötlicher Schein begann den östlichen Himmel zu färben, und Harry ging ins Badezimmer. Einen Augenblick blieb er vor dem Spiegel stehen und betrachtete sein Bild – eingefallene Backen, ein kahler Schädel mit ein paar Büscheln weißen Haares, ein deutlich sichtbarer Adamsapfel, eine Nase mit abwärts gekrümmter Spitze wie ein Papageienschnabel. Die blaßblauen Augen standen nicht symmetrisch, das eine war höher als das andere, sie zeigten sowohl Müdigkeit wie Spuren jugendlicher Glut. Er war einmal ein sehr männlicher Mann gewesen. Er war verheiratet gewesen und hatte Liebschaften gehabt. Er besaß viele Liebesbriefe und Photos, die irgendwo herumlagen.

Harry Bendiner war nicht wie die anderen Einwanderer arm und ohne Bildung nach Amerika gekommen. Bis zum Alter von neunzehn Jahren war er in seiner Heimatstadt in das Lehrhaus gegangen; er konnte Hebräisch und hatte heimlich Zeitungen und weltliche Bücher gelesen. Er hatte Unterricht in Russisch, Polnisch und sogar Deutsch genommen. Hier in Amerika war er zwei Jahre lang in die Gewerbeschule ›Cooper Union‹ gegangen, weil er hoffte, Ingenieur zu werden. Aber er hatte sich in ein amerikanisches Mädchen, Rosalie Stein, verliebt, sie geheiratet, und ihr Vater, Sam Stein, hatte ihn in sein Bauunternehmen aufgenommen. Rosalie starb mit Dreißig an Krebs, und er war mit zwei kleinen

Kindern zurückgeblieben. In dem Maß, wie das Geld ihm zufiel, nahm der Tod ihm die Seinen. Sein Sohn Bill, ein Chirurg, war mit Sechsundvierzig an einem Herzanfall gestorben und hinterließ zwei Kinder, von denen keines jüdisch sein wollte. Ihre Mutter, eine Christin, lebte irgendwo in Kanada mit einem anderen Mann. Harrys Tochter Sylvia war an der gleichen Art von Krebs wie ihre Mutter erkrankt und im gleichen Alter. Sylvia hinterließ keine Kinder. Harry hatte sich geweigert, noch andere Generationen in die Welt zu setzen, obwohl seine zweite Frau ein oder zwei Kinder von ihm gewollt hatte.

Ja, der Engel des Todes hatte ihm alles genommen. Zuerst hatten seine Enkelkinder ihn manchmal von Kanada aus angerufen und ihm zum neuen Jahr eine Karte geschickt. Aber jetzt hörte er nichts mehr von ihnen, und er hatte sie aus seinem Testament gestrichen.

Harry rasierte sich und summte eine Melodie – woher sie stammte, wußte er nicht. War es etwas, das er im Fernsehen gehört hatte oder eine Melodie aus Polen, die ihm wieder in Erinnerung gekommen war? Er hatte kein musikalisches Gehör und sang immer falsch, aber die Gewohnheit, im Badezimmer zu singen, hatte er beibehalten. Seine Morgentoilette dauerte sehr lange. Seit Jahren hatten die Pillen, die er gegen Verstopfung nahm, nicht mehr geholfen, und jeden zweiten Tag machte er sich selbst ein Klistier – eine langwierige und mühsame Angelegenheit für einen Mann in den Achtzigern. Er versuchte, in der Badewanne Turnübungen zu machen, hob seine mageren Beine und planschte mit den Händen im Wasser, als seien sie Paddel. Das waren alles Maßnahmen, das Leben zu verlängern, aber selbst während er sie durchführte, fragte er sich: »Wozu weiterleben?« Welche Würze besaß sein Leben noch? Nein, sein Leben hatte keinen Sinn mehr – aber war das seiner Nachbarn sinnvoller? Das Haus war voll alter Leute, alle waren wohlhabend, manche sogar reich. Einige Männer konnten nicht mehr laufen oder schlurrten mit den Füßen; einige Frauen stützten sich auf Krücken. Eine ganze Anzahl litt an Arthritis oder an der Parkinsonschen Krankheit. Dies war kein Wohnhaus mehr, sondern ein Krankenhaus. Leute starben, und er erfuhr es erst Wochen oder Monate später. Obwohl er einer der ersten Bewohner gewesen war, kannte er kaum jemanden. Er ging auch nicht in den Swimming-pool und spielte nicht Karten. Frauen und Männer grüßten ihn im Lift und im Supermarkt, aber er wußte nicht, wer sie waren. Von Zeit zu Zeit fragte ihn jemand: »Wie geht es Ihnen, Mr. Bendiner?« Und seine Antwort war gewöhnlich: »Wie kann es einem in meinem Alter schon gehen? Jeder Tag ist ein Geschenk.«
Dieser Sommertag begann wie jeder andere. Harry hatte sich in der Küche sein Frühstück gemacht – Rice Krispies mit Magermilch und koffeinfreien Kaffee mit Sacharin gesüßt. Gegen halb zehn fuhr er im Lift nach

unten, um die Post zu holen. Es verging kein Tag, an dem er nicht einige Schecks erhielt, aber heute war es ein ganzer Haufen. Die Aktien waren gefallen, aber die Gesellschaften zahlten Dividenden wie immer. Harry bekam Hypothekenzinsen, Mietzahlungen, Zinsen von Obligationen und von allen möglichen geschäftlichen Beteiligungen, an die er sich kaum erinnern konnte. Von einer Versicherungsgesellschaft bekam er eine Rente. Und seit Jahren erhielt er einen monatlichen Scheck von der Altersversicherung. Die Ernte dieses Morgens betrug über elftausend Dollar. Sicher, ein großer Teil davon mußte für die Steuer zurückbehalten werden, aber ihm blieben noch immer über fünftausend Dollar. Während er die Zahlen addierte, überlegte er: Sollte er in das Büro von Merrill Lynch gehen, um zu sehen, was an der Börse los war? Nein, das hatte keinen Sinn. Selbst wenn die Aktien am Morgen stiegen, gegen Ende des Tages würde es nur wieder Verluste geben. »Der Markt ist vollkommen verrückt«, murmelte er vor sich hin. Es war für ihn eine eiserne Regel gewesen, daß es nur bei steigendem Markt Inflation geben könnte, niemals bei fallendem. Aber jetzt brachen sowohl der Dollar wie die Aktien zusammen. Ja, nichts war sicher auf dieser Welt, nur der Tod.

Gegen elf Uhr ging er hinunter, um die Schecks einzuzahlen. Die Bankfiliale war nur klein; alle Angestellten kannten ihn und begrüßten ihn. Er hatte einen Safe dort, in dem er Wertsachen und Schmuck aufbewahrte. Es hatte sich so ergeben, daß seine drei Frauen ihm alles hinterlassen hatten; keine hatte ein Testament gemacht. Er wußte selbst nicht genau, wieviel er besaß, aber es konnte kaum weniger als fünf Millionen Dollar sein. Trotzdem ging er auf die Straße in einem Hemd und in Hosen, die sich noch der Ärmste hätte leisten können, und mit der gleichen Mütze und den gleichen Schuhen, die er schon seit Jahren trug. Er stützte sich auf einen Stock und machte winzige Schritte. Vielleicht hatte irgendein Verbrecher herausgefunden, wie reich er war, und plante, ihn zu entführen. Obwohl es hellichter Tag war und die Straße voller Leute, würde sich doch niemand einmischen, wenn man ihn ergreifen, in ein Auto zerren und in eine Ruine oder Höhle verschleppen würde. Niemand würde Lösegeld für ihn bezahlen.

Nachdem er seine Geschäfte in der Bank erledigt hatte, kehrte er wieder

nach Hause zurück. Die Sonne stand hoch am Himmel und goß glühendes Feuer herunter. Frauen standen unter dem Schatten der Markisen und betrachteten Kleider, Schuhe, Büstenhalter und Badeanzüge in den Schaufenstern. Ihre Gesichter drückten Unentschlossenheit aus – kaufen oder nicht kaufen? Harry warf einen Blick auf die Schaufenster. Was könnte er dort kaufen? Es gab nichts, was er brauchte. Von jetzt an bis um fünf Uhr, wenn er anfangen würde, sein Abendessen vorzubereiten, brauchte er absolut nichts. Er wußte genau, was er tun würde, wenn er nach Hause kam – auf dem Sofa ein Schläfchen machen.
Gott sei Dank, niemand hatte ihn entführt, niemand hatte ihn überfallen, niemand war in die Wohnung eingebrochen. Die Klimaanlage arbeitete vorschriftsmäßig, und auch im Badezimmer war alles in Ordnung. Er zog seine Schuhe aus und legte sich auf das Sofa.
Seltsam, er hatte immer noch Wachträume: er phantasierte von unerwarteten Erfolgen, wiedergewonnenen Kräften und männlichen Abenteuern. Das Gehirn weigerte sich, das Alter zu akzeptieren. Wie in seiner Jugend pulste es noch von Leidenschaften. Oft sagte Harry zu seinem Gehirn: »Sei nicht dumm. Es ist für alles zu spät. Es gibt nichts mehr zu hoffen.« Aber das Gehirn war so beschaffen, daß es dennoch fortfuhr zu hoffen. Wer hatte das gesagt: Der Mensch nimmt seine Hoffnungen mit ins Grab?

Er war eingenickt und wurde von einem schrillen Geräusch an der Tür geweckt. Er wurde unruhig. Niemals kam jemand ihn besuchen. ›Es muß der Kammerjäger sein‹, sagte er sich. Er öffnete die Tür, soweit die vorgelegte Kette es erlaubte, und sah eine kleine Frau mit roten Backen, gelblichen Augen und strohblonden Haaren, die sie hoch aufgetürmt trug. Sie hatte eine weiße Bluse an.
Harry öffnete die Tür, und die Frau sagte auf englisch, das sie mit einem starken Akzent sprach: »Ich hoffe, ich habe Sie nicht geweckt. Ich bin Ihre Nachbarin zur Linken. Ich wollte mich Ihnen vorstellen. Ich heiße Ethel Brokeles. Ein komischer Name, nicht wahr? Das war der Name meines verstorbenen Mannes. Mein Mädchenname ist Goldmann.«
Harry sah sie erstaunt an. Seine Nachbarin zur Linken war eine allein-

stehende alte Frau gewesen. Er erinnerte sich an ihren Namen – Mrs. Halpert. Er fragte: »Was ist mit Mrs. Halpert geschehen?«
»Das, was allen geschieht«, antwortete die Frau gleichmütig.
»Wann ist es denn passiert? Ich wußte nichts davon.«
»Es ist schon über fünf Monate her.«
»Kommen Sie herein, kommen Sie herein. Leute sterben, und man weiß es nicht einmal«, sagte Harry. »Sie war eine nette Frau, sehr zurückhaltend.«
»Ich habe sie nicht gekannt. Ich habe die Wohnung von ihrer Tochter gekauft.«
»Bitte, nehmen Sie Platz. Ich habe gar nichts, was ich Ihnen anbieten könnte. Irgendwo habe ich eine Flasche Likör, aber –«
»Ich brauche keine Erfrischung, und Likör trinke ich nicht. Nicht mitten am Tag. Darf ich rauchen?«
»Gewiß, gewiß.«
Die Frau setzte sich auf das Sofa. Geschickt handhabte sie ein Feuerzeug und zündete ihre Zigarette an. Ihre Nägel waren rot lackiert, und Harry fiel ein großer Brillant an einem ihrer Finger auf.
Die Frau fragte: »Leben Sie hier allein?«
»Ja, allein.«
»Ich bin auch allein. Was kann man tun? Ich habe fünfundzwanzig Jahre mit meinem Mann gelebt, und es gab keinen schlechten Tag. Unser gemeinsames Leben kannte nur Sonnenschein, es gab keine Wolke. Plötzlich starb er und ließ mich allein und elend zurück. Das Klima in New York ist ungesund für mich. Ich leide an Rheumatismus. Ich werde bis zum Ende meiner Tage hier leben müssen.«
»Haben Sie die Wohnung möbliert übernommen?« fragte Harry geschäftsmäßig.
»Ja, alles. Die Tochter wollte nichts für sich behalten, außer Kleider und Wäsche. Sie überließ mir alles für einen Spottpreis. Ich hätte nicht die Geduld gehabt, herumzulaufen und Möbel und Geschirr zu kaufen. Leben Sie hier schon lange?«
Die Frau stellte eine Frage nach der anderen, und Harry gab bereitwillig Auskunft. Sie sah verhältnismäßig jung aus – nicht älter als fünfzig,

vielleicht sogar weniger. Er brachte ihr einen Aschenbecher und stellte ein Glas mit Limonade und einen Teller mit Keksen auf den kleinen Tisch vor ihr. Zwei Stunden vergingen, er bemerkte es kaum. Ethel Brokeles schlug die Beine übereinander, und Harry warf ab und zu einen Blick auf ihre runden Knie. Sie war inzwischen zu Jiddisch, das sie mit polnischem Akzent sprach, übergegangen. Sie strömte die Vertraulichkeit einer Verwandten aus. In Harry frohlockte etwas. Es mußte so sein, der Himmel hatte seinen heimlichen Sehnsüchten nachgegeben. Erst jetzt, als er ihr zuhörte, wurde ihm klar, wie einsam er in diesen langen Jahren gewesen war, wie niedergedrückt durch die Tatsache, daß er kaum ein Wort mit jemandem wechselte. Sie zum Nachbarn zu haben, war besser als nichts. In ihrer Gegenwart wurde er jünger und beredt. Er erzählte ihr von seinen drei Ehen, von den Tragödien seiner Kinder. Er erwähnte sogar, daß er nach dem Tode seiner ersten Frau eine Geliebte gehabt hätte. Die Frau sagte: »Sie brauchen sich nicht zu entschuldigen. Ein Mann ist ein Mann.«

»Ich bin alt geworden.«

»Ein Mann ist nie alt. Ich hatte einen Onkel in Wloclawek, der hat mit achtzig geheiratet, ein Mädchen von zwanzig. Und sie hat ihm drei Kinder geboren.«

»Wloclawek? Das ist nicht weit von Kowal, meiner Heimatstadt.«

»Ich weiß. Ich bin in Kowal gewesen. Ich hatte eine Tante dort.«

Die Frau sah auf ihre Armbanduhr. »Es ist ein Uhr. Wohin gehen Sie zum Lunch?«

»Nirgends. Ich frühstücke nur und esse dann am Abend.«

»Müssen Sie eine Diät einhalten?«

»Nein, aber in meinem Alter –«

»Hören Sie schon auf, von Ihrem Alter zu reden!« schalt ihn die Frau. »Wissen Sie was? Kommen Sie zu mir, und wir essen zusammen. Ich esse nicht gerne allein. Für mich ist allein essen noch schlimmer als allein schlafen.«

»Wirklich, ich weiß nicht, was ich sagen soll. Womit habe ich das verdient?«

»Schon gut; reden Sie keinen Unsinn. Wir sind in Amerika, nicht in Po-

len. Mein Eisschrank ist vollgepackt mit Leckereien. Ich werfe mehr weg, als ich esse, Gott möge es mir verzeihen.«
Die Frau benutzte jiddische Ausdrücke, die Harry über sechzig Jahre nicht mehr gehört hatte. Sie nahm ihn beim Arm und führte ihn zur Tür. Er brauchte nur ein paar Schritte zu gehen. In der Zeit, in der er seine Tür zuschloß, hatte sie die ihre geöffnet. Die Wohnung, die er betrat, war größer als seine und heller. Bilder hingen an den Wänden, verzierte Lampen und Nippsachen standen herum. Das Fenster ging direkt auf das

Meer. Auf dem Tisch stand eine Vase mit Blumen. Die Luft in Harrys Wohnung roch nach Staub, hier war sie frisch. ›Sie will irgend etwas; sie verfolgt einen Zweck‹, sagte sich Harry. Er erinnerte sich daran, was er in den Zeitungen über weibliche Betrüger gelesen hatte, die Männer um ihr Vermögen gebracht hatten und auch Frauen. Die Hauptsache war, nichts zu versprechen, nichts zu unterschreiben, nicht einen einzigen Penny auszuhändigen. Sie setzte ihn an einen Tisch, und aus der Küche kam bald das sprudelnde Geräusch der Kaffeemaschine und der Duft von frischen Brötchen, Obst, Käse und Kaffee. Zum erstenmal seit Jahren verspürte Harry mitten am Tag Appetit. Nach einem Weilchen setzten sich beide zum Lunch hin.

Zwischen zwei Bissen zog die Frau an ihrer Zigarette. Sie klagte: »Die Männer laufen mir nach, aber wenn es ernst wird, wollen sie alle nur wissen, wieviel Geld ich habe. Sobald sie anfangen, von Geld zu reden, mache ich Schluß. Ich bin nicht arm; ich bin sogar – toitoitoi – wohlhabend. Aber ich will nicht wegen meines Geldes genommen werden.«

»Gottlob brauche ich von niemandem Geld«, sagte Harry. »Ich habe genug, selbst wenn ich tausend Jahre werden sollte.«

»Das ist gut.«

Allmählich fingen sie an, ihre finanziellen Dinge zu besprechen, und die Frau zählte ihre Besitztümer auf. Ihr gehörten Häuser in Brooklyn und auf Staten Island; sie besaß Aktien und Obligationen. Nach dem zu urteilen, was sie sagte, und den Namen, die sie erwähnte, glaubte Harry, daß sie die Wahrheit sagte. Hier in Miami hatte sie ein Bankkonto und einen Safe in der gleichen Bank wie Harry. Er schätzte, daß sie mindestens eine Million schwer war, vielleicht sogar mehr. Sie bediente ihn mit der Hingabe einer Tochter oder Frau. Sie sprach davon, was er essen sollte und was nicht. Solche Wunder waren in seiner Jugend geschehen. Frauen hatten ihn kennengelernt, waren im Nu innig vertraut geworden, waren bei ihm geblieben und hatten ihn nie wieder verlassen. Aber daß ihm so etwas in seinem Alter widerfahren sollte, schien wie ein Traum. Er fragte abrupt: »Haben Sie Kinder?«

»Ich habe eine Tochter, Sylvia. Sie lebt ganz allein in einem Zelt in Britisch-Kolumbien.«

»Wieso in einem Zelt? Meine Tochter hieß auch Sylvia. Sie könnten auch meine Tochter sein«, fügte er hinzu, und wußte nicht, warum er es gesagt hatte.
»Unsinn. Was sind schon Jahre? Mir ist es immer lieber gewesen, wenn ein Mann viel älter war als ich. Mein Mann – er ruhe in Frieden – war zwanzig Jahre älter als ich, und das Leben, das wir zusammen geführt haben, wünsche ich jeder jüdischen Tochter.«
»Ich bin sicher vierzig Jahre älter als Sie«, sagte Harry.
Die Frau legte ihren Löffel hin. »Für wie alt halten Sie mich?«
»So um fünfundvierzig«, sagte Harry und wußte, daß sie älter war.
»Zählen Sie zwölf Jahre hinzu, dann stimmt's.«
»Man sieht es Ihnen nicht an.«
»Ich habe ein gutes Leben mit meinem Mann gehabt. Ich konnte alles von ihm haben – der Mond, die Sterne, nichts war ihm zu teuer für seine Ethel. Deshalb wurde ich nach seinem Tode melancholisch. Außerdem machte mich meine Tochter ganz krank. Ich habe ein Vermögen für Psychiater ausgegeben, aber sie konnten mir nicht helfen. So wie Sie mich hier sehen, war ich sieben Monate in einer Anstalt, einer Klinik für Nervenkrankheiten. Ich hatte einen völligen Zusammenbruch und wollte nicht mehr leben. Man mußte mich Tag und Nacht bewachen. Er rief nach mir aus dem Grab. Ich möchte Ihnen etwas sagen, aber bitte, mißverstehen Sie mich nicht.«
»Was ist es?«
»Sie erinnern mich an meinen Mann. Darum –«
»Ich bin zweiundachtzig Jahre«, sagte Harry und bedauerte es sofort. Er hätte ganz leicht fünf Jahre abziehen können. Er wartete einen Moment und fügte dann hinzu: »Wenn ich zehn Jahre jünger wäre, würde ich Ihnen einen Antrag machen.«
Wiederum bedauerte er seine Worte. Sie waren ihm ohne sein Zutun von den Lippen gekommen. Die Angst, in die Hände einer ›Goldgräberin‹ zu fallen, setzte ihm noch zu.
Die Frau sah ihn neugierig an und zog eine Braue hoch: »Da ich mich entschlossen habe zu leben, nehme ich Sie, wie Sie sind.«

›Wie ist so etwas möglich? Wie kann das sein?‹ fragte sich Harry wieder und wieder. Sie sprachen davon, daß sie heiraten und die Wand durchbrechen lassen würden, um aus ihren beiden Wohnungen eine zu machen. Sein Schlafzimmer lag neben dem ihren. Sie erklärte ihm alle Einzelheiten ihrer finanziellen Verhältnisse. Sie besaß etwa anderthalb Millionen. Harry hatte ihr bereits mitgeteilt, wieviel er besaß. Er fragte: »Was sollen wir mit all dem Geld anfangen?«
»Ich wüßte auch nicht, was ich mit Geld tun sollte«, sagte die Frau, »aber gemeinsam könnten wir eine Weltreise machen. Wir werden eine Wohnung in Tel Aviv oder in Tiberias kaufen. Die heißen Quellen dort sind gut gegen Rheumatismus. Wenn ich an Ihrer Seite bin, werden Sie noch lange leben. Ich garantiere Ihnen hundert Jahre, wenn nicht mehr.«
»Alles liegt in Gottes Hand«, sagte Harry und wunderte sich über seine eigenen Worte. Er war nicht religiös. Seine Zweifel an Gott und seiner Vorsehung hatten sich im Laufe der Jahre verstärkt. Er sagte oft, daß man nach allem, was den Juden in Europa geschehen war, ein Narr sein müsse, an Gott zu glauben.
Ethel stand auf, er auch. Sie umarmten und küßten sich. Er drückte sie an sich und spürte, wie ein jugendliches Verlangen ihn durchströmte. Sie sagte: »Warte, bis wir unter dem Hochzeitsbaldachin gestanden haben.«
Harry kam zum Bewußtsein, daß er diese Worte schon einmal gehört hatte, im gleichen Tonfall. Aber wann? Und von wem? Seine drei Frauen waren alle schon gebürtige Amerikanerinnen gewesen und hätten diesen Ausdruck nicht benutzt. Hatte er es geträumt? Kann man im Traum die Zukunft vorhersehen? Er senkte den Kopf und dachte nach. Als er wieder aufblickte, erschrak er. Innerhalb dieser wenigen Sekunden hatte sich das Aussehen der Frau in bestürzender Weise verwandelt. Sie hatte sich etwas von ihm entfernt, und er hatte es nicht bemerkt. Ihr Gesicht war bleich geworden, war geschrumpft und gealtert. Ihr Haar schien ihm plötzlich wirr. Sie sah ihn von der Seite an, mit stumpfem, traurigem, fast strengem Blick. Ob ich sie beleidigt habe? überlegte er. Er hörte sich fragen: »Stimmt etwas nicht? Fühlst du dich nicht wohl?«
»Doch, aber geh jetzt lieber in deine Wohnung«, sagte sie mit einer plötzlich hart, fremd und ungeduldig klingenden Stimme.

Er hätte sie gern nach dem Grund für diesen unvermittelten Stimmungsumschwung gefragt, aber ein längst vergessener (oder nie vergessener) Stolz meldete sich. Bei Frauen wußte man wirklich nie, woran man war. Trotzdem fragte er: »Wann werden wir uns wiedersehen?«
»Heute nicht mehr. Vielleicht morgen«, sagte sie nach einigem Zögern. »Auf Wiedersehen. Vielen Dank für den Lunch.«
Sie machte sich nicht einmal die Mühe, ihn zur Tür zu begleiten. Als er wieder in seiner Wohnung war, dachte er, nun, sie hat es sich anders überlegt. Ein Gefühl der Scham überwältigte ihn, seinetwegen und auch ihretwegen. Hatte sie nur ein Spiel mit ihm gespielt? Hatten sich boshafte Nachbarn verschworen, ihn zum Narren zu halten? Seine Wohnung kam ihm halb leer vor. Ich werde nicht zu Abend essen, beschloß er. Er fühlte einen Druck im Magen. »In meinem Alter sollte man keinen Narren aus sich machen«, murmelte er vor sich hin. Er streckte sich auf dem Sofa aus und schlief ein, und als er wieder aufwachte, war es draußen dunkel. Vielleicht wird sie wieder bei mir läuten. Vielleicht sollte ich sie anrufen? Sie hatte ihm ihre Nummer gegeben. Zwar hatte er geschlafen, fühlte sich aber jetzt beim Aufwachen erschöpft. Er hätte Briefe beantworten sollen, aber er verschob es auf den nächsten Tag. Er ging auf den Balkon hinaus. Eine Seite des Balkons war einem Teil des ihren gegenüber. Sie könnten sich hier sehen und auch miteinander sprechen, falls sie noch Interesse an ihm hatte. Die Brandung klatschte und schäumte. In großer Entfernung zog ein Frachter vorbei. Am Himmel donnerte ein Jet. Ein einzelner Stern, den weder Straßenlampen noch Neonlichter verdunkeln konnten, erschien über ihm. Wie gut, daß man wenigstens einen Stern sehen kann! Sonst würde man vielleicht ganz und gar vergessen, daß es überhaupt einen Himmel gibt.
Er saß auf dem Balkon und wartete, ob sie vielleicht käme. Was dachte sie wohl? Wie hatte ihre Stimmung so plötzlich umschlagen können? Eben war sie noch zärtlich und gesprächig wie eine verliebte Braut gewesen; im nächsten Augenblick war sie eine Fremde.
Harry schlief wieder ein, und als er erwachte, war es spät am Abend. Er war nicht müde und wollte eigentlich hinuntergehen und die Abendausgabe der Morgenzeitung mit dem New Yorker Börsenbericht holen; statt

dessen legte er sich auf sein Bett. Er hatte ein Glas Tomatensaft getrunken und eine Tablette genommen. Nur eine dünne Wand trennte ihn von Ethel, aber Wände besaßen eine ganz eigene Kraft. Vielleicht ist das der Grund dafür, daß manche Menschen lieber in einem Zelt leben, dachte er. Er fürchtete, daß seine Grübeleien ihn vom Schlaf abhalten würden, aber er schlief schnell ein. Er wachte mit einem Druck auf der Brust auf. Wie spät war es? Das Leuchtzifferblatt seiner Armbanduhr zeigte ihm, daß er zweieinviertel Stunden geschlafen hatte. Er hatte geträumt, konnte sich aber nicht erinnern, was er geträumt hatte. Ihm war nur der Eindruck nächtlicher Schrecken geblieben. Er hob seinen Kopf. Schlief sie oder wachte sie? Er konnte auch nicht das leiseste Geräusch aus ihrer Wohnung hören.

Er schlief wieder ein und wachte diesmal vom Lärm vieler Stimmen auf, Türen wurden zugeschlagen, auf dem Korridor war Hin- und Hergelaufe zu hören. Er hatte immer Angst vor Feuer gehabt. Er hatte Zeitungsberichte gelesen über alte Leute, die in Altersheimen, Krankenhäusern und Hotels verbrannt waren. Er stand auf, zog Hausschuhe und Morgenrock an und öffnete die Tür zum Korridor. Dort war niemand. Hatte er sich alles eingebildet? Er schloß die Tür und trat auf den Balkon hinaus. Nein, von Feuerwehrleuten keine Spur. Nur einige Leute, die spät nach Hause kamen oder in Nachtklubs gingen und betrunken lärmten. Manche Wohnungsbesitzer vermieteten während des Sommers an Südamerikaner. Harry ging wieder zu Bett. Ein paar Minuten lang war es still; dann hörte er wieder Lärm auf dem Korridor und Männer- und Frauenstimmen. Irgend etwas war geschehen, aber was? Er hatte den Wunsch, aufzustehen und nochmals nachzusehen, aber er tat es nicht. Er lag angespannt da. Plötzlich hörte er das Summen des Haustelephons in der Küche. Als er abhob, sagte eine Männerstimme: »Falsch verbunden.« Harry hatte das Neonlicht in der Küche angemacht, und die Helligkeit störte ihn. Er öffnete den Eisschrank, nahm einen Krug mit gesüßtem Tee heraus und goß sich ein halbes Glas ein, wobei er nicht wußte, ob er es tat, weil er durstig war oder um sich etwas zu beleben. Dann mußte er Wasser lassen und ging ins Bad.

In diesem Augenblick läutete es an der Tür, und das Geräusch unterbrach seinen Drang. Vielleicht war im Hause eingebrochen worden? Der Nachtportier war ein alter Mann und Eindringlingen kaum gewachsen. Harry konnte sich nicht entschließen, ob er an die Tür gehen sollte oder nicht. Er stand zitternd vor der Toilette. Dies könnten meine letzten Augenblicke auf der Welt sein, schoß es ihm durch den Kopf. »Allmächtiger Gott, hab Erbarmen mit mir«, murmelte er. Erst jetzt fiel ihm ein, daß er ein Guckloch in der Tür hatte, durch das er den Vorraum draußen überblicken konnte. Wie konnte ich das vergessen? dachte er. Ich muß schon ganz senil sein.

Leise ging er zur Tür, hob den Deckel des Gucklochs und schaute hindurch. Er sah eine weißhaarige Frau im Morgenrock. Er erkannte sie; sie war seine Nachbarin auf der rechten Seite. In einer Sekunde wurde ihm alles klar. Sie hatte einen gelähmten Mann, und ihm war etwas passiert. Er öffnete die Tür.

Die alte Frau hielt ihm einen unfrankierten Brief hin.

»Entschuldigen Sie, Mr. Bendiner, die Dame von nebenan hat diesen Brief vor Ihrer Tür gelassen. Es steht Ihr Name drauf.«

»Welche Dame?«

»Von links. Sie hat Selbstmord begangen.«

Harry Bendiners Innerstes verkrampfte sich, und innerhalb weniger Sekunden wurde sein Leib gespannt wie eine Trommel.

»Die blonde Dame?«

»Ja.«

»Was hat sie getan?«

»Sie hat sich aus dem Fenster gestürzt.«

Harry streckte die Hand aus.

Die alte Frau gab ihm den Brief.

»Wo ist sie?« fragte er.

»Man hat sie abgeholt.«

»Tot?«

»Ja, sie ist tot.«

»Mein Gott!«

»Das ist schon der dritte derartige Vorfall hier. In Amerika verlieren die Leute den Verstand.«

Harrys Hand zitterte, und der Umschlag flatterte, als hätte ihn ein Windstoß ergriffen. Er dankte der Frau und schloß die Tür. Er ging seine Brille holen, die er auf den Nachttisch gelegt hatte. »Ich darf nicht hinfallen«, ermahnte er sich. »Was mir jetzt noch fehlte, wäre eine gebrochene Hüfte.« Er stolperte zu seinem Bett hinüber und knipste die Nachttischlampe an. Ja, die Brille lag, wo er sie hingelegt hatte. Ihm war schwindlig. Die Wände, die Vorhänge, der Toilettentisch, der Umschlag – alles war in zuckender Bewegung, wirbelte wie ein unscharfes Bild im Fernsehen. Werde ich blind oder was ist das? überlegte er. Er setzte sich und wartete darauf, daß der Schwindel vorüberginge. Er hatte kaum die Kraft, den Brief zu öffnen. Das Blatt war mit Bleistift beschrieben, die Zeilen waren schief und die jiddischen Worte fehlerhaft. Er las:

›Lieber Harry, verzeih mir. Ich muß dahin, wo mein
Mann ist. Wenn es Dir nicht zuviel Mühe macht, bitte
sage Kaddisch für mich. Ich werde dort, wohin
ich gehe, Fürsprache für Dich einlegen.

Ethel‹

Er legte das Blatt und seine Brille auf den Nachttisch und löschte das Licht. Er lag da, bekam Aufstoßen und Schlucken. Sein Körper zuckte, und die Bettfedern vibrierten. Nun, von jetzt an werde ich auf nichts mehr hoffen, sagte er sich mit der Feierlichkeit eines Mannes, der einen Eid leistet. Ihm war kalt, und er deckte sich mit der Decke zu.

Als er aus seiner Benommenheit erwachte, war es zehn Minuten nach acht. Hatte er geträumt? Nein, der Brief lag auf dem Nachttisch. An diesem Tag ging Harry Bendiner nicht hinunter, um die Post zu holen. Er machte sich kein Frühstück, nahm sich auch nicht die Mühe, zu baden und sich anzuziehen. Er blieb auf dem Plastiksessel auf dem Balkon sitzen und dachte über die andere Sylvia nach – Ethels Tochter –, die in einem Zelt in Britisch-Kolumbien lebte. Warum ist sie so weit fortgelaufen? fragte er sich. Hatte der Tod ihres Vaters sie zur Verzweiflung getrieben? Konnte sie ihre Mutter nicht leiden? Oder hatte sie schon in ihrem jugendlichen Alter die Sinnlosigkeit aller menschlichen Bemühung begriffen und sich entschlossen, ein Einsiedler zu werden? Ist sie bemüht, sich selbst zu entdecken, oder Gott? Eine abenteuerliche Idee kam dem alten Mann: sollte er nach Britisch-Kolumbien fliegen, die junge Frau in der Wildnis suchen, sie trösten, ihr ein Vater sein und vielleicht mit ihr gemeinsam darüber nachdenken, warum der Mensch geboren wird und warum er sterben muß?

Die Verehrerin

Zuerst schrieb sie mir einen langen Brief, des Lobes voll. Unter anderem sagte sie, daß meine Bücher ihr geholfen hätten, sich selbst zu ›finden‹. Dann rief sie an, und wir trafen eine Verabredung. Bald danach rief sie wieder an, denn es hatte sich herausgestellt, daß sie an diesem Tag schon etwas vorhatte, und sie schlug ein anderes Datum vor. Zwei Tage später kam ein langes Telegramm. Offenbar mußte sie am Tag des neuen Treffens eine gelähmte Tante besuchen. Ich hatte noch nie ein so langes Telegramm erhalten, mit so vielen hochtrabenden englischen Worten. Wieder folgte ein Anruf, und wir trafen eine neue Verabredung. Während einer früheren Unterhaltung am Telephon hatte ich erwähnt, daß ich Thomas Hardy bewundere. Nach einigen Tagen brachte ein Bote eine Luxusausgabe der Werke von Thomas Hardy. Der Name meiner Verehrerin war Elizabeth Abigail de Sollar – ein bemerkenswerter Name für eine Frau, deren Mutter, wie sie mir erzählt hatte, aus der polnischen Stadt Klendev stammte und die Tochter des dortigen Rabbiners war.

Am Tag des angekündigten Besuches machte ich meine Wohnung sauber und legte all meine Manuskripte und unbeantworteten Briefe in den Deckelkorb für Schmutzwäsche. Mein Gast sollte um elf Uhr kommen. Fünfundzwanzig Minuten nach elf läutete das Telephon, und Elizabeth Abigail de Sollar schrie: »Sie haben mir eine falsche Adresse gegeben! Dieses Haus gibt es nicht!«

Sie hatte offenbar die East und West Side verwechselt. Ich sagte ihr nochmals genau, wie sie gehen müsse. Wenn sie meine Straße auf der West Side gefunden hätte, solle sie durch ein Tor gehen, das die Nummer trug, die ich ihr gegeben hatte. Das Tor führe in einen Hof. Dort würde sie einen Eingang mit einer anderen Nummer finden, die ich ihr gab, und ich erklärte ihr, daß ich im elften Stock wohne. Der Personenlift sei gerade außer Betrieb, und sie müsse den Lieferantenaufzug nehmen. Elizabeth

Abigail de Sollar wiederholte alle meine Anweisungen und versuchte gerade, in ihrer Handtasche ein Notizbuch und einen Bleistift zu finden, um sie aufzuschreiben, als die Telephonistin eine weitere Münze verlangte. Elizabeth Abigail de Sollar hatte keine Münze und stieß atemlos die Nummer der Telephonzelle hervor, von der sie sprach. Ich rief sofort zurück, aber niemand meldete sich. Ich mußte eine falsche Nummer gewählt haben. Ich nahm ein Buch zur Hand und fing dort an zu lesen, wo ich es in der Mitte aufgeschlagen hatte. Da sie ja meine Adresse und Telephonnummer hatte, würde sie früher oder später erscheinen. Ich war noch nicht bis zum Ende des Absatzes gekommen, als das Telephon läutete. Ich nahm den Hörer ab und hörte einen Mann husten, stammeln und sich räuspern. Nach einiger Zeit konnte er endlich sprechen und sagte: »Mein Name ist Oliver Leslie de Sollar. Kann ich mit meiner Frau sprechen?«

»Ihre Frau hat sich geirrt und ist zu einer falschen Adresse gegangen. Sie müßte aber bald hier sein.«

»Entschuldigen Sie, wenn ich störe, aber unsere Tochter ist plötzlich erkrankt. Sie fing an, heftig zu husten und zu würgen, und ich weiß nicht, was ich machen soll. Sie leidet an Asthma. Elizabeth gibt ihr in solchen Fällen Tropfen, aber ich kann sie nicht finden. Ich bin verzweifelt.«

»Rufen Sie einen Arzt! Rufen Sie die Ambulanz!« schrie ich in die Muschel.

»Unser Arzt ist nicht in seiner Praxis. Einen Augenblick, entschuldigen Sie mich...«

Ich wartete einige Minuten, aber Oliver Leslie de Sollar kam nicht zurück, und ich legte den Hörer auf. »Das kommt davon, wenn man sich mit Leuten einläßt – sofort entstehen Schwierigkeiten«, sagte ich mir. »Das Tun an sich ist eine Sünde«, ich zitierte aus einem heiligen indischen Buch, aber aus welchem? War es die Bhagavadgita oder die Dhammapada? Sollte das Kind ersticken, was Gott verhüten möge, so wäre ich indirekt dafür verantwortlich.

Meine Türklingel schrillte lange und eindringlich. Ich eilte, die Tür zu öffnen, und erblickte eine junge Frau mit blonden Haaren, die ihr bis auf die Schultern fielen; sie trug einen Strohhut mit Blumen und Kirschen, von der Art, wie man sie trug, als ich noch in die Vorschule ging, eine weiße, am Ausschnitt und an den Ärmeln mit Spitzen besetzte Bluse, einen schwarzen bestickten Rock und geknöpfte Schuhe. Obwohl es draußen sonnig war, hielt sie einen Schirm mit Bändern und Schleifen in der Hand – alles in allem ein Bild aus einem Photoalbum.

Noch ehe sie die Tür hinter sich geschlossen hatte, sagte ich: »Ihr Mann hat gerade angerufen. Ich will Sie nicht beunruhigen, aber Ihr Kind hat einen Asthmaanfall bekommen, und Ihr Mann kann den Arzt nicht erreichen. Er will wissen, wo die Tropfen sind.«

Ich war überzeugt, meine Besucherin würde ans Telephon stürzen, es stand auf dem Tisch in der Diele, statt dessen betrachtete sie mich von Kopf bis Fuß und wieder zurück, während sich ein süßes Lächeln auf ihrem Gesicht zeigte: »Ja, Sie sind es!«

Sie streckte eine Hand in einem weißen Handschuh, der bis zum Ellbogen reichte, aus und überreichte mir ein in glänzendes schwarzes Papier gewickeltes Paket, das mit einem roten Band verschnürt war. »Beunruhigen Sie sich nicht«, sagte sie. »Das macht er jedesmal, wenn ich irgendwohin gehe. Er kann es nicht ertragen, wenn ich das Haus verlasse. Es ist reine Hysterie.«

»Und was ist mit dem Kind?«

Bibi ist genauso halsstarrig wie ihr Vater. Sie will auch nicht, daß ich fortgehe. Sie ist sein Kind von einer früheren Frau.«

»Bitte, kommen Sie doch herein. Vielen Dank für das Geschenk.«

»Ach, Sie haben die Leere in meinem Leben ausgefüllt. Ich bin mir selbst immer fremd gewesen. Zufällig entdeckte ich einen Ihrer Romane in einem Buchladen, und seither habe ich alles gelesen, was Sie geschrieben haben. Ich glaube, ich habe Ihnen erzählt, daß ich die Enkelin des Rabbiners von Klendev bin. Von Mutterseite her. Von der Seite meines Vaters her stamme ich von Abenteurern ab.«

Sie folgte mir ins Wohnzimmer. Sie war klein und schlank, mit einer so glatten weißen Haut, wie man sie bei Erwachsenen selten findet. Ihre Augen waren blaßblau mit etwas Gelb getönt und leicht schielend. Ihre Nase war schmal und eher lang, ihre Lippen dünn, das Kinn fliehend und spitz. Sie war nicht geschminkt. Im allgemeinen kann ich mir von einem Menschen eine Vorstellung nach seinem Aussehen machen, aber von die-

ser jungen Frau konnte ich mir kein klares Bild machen. Nicht gesund, dachte ich: empfindsam, aristokratisch. Ihr Englisch schien mir nicht amerikanisch, sondern fremdländisch zu sein. Während ich mit ihr sprach und sie bat, auf dem Sofa Platz zu nehmen, wickelte ich das Paket aus und entnahm ihm ein Ouija-Brett mit einem Schreibgerät, offenbar handgemacht, aus kostbarem Holz und mit Elfenbein eingefaßt.
Sie sagte: »Ich habe aus Ihren Geschichten ersehen, daß Sie sich für das Okkulte interessieren, und hoffe, daß dies ein passendes Geschenk ist.«
»Oh, Sie überschütten mich mit Geschenken.«
»Sie verdienen sie alle.«
Ich stellte ihr Fragen, und sie beantwortete sie bereitwillig. Ihr Vater, ein Anwalt, hatte sich zur Ruhe gesetzt. Er hatte sich von Elizabeths Mutter getrennt und lebte mit einer anderen Frau in der Schweiz. Die Mutter litt an Rheumatismus und war nach Arizona gezogen. Sie hatte dort einen Freund, einen alten Mann von achtzig. Elizabeth Abigail hatte ihren Mann im College kennengelernt. Er war ihr Philosophieprofessor gewesen. Außerdem war er ein Amateurastronom, und sie hatte oft die halbe Nacht mit ihm aufgesessen, um im Observatorium die Sterne zu beobachten. Ein Jude? Nein, Oliver Leslie war Christ, in England geboren, aber von baskischer Abkunft. Nachdem sie zwei Jahre verheiratet gewesen waren, wurde er krank, fiel in eine Dauerdepression, kündigte seinen Job und ließ sich in einem Haus einige Meilen von Croton-on-Hudson entfernt nieder. Er hatte sich völlig zurückgezogen. Er war dabei, ein Buch über Astrologie und Numerologie zu schreiben. Elizabeth Abigail lächelte das Lächeln derer, die schon seit langem die Nichtigkeit menschlicher Bemühungen erkannt haben. Zeitweise blickten ihre Augen melancholisch und sogar verängstigt.
Ich fragte, was sie in diesem Haus in Croton-on-Hudson täte, und sie erwiderte: »Ich werde verrückt. Leslie spricht tage- oder wochenlang überhaupt nicht, außer mit Bibi. Er unterrichtet sie – sie geht nicht zur Schule. Wir leben nicht wie Mann und Frau miteinander. Für mich sind Bücher das Wesentlichste meines Daseins geworden. Wenn ich ein Buch finde, das zu mir spricht, so ist das ein großes Ereignis in meinem Leben. Und darum –«

»Wer kümmert sich um den Haushalt?«
»Eigentlich niemand. Wir haben einen Nachbarn, einen ehemaligen Bauern, der seine Familie verlassen hat, und er kauft für uns im Supermarkt die Lebensmittel ein. Manchmal kocht er auch für uns. Ein einfacher Mann, aber auf seine Art ein Philosoph. Er fährt auch unseren Wagen, denn Leslie kann ihn nicht mehr fahren. Unser Haus steht auf einem Hügel, der furchtbar schlüpfrig ist, nicht nur im Winter, sondern auch sowie es regnet.«
Meine Besucherin wurde schweigsam. Ich war schon daran gewöhnt, daß viele von denen, die mir schrieben oder mich aufsuchten, exzentrisch waren – sonderbare, verlorene Seelen. Zufällig ähnelte Elizabeth Abigail ein wenig meiner Schwester. Da sie aus Klendev stammte und die Enkelin eines Rabbiners war, könnte sie sogar eine Verwandte sein. Klendev ist nicht weit von den Orten, in denen Generationen meiner Vorfahren gelebt hatten.
Ich fragte: »Wie kommt es, daß Bibi bei ihrem Vater ist und nicht bei ihrer Mutter?«
Elizabeth antwortete: »Die Mutter hat Selbstmord begangen.«
Das Telephon läutete, und ich vernahm das gleiche Stammeln und Räuspern, das ich vorhin schon gehört hatte. Sofort rief ich Elizabeth, die langsam näher kam, zögernd, wie jemand, der weiß, was ihn erwartet. Ich hörte, wie sie ihrem Mann sagte, wo die Tropfen seien, und ihm schneidend verbot, sie nochmals zu stören. Er sprach lange, und sie antwortete mit kurzen gelegentlichen Ausrufen: »Was? Mein Gott, nein.« Schließlich sagte sie in ungeduldigem Ton: »Das weiß ich nicht.« Sie kehrte in das Zimmer zurück und setzte sich wieder auf das Sofa. »Sie haben eine Methode daraus gemacht – sobald ich irgendwohin gehe, bekommt Bibi diese Asthmaanfälle, und ihr Vater ruft mich an, um mich zu beunruhigen. Er kann nie die Tropfen finden, die sowieso nichts helfen, denn ihr Asthma wird von ihm mit Absicht herbeigeführt. Dieses Mal habe ich ihm nicht einmal gesagt, wo ich hingehe, aber er lauscht an den Türen. Ich wollte Sie soviel fragen, aber er hat mich jetzt ganz konfus gemacht. Ja, wo in aller Welt liegt dieses Klendev? Ich konnte es auf keiner Karte finden.«

»Es ist ein Dorf in der Gegend von Lublin.«
»Sind Sie je dort gewesen?«
»Zufällig ja. Ich war von zu Hause weggegangen, und irgend jemand empfahl mich dorthin als Lehrer. Ich habe eine einzige Unterrichtsstunde gegeben, und die Schulbehörde und ich, wir waren uns sofort darüber einig, daß ich kein Lehrer bin. Schon am nächsten Tag verließ ich den Ort wieder.«
»Wann war das?«
»In den zwanziger Jahren.«
»Oh, damals lebte mein Großvater schon nicht mehr. Er starb 1913.«
Obwohl meine Besucherin nichts zu sagen hatte, was von besonderem Interesse war, hörte ich aufmerksam zu. Ich konnte mir nur schwer vorstellen, daß sie von dem Rabbi von Klendev, seinem Milieu und seinem Leben nur eine Generation entfernt war. Auf geheimnisvolle Weise hatte sich ihr Gesicht dem der Angelsachsen angepaßt, deren Kultur sie in sich aufgenommen hatte. Ich entdeckte Spuren anderer Länder, anderer Himmelsstriche in ihr. Wäre es möglich, daß Lysenko letzten Endes doch recht hätte?
Die Uhr zeigte halb eins, und ich lud meinen Gast ein, mit mir zum Lunch hinunterzugehen. Sie sagte, daß sie nie Lunch esse. Sie würde höchstens ein Glas Tee trinken, aber wenn ich essen wolle, würde sie mich begleiten. Schließlich gingen wir in die Küche, und ich machte Tee. Ich legte Plätzchen auf einen Teller für sie, und für mich machte ich Brote mit Hüttenkäse. Wir saßen einander an einem Spieltisch gegenüber, wie ein Ehepaar. Eine Schabe kroch über den Tisch, aber weder Elizabeth noch ich machten den Versuch, sie zu stören. Die Schaben in meiner Wohnung wußten offenbar, daß ich Vegetarier bin und keinen Haß auf ihre Spezies empfinde, die Hunderte Millionen Jahre älter ist als die des Menschen und ihn auch überleben wird. Elizabeth trank starken Tee, mit Milch, ich trank meinen schwach, mit Zitrone. Beim Trinken hielt ich ein Stück Zucker zwischen den Zähnen, wie es in Bilgoraj und Klendev üblich gewesen war. Sie rührte das Gebäck nicht an, und langsam begann ich, es aufzuessen. Zwischen uns hatte sich eine Vertrautheit entwickelt, die keiner Präliminarien bedurfte.

Ich hörte mich fragen: »Wie lange ist es her, daß Sie nicht mehr mit ihm geschlafen haben?«
Elizabeth errötete langsam, aber als das Blut die Hälfte ihres Gesichtes gerötet hatte, floß es wieder ab. »Ich will Ihnen etwas sagen, wenn Sie es auch nicht glauben werden.«
»Ich werde alles glauben, was Sie sagen.«
»Ich bin körperlich eine Jungfrau.« Diese Worte stieß sie hervor, und sie schien selbst erstaunt, sie ausgesprochen zu haben. Um ihr zu zeigen, daß sie mich nicht schockiert hatte, sagte ich beiläufig: »Ich dachte, das sei eine ausgestorbene Spezies.«
»Es gibt immer einen letzten Mohikaner.«
»Haben Sie nie mit einem Arzt über die Situation gesprochen?«
»Nein, nie.«
»Und wie wäre es mit einer Analyse?«
»Weder Leslie noch ich glauben daran.«
»Brauchen Sie denn keinen Mann?« fragte ich, von meiner eigenen Kühnheit verwirrt.
Sie hob ihr Glas und trank einen Schluck Tee. »Sehr sogar, aber ich bin noch nie einem Mann begegnet, mit dem ich hätte zusammen sein wollen. So war es, ehe ich Leslie traf, und so ist es seither geblieben. Als ich aber Leslie kennenlernte, dachte ich sofort, daß er körperlich der Mann für mich sei, aber er wollte damit warten, bis wir verheiratet wären. Das erschien mir dumm, aber wir warteten. Als wir verheiratet waren, versuchten wir es einigemal, aber vergeblich. Manchmal glaubte ich, daß der Rabbiner von Klendev nicht wollte, daß es dazu käme, weil Leslie doch kein Jude ist. Nach einiger Zeit empfanden wir beide wachsenden Widerwillen gegen all das.«
»Sie sind eben beide Asketen«, sagte ich.
»Was? Das glaube ich nicht. In meiner Phantasie schwelge ich in Vorstellungen leidenschaftlicher Liebesabenteuer. Ich habe Freud, Jung und Stekel gelesen, aber ich bin überzeugt davon, daß sie mir nicht helfen können. Ich bin über meine Offenheit Ihnen gegenüber ganz erstaunt. Ich habe nie zuvor einem Schriftsteller geschrieben. Im allgemeinen schreibe ich keine Briefe. Es fällt mir sogar schwer, an meinen Vater zu schreiben.

Plötzlich schreibe ich Ihnen und rufe Sie an. Es ist, als ob einer Ihrer Dibbuks in mich gefahren wäre. Da Sie jetzt sozusagen eine versiegelte Quelle in mir geöffnet haben, werde ich Ihnen noch etwas sagen. Seitdem ich angefangen habe, Ihre Bücher zu lesen, sind Sie in meinen Phantasien der Liebhaber geworden. Sie haben alle anderen verjagt.«
Elizabeth trank noch einen Schluck Tee. Sie lächelte und fügte hinzu: »Fürchten Sie nichts. Dies ist nicht der Zweck meines Besuches.«
Ich fühlte eine Trockenheit in meiner Kehle und hatte Mühe, mit klarer Stimme zu sprechen. »Erzählen Sie mir von Ihren Phantasien.«
»Ach, ich verbringe meine Zeit mit Ihnen. Wir gehen zusammen auf Reisen. Sie nehmen mich mit nach Polen, und wir besuchen all die Dörfer, die Sie beschrieben haben. Es ist merkwürdig, aber ich habe mir in meinen Phantasien Ihre Stimme so vorgestellt, wie sie jetzt ist, und ich kann mir nicht erklären, wie das kommt. Selbst Ihr Akzent ist so, wie ich ihn mir vorgestellt habe. Das ist wirklich etwas Irrationales.«
»Jede Liebe ist irrational«, sagte ich, von meiner eigenen Interpretation etwas verwirrt. Elizabeth neigte ihren Kopf und dachte darüber nach.
»Manchmal schlafe ich über diesen Phantasien ein, und sie verwandeln sich in Träume. Ich sehe Städte, die voller Bewegung sind. Ich höre Jiddisch sprechen, und obwohl ich die Sprache nicht kann, verstehe ich im Traum alles. Wüßte ich nicht, daß alle diese Orte zerstört worden sind, würde ich dorthin reisen, um zu sehen, ob alles so ist wie in meinen Träumen.«
»Nichts ist mehr, wie es gewesen ist.«
»Meine Mutter hat mir oft von ihrem Vater erzählt, dem Rabbiner. Sie war mit ihrer Mutter – meiner Großmutter – nach Amerika gekommen, als sie acht Jahre alt war. Mein Großvater hatte mit fünfundsiebzig Jahren zum zweitenmal geheiratet, ein achtzehnjähriges Mädchen, und das Ergebnis dieser Ehe war meine Mutter. Sechs Jahre später starb mein Großvater. Er hinterließ viele Auslegungen der Bibeltexte. Die ganze Familie kam unter den Nazis um, und alle seine Manuskripte wurden verbrannt. Meine Großmutter nahm ein kleines hebräisches Buch, das er veröffentlicht hatte, mit, und ich habe es in meiner Handtasche in der Diele. Würden Sie es gern sehen?«

»Sicher.«
»Lassen Sie mich abwaschen. Sie bleiben hier. Ich hole Großvaters Buch, und während ich abwasche, können Sie das Buch ansehen.«
Ich blieb am Tisch sitzen, und Elizabeth brachte mir ein dünnes Buch mit dem Titel ›Der Aufschrei Mordechais‹. Auf der Titelseite hatte der Verfasser seinen Stammbaum angegeben, und als ich mich darein vertiefte, sah ich, daß meine Besucherin und ich wirklich verwandt waren durch eine viele Jahrhunderte zurückliegende Verbindung. Wir stammten beide von Rabbi Moses Isserles ab und ebenso von dem Verfasser des Buches ›Der Enthüller des Verborgenen‹. Das Buch des Rabbiners von Klendev war eine Streitschrift gegen den Rabbiner von Radzyn, Reb Gerschon Henoch, der glaubte, im Mittelmeer die Stachelschnecke gefunden zu haben, deren Sekret im alten Israel dazu benutzt wurde, die rituellen Schaufäden blau zu färben, obwohl die Tradition besagte, daß die Stachelschnecke nach der Zerstörung des Tempels versteckt worden war, um erst beim Erscheinen des Messias wiedergefunden zu werden. Reb Gerschon Henoch hatte nicht mit dem Proteststurm der anderen Rabbiner gerechnet, und er hielt seine Anhänger dazu an, die blauen Schaufäden zu tragen. Dies erregte große Kontroversen in der rabbinischen Welt. Elizabeths Großvater nannte Reb Gerschon Henoch ›Verräter Israels, Abtrünniger, Bote des Teufels von Lilith, Asmodi und ihren Heerscharen des Bösen‹. Er sagte voraus, daß die Sünde des Tragens dieser falschen Schaufäden schwere Bestrafungen von seiten des Himmels herbeiführen könnte. Die Seiten des Büchleins ›Der Aufschrei Mordechais‹ waren vergilbt und so ausgetrocknet, daß Papierfetzchen von den Rändern abfielen, als ich die Seiten umblätterte.
Elizabeth wusch und spülte inzwischen unsere Teller und Gläser. »Was steht da drin?« fragte sie mich.
Es war nicht ganz einfach, Elizabeth de Sollar den Disput zwischen dem Rabbiner von Radzyn und den anderen Rabbinern und Talmudgelehrten seiner Generation zu erklären, aber irgendwie fand ich die richtigen Worte. Ihre Augen glänzten, während sie zuhörte. »Faszinierend!«
Das Telephon läutete, und ich verließ Elizabeth und nahm den Hörer ab. Es war wiederum Oliver Leslie de Sollar. Ich sagte ihm, ich würde

seine Frau rufen, aber er sagte: »Warten Sie. Kann ich Ihnen etwas sagen?«

»Ja, natürlich.«

Oliver Leslie de Sollar begann zu husten und sich zu räuspern. »Meine Tochter Bibi ist bei dem heutigen Anfall fast gestorben. Wir haben sie gerade noch gerettet. Wir haben hier einen Nachbarn, Mr. Porter, der unser Freund ist, und er fand eine Medizin, die ein anderer Arzt einmal verschrieben hatte. Jetzt schläft sie. Ich muß Ihnen sagen, daß meine Frau ein kranker Mensch ist, physisch sowohl wie psychisch. Sie hat schon zweimal versucht, sich das Leben zu nehmen. Beim zweitenmal nahm sie so viele Schlaftabletten, daß sie drei Tage in einer eisernen Lunge gehalten werden mußte. Sie hat eine ungeheuer hohe Meinung von Ihnen und liebt Sie auf ihre Art, aber ich möchte Sie warnen, sie nicht darin zu bestärken. Unsere Ehe ist äußerst unglücklich, aber ich bin wie ein Vater zu ihr, weil ihr eigener Vater sie und ihre Mutter verlassen hat, als Elizabeth noch ein Kind war. Die Gleichgültigkeit ihres Vaters hat bei ihr zu einem Puritanismus geführt, der unser Zusammenleben zu einem Alptraum gemacht hat. Versprechen Sie ihr nichts, denn sie lebt vollkommen in ihrer eingebildeten Welt. Sie müßte psychiatrisch behandelt werden, aber sie lehnt das ab. Ich bin sicher, daß Sie Verständnis haben und wie ein verantwortungsbewußter Mensch handeln werden.«

»Sie können sich darauf verlassen.«

»Sie lebt nur von Beruhigungsmitteln. Ich war früher Professor der Philosophie, aber nach unserer Heirat konnte ich das Lehramt nicht mehr ausüben. Zum Glück sind meine Eltern wohlhabend und helfen uns. Ich habe durch sie so viel gelitten, daß ich selbst krank geworden bin. Sie gehört zu dem Typ Frauen, die den Mann seiner Potenz berauben. Wenn Sie, was Gott verhüten möge, sich mit ihr einlassen würden, wäre Ihre Begabung das erste Opfer. Hätte sie im sechzehnten Jahrhundert gelebt, hätte man sie bestimmt als Hexe auf dem Scheiterhaufen verbrannt. Seit ich sie kenne, glaube ich mehr und mehr an schwarze Magie – als psychologisches Phänomen natürlich.«

»Ich habe gehört, daß Sie ein Buch über Astrologie schreiben?«

»Das hat Sie Ihnen erzählt? Unsinn! Ich arbeite über die letzten dreißig

Jahre von Newton und seine religiösen Überzeugungen. Sie wissen sicher, daß Newton die Schwerkraft für eine göttliche Kraft hielt – den reinsten Ausdruck des göttlichen Willens. Der größte Naturwissenschaftler aller Zeiten war auch ein großer Mystiker. Da die Schwerkraft das Universum beherrscht, folgt daraus, daß die himmlischen Körper die organische und geistige Welt auf jede Art und in jeder Form beeinflussen. Das ist Äonen entfernt von der gewöhnlichen Astrologie mit ihren Horoskopen und ähnlichem Kram.«

»Soll ich Ihre Frau rufen?«

»Nein. Sagen Sie ihr nicht, daß ich angerufen habe. Sie ist imstande, mir schreckliche Szenen zu machen. Einmal hat sie mich mit einem Messer angegriffen ...«

Während Oliver Leslie mit mir sprach, ließ Elizabeth sich nicht blicken. Ich wunderte mich, wie man so lange brauchen konnte, um zwei Teller und Gläser abzutrocknen, aber ich nahm an, daß sie meine Unterhaltung nicht stören wollte. Nachdem ich den Hörer aufgelegt hatte, ging ich sofort in die Küche, aber Elizabeth war nicht dort. Ich erriet, was geschehen war. Ein enger Gang führte von der Küche zu meinem Schlafzimmer, wo ein Nebenapparat auf dem Nachttisch stand. Ich öffnete die Tür, die in den Gang führte, und Elizabeth stand auf der Schwelle. Sie sagte:

»Ich mußte ins Badezimmer.«

An der Art, wie sie es sagte – schnell, schuldbewußt, im Ton der Verteidigung –, erkannte ich, daß sie log. Sie mochte auf dem Weg ins Badezimmer gewesen sein (aber woher konnte sie wissen, daß diese Tür dorthin führte?) und das Telephon entdeckt haben. Aus ihrem Blick sprach eine Mischung von Ärger und Spott. So eine bist du also, dachte ich. Jede Spur von Zurückhaltung, die ich ihr gegenüber gehabt haben mochte, verschwand. Ich legte meine Hände auf ihre Schultern. Sie zitterte, und ihr Gesicht nahm den spitzbübischen Ausdruck eines kleines Mädchens an, das dabei ertappt worden war, wie es etwas stibitzt oder sich die Kleider der Mutter angezogen hatte.

»Für eine Jungfrau sind Sie ein ganz gerissenes Luder«, sagte ich.

»Ja, ich habe alles gehört, und ich werde nie mehr zu ihm zurückgehen«, sagte sie mit einer Stimme, die fester, aber auch jugendlicher geworden war. Es war, als ob sie eine Maske abgeworfen hätte, die sie lange Zeit getragen hatte, und im Bruchteil einer Sekunde eine andere geworden wäre – jemand Junges und Lustiges. Sie spitzte die Lippen, als ob sie mich küssen wollte. Verlangen nach ihr überfiel mich, aber ich erinnerte mich an Oliver Leslies Warnung. Ich neigte mich ihr zu, und unsere Augen kamen sich so nah, daß ich nur noch ihre Bläue sah, die Bläue einer Grotte. Unsere Lippen berührten sich, küßten aber nicht. Meine Knie preßten sich gegen die ihren, und sie begann, zurückzuweichen. Während ich sie leicht und spielerisch zurückschob, mahnte mich eine feierliche Stimme: »Paß auf! Du gehst in eine Falle!«

In diesem Augenblick läutete das Telephon abermals. Ich sprang so heftig vorwärts, daß ich sie fast umstieß. Ein läutendes Telephon erweckt in mir eine Reaktion wilder Erwartung – ich vergleiche mich selbst oft mit den Pawlowschen Hunden. Einen Augenblick lang schwankte ich, ob ich vorwärts in mein Schlafzimmer eilen sollte oder rückwärts in die Diele; dann lief ich in die Diele, Elizabeth mir auf den Fersen. Ich hob den Hörer ab, und sie versuchte, ihn mir zu entwinden, offenbar war sie überzeugt davon, daß es wiederum ihr Mann sei. Ich glaubte es auch, aber ich hörte die feste Stimme einer Frau mittleren Alters, die fragte: »Ist Elizabeth de Sollar bei Ihnen? Ich bin ihre Mutter.«

Zuerst verstand ich den Sinn der Worte nicht – in meiner Verwirrung hatte ich den Namen meiner Besucherin vergessen. Aber bald erholte ich mich. »Ja, sie ist hier.«

»Ich bin Mrs. Harvey Lemkin. Mein Schwiegersohn, Dr. Leslie de Sollar, hat mich gerade angerunfen und hat mir erzählt, daß meine Tochter Ihnen einen Besuch macht und daß sie ihre kranke kleine Stieftochter allein gelassen hat, und ich weiß nicht, was sonst noch alles. Ich muß Sie darauf aufmerksam machen, daß meine Tochter gemütskrank und unzurechnungsfähig ist. Mein Schwiegersohn, Professor de Sollar, und ich, wir haben schon ein Vermögen ausgegeben, um ihr zu helfen, ohne jeden Erfolg, wie ich leider sagen muß. Mit Dreiunddreißig ist sie noch wie ein Kind, obwohl sie hochintelligent ist und Gedichte schreibt, die ich für recht bemerkenswert halte. Sie sind ein Mann, und ich kann mir gut vorstellen, daß Sie es reizvoll finden, wenn ein hübsches und sehr begabtes junges Geschöpf ihre Bewunderung zum Ausdruck bringt, aber lassen Sie sich nicht mit ihr ein. Sie würden in ein Schlamassel geraten, aus dem Sie nie wieder herauskämen. Ihretwegen habe ich New York verlassen, das ich von ganzem Herzen liebe, und habe mich hier draußen in Arizona vergraben. Meine Tochter sprach so viel von Ihnen, lobte Sie so sehr, daß auch ich angefangen habe, alles von Ihnen zu lesen, was es auf englisch und jiddisch gibt. Ich bin die Tochter des Rabbiners von Klendev, und mein Jiddisch ist noch ganz gut. Ich könnte Ihnen viel erzählen, und ich wäre sehr froh, wenn ich Sie in New York treffen könnte – ab und zu komme ich dorthin –, aber ich flehe Sie an bei allem, was mir heilig ist: Lassen Sie meine Tochter in Ruhe!«

Während der ganzen Zeit, in der ihre Mutter zu mir sprach, stand Elizabeth etwas abseits und sah mich von der Seite an, fragend, halb erschreckt, halb beschämt. Sie machte eine Bewegung, als ob sie näher kommen wollte, aber ich scheuchte sie mit meiner linken Hand fort. Sie ließ mich an ein Schulmädchen denken, das in Gegenwart seiner Eltern zuhört, wie es von einem Lehrer oder dem Direktor beschuldigt wird, und es nicht lassen kann, die Anklagen zu bestreiten. Die Stimme ihrer Mutter war so laut, daß sie jedes Wort gehört haben mußte. Gerade als ich im Begriff war, etwas zu sagen, sprang Elizabeth vor, riß mir den Hörer aus der Hand und rief mit durchdringender Stimme: »Mutter, das werde ich dir nie verzeihen! Nie! Nie! Du bist nicht mehr meine Mutter, und ich bin nicht mehr dein Kind! Du hast mich an einen Psychopathen verkauft, einen Kapaun ... Ich brauch' dein Geld nicht, und dich brauche ich auch nicht! Wann immer ich einen Augenblick des Glücks erwische, verdirbst du mir alles. Du bist mein schlimmster Feind. Ich werde dich umbringen! Ich mache einen Leichnam aus dir für das, was du mir antust ... Miststück! Diebin! Verbrecherin! Käufliche Hure! Du schläfst mit einem achtzigjährigen Gangster und läßt dich dafür bezahlen! Ich spucke dich an! Ich spucke, spucke, spucke!«

Ich stand dabei und sah, wie Schaum aus ihrem Mund quoll. Sie beugte sich vornüber und krümmte sich vor Schmerzen. Sie griff nach der Wand. Ich wollte sie halten, aber in diesem Augenblick fiel sie krachend zu Boden und riß das Telephon mit sich. Sie lag verkrampft da und zitterte,

während ihre eine Hand wie rasend auf den Boden schlug, als ob sie dem Mieter unten eine Botschaft zukommen lassen wollte. Ihr Mund verzerrte sich, und ich hörte sie keuchen. Ich wußte, was da vor sich ging – Elizabeth hatte einen epileptischen Anfall erlitten. Ich nahm das Telephon auf und schrie hinein: »Mrs. Lemkin, Ihre Tochter hat einen Anfall!« Aber die Verbindung war unterbrochen. Sollte ich eine Ambulanz rufen? Wie machte man so etwas? Offenbar war mein Apparat gestört. Ich wollte das Fenster öffnen und um Hilfe rufen, aber in dem Lärm und Getöse des Broadway würde niemand mich hören, wenn ich vom elften Stock hinunterrief. Statt dessen lief ich in die Küche, holte ein Glas Wasser und goß es Elizabeth ins Gesicht. Das veranlaßte sie, unheimlich aufzuheulen, wobei mir ihr Speichel auf die Stirn spritzte. Ich lief auf den Korridor hinaus und hämmerte an die Tür meines Nachbarn, aber niemand öffnete. Erst jetzt bemerkte ich, daß vor der Tür ein Haufen Zeitschriften und Umschläge lag. Ich wollte in meine Wohnung zurückkehren und sah zu meinem Entsetzen, daß ich die Tür hatte zufallen lassen. Ich hatte keinen Schlüssel bei mir. Ich lehnte mich mit aller Kraft gegen die Tür, aber ich gehöre nicht zu den Kraftmeiern, die eine Tür eindrücken können.
In meiner Verzweiflung erinnerte ich mich plötzlich, daß ein zweiter Schlüssel im Büro im Hof hing. Dort konnte ich auch bitten, daß man eine Ambulanz bestellte. Mir war ganz klar, welche Anklagen Elizabeths Mann und Mutter gegen mich erheben könnten, falls sie in meiner Wohnung sterben sollte. Sie könnten mich sogar des Mordes beschuldigen... Ich drückte auf den Knopf des Lieferantenaufzugs, doch der Pfeil zeigte an, daß er im siebzehnten Stock hielt. Ich rannte die Treppen hinunter, und im Geiste – vielleicht sogar laut – verfluchte ich den Tag, an dem ich geboren worden war. Während ich lief, hörte ich den Aufzug hinunterfahren. Ich erreichte die Halle, wo zwei Möbelpacker den Ausgang mit einem Sofa verstellt hatten. Jemand im siebzehnten Stock zog aus. Die Halle war vollgepfropft mit Möbeln, mit Glaskrügen voller Blumen, mit Bücherhaufen. Ich bat die Leute, mich hindurchzulassen, aber sie taten, als ob sie mich nicht hörten. Nun, dachte ich, dieser Besuch wird mein Tod sein. Dann fiel mir ein, daß im sechsten Stock ein Setzer wohnte, der für die Zeitung arbeitete, deren Mitarbeiter ich war. Wenn

irgend jemand von der Familie zu Hause war, würde man mir helfen, eine Ambulanz zu rufen und nach dem zweiten Schlüssel im Büro zu telephonieren. Ich fing an, die Treppen in den sechsten Stock hinaufzulaufen. Mein Herz hämmerte, und ich brach in Schweiß aus. Ich läutete an der Tür des Setzers, aber niemand öffnete. Ich wollte schon wieder hinunterlaufen, als die Tür sich bei vorgelegter Kette öffnete. Ich sah ein Auge, und eine weibliche Stimme fragte: »Was wünschen Sie?«
Ich fing an, der Frau zu erklären, was geschehen war. Ich sprach in abgerissenen Sätzen und mit der Erregung eines Menschen, der sich in tödlicher Gefahr befindet. Das eine Auge der Frau durchbohrte mich. »Ich bin nicht hier zu Hause. Die Wohnungsinhaber sind im Ausland. Ich bin eine Cousine.«
»Ich bitte Sie, mir zu helfen. Glauben Sie mir, ich bin kein Dieb oder Räuber. Ihr Vetter setzt alle meine Manuskripte. Vielleicht haben Sie meinen Namen schon einmal gehört?«
Ich erwähnte den Namen der Zeitung, ich nannte selbst einige Titel meiner Bücher, aber sie hatte nie von mir gehört. Nach einigem Zögern sagte sie: »Ich kann Sie nicht hereinlassen. Sie wissen, wie es heutzutage zugeht. Warten Sie hier, ich werde über das Haustelephon im Büro anrufen. Wiederholen Sie bitte Ihren Namen.«
Ich wiederholte meinen Namen, gab ihr auch die Nummer meiner Wohnung, und dankte ihr überschwenglich. Sie schloß die Tür. Ich erwartete, daß sie mir jeden Augenblick mitteilen würde, sie habe das Büro erreicht und Hilfe sei unterwegs, aber sieben Minuten waren bereits vergangen, und die Tür öffnete sich nicht. Da stand ich, angespannt und elend, und bedachte die menschliche Existenz. Der Mensch ist vollkommen abhängig, ein Sklave der Umstände. Das leiseste Mißgeschick – und alles bricht zusammen. Es gibt nur eine Lösung: sich völlig frei zu machen von der Illusion, daß das Leben ein Festtag, ein ewiger Sabbat, sei, und zurückzukehren zu der Gleichgültigkeit der Kausalität, zum Tode, der die Substanz des Weltalls ist.
Weitere fünf Minuten waren vergangen und die Tür hatte sich noch immer nicht geöffnet. Ich sprang die Treppen hinunter, während sich in meinem Gehirn Vorstellungen jagten, wie ich dieses herzlose Weib be-

strafen würde, wäre mir unbeschränkte Macht gegeben. Ich erreichte die Halle, das Sofa war fort. Ich sah Mr. Brown, den Portier, und sprudelte meine Geschichte hervor. Er sah mich erstaunt an. »Niemand hat angerufen. Kommen Sie, ich gebe Ihnen den Schlüssel.«

Der Lieferantenaufzug war frei, und ich fuhr in den elften Stock hinauf, schloß die Tür auf und fand Elizabeth Abigail de Sollar im Wohnzimmer auf dem Sofa liegen, mit feuchtem wirrem Haar, blassem Gesicht und ohne Schuhe. Ich erkannte sie kaum wieder. Sie schien mir viel älter als eine Frau in mittleren Jahren. Sie hatte ein Handtuch unter ihren Kopf gelegt. Sie sah mich mit dem stillen Vorwurf einer kranken Frau an, deren Mann sie allein gelassen hatte und zu seinem Vergnügen irgendwohin gegangen war. Ich schrie sie fast an: »Meine liebe Elizabeth, Sie müssen zu Ihrem Mann nach Hause gehen! Ich bin zu alt für solche Sachen.« Sie dachte über meine Worte nach; dann sagte sie mit matter Stimme: »Wenn Sie mich wegschicken, werde ich gehen, aber nicht zu ihm zurück. Ich bin fertig mit ihm und mit meiner Mutter auch. Von jetzt an stehe ich allein in der Welt.«

»Wohin wollen Sie gehen?«

»In ein Hotel.«

»Ohne Gepäck wird man in kein Hotel hineingelassen. Wenn Sie kein Geld bei sich haben, könnte ich –«

»Ich habe mein Scheckbuch bei mir, aber warum kann ich nicht hier bei Ihnen bleiben? Ich bin nicht ganz gesund, aber es ist nichts Organisches – nur funktionell. *Die* haben mich krank gemacht. Ich kann tippen. Ich kann auch etwas Stenographie. Ach, ich habe vergessen, daß Sie ja jiddisch schreiben. Das kann ich nicht, aber ich würde es mit der Zeit lernen. Meine Mutter sprach mit meiner Großmutter jiddisch, wenn sie nicht wollten, daß ich sie verstehe, dabei habe ich eine ganze Menge Worte aufgelesen. Ich habe einmal ein vegetarisches Kochbuch gekauft, und ich würde vegetarische Mahlzeiten für Sie kochen.«

Ich sah sie schweigend an.

Ja, sie war verwandt mit mir – die Gene unserer Vorfahren führten in gerader Linie bis zu uns beiden. Der Gedanke, daß es Blutschande sein könnte, wenn wir zusammen wären, schoß mir durch den Kopf – eine

dieser unwillkommenen Ideen, die von Gott weiß woher auftauchen und durch ihre lächerliche Belanglosigkeit schockieren.
»Das hört sich an wie das Paradies, aber leider kann es nicht sein«, sagte ich.
»Warum nicht? Wahrscheinlich haben Sie jemand anders. Ja, ich verstehe. Aber gibt es irgendeinen Grund, warum Sie nicht ein Mädchen haben sollten? Ich will alles für Sie sein – Mädchen und auch Köchin. Ihre Wohnung sieht vernachlässigt aus. Wahrscheinlich essen Sie in einer Cafeteria. In meinem eigenen Haus tue ich nichts, weil ich mich nicht dafür interessiere, aber meine Mutter ließ mich einen Haushaltungskurs mitmachen. Ich würde für Sie arbeiten, und Sie brauchten mir nichts dafür zu bezahlen. Meine beiden Eltern sind stinkreich, und ich bin ihre einzige Tochter. Ich bin an Ihrem Geld nicht interessiert...«
Ehe ich noch antworten konnte, hörte ein schrilles Läuten der Türklingel. Gleichzeitig läutete das Telephon. Ich griff schnell nach dem Hörer, sagte dem Anrufer, wer immer er sein mochte, daß jemand an der Tür sei, und lief, sie zu öffnen. Ich sah einen Mann, der kein anderer als Oliver Leslie de Sollar sein konnte – groß, mager, mit langem Gesicht und Hals, eine Krause verblichenen blonden Haares um einen kahlen Schädel –, der einen karierten Anzug trug, einen steifen Kragen und eine schmale Krawatte mit einem noch schmaleren Knoten, der mich an die Warschauer Stutzer erinnerte. Ich nickte und kehrte ans Telephon zurück. Ich war sicher, daß es Elizabeths Mutter sein würde, aber eine rauhe Männerstimme nannte meinen Namen und verlangte die Bestätigung, daß ich der Betreffende sei. Dann sagte der Anrufer langsam und im Ton einer Amtsperson: »Ich bin Howard William Moonlight, und ich vertrete Mrs. Harvey Lemkin, die Mutter von Mrs. Elizabeth de Sollar. Ich bin sicher, Sie wissen, wer...«
Ich unterbrach ihn und rief: »Mr. de Sollar ist hier! Er wird mit Ihnen sprechen!«
Ich stürzte zur Tür, wo mein Besucher noch immer, aufrecht und höflich, stand und darauf wartete, hereingebeten zu werden. Ich rief: »Mr. de Sollar, es sind kaum zwei Stunden vergangen, seit Ihre Frau zu mir kam, und schon ist die Hölle los! Ich habe bereits Drohanrufe von Ihnen, von

Ihrer Schwiegermutter und jetzt von einem Anwalt erhalten. Ihrer Frau ist es gelungen, einen epileptischen Anfall zu bekommen und Gott weiß was sonst noch. Es tut mir leid, das sagen zu müssen, aber Ihre Frau geht mich überhaupt nichts an, ebensowenig wie Ihre Schwiegermutter, deren Anwalt oder die ganze verrückte Geschichte. Tun Sie mir den Gefallen und bringen Sie sie nach Hause. Wenn nicht, werde ich ...«

Die Worte verließen mich für einen Augenblick. Ich wollte gerade sagen, daß ich die Polizei rufen würde, aber die Worte kamen nicht. Ich blickte zum Telephon hinüber und sah zu meinem Erstaunen, daß Elizabeth in den Hörer murmelte, während ihre Augen auf mich und meinen Besucher gerichtet waren. Dieser sagte mit dünner Stimme, die nicht zu seiner Erscheinung paßte: »Ich glaube, es handelt sich um ein Mißverständnis. Ich bin nicht derjenige, der Sie angerufen hat. Ich bin Dr. Jeffrey Lifschitz, ich bin Professor der Literatur an der Universität von Kalifornien und ein großer Bewunderer Ihrer Bücher. Ein Freund von mir wohnt in diesem Haus, und er ist auch einer Ihrer dankbaren Leser, und als ich ihn heute besuchte, kamen wir auf Sie zu sprechen, und er erzählte mir, daß Sie sein Nachbar sind. Ich wollte Sie anrufen, konnte Ihren Namen aber nicht im Telephonbuch finden, und so dachte ich, ich würde einmal bei Ihnen läuten. Verzeihen Sie bitte die Störung.«

»Es war keine Störung. Ich freue mich sehr, daß Sie mein Leser sind, aber in meiner Wohnung hat es einige Unruhe gegeben. Bleiben Sie längere Zeit hier?«

»Ich werde die ganze Woche hier sein.«

»Würde es Ihnen passen, mich morgen zu besuchen?«

»Ja, gern.«

»Sagen wir morgen vormittag um elf?«

»Es wird mir ein Vergnügen und eine Ehre sein. Nochmals, verzeihen Sie, daß ich Sie so überfallen habe ...«

Ich versicherte Professor Lifschitz, daß es mich sehr freuen würde, ihn zu sehen, und er ging.

Elizabeth hatte den Hörer aufgelegt. Sie blieb bei dem Apparat stehen, als wartete sie, daß ich zu ihr käme. Ich blieb ein paar Schritte entfernt stehen und sagte: »Es tut mir leid. Sie sind eine großartige Frau, ich verstehe Ihre Lage, aber ich kann mich nicht in Kämpfe mit Ihrem Mann, Ihrer Mutter und nun auch noch mit einem Anwalt einlassen. Was wollte er? Warum hat er angerufen?«

»Ach, die sind alle verrückt. Aber ich habe gehört, was Sie dem Besucher, den Sie für meinen Mann hielten, erzählt haben, und ich schwöre Ihnen, ich werde Sie nicht mehr belästigen. Was heute geschehen ist, hat mir bewiesen, daß es nur einen Weg gibt, mich selbst zu befreien. Ich möchte Sie aber darauf aufmerksam machen, daß Ihre Diagnose falsch war. Ich bin keine Epileptikerin.«

»Was ist es dann?«

»Die Ärzte wissen es auch nicht. Eine Art Überempfindlichkeit, die ich von Gott weiß woher geerbt habe, vielleicht von unserem gemeinsamen Vorfahren. Wie hieß sein Buch?«

»›Der Enthüller des Verborgenen‹.«

»Was hat er denn an Verborgenem enthüllt?«

»Daß keine Form der Liebe verlorengeht«, sagte ich, obwohl ich niemals auch nur ein Wort von diesem Vorfahren gelesen hatte.

»Sagt er, wo alle Liebe, alle Träume, alle Wünsche enden?«

»Sie sind irgendwo.«

»Wo? Im Verborgenen?«

»In einem himmlischen Archiv.«

»Selbst der Himmel wäre nicht groß genug für ein solches Archiv. Ich muß gehen. Ach, es läutet schon wieder. Bitte, nehmen Sie nicht ab! Bitte nicht!«

Ich nahm den Hörer ab, aber es meldete sich niemand. Ich legte auf, und Elizabeth sagte: »Das war Leslie! Das ist einer seiner Tricks. Was hat denn der Enthüller des Verborgenen über den Wahnsinn gesagt? Ich muß gehen! Wenn ich nicht den Verstand verliere, werden Sie von mir hören. Vielleicht heute, vom Hotel aus.«

Elizabeth de Sollar hat mich nie wieder besucht, mir nie wieder geschrieben. Sie ließ ihren verzierten Schirm zurück, den sie nie abholte, und auch das Buch ihres Großvaters, ›Der Aufschrei Mordechais‹, das angeblich das einzige Exemplar und ihr so kostbar war. Es ist mir ein Geheimnis geblieben. Aber ein anderes, mit ihrem Besuch verknüpftes Geheimnis wurde bald gelüftet. Ich traf meinen Hausgenossen, den Setzer, und erzählte ihm von seiner Cousine, die mir versprochen hatte, im Büro anzurufen, und die sich nie wieder gezeigt hatte. Er lächelte, schüttelte den Kopf und sagte: »Sie haben an der falschen Tür geklopft. Ich wohne im fünften, nicht im sechsten Stock.«

Sabbat in Portugal

Als eine der Lektorinnen meines amerikanischen Verlages hörte, daß ich auf meiner Reise nach Frankreich in Lissabon Station machen würde, sagte sie zu mir: »Ich gebe Ihnen die Telephonnummer von Miguel de Albeira. Wenn Sie irgend etwas brauchen, wird er Ihnen mit Vergnügen behilflich sein.« Er sollte etwas mit einem Verlag oder einem Druckereiunternehmen zu tun haben. Aber es kam mir nicht in den Sinn, daß ich Hilfe brauchen könnte. Ich hatte alles, was für eine Reise notwendig war: Paß, Reiseschecks, eine Hotelbuchung. Trotzdem schrieb die Lektorin den Namen und die Telephonnummer in mein Adressenbuch, das schon mit Namen vollgestopft war, von denen ich einige nicht mehr identifizieren konnte.

An einem Dienstag abend Anfang Juni legte mein Schiff in Lissabon an, und ich fuhr mit einem Taxi ins Hotel Apollo. Die Halle war voll mit Landsleuten aus New York und Brooklyn. Ihre Frauen, mit gefärbtem Haar und stark geschminkten Gesichtern, rauchten Zigaretten, spielten Karten, lachten und schwatzten, alles zu gleicher Zeit. Ihre Töchter in Miniröcken bildeten ihre eigene Gruppe. Die Männer versenkten sich in die Wirtschaftsseiten der ›International Herald Tribune‹. Ja, dies hier sind meine Leute, sagte ich mir. Wenn der Messias kommen wird, so muß er zu ihnen kommen, denn andere gibt es nicht.

Ein kleiner Aufzug brachte mich in mein Zimmer im obersten Stock. Es war groß, sparsam möbliert, schwach erleuchtet, mit einem Steinfußboden und einem altertümlichen Bett, das ein hohes, reich geschnitztes Kopfende hatte. Ich öffnete das Fenster und blickte auf Ziegeldächer und einen roten Mond. Wie seltsam – ich hörte einen Hahn krähen. Ich hatte weiß Gott wie lange keinen Hahnenschrei mehr gehört. Sein Kikeriki erinnerte mich daran, daß ich wieder in Europa war, wo das Alte und das Neue nebeneinander bestehen. Ich wurde an dem offenen Fenster von einem Lufthauch erfrischt, dessen Aroma ich in meinen amerikanischen Jahren vergessen hatte. Es roch nach der Frische der Felder, nach Warschau, Bilgoraj und etwas Undefinierbarem. Die Stille schien einen nachhallenden Ton auszustoßen, aber es war schwer festzustellen, ob er von draußen kam oder in meinem eigenen Ohr erklang. Ich bildete mir ein, das Quaken von Fröschen und das Zirpen von Grillen zu hören. Ich wollte lesen, aber dazu war es nicht hell genug. Ich nahm ein Bad, in einer Wanne, die lang und tief war. Ich trocknete mich mit einem Badetuch, groß wie ein Laken. Obwohl das Schild über dem Hoteleingang behauptete, dies sei ein Erste-Klasse-Hotel, versah es seine Gäste nicht mit Seife. Ich knipste das Licht aus und legte mich aufs Bett. Das Kissen war hoch und zu fest gestopft. Hoch über dem geöffneten Fenster standen die gleichen Sterne, die ich vor fünfunddreißig Jahren, als ich in New York ankam, hinter mir gelassen hatte. Ich dachte an die zahllosen Gäste, die vor mir in diesem alten Hotel gewohnt, an die Männer und Frauen, die in diesem breiten Bett geschlafen hatten; viele von ihnen waren sicher schon gestorben. Wer weiß, vielleicht nisteten ihre Seelen oder Reste ihres Wesens noch in diesem Raum. Im Badezimmer gurgelte es in den Rohren. Der riesige Kleiderschrank knackte. Ein einzelner Moskito surrte herum und hörte nicht auf, ehe er ein Tröpfchen meines Blutes gesogen hatte. Ich lag wach und erwartete die Erscheinung einer toten Geliebten.

Gegen zwei Uhr schlief ich ein und wurde am Morgen vom Krähen des gleichen Hahnes – ich erinnerte mich an die Klangfarbe – und vom Lärm eines Straßenmarktes geweckt. Wahrscheinlich verkaufte man dort Gemüse, Hühner und Früchte. Ich kannte die Rufe wieder: So hatte man in Janaschs Basar und in den Markthallen am Mirowski-Platz gefeilscht und gestritten. Ich glaubte, Pferdemist zu riechen, neue Kartoffeln und unreife Äpfel.

Ich hätte eigentlich bis Sonntag in dem Hotel bleiben sollen, aber jetzt erfuhr ich, daß mein Reisebüro das Zimmer nur für zwei Nächte reserviert hatte. Der Empfangschef teilte mir mit, daß ich mein Zimmer am Freitag räumen müßte. Ich bat ihn, mir ein anderes Hotelzimmer zu besorgen, aber er behauptete, daß seines Wissens alle Hotels in Lissabon besetzt seien. Er hatte schon vergeblich versucht, für andere Gäste Zimmer

zu finden. Die Halle war mit Gepäckstücken übersät und schwirrte von Amerikanern, Italienern und Deutschen, und jede Gruppe lärmte in ihrer Sprache. Im Restaurant konnte ich keinen Tisch bekommen. Niemand schien mich oder meine Reiseschecks zu brauchen. Die Angestellten sahen mich mit kühler Gleichgültigkeit an; wäre es nach ihnen gegangen, hätte ich auf der Straße schlafen können.
Jetzt erinnerte ich mich daran, daß meine Lektorin einen Namen in mein Adressenbuch geschrieben hatte. Ich suchte vielleicht eine halbe Stunde danach und konnte ihn nicht finden. War er von der Seite weggezaubert worden oder hatte sie ihn doch nicht aufgeschrieben? Dann entdeckte ich den Namen am Rande der ersten Seite. Ich ging mein Zimmer hinauf, hob den Hörer ab und wartete lange, ehe sich die Vermittlung meldete. Ich bekam eine Verbindung, aber es war eine falsche Nummer. Jemand beschimpfte mich auf portugiesisch, und ich entschuldigte mich auf englisch. Nach mehreren falschen Verbindungen bekam ich endlich die richtige Nummer. Eine Frau gab sich große Mühe, mir etwas auf portugiesisch zu erklären, dann gab sie mir in gebrochenem Englisch eine Telephonnummer, unter der ich Senhor Miguel de Albeira vielleicht erreichen könnte. Wieder wurde ich falsch verbunden. In mir stieg Wut auf gegen ein Europa, das sich weder an das Alte hielt, noch das Neue begriff. Mein amerikanischer Patriotismus wurde geweckt, und ich schwor, jeden Penny, den ich verdienen würde, in den Vereinigten Staaten von Amerika auszugeben. Vorerst mußte ich mich aber mit Miguel de Albeira in Verbindung setzen. Ich betete zu Gott um Erfolg; wie immer, wenn ich in Schwierigkeiten war, gelobte ich, meinen bevorzugten wohltätigen Einrichtungen Geld zukommen zu lassen.
Ich bekam die Nummer. Senhor de Albeira sprach ein Englisch, das ich kaum verstehen konnte. Er sagte mir, meine Lektorin hätte ihm geschrieben, und versprach, sofort zu mir zu kommen. Dankbarkeit überwältigte mich, der Vorsehung gegenüber, der Lektorin gegenüber und dem Portugiesen Miguel de Albeira gegenüber, der mitten am Tag seine Geschäfte beiseite ließ, um mich aufzusuchen, nur weil er einen Empfehlungsbrief erhalten hatte. So etwas war nur in Europa möglich. Kein Amerikaner, ich inbegriffen, würde so etwas tun.

Ich brauchte nicht lange zu warten. Es klopfte an der Tür. Der Mann, der eintrat, schien Anfang Vierzig zu sein, war feingliedrig, mager, dunkel, mit einer hohen Stirn und eingefallenen Backen. Zuerst nahm ich nichts Charakteristisches an ihm wahr. Er hätte ein Spanier, ein Italiener, ein Franzose oder ein Grieche sein können. Er hatte schiefe Zähne, die zahnärztlicher Behandlung bedurften. Er trug einen grauen Alltagsanzug und einen Schlips, wie man ihn in den Schaufenstern von Dutzenden von Städten finden kann. Auf europäische Weise gab er mir die Hand mit kaum spürbarem Druck. Als er von meinem Hotelzimmer hörte, sagte er: »Beunruhigen Sie sich nicht. Es gibt genügend freie Hotelzimmer in Lissabon. Und wenn es wirklich schlimmer sein sollte, als ich denke, dann kommen Sie zu mir in mein Haus. Jetzt wollen wir zusammen zum Lunch gehen.«

»Darf ich Sie einladen?«

»Sie wollen mich einladen? In Lissabon bin ich der Gastgeber. Sie dürfen mich in New York einladen.«

Vor dem Hotel stiegen wir in eines der kleinen und schäbigen Autos, in denen die meisten Europäer sich befördern. Auf dem Rücksitz, zwischen Pappschachteln und verblichenen Zeitungen, stand eine Büchse mit Farbe. Ich setzte mich neben meinen Gastgeber, und Senhor Miguel de Albeira bewies seine Geschicklichkeit, als er den kleinen Wagen durch den undisziplinierten Verkehr, der noch durch das Fehlen von Verkehrsampeln erschwert wurde, manövrierte, durch die engen und hügeligen Gassen, zwischen Häusern, die aus der Zeit vor dem großen Erdbeben von 1755 stammen mochten. Andere Wagen weigerten sich, uns durchzulassen. Fußgänger zeigten keine Eile, uns aus dem Weg zu gehen. Hier und dort schlief ein Hund oder eine Katze auf der Straße. Senhor de Albeira hupte kaum, ließ keinen Ärger spüren.

Während des Fahrens fragte er mich nach meiner Reise und meinen Plänen, wann und warum ich Vegetarier geworden sei, und ob ich Eier und Milch äße.

Er machte mich auf Monumente aufmerksam, auf alte Häuser und auf Kirchen im Alfama Quartier. Wir fuhren in eine Gasse, die kaum breit genug für einen Wagen war. Vernachlässigt aussehende Frauen und alte

Männer saßen vor offenen Türen; verwahrloste Kinder spielten in der Gosse. Tauben pickten an einer verschmutzten Brotrinde.
Senhor de Albeira fuhr in einen Hof. Ich folgte ihm in ein Lokal, das drittklassig aussah, aber wir gingen weiter und betraten einen großen Eßsaal mit Oberlicht und geschmackvoll gedeckten Tischen. Auf Wandbrettern standen strohumflochtene Weinflaschen in grotesken Formen. Senhor de Albeira zeigte eine solche Besorgnis für meine Diät, daß es mir fast übertrieben vorkam. Mochte ich Käse, Pilze, Blumenkohl und Tomaten, und welche Art von Salat, und welchen Wein, weiß oder rot? Ich versuchte, ihn davon abzubringen, von mir und meiner Ernährung soviel Aufhebens zu machen. In New York sitze ich auf einem Barhocker und nehme meinen Lunch in zehn Minuten zu mir. Aber Senhor de Albeira bestand darauf. Er hatte ein Festmahl bestellt, und als ich versuchte, die Rechnung zu bezahlen, war schon alles von ihm erledigt worden.
Am Freitag vormittag um elf kam Senhor de Albeira in seinem kleinen Wagen zu meinem Hotel, half mir, mein Gepäck einzuladen, und brachte mich in ein kleineres Hotel, dessen Fenster auf einen Park gingen. Mein Zimmer hatte einen Balkon und kostete halb soviel, wie ich im Apollo bezahlt hatte. Die halbe Nacht lag ich wach und versuchte herauszubekommen, warum ein Unbekannter in Lissabon sich einem jiddischen Schriftsteller aus New York gegenüber so freundlich erwies.
Nein, Senhor de Albeira konnte von meinem Besuch in Lissabon keinen Vorteil erwarten. Zwar stand er in Geschäftsverbindung mit meinem Verlag, aber meine Bücher würden in portugiesischer Sprache in Rio de Janeiro erscheinen und nicht in Lissabon. Meine Lektorin hatte ihn zufällig getroffen, nicht beruflich. Aus Fragen, die ich ihm gestellt hatte, und aus dem, was ich von seinen Antworten verstehen konnte, schloß ich, daß er keineswegs wohlhabend war. Er hatte zwei Berufe, da der des Verlegers ihm nicht genug für seinen Lebensunterhalt einbrachte. Er wohnte in einem alten Haus, hatte drei Kinder, und seine Frau unterrichtete an einer Oberschule. Er hatte eines meiner Bücher auf englisch gelesen, aber das konnte nicht der Grund für seine Großzügigkeit sein. Er hatte erwähnt, daß er oft mit Autoren zu tun habe, und schien keine besondere Hochachtung für sie zu empfinden.

Am Samstag hatte ich mir vorgenommen, eine Stadtrundfahrt mit einem Touristenbus zu machen. Aber Senhor de Albeira bestand darauf, mir selbst die Stadt zu zeigen. Er kam morgens in mein Hotel und fuhr stundenlang mit mir herum. Er zeigte mir zerfallene Schlösser, alte Kirchen, Parks mit uralten Bäumen. Er zählte die Namen exotischer Blumen und Vögel auf. Er bewies Belesenheit in der Geschichte Portugals und Spaniens. Von Zeit zu Zeit stellte er mir Fragen: Was ist der Unterschied zwischen Jiddisch und Hebräisch? Warum hatte ich mich nicht in Israel niedergelassen? Mein Judentum schien ihn besonders zu interessieren. Gehörte ich einer Synagoge an? Hatte mein Vegetariertum etwas mit der Religion zu tun? Es war nicht leicht, dem Senhor de Albeira mein Judentum zu erklären. Kaum hatte ich eine Frage beantwortet, so stellte er eine andere. Die Unterhaltung mit ihm war schwierig, denn ich konnte sein Englisch kaum verstehen, trotz seines großen Wortschatzes. Er hatte mir schon im voraus gesagt, daß ich das Abendessen bei ihm einnehmen müßte und dabei seine Familie kennenlernen würde. Als ich unterwegs halten wollte, um ein Geschenk für seine Familie zu besorgen, machte Senhor de Albeira Schwierigkeiten. In Sintra gelang es mir dann, trotz seines Protestes, zwei Bronzehähne zu kaufen, und mit diesen Geschenken landeten wir um sieben Uhr an seinem Haus.
Wir stiegen steile gewundene Treppen hinauf in einem Haus, das einmal ein Palast gewesen sein mochte, aber jetzt verfiel. Eine schwere geschnitzte Tür öffnete sich und gab den Blick auf eine olivenhäutige Frau frei, die in Schwarz gekleidet war und das Haar in einem Knoten aufgesteckt trug. Sie mußte in ihrer Jugend eine Schönheit gewesen sein, aber davon waren nur noch Spuren zu sehen. Ihre Hände waren verarbeitet, sie war nicht zurechtgemacht, und sie roch nach Knoblauch und Zwiebeln. Ihr Kleid ging bis weit unter die Knie, hatte lange Ärmel und war hochgeschlossen. Als ich ihr das Geschenk überreichte, errötete sie, wie Frauen erröteten, als ich noch ein Kind war. Ihre schwarzen Augen drückten Verlegenheit und Bescheidenheit aus, Empfindungen, von denen ich nicht wußte, daß es sie noch gab. Sie ähnelte meiner ersten Liebe, Esther, die ich nie zu küssen gewagt hatte und die von den Nazis im Jahre 1943 erschossen worden war.

Senhor de Albeira stellte mich den anderen Familienmitgliedern vor, einem Mädchen von achtzehn, einem um ein Jahr jüngeren Sohn und einem anderen von dreizehn Jahren, alle hatten olivenfarbene Haut und dunkle Augen. Nach einer Weile kam ein blondes Mädchen in das Wohnzimmer. Senhor de Albeira sagte mir, daß sie keine Tochter sei. Seine Frau nahm jedes Jahr ein armes Mädchen vom Lande ins Haus, das nach Lissabon zum Studium gekommen war, wie man in meiner Jugend die jungen Burschen aufgenommen hatte, die zum Jeschiwastudium in die Stadt gekommen waren. Gott im Himmel, hier war die Zeit wirklich stehengeblieben. Die jungen Leute verhielten sich unglaublich still und erwiesen den Erwachsenen die Art von Respekt, die mir in meiner Jugend noch beigebracht worden war. Senhor de Albeira schien absoluter Herrscher in diesem Haushalt zu sein. Auf den leisesten Wunsch hin sprangen die Kinder auf. Die Tochter brachte mir eine Kupferschale, damit ich mir die Hände waschen konnte.

Die Albeiras hatten ein vegetarisches Essen für mich vorbereitet. Offenbar glaubten sie, daß mein Vegetariertum etwas mit den Speisegesetzen meiner Religion zu tun habe. Auf dem Tisch sah ich ein geflochtenes

Weißbrot, eine Karaffe mit Wein und einen Kelch, wie ihn mein Vater beim Segensspruch verwendet hatte. Der Sabbat, den ich viele Jahre nicht gehalten hatte, hatte mich hier in Lissabon in einem nichtjüdischen Hause eingeholt.

Während des Essens sprachen die Kinder nicht. Sie saßen gerade aufgerichtet und schweigsam da, und obwohl sie kein Englisch verstanden, hörten sie uns ehrfürchtig zu. Ich mußte an die Mahnung meiner Mutter denken: Wenn Erwachsene sprechen, sollen die Kinder schweigen. Die Mädchen halfen Senhora de Albeira beim Servieren. Miguel de Albeira fuhr fort, mich über mein Judentum auszufragen. Worin unterscheiden sich Aschkenasim von Sephardim? Stoßen jüdische Gemeinden ein Mitglied aus, wenn es nach Deutschland zurückkehrt? Gibt es israelische Christen? Ich hatte das Gefühl, Senhor de Albeira versuche, das Unrecht der Inquisition, die Sünden Torquemadas und der Fanatiker Portugals an mir wiedergutzumachen. Er übersetzte meine Antworten für seine Frau ins Portugiesische. Ich begann, mich unbehaglich zu fühlen, als ob ich diese guten Leute ausbeutete oder betrog, indem ich mich als frommen Juden ausgab. Plötzlich schlug Senhor de Albeira mit der Faust auf den Tisch und verkündete feierlich: »Ich bin Jude.«

»Oh!«

»Bitte, warten Sie einen Augenblick.«

Er stand auf und verließ das Zimmer. Nach einiger Zeit kehrte er mit einem antiken Schränkchen aus dunklem Holz zurück, dessen Türen mit Schnitzereien verziert waren. Er öffnete sie und nahm ein Buch mit hölzernen Deckeln heraus, das er vor mich hinlegte. Es war ein in Raschi-Schrift geschriebenes hebräisches Manuskript. Er sagte: »Einer meiner Vorfahren hat dies geschrieben. Vor sechshundert Jahren.«

Es wurde noch stiller in der Runde als zuvor. Ich begann sorgfältig die Seiten umzublättern, und obwohl sie verblichen waren, konnte ich den Text noch entziffern. Nach einer Weile brachte mir Senhor de Albeira ein Vergrößerungsglas. Es handelte sich um ein Responsorium. Ich las von einer verlassenen Frau, deren Mann mit zerfressener Nase in einem Fluß gefunden worden war, und von einem Mann, der vorhatte, eine Magd durch die gesetzlich vorgesehene Übergabe einer kleinen Münze, unter Aussprechen des vorgeschriebenen Satzes: ›Du sollst mir angetraut sein nach dem Gesetz von Moses und Israel‹, zu ehelichen, aber ehe er noch den Satz aussprechen konnte, hatte sie das Geldstück trotzig weggeworfen. Jedes Wort, jeder Satz in diesem alten Pergament war mir mit all seinen Bedeutungen vertraut. Die gleichen Gesetze hatte ich in anderen Bänden gelesen. Hier und da bemerkte ich sogar einen Irrtum des unkannten Schreibers.

Die Familie beobachtete mich und wartete auf mein Urteil, als hätte ich Hieroglyphen oder Tontafeln entziffert. Senhor de Albeira fragte: »Verstehen Sie dies?«

»Ich glaube, ich verstehe nichts sonst.«

»Es wurde von einem meiner Vorfahren geschrieben. Was steht darin?«

Ich versuchte, es ihm zu erklären. Er hörte zu, nickte, erklärte seiner Familie meine Worte. Noch immer, nach Jahrhunderten, führte Senhor de Albeira die Überlieferung der Marranen fort, jener spanischen und portugiesischen Juden, die unter Zwang das Christentum angenommen hatten, während sie heimlich weiterhin dem jüdischen Glauben anhingen. Er hatte eine persönliche Beziehung zum jüdischen Gott. Jetzt hatte er einen Juden in sein Haus geladen, der noch die heilige Sprache kannte und die Schriften seiner Vorfahren lesen konnte. Er hatte für ihn ein Sabbatmahl bereitet. Ich wußte, daß es in früheren Zeiten sehr gefährlich gewesen war, ein solches Buch im Hause zu haben; eine einzige Zeile Hebräisch, die man in seinem Hause gefunden, hätte einen Mann auf den Scheiterhaufen gebracht. Trotzdem war dieses Symbol der Vergangenheit über Jahrhunderte bewahrt worden.

»Wir sind keine reinen Juden. Wir kommen von Generationen von Katholiken her. Aber der jüdische Funke bleibt in uns. Als ich heiratete, erzählte ich meiner Frau von meiner Herkunft, und als die Kinder heranwuchsen, habe ich ihnen die Genealogie erklärt. Meine Tochter möchte gern nach Israel reisen. Ich selbst würde mich gern dort niederlassen, aber was könnte ich dort arbeiten? Ich bin zu alt, um in einen – wie heißt das? – Kibbuz zu gehen. Aber meine Tochter könnte einen Juden heiraten.«

»Die Juden in Israel sind nicht alle religiös.«

»Warum nicht? Ja, ich verstehe.«

»Der moderne Mensch ist skeptisch.«

»Natürlich. Aber ich würde dieses Buch für nichts in der Welt hergeben. Wie kommt es, daß so viele Völker verschwunden sind und Juden überlebt haben, die in ihr Land zurückkehren? Beweist es nicht, daß die Bibel recht hat?«

»Für mich, ja.«

»Der Sechstagekrieg war ein Wunder, ein reines Wunder. Mein Verlag hat ein Buch darüber herausgebracht, und es wurde gut verkauft. Es gibt ein paar Juden in Lissabon, Flüchtlinge vor Hitler und anderen. Aus Israel war ein Delegierter hier.«

Eine alte Uhr mit riesigem Pendel schlug neun. Die Mädchen standen auf und räumten leise den Tisch ab. Einer der Söhne gab mir die Hand und ging dann. Senhor de Albeira legte das alte Buch wieder in das Schränkchen. Es wurde dunkel, aber sie hatten das elektrische Licht nicht angemacht. Es wurde mir klar, daß sie es meinetwegen nicht getan hatten. Mann und Frau hatten wahrscheinlich irgendwo gelesen, daß am Sabbat kein Licht gemacht werden durfte, ehe nicht drei Sterne am Himmel standen. Das Zimmer füllte sich mit Schatten. Die Sehnsucht alter Sabbatdämmerungen überwältigte mich, und ich wurde an das Gebet meiner Mutter erinnert: ›Gott Abrahams‹.

Lange blieben wir schweigend sitzen. Im halben Licht wurde die Frau jünger und Esther noch ähnlicher. Ihre schwarzen Augen starrten in die meinen, fragend und in Verwirrung, als ob auch sie in mir jemanden aus der Vergangenheit erkannt hätte. Mein Gott, es war Esther, die gleiche Gestalt, Stirn, Nase, der gleiche Hals, das gleiche Haar. Ein Zittern überfiel mich. Meine alte Liebe war wiedererwacht. Esther war zurückgekehrt!

Erst jetzt wurde mir klar, warum ich mich entschlossen hatte, in Portugal Station zu machen, und warum Senhor de Albeira mich mit solcher Wärme empfangen hatte. Esther hatte ein Rendezvous mit mir durch dieses Ehepaar ermöglicht.

In scheuer Ehrfurcht saß ich da, mit der Demut jener, die von der Vorsehung mit besonderer Gunst bedacht worden sind. Ich konnte mich kaum zurückhalten, zu ihr zu laufen, ihr zu Füßen zu fallen, sie mit Küssen zu bedecken. Es fiel mir ein, daß ich den Klang ihrer Stimme fast nicht gehört hatte. In diesem Augenblick sprach sie, und es war Esthers Stimme. Sie stellte mir eine Frage auf portugiesisch, aber es klang wie Esthers Jiddisch. Ich glaubte ihre Worte zu verstehen, noch ehe sie für mich übersetzt worden waren.

»Glauben Sie an die Auferstehung der Toten?«

Ich hörte mich antworten: »Sie sind nie gestorben.«

Sehnsüchte

In jenen Tagen gelang es mir oft, in den Kleinanzeigen meiner jiddischen Zeitung besonders günstige Gelegenheitskäufe zu finden. Ich brauchte sie auch dringend, denn ich verdiente nicht einmal zwölf Dollar in der Woche – mein Honorar für eine wöchentliche Spalte von ›Tatsachen‹, die ich mir aus Zeitschriften zusammensuchte. Zum Beispiel: eine Schildkröte kann fünfhundert Jahre alt werden; ein Harvard-Professor hat ein Wörterbuch der Schimpansensprache veröffentlicht; Kolumbus hat nicht versucht, den Seeweg nach Indien zu finden, sondern die Zehn Verlorenen Stämme Israels.

Es war im Sommer des Jahres 1938. Ich lebte in einem möblierten Zimmer im vierten Stock eines Hauses ohne Lift. In der betreffenden Anzeige hieß es: ›Zimmer und Verpflegung auf einer Farm zehn Dollar in der Woche.‹ Da ich mich mit meiner Freundin Dosia ›endgültig‹ entzweit hatte, gab es keinen Grund, den Sommer über in New York zu bleiben. Ich packte einen großen Koffer mit meinen paar Habseligkeiten, mit vielen Bleistiften wie auch den Büchern und Zeitschriften, aus denen ich meine Informationen sammelte, und nahm den Bus nach den Catskill Mountains bis Mountaindale. Von dort aus sollte ich den Farmer anrufen. Mein Koffer ließ sich nicht schließen, und ich hatte ihn mit vielen Schnürsenkeln, die ich blinden Bettlern abgekauft hatte, zugebunden. Ich nahm den 8-Uhr-Bus, der nachmittags um drei in dem Dorf ankam. Dort versuchte ich im Schreibwarengeschäft zu telephonieren, bekam aber keinen Anschluß und verlor drei Münzen. Das erstemal war es eine falsche Nummer; das zweitemal begann es im Telephon zu pfeifen und hörte minutenlang nicht auf. Beim drittenmal hatte ich vielleicht die richtige Nummer, aber es meldete sich niemand. Die Münzen kamen nicht wieder zum Vorschein. Ich entschloß mich, ein Taxi zu nehmen.

Als ich dem Fahrer die Adresse zeigte, zog er die Augenbrauen hoch und schüttelte den Kopf. Nach einer Weile sagte er: »Ich glaube, ich weiß, wo es ist.« Und sofort fuhr er mit wilder Geschwindigkeit los, über einen Weg voller Löcher und Rillen. Nach der Anzeige lag die Farm etwa acht Kilometer vom Dorf entfernt, aber er fuhr schon eine halbe Stunde, und mir war klar, daß er sich verfahren hatte. Es gab keinen Menschen, den man hätte fragen können. Nie hätte ich gedacht, daß es im Staate New York so ausgedehnte unbewohnte Gegenden gab. Da und dort kamen wir an einem niedergebrannten Haus vorbei, einer Scheune, die schon seit Jahren nicht mehr in Benutzung gewesen war. Aus dem Nichts tauchte ein Hotel auf, dessen Fenster mit Brettern zugenagelt waren, und verschwand wieder wie ein Phantom. Gras und Brombeeren wucherten wild.

Krähenschwärme flogen krächzend umher. Der Taxameter tickte laut und mit fieberhafter Eile. Alle paar Sekunden fühlte ich nach meiner Hosentasche, in der mein Geld steckte. Ich hätte dem Fahrer gern gesagt, daß ich es mir nicht leisten könne, ziellos über Heideland und durch Wüsten zu fahren, aber ich wußte, er würde mich beschimpfen. Vielleicht würde er mich sogar mitten in dieser Wüstenei aussetzen. Er brummelte die ganze Zeit vor sich hin, und alle paar Minuten hörte ich ihn sagen: »Verdammter Trottel.«

Als das Taxi, nach langem Drehen und Wenden, schließlich an der richtigen Adresse hielt, wußte ich, daß ich einen großen Fehler begangen hatte. Von einer Farm war nichts zu sehen, nur ein altes verkommenes Holzhaus. Ich bezahlte vier Dollar und siebzig Cents für die Fahrt und gab ihm dreißig Cents Trinkgeld. Der Fahrer warf einen vernichtenden Blick auf mich. Ich hatte kaum Zeit, meinen Koffer herauszunehmen, schon fuhr er an und schoß mit selbstmörderischer Geschwindigkeit davon. Niemand kam zur Begrüßung heraus. Ich hörte eine Kuh brüllen. Gewöhnlich brüllt eine Kuh ein paarmal und wird dann wieder still, aber diese Kuh brüllte unaufhörlich, wie ein gequältes Geschöpf, das in eine

Falle geraten ist. Ich öffnete eine Tür, die in einen Raum mit einem eisernen Ofen, einem ungemachten Bett mit schmutziger Wäsche und einem zerrissenen Sofa führte. Gegen eine abblätternde Wand lehnten Säcke mit Heu und Futter. Auf dem Tisch lagen ein paar bräunliche Eier, an denen noch der Hühnerdreck klebte. Aus einem anderen Raum kam ein dunkelhäutiges Mädchen, das eine lange Nase hatte, einen üppigen Mund und dunkle Augen unter buschigen Brauen. Auf ihrer Oberlippe wuchs ein dunkler Flaum. Ihr Haar war kurz geschnitten. Hätte sie nicht einen schäbigen Rock angehabt, hätte ich sie für einen Mann gehalten.

»Was wollen Sie?« fragte sie mich mit rauher Stimme. Ich reichte ihr die Anzeige hin. Sie blckte nur kurz darauf und sagte: »Mein Vater ist verrückt. Wir geben weder Zimmer noch Verpflegung, und zu diesem Preis schon gar nicht.«

»Was soll es denn kosten?«

»Wir wollen keine Pensionäre. Wir haben auch niemanden, der für sie kochen könnte.«

»Warum brüllt die Kuh denn die ganze Zeit?«

Das Mädchen maß mich von Kopf bis Fuß: »Das geht Sie überhaupt nichts an.«

Eine Frau betrat das Zimmer, die fünfundfünfzig, sechzig oder auch fünfundsechzig Jahre alt sein konnte. Sie war klein, korpulent, eine Schulter war höher als die andere, und ihr Busen reichte bis auf den Bauch. Sie trug zerlumpte Männerpantoffeln, ihr Kopf war mit einem Tuch umhüllt. Unter ihrem zipfligen Rock sah ich krampfadrige Beine. Obwohl es ein heißer Sommertag war, trug sie einen zerrissenen Sweater. Ihre schrägen Augen erinnerten mich an Tatarenaugen. Sie blickte mich mit schelmischer Befriedigung an, als sei mein Kommen das Ergebnis eines gelungenen Streichs.

»Sie kommen auf die Zeitung hin, was?«

»Ja.«

»Sagen Sie meinem Mann, er soll sich selbst zum Narren halten, aber nicht andere. Wir brauchen sie sowenig wie ein Loch im Kopf.«

»Hab' ich ihm auch schon gesagt«, fügte das Mädchen hinzu.

»Es tut mir leid, aber ich bin mit einem Taxi gekommen, das ins Dorf zu-

rückgefahren ist. Vielleicht könnte ich wenigstens eine Nacht hierbleiben?«
»Was, eine Nacht? Wir haben weder ein Bett noch Wäsche für Sie. Nichts«, sagte die Frau. »Wenn Sie wollen, werde ich Ihnen ein anderes Taxi bestellen. Mein Mann ist nicht ganz bei Verstand und macht das alles aus Bosheit. Er hat uns hierher verschleppt. Er wollte ein Farmer werden. Es gibt hier herum kilometerweit kein Hotel und keine Läden, und ich bin nicht kräftig genug, für Sie zu kochen. Wir selber essen nur Konserven.«
Die Kuh hörte nicht auf zu brüllen, und obwohl mir das Mädchen gerade erst eine ungezogene Antwort gegeben hatte, konnte ich mich doch nicht zurückhalten und fragte: »Was ist mit der Kuh los?«
Die Frau blinzelte dem Mädchen zu. »Sie braucht einen Bullen.«
In diesem Augenblick kam der Farmer herein, ebenso klein und grobknochig wie seine Frau, in einem geflickten Overall, einer Jacke, die mich an Polen erinnerte, und mit einer Mütze, die er ins Genick geschoben hatte. Auf seinen sonnverbrannten Backen sprossen weiße Stoppeln. Seine Nase war geädert. Er hatte ein schlaffes Doppelkinn. Mit ihm kamen die Gerüche von Kuhmist, frischer Milch aus dem Euter und frisch umgegrabener Erde herein. In einer Hand wielt er einen Spaten, in der anderen einen Stock. Seine Augen unter buschigen Brauen waren gelblich. Als er mich sah, fragte er: »Sie kommen durch die Zeitung, was?«
»Ja.«
»Warum haben Sie nicht angerufen? Ich hätte Sie mit Pferd und Wagen abgeholt.«
»Sam, halt den jungen Mann nicht zum Narren«, unterbrach ihn seine Frau. »Wir haben keine Wäsche für ihn, niemanden, der kocht, und was sind schon zehn Dollar die Woche? Es würde uns mehr kosten.«
»Überlaß das mir«, antwortete der Farmer. »Ich habe die Anzeige aufgegeben, nicht du, und ich bin dafür verantwortlich. Junger Mann« – er erhob seine Stimme –, »ich bin hier der Boß, nicht die. Dies ist mein Haus, mein Boden, alles, was Sie hier sehen, gehört mir. Sie hätten erst eine Karte schreiben sollen oder anrufen, aber da Sie nun einmal hier sind, sind Sie ein willkommener Gast.«
»Ich bedaure, aber Ihre Frau und Ihre Tochter –«

Der Farmer ließ mich nicht ausreden. »Was die sagen, ist nicht mehr wert als der Schmutz unter meinen Nägeln« – er zeigte mir eine Hand mit dreckigen Fingern. »Ich werde Ihr Zimmer aufräumen. Ich werde Ihnen das Bett machen, kochen und Sie mit allem versorgen. Wenn Sie Post erwarten, werde ich sie aus dem Dorf holen. Ich gehe jeden zweiten oder dritten Tag hin.«
»Vielleicht kann ich heute erst mal hier übernachten. Ich bin müde von der Fahrt und –«
»Fühlen Sie sich ganz zu Hause. Die haben nichts zu sagen.« Der Farmer zeigte auf seine Familie. Es war mir schon aufgegangen, daß ich in einen zerstrittenen Haushalt geraten war, und ich hatte keine Lust, das Opfer zu sein. Der Farmer fuhr fort: »Kommen Sie, ich werde Ihnen Ihr Zimmer zeigen.«
»Sam, der junge Mann wird nicht hierbleiben«, sagte die Frau.
»Er wird hierbleiben, hier essen und zufrieden sein«, antwortete der Farmer, »und wenn es dir nicht gefällt, kannst du nach Orchard Street zurückgehen samt deiner Tochter. Schmarotzer, Schweine, Paskudas!«
Der Farmer stellte Spaten und Stock in eine Ecke, ergriff meinen Koffer und ging hinaus. Mein Zimmer hatten einen eigenen Eingang über eine eigene Treppe. Ich sah ein riesengroßes, mit Unkraut überwachsenes Feld. In der Nähe des Hauses war ein Brunnen und ein Abort, wie in einem polnischen Städtchen. Eine elende Mähre rupfte Gras. Weiter entfernt war ein Stall, und von dort kam der Klageschrei des Tieres, der die ganze Zeit über nicht aufgehört hatte. Ich sagte zu dem Farmer: »Wenn Ihre Kuh brünstig ist, warum bekommt sie nicht, was sie braucht?«
»Wer hat Ihnen gesagt, daß sie brünstig ist? Sie ist eine Färse, und ich habe sie gerade gekauft. Sie kommt aus einem Stall, wo noch dreißig andere Kühe waren, und sie hat Sehnsucht nach ihnen. Wahrscheinlich ist ihre Mutter oder eine Schwester dort.«
»Ich habe noch nie ein Tier gesehen, das sich derart nach seiner Familie sehnt«, sagte ich.
»Es gibt alle möglichen Tiere, aber sie wird sich beruhigen. Sie wird nicht ewig brüllen.«

Die Stufen, die zu meinem Zimmer führten, knarrten. Statt an einem Geländer mußte man sich an einem dicken Strick festhalten. Das Zimmer roch nach faulendem Holz und Wanzenmitteln. Eine fleckige, klumpige Matratze, deren Inneres aus Löchern hervorquoll, lag auf dem Bett. Draußen war es nicht besonders heiß, aber hier im Zimmer hämmerte die Hitze sofort gegen meinen Schädel, und ich brach in Schweiß aus. Nun, eine Nacht hier wird mich nicht umbringen, tröstete ich mich. Der Farmer stellte meinen Koffer ab und ging Wäsche holen. Er brachte ein Kissen in einem zerrissenen Überzug zurück, ein grobes Laken mit Rostflekken und ein unbezogenes Deckbett. Er sagte zu mir: »Jetzt ist es warm, aber sowie die Sonne untergeht, wird es wunderbar kühl. Dann werden Sie sich zudecken müssen.«

»Es wird schon gehen.«

»Sind Sie aus New York?« fragte er mich.

»Ja, aus New York.«

»Ich höre an Ihrem Akzent, daß Sie in Polen geboren sein müssen. Aus welcher Gegend kommen Sie?«

Ich erwähnte den Namen meines Dorfes, und Sam sagte zu mir, daß er aus einem benachbarten Dorf stamme. Er sagte: »Ich bin eigentlich kein Farmer. Wir sind jetzt im zweiten Sommer hier auf dem Land. Seit ich aus Polen gekommen war, habe ich als Bügler in New York gearbeitet. Ich schob das schwere Eisen so lange hin und her, daß ich mir einen Bruch holte. Ich habe mich immer nach frischer Luft gesehnt und, wie sagt man, nach Mutter Erde, frischem Gemüse, einem frisch gelegten Ei und grünem Gras. Ich fing an, mich in den Zeitungen umzusehen, und fand dies hier, so gut wie geschenkt. Ich habe die Farm von dem gleichen Mann gekauft, von dem ich die Färse gekauft habe. Er lebt ungefähr fünf Kilometer von hier. Ein feiner Kerl, kein Jude übrigens. Er heißt Parker, John Parker. Er gab mir eine Hypothek und machte mir alles leicht, aber das Haus ist alt, und die Erde ist steinig. Er hat mich nicht hereingelegt, Gott behüte! Er hat alles vorher gesagt. Nur die Steine rauszuholen, würde mindestens zwanzig Jahre dauern. Und ich bin kein junger Mann mehr. Ich bin schon über Siebzig.«

»Sieht man Ihnen nicht an«, beglückwünschte ich ihn.

»Das macht die gute Luft, die Arbeit. Ich habe in New York hart gearbeitet, aber hier fange ich erst richtig an. Da hatten wir unsere Gewerkschaft, lang soll sie leben, die erlaubte den Arbeitgebern nicht, uns zu Sklaven zu machen, wie die Juden in Ägypten. Als ich nach Amerika kam, war die Konfektion noch ein richtiger Ausbeuterbetrieb, aber später wurde es besser. Ich arbeitete meine acht Stunden und fuhr dann mit der Untergrundbahn nach Hause. Hier arbeite ich achtzehn Stunden am Tag, und glauben Sie mir, hätte ich nicht die Altersrente von der Gewerkschaft, wir hätten nicht genug zum Leben. Aber mir ist es recht so. Was brauchen wir hier? Wir haben unsere eigenen Tomaten, Rettiche und Gurken. Wir haben eine Kuh, ein Pferd und ein paar Hühner. Die Luft allein macht einen schon gesund. Aber wie steht es bei Raschi geschrieben: Jakob wollte den Frieden genießen, aber das Unglück mit Joseph ließ es nicht zu. Ja, früher habe ich mal gelernt; bis ich siebzehn war, saß ich im Lehrhaus und lernte. Warum erzähle ich Ihnen das eigentlich? Meine Frau Bessie haßt das Landleben. Sie vermißt ihre Gelegenheitskäufe in der Orchard Street und ihre alten Bekannten, mit denen sie quatschen und Karten spielen konnte. Sie führt Krieg gegen mich. Und was für einen! Sie streikt! Sie kocht nicht, sie bäckt nicht, sie putzt das Haus nicht. Sie weigert sich, sich zu rühren, und ich muß alles tun – die Kuh melken, den Garten umgraben und den Abort ausräumen. Ich sollte nicht darüber reden, aber sie verweigert sich mir auch als Frau. Sie verlangt von mir, daß wir nach New York zurückkehren. Aber was soll ich in New York? Wir haben unsere billige Altwohnung aufgegeben und auch die Möbel verscherbelt. Hier haben wir doch so etwas wie ein Zuhause –«

»Und was ist mit Ihrer Tochter?«

»Meine Sylvia ist nach ihrer Mutter geraten. Sie ist schon über Dreißig und sollte längst verheiratet sein, aber sie wollte nie etwas werden. Wir schickten sie aufs College, und sie weigerte sich zu lernen. Sie nahm alle möglichen Stellungen an und gab sie immer wieder auf. Sie hat einen ganz guten Verstand, aber kein Sitzfleisch. Ihr wird alles langweilig. Sie ging mit den verschiedensten Männern aus, aber es führte zu nichts. Kaum lernt sie jemanden kennen, schon beginnt sie, an ihm herumzunörgeln. An dem paßt ihr dies nicht, am anderen das nicht. Seit acht Monaten ist sie hier bei uns auf der Farm, aber wenn Sie glauben, daß sie mir hilft, dann irren Sie sich. Sie spielt mit ihrer Mutter Karten. Das ist alles, was sie tut. Sie werden es nicht glauben, aber meine Frau hat noch nicht einmal ihre Sachen ausgepackt. Sie hat weiß Gott wieviel Kleider und Röcke, aber alles ist noch weggepackt wie nach einer Feuersbrunst. Auch meine Tochter hat einen Haufen Sachen, aber auch ihr Zeug ist noch im Koffer. Und all das, um mich zu ärgern. Also habe ich mich entschlossen, ein paar Leute hier aufzunehmen, so daß ich mit jemandem reden kann. Wir haben noch zwei Zimmer zu vermieten. Ich versuche nicht, reich zu werden, indem ich ein Zimmer und drei Mahlzeiten am Tag für zehn Dollar anbiete. Ich werde kein Rockefeller werden. Was tun Sie? Sind Sie Lehrer oder so etwas?«

Nach einigem Zögern beschloß ich, ihm die Wahrheit zu sagen, daß ich als freier Mitarbeiter für eine jiddische Zeitung schrieb. Sofort leuchteten seine Augen auf. »Wie heißen Sie? Was schreiben Sie dort?«

»Ein Bündel Tatsachen.«

Der Farmer breitete seine Arme aus und stampfte mit den Füßen. »Sie sind der Verfasser von ›Ein Bündel Tatsachen‹?«

»Ja, das bin ich.«

»Mein Gott, ich lese das jede Woche! Ich gehe extra am Freitag ins Dorf, um die Zeitung zu holen, und Sie werden es nicht glauben, aber ich lese ›Ein Bündel Tatsachen‹, noch ehe ich die letzten Meldungen lese. Die Nachrichten sind immer schlecht. Hitler dies und Hitler das. Verbrennen soll er, der Lump, der Tunichtgut. Was will er von den Juden? Sind sie daran schuld, daß die Deutschen den Krieg verloren haben? Allein vom Lesen all dieser Sachen könnte man schon einen Herzanfall bekommen. Aber Ihre ›Tatsachen‹ sind Wissen, Wissenschaft. Ist es wirklich wahr, daß eine Fliege tausend Augen hat?«

»Ja, es ist wahr.«

»Wie kann das sein? Wozu braucht eine Fliege so viele Augen?«

»Der Natur scheint das ganz leicht zu fallen.«

»Wenn Sie die Schönheit der Natur erleben wollen, bleiben Sie hier. Warten Sie einen Moment. Ich muß meiner Frau erzählen, wen wir bei uns haben.«

»Wozu? Ich bleibe ja doch nicht hier.«
»Was sagen Sie da? Warum nicht? Die Frauen sind hart, aber wenn sie hören, wer Sie sind, werden sie sich riesig freuen. Meine Frau liest Sie auch. Sie reißt mir die Zeitung aus der Hand, weil sie die erste sein will, die ›Tatsachen‹ zu lesen. Meine Tochter spricht auch Jiddisch. Sie hat jiddisch gesprochen, ehe sie ein Wort Englisch konnte. Mit uns spricht sie meist Jiddisch, weil –«
Der Farmer stürzte hinaus. Seine schweren Schuhe polterten auf den Stufen. Die Färse brüllte immer noch. Aus ihrer Stimme klang Raserei, eine fast menschliche Auflehnung. Ich setzte mich auf die Matratze und ließ den Kopf hängen. In letzter Zeit hatte ich einen Blödsinn nach dem anderen begangen. Mit Dosia hatte ich mich wegen einer Torheit gestritten. Es hatte mich Geld gekostet, hierherzukommen, und morgen würde ich wieder ein Taxi nehmen müssen und den Bus, um nach New York zurückzukehren. Ich hatte angefangen, einen Roman zu schreiben, aber ich war steckengeblieben und konnte mein eigenes Gekritzel nicht mehr entziffern. Während ich hier saß, versengte die Hitze meinen Körper. Wenn es am Fenster nur ein Rouleau gegen die Sonne gegeben hätte! Das Jammern der Färse machte mich verrückt. Ich glaubte darin die Verzweiflung alles Lebendigen zu hören. Die ganze Schöpfung protestierte durch sie. Eine wilde Idee durchfuhr mich: Während der Nacht würde ich hinausgehen und erst die Färse töten und dann mich. Ein Mord, gefolgt von einem derartigen Selbstmord, würde vielleicht in der Geschichte der Menschheit etwas Neues sein. Ich hörte schwere Schritte auf der Treppe. Der Farmer hatte seine Frau herübergeholt. Und dann begannen die Entschuldigungen und die seltsamen Übertreibungen einfacher Leute, die ihrem Lieblingsschriftsteller begegnen. Bessie rief aus: »Sam, ich muß ihm einen Kuß geben.«
Und ehe ich noch ein Wort sagen konnte, nahm die Frau mein Gesicht in ihre rauhen Hände, die nach Zwiebeln, Knoblauch und Schweiß rochen. Der Farmer sagte gutmütig: »Einen Fremden küßt sie, und mich läßt sie hungern.«
»Du bist verrückt, und er ist ein Wissenschaftler, größer als ein Professor.«

Es dauerte kaum eine Minute, und die Tochter kam herauf. Sie blieb in der offenen Tür stehen und sah etwas spöttisch zu, was ihre Eltern mit mir anstellten. Nach einem Weilchen sagte sie: »Wenn ich Sie beleidigt habe, so entschuldigen Sie bitte. Mein Vater hat uns in diese Wildnis hier gebracht. Wir haben kein Auto, und das Pferd ist halb tot. Plötzlich fällt ein Mann mit einem Koffer in der Hand vom Himmel und will wissen, warum die Färse brüllt. Wirklich zu komisch.«

Sam faltete die Hände und sah aus wie jemand, der eine höchst erstaunliche Mitteilung machen will. Seine Augen lachten. »Wenn Sie soviel Mitleid mit den Tieren haben, werde ich die Färse zurückgeben. Wir brauchen sie nicht. Sie soll zu ihrer Mutter zurück, nach der sie solche Sehnsucht hat.«

Bessie legte ihren Kopf auf eine Seite. »John Parker wird dir das Geld nicht zurückgeben.«

»Wenn er nicht alles zurückgibt, soll er zehn Dollar weniger geben. Es ist eine gesunde Färse.«

»Ich werde Ihnen die Differenz ersetzen«, sagte ich und war über meine eigenen Worte erstaunt.

»Was? Wir werden nicht vor Gericht gehen«, sagte der Farmer. »Ich möchte, daß dieser Herr den ganzen Sommer in meinem Haus bleibt. Er wird nichts zu bezahlen haben. Es wird mir eine Ehre und ein Vergnügen sein.«

»Wirklich, der Mann hat den Verstand verloren. Die Färse haben wir sowenig gebraucht wie ein Loch im Kopf.«

Ich konnte sehen, daß Mann und Frau sich meinetwegen versöhnen wollten.

»Wenn Sie das wirklich tun wollen, warum warten Sie noch?« fragte ich. »Das Tier kann vor Sehnsucht sterben, und dann –«

»Er hat recht«, rief der Farmer. »Ich bringe die Färse jetzt gleich zurück. Sofort.«

Alle wurden still. Als ob die Färse wüßte, daß in diesem Augenblick ihr Schicksal entschieden wurde, stieß sie ein Gebrüll aus, das mich schaudern ließ. Das war keine sehnsüchtige Färse, das war ein Dibbuk.

Kaum hatte Sam den Stall betreten, wurde die Färse ruhig. Sie war eine schwarze Jungkuh mit großen Ohren und riesigen schwarzen Augen, welche eine Weisheit ausdrückten, die nur Tiere besitzen. Man sah ihr nicht an, daß sie gerade viele Stunden der Agonie durchgemacht hatte. Sam band einen Strick um ihren Hals, und sie folgte ihm willig. Ich ging hinterher, Bessie neben mir. Die Tochter stand vor dem Haus und sagte: »Wirklich, ich würde es nicht glauben, wenn ich es nicht mit eigenen Augen gesehen hätte.«

Wir gingen weiter, und die Färse gab keinen Laut von sich. Sie schien den Weg zurück zu kennen, denn sie versuchte zu laufen, und Sam mußte sie zurückhalten. Mittlerweile stritten sich Mann und Frau, wie es die Ehepaare getan hatten, die zu meinem Vater, dem Rabbiner, gekommen waren, damit er ihre Differenzen auf Grund der mosaischen Gesetze schlichte. Bessie sagte: »Die Ruine stand jahrelang leer, und niemand wollte sie. Ich glaube, niemand hätte sie geschenkt genommen. Plötzlich kommt mein Mann, und er erwischt den Gelegenheitskauf. Wie heißt das Sprichwort? ›Wenn ein Narr auf den Markt kommt, lachen die Händler.‹«

»Und was hast du an deiner Orchard Street? Die Luft war verpestet. Kaum wurde es Tag, und schon begann der Lärm und Krach. Man hat in unsere Wohnung eingebrochen. Hier muß man nicht einmal die Tür zusperren. Wir könnten Tage oder Wochen fortgehen, und niemand würde etwas stehlen.«

»Welcher Dieb würde sich in diese Wüste verirren?« fragte Bessie. »Und was würde er finden? Amerikanische Diebe sind wählerisch. Sie sind entweder auf Geld aus oder auf Diamanten.«

»Glaub mir, Bessie, hier wirst du zwanzig Jahre länger leben.«

»Wer will schon so lange leben? Ich danke Gott, wenn wieder ein Tag vorüber ist.«

Nach ungefähr anderthalb Stunden erblickte ich John Parkers Farm – das Haus, die Scheune. Die Färse versuchte wieder davonzulaufen, und Sam mußte sie mit aller Kraft zurückhalten. John Parker war dabei, mit einer Sense Gras zu schneiden. Er war groß, blond, mager, ein angelsächsischer Typ. Erstaunt blickte er auf, mit der Ruhe eines Menschen, der nicht leicht zu überraschen ist. Ich glaubte sogar, ihn lächeln zu sehen. Wir

hatten uns der Weide genähert, auf der die anderen Kühe grasten, die junge Kuh wurde wild und riß sich aus Sams Händen los. Sie begann zu laufen und zu springen, mit dem Strick noch um den Hals, und einige Kühe hoben langsam die Köpfe und sahen sie an, während andere weiter das Gras abrupften, als sei nichts geschehen. In weniger als einer Minute begann auch die Färse zu grasen. Nach der wahnsinnigen Sehnsucht des Tieres hatte ich erwartet, daß es zu einer dramatischen Begegnung zwischen der Färse und ihrer Mutter kommen würde, mit Schnüffeln, Anschmiegen oder was immer Kühe tun, wenn sie einer verlorenen und wiedergekehrten Tochter ihre Liebe beweisen wollen. Aber es schien, daß Rindvieh sich nicht auf diese Art begrüßte. Sam fing an, John Parker zu erklären, was geschehen war, und Bessie stimmte ein.
Sam sagte: »Dieser junge Mann ist ein Schriftsteller. Ich lese seine Sachen jede Woche, und er wird unser Gast sein. Wie alle Schriftsteller hat er ein weiches Herz. Er konnte das Leid der Färse nicht ertragen. Meine Frau und ich schätzen jede Zeile, die er schreibt. Als er sagte, daß die Färse seine Gedanken stören könnte, habe ich mich entschlossen, ganz gleich was daraus werden würde. Deshalb habe ich die Färse zurückgebracht. Ich bin bereit, soviel weniger dafür zu nehmen, wie Sie bestimmen werden –«
»Sie werden nichts verlieren, das ist eine gute Färse«, sagte John Parker. »Was schreiben Sie?« fragte er mich.
»Ach, ›Tatsachen‹ in einer jiddischen Zeitung. Ich bin auch dabei, einen Roman zu schreiben«, prahlte ich.
»Ich war einmal Mitglied in einem Buchklub«, sagte er. »Aber sie schickten mir zu viele Bücher, und ich hatte keine Zeit zum Lesen. Auf einer Farm ist man immer beschäftigt, aber ich bekomme noch immer The Saturday Evening Post. Ich habe ganze Stöße davon.«
»Ich weiß, Benjamin Franklin war einer der Begründer.« Ich versuchte, meine Kenntnisse der amerikanischen Literatur anzubringen.
»Kommen Sie herein. Wir werden etwas trinken.«
Die Familie des Farmers kam aus dem Haus. Seine Frau, eine dunkle Person mit kurzem schwarzem Haar, schien mir eine Italienerin zu sein. Sie hatte eine höckerige Nase und scharfe schwarze Augen. Sie war städ-

tisch gekleidet. Der Knabe war blond wie sein Vater, das Mädchen ein Mittelmeertyp wie die Mutter. Noch ein Mann tauchte auf. Er schien ein Landarbeiter zu sein. Irgendwoher stürzten plötzlich zwei Hunde auf uns zu, und nachdem sie ein paar Sekunden lang gebellt hatten, wedelten sie mit den Schwänzen und rieben sich an meinen Beinen. Sam und Bessie begannen von neuem den Grund ihres Besuches zu erklären, und die Farmersfrau prüfte mich, halb neugierig, halb ironisch. Sie bat uns herein, und bald war eine Flasche Whisky geöffnet, und wir stießen an. Mrs. Parker sagte: »Als ich aus New York hierherkam, fehlte mir die Stadt so sehr, daß ich fast gestorben bin, aber ich bin keine Färse, und niemand kümmerte sich um meine Gefühle. Ich war so einsam, daß ich zu schreiben versuchte, obwohl ich keine Schriftstellerin bin. Irgendwo müssen noch ein paar Aufsatzhefte herumliegen, aber ich kann mich nicht mehr erinnern, was ich da hineingeschrieben habe.«

Die Frau sah mich zögernd und verlegen an. Ich spürte genau, was sie wollte, und fragte: »Darf ich sie mal ansehen?«

»Wozu? Ich habe kein Talent zum Schreiben. Es ist eine Art Tagebuch. Aufzeichnungen meiner Erlebnisse.«

»Wenn Sie nichts dagegen haben, würde ich es sehr gern lesen, nicht hier, aber wenn wir auf Sams Farm zurück sind.«

Die Augen der Frau leuchteten auf. »Was sollte ich dagegen haben? Aber bitte, lachen Sie mich nicht aus, wenn Sie meine Seelenergüsse lesen.«

Sie ging hinaus, um das Manuskript zu holen, und John Parker zog eine Schublade der Kommode auf und zählte das Geld für die Färse auf den Tisch. Die Männer feilschten. Sam bot an, ein paar Dollar weniger zu nehmen, als er bezahlt hatte. John Parker wollte nichts davon wissen. Ich schlug nochmals vor, die Differenz zu bezahlen, aber beide Männer blickten mich vorwurfsvoll an und geboten mir, mich um meine eigenen Angelegenheiten zu kümmern. Nach einem Weilchen brachte Mrs. Parker mir ein Bündel Aufsatzhefte in einem alten, nach Mottenkugeln riechenden Umschlag. Wir verabschiedeten uns, und ich schrieb mir ihre Telephonnummer auf. Als wir zurückkamen, war die Sonne schon untergegangen, und die Sterne leuchteten am Himmel. Es war lange her, daß ich einen solchen Sternenhimmel gesehen hatte. Er schwebte tief, beängstigend und gleichzeitig feierlich über mir. Er erinnerte mich an Rosch haschana. Ich ging hinauf in mein Zimmer. Ich traute meinen Augen nicht, aber Sylvia hatte die Bettwäsche gewechselt: ein weißeres Laken, eine saubere Decke und ein reineres Kopfkissen. Sie hatte sogar ein Bild mit einer Windmühle aufgehängt.

An jenem Abend aß ich mit der Familie zusammen. Bessie und Sylvia stellten mir viele Fragen, und ich erzählte ihnen von Dosia und unserem kürzlichen Streit. Beide wollten den Grund für den Streit wissen, und als ich es ihnen sagte, lachten beide.

»An einer solchen Narretei sollte eine Liebe nicht zerbrechen!« sagte Bessie.

»Ich fürchte, es ist zu spät.«

»Rufen Sie sie sofort an«, befahl Bessie.

Ich gab Sylvia die Nummer. Sie drehte die Kurbel an der Wand. Dann schrie sie in das Telephon, als ob die Frau in der Vermittlung taub sei. Vielleicht war sie es. Nach einer Weile sagte Sylvia: »Ihre Dosia ist am Apparat«, und sie zwinkerte mir zu. Ich erzählte Dosia, was ich getan hatte, und auch die Geschichte mit der Färse.

Sie sagte: »Ich bin die Färse.«

»Was soll das heißen?«

»Ich habe die ganze Zeit versucht, dich zu erreichen.«

»Dosia, du kannst hierherkommen. Es gibt noch ein Zimmer im Haus. Es sind freundliche Leute, und ich fühle mich schon ganz zu Hause.«

»Was? Gib mir die Adresse und die Telephonnummer. Vielleicht in der kommenden Woche.«

Gegen zehn Uhr gingen Sam und Bessie schlafen. Sie wünschten mir gute Nacht wie ein junges Paar. Sylvia schlug vor, etwas spazierenzugehen. Der Mond war nicht zu sehen, aber es war eine helle Sommernacht. Glühwürmchen leuchteten im Gebüsch. Frösche quakten, Grillen zirpten. Die Nacht regnete Meteore. Ich konnte das weißlich leuchtende Band der Milchstraße erkennen. Der Himmel konnte, wie die Erde, nicht zur Ruhe kommen. Er verlangte mit kosmischer Sehnsucht nach etwas, das Myriaden von Lichtjahren brauchen würde, um sich zu erfüllen. Obwohl mir Sylvia eben erst geholfen hatte, mich mit Dosia zu versöhnen, nahm sie meine Hand. Das nächtliche Licht ließ ihr Gesicht weiblicher erscheinen, und ihre schwarzen Augen sprühten goldene Funken. Wir blieben in der Mitte des Feldweges stehen und küßten uns mit solcher Leidenschaft, als ob wir wer weiß wie lange aufeinander gewartet hätten. Ihr breiter Mund drang in den meinen wie das Maul eines Tieres. Die Hitze ihres Körpers versengte meine Haut, nicht unähnlich dem glühenden Dach vor ein paar Stunden. Ich vernahm einen schmetternden Ton, geheimnisvoll und jenseitig, als sei eine himmlische Färse in einem fernen Sternbild erwacht und habe einen Klageschrei ausgestoßen, der nicht aufhören würde, ehe nicht jegliches Leben im All erlöst wäre.

Sam Palka und David Wischkower

Sam Palka saß auf dem Sofa – untersetzt, ein Büschel weißer Haare an beiden Seiten seines kahlen Schädels, mit rotem Gesicht, buschigen Augenbrauen und blutunterlaufenen Augen, die von Blaßblau zu Grün und Gelb wechselten. Eine Zigarre steckte zwischen seinen Lippen. Sein Bauch

ragte hervor wie der einer Hochschwangeren. Er trug ein marineblaues Jackett, grüne Hosen, braune Schuhe, ein Hemd mit purpurroten Streifen und einen seidenen Schlips, auf den ein Löwenkopf gemalt war. Sam Palka selbst sah für mich wie ein Löwe aus, der sich durch Zauberei in einen reichen Mann in New York verwandelt hatte, einen Mäzen der jiddischen Schriftsteller, eine Stütze des jiddischen Theaters, den Präsidenten eines Altenheimes in der Bronx und den Schatzmeister eines Vereins, der Waisenkinder in Israel unterstützte. Wenn er zu mir sprach, schrie Sam Palka, als ob ich taub wäre. Er nahm ein dickes Manuskript von dem kleinen Tisch und brüllte: »Über tausend Seiten, was? Und das ist nicht der hundertste Teil von dem, was ich geschrieben haben könnte. Aber bringen Sie es in Ordnung, so wie es ist.«

»Ich werde tun, was ich tun kann.«

»Geld spielt keine Rolle. Selbst wenn ich tausend Jahre alt werden sollte, ich habe genug. Ich zahle Ihnen dreitausend Dollar dafür, daß Sie es bearbeiten, und wenn das Buch erscheint und in den Zeitungen darüber geschrieben wird, werde ich Ihnen einen – wie nennt man das? – Bonus bezahlen. Aber machen Sie es schmackhaft. Ich kann die Bücher nicht lesen, die mir die Schriftsteller bringen – drei oder vier Zeilen eines Romans, und schon muß man gegen den Schlaf ankämpfen. Zu meiner Zeit wurde man von einem Buch gepackt. Man fing an, einen Roman zu lesen, und konnte ihn nicht mehr aus der Hand legen, weil man wissen wollte, wie es weiterging. Dieneson, Spector, Seifert! Und bei denen gab es Gedanken, die führten einen wer weiß wohin. Auch Geschichte kam darin vor. Samson und Dalila, Jephtas Tochter, Bar Kochba. Das saß. Heute muß man das halbe Buch lesen und weiß immer noch nicht, worum es geht. Diese Schmieranten schreiben über die Liebe, aber die wissen von der Liebe soviel wie ich von dem, was auf dem Mond vorgeht. Woher sollen sie es auch wissen? Die sitzen den ganzen Tag und die halbe Nacht im Café Royal und reden darüber, wie bedeutend sie sind. Saure Milch und Tinte haben sie in ihren Adern, kein Blut. Ich habe mein Jiddisch nicht vergessen. Der Mann, dem ich dieses Buch diktierte, versuchte die ganze Zeit, mich zu verbessern; ihm gefiel mein Polnisch-Jiddisch nicht. Aber das hat mich nicht gestört. Ich diktierte ihm eine Episode, und er fragte:

›Wie kann das sein? Das ist nicht realistisch.‹ Er stammte aus Eischischok, einem gottverlassenen Dorf, und was er nicht selbst erlebt hatte, existierte nicht für ihn – ein Bücherwurm, ein Idiot.
Also, sie müssen wissen, daß ich, obwohl ich über tausend Seiten diktiert habe, die Hauptsache weglassen mußte. Ich konnte nicht darüber schreiben, da die Heldin noch lebt und – liest. Es gibt in ihrem Leben nur eine Sache – lesen. Sie kennt alle heutigen Schriftsteller. Wo immer sie ein neues Buch auftreiben kann, verschafft sie es sich und liest es von vorn bis hinten. Mein Leben wäre nicht mehr lebenswert, wenn ich die Wahrheit veröffentlichen würde und sie davon hörte. Was ich Ihnen erzählen werde, kann erst nach meinem Tode geschrieben werden. Aber wer wird es dann tun? Sie sind noch ein junger Mann, Sie kennen sich aus, und wenn ich ins Gras beiße, möchte ich, daß Sie diese Geschichte dem Buch hinzufügen. Ohne sie ist das Ganze einen Dreck wert. Ich werde in meinem Testament für Ihre zusätzliche Arbeit etwas aussetzen.
Wo soll ich anfangen? Ich bin in einem frommen Haus geboren. Meine Eltern waren altmodische Juden, aber schon als ich noch in die Vorschule ging, hörte ich über Liebe reden. Muß man weit danach suchen? Es steht ja in der Tora. Jakob liebte Rahel, und als Laban, der Betrüger, im Dunkel der Nacht Lea unterschob, arbeitete Jakob weitere sieben Jahre. Nun, und wie steht es um König David und König Salomo mit der Königin von Saba und alldem? Hausierer kamen mit Büchern in unser Dorf und brachten Bücher mit Geschichten – zwei Pfennig, wenn man kaufte, einen Pfennig, wenn man auslieh. Ich war ein armes Kind, aber wann immer ich ein paar Pfennige ergattern konnte, gab ich sie für Bücher aus. Als ich nach Amerika kam und drei Dollar in der Woche verdiente, gab ich mein letztes Geld für Bücher aus oder für Karten für das jiddische Theater. Damals waren Schauspieler noch Schauspieler und keine Holzklötze. Wenn sie auf die Bühne kamen, fingen die Bretter unter ihren Füßen Feuer. Ich habe sie alle gesehen! Adler, Mme. Liptzin, Schildkraut, Kessler, Tomaschewsky – jeden von ihnen. Ja, und die Stückeschreiber jener Zeit – Goldfaden, Jakob Gordin, Lateiner! Jedes Wort drehte sich um Liebe, und man hätte jeden küssen mögen. Wenn Sie mein Buch lesen, werden Sie sehen, daß ich mit meiner Ehe kein Glück hatte. Ich geriet an

ein niederträchtiges Weib – ein boshaftes Stück, eine Hexe. Wie sie mir das Leben verdorben hat und wie sie meine Kinder gegen mich aufhetzte, das steht alles drin. Solange ich jung und arm war, arbeitete ich in den ausbeuterischen Betrieben der Konfektion, und dann fing ich an, hausieren zu gehen. Für die Liebe hatte ich keine Zeit. Ich wohnte in einer dunklen Kammer und konnte mir nicht einmal einen Anzug leisten. Wir arbeiteten damals vierzehn Stunden am Tag, wenn das Geschäft gutging, sogar achtzehn. Wenn es nachließ, hatten wir kaum eine Kruste Brot zu essen. Mit leerem Magen denkt man nicht an die Liebe. Meinen ersten Bungalow konnte ich erst viele Jahre nach meiner Heirat bauen, aber bald wurde ich so erfolgreich, als ob der Prophet Elia mich gesegnet hätte. An einem Tag besaß ich nichts, und am nächsten strömte das Geld mir von allen Seiten zu. Aber ich arbeitete immer noch schwer, vielleicht sogar schwerer als vorher. Wie erfolgreich ein Mensch auch sein mag, er kann im Nu von ganz oben nach ganz unten rutschen. Man darf keine Minute nachlassen. Solange ich angestellt war oder ein Bündel auf den Schultern trug und hausieren ging, hatte ich wenigstens am Sabbat Ruhe. Mit dem Wohlstand war auch der Sabbat dahin. Meine Frau merkte, daß ich ein paar Dollar hatte, und begann, mich zu rupfen. Wir zogen von der Lower East Side fort und mieteten eine Wohnung in einem besseren Viertel. Die Kinder kamen nach und nach, und Ärzte, Privatschulen und der Teufel weiß, was noch, waren zu bezahlen. Meine Frau – Bessie hieß sie – behing sich mit so viel Schmuck, daß sie kaum noch zu sehen war. Sie kam aus engen, kleinen Verhältnissen, und wenn diese Leute Geld riechen, verlieren sie den Kopf. Ich war schon Ende Dreißig und wußte immer noch nicht, was wirkliche Liebe ist. Wenn ich meine Frau je geliebt habe, dann war es höchstens von Montag bis Dienstag. Wir stritten uns dauernd, und sie drohte mir mit Gericht und Gefängnis. Sie erinnerte mich immer wieder daran, daß in Amerika eine Frau etwas so Besonderes ist, daß man sich vor ihr wie vor einem Idol verneigen muß. Wenn ich ihre Stimme hörte, wurde mir speiübel. Sie beschwindelte mich vorn und hinten, aber erwartete immer noch von mir, daß ich als Mann zu ihr käme. Unmöglich! Wir hatten kein gemeinsames Schlafzimmer mehr. Damals hatte ich bereits ein Büro, und heimlich nahm ich mir eine kleine Wohnung in einem meiner Häuser. Es fällt mir schwer, es einzugestehen, aber wenn man eine Frau haßt, dann liebt man auch die Kinder weniger. Nachdem Bessie, diees Fischweib, merkte, daß wir nie wieder zusammen sein würden, sah sie sich nach anderen um. Sie machte das so deutlich, daß die Männer Angst bekamen, etwas mit ihr anzufangen. Sie hielt sie an den Ärmeln fest, wie die Frau des Potiphar. Ich weiß, was Sie mich fragen wollen – warum ich mich nicht scheiden ließ. Erstens, um damals eine Scheidung zu bekommen, mußte man wendig sein, beim Gericht an die Türen klopfen und so weiter. Heute fliegt man nach Reno, und in sechs Wochen ist man frei wie ein Vogel. Zweitens, sie hätte mir eine Bande von Winkeladvokaten auf die Fersen gesetzt, und die hätten mich bis zum letzten Pfennig geschröpft. Außerdem läßt man sich scheiden, wenn man in eine andere verliebt ist. Wenn keine andere auf einen wartet, warum soll man sich noch mehr Ärger auf den Hals laden? Ich hatte Geschäftspartner, und obwohl die mit braven Frauen verheiratet waren, ließen sie sich mit leichten Weibern ein. Heute nennt man Damen dieser Art Callgirls, aber eine Hure bleibt eine Hure. Alle machten sie es so – die Fabrikanten, die Makler, jeder, der zahlen konnte. Für sie war es ein Spiel. Aber wenn diese Nutten alles waren, was einer hatte, erkannte er bald sein Unglück. Mir ist es mehr als einmal passiert, daß ich eine von diesen Schlampen nur ansah und schon den Appetit verlor. Ich gab ihr ein paar Dollar und lief davon wie ein Jeschiwaschüler. Dann ging ich ins Kino und starrte stundenlang auf die Gangster, die sich gegenseitig erschossen. So vergingen die Jahre, und ich dachte schon, ich würde nie wissen, was Liebe ist. Wollen Sie weiterhören?«

»Ja, gewiß.«

»Das allein wäre schon ein Buch. Wenn Sie es schreiben, werden Sie schon wissen, wie man es ausschmückt.«

»Warum ausschmücken? Wie Sie es erzählen, ist es richtig.«

»Schriftsteller schmücken aber gerne aus!«

»Als ich ungefähr zwei- oder dreiundvierzig Jahre alt war, war ich wirklich reich. Wenn das Geld mal anfängt zu fließen, kann man es nicht aufhalten. Ich kaufte Häuser und Grundstücke und verdiente groß daran.

Ich kaufte Aktien, und sie stiegen über Nacht. Steuern zählten damals kaum. Ich fuhr eine Limousine und schrieb Schecks für alle möglichen Wohltätigkeitsunternehmen aus. Jetzt umschwärmten mich die Frauen wie die Bienen den Honig. In einer Woche wurde ich mit mehr Liebe überschüttet, als ich in einem Jahr gebrauchen konnte. Aber ich bin kein Mensch, der sich etwas vormacht. Ich wußte genau, daß sie mein Geld wollten, nicht mich. Während sie mich küßten und mir einreden wollten, was ich für ein guter Liebhaber sei, dachten sie daran, was für sie dabei herausspringen würde: Reisen nach Florida, nach Europa; Nerzmäntel; Diamanten. Es war alles Schwindel. Man liegt im Bett mit ihnen, und sie lassen einen nicht vergessen, was man wirklich für sie ist – der Onkel mit der dicken Brieftasche. Ich hätte damals gern eine Frau kennengelernt, die nichts von meinem Geld wußte, oder eine so reiche Erbin, daß ich im Vergleich mit ihr arm gewesen wäre. Aber wo und wie? Ich fürchtete schon, daß es für mich wirkliche Liebe nicht geben würde? Wie sagt man in Polen? Wurst ist nichts für Hunde.

Plötzlich geschah ein Wunder. Ich hatte ein altes Haus in der Blake Avenue gekauft, in Brownsville. Heute ist Brownsville voll mit Schwarzen und Puertoricanern; damals war es das Land Israel. Nicht ums Verrekken konnten Sie dort einen Christen finden. Ich wollte ein neues Haus bauen, mußte aber erst die alten Mieter loswerden. Oft ging es ganz einfach, aber diesmal wehrten sich einige. Ich ging nicht gern vor Gericht; mir war es lieber, mich mit ihnen zu einigen. Ich hatte einen freien Sonntag und beschloß, dorthin zu gehen und zu sehen, was sich machen ließ. Mein Wagen war zufällig in der Werkstatt, so nahm ich die Untergrundbahn. Schließlich war ich ja nicht als Rockefeller auf die Welt gekommen. Ich klopfte an eine Tür in dem Haus, aber in Brownsville weiß man nicht, was das bedeutet. Ich drückte die Klinke nieder, öffnete die Tür, und ich erblickte ein Zimmer, das genauso aussah wie in der alten Heimat. Hätte ich nicht gewußt, daß ich in Brownsville war, ich hätte geglaubt, in Konskawola zu sein: weißgetünchte Wände, ein Bretterboden, ein zusammengebrochenes Sofa, aus dem die Füllung quoll. Selbst die Gerüche waren die von Konskawola: gebratene Zwiebeln, Zichorie und schimmeliges Brot. Auf dem Sofa saß ein Mädchen, schön wie die Königin Esther. Es gab nur einen Unterschied. Esther soll grünlich gewesen sein, und dieses Mädchen war weiß, mit blauen Augen und goldenen Haaren – eine Schönheit. Angezogen war sie wie ein Neuankömmling: langer Rock und Schuhe mit Knöpfen. Und was tat sie? Sie las eine Geschichte: Scheindele mit den blauen Lippen. Ich hatte sie vor Jahren gelesen, drüben noch. Ich glaubte zu träumen, und ich zwickte mich, aber es war kein Traum.

Ich hatte ihr sagen wollen, ich sei der Hausbesitzer und sei gekommen, um sie zu veranlassen, auszuziehen. Aber irgendeine Macht hielt mich zurück. Ich fing an, eine Rolle zu spielen, als sei ich ein Schauspieler im Theater. Sie fragte mich, wer ich sei, und ich sagte, ich sei ein Nähmaschinenvertreter. Ich könnte ihr billig eine Nähmaschine verschaffen. Sie sagte: ›Wozu brauche ich eine Nähmaschine? Wenn ich etwas nähen will, benutze ich meine eigenen zehn Finger.‹ Sie sprach ein mir vertrautes Jiddisch.

Ich könnte bis morgen hier mit Ihnen sitzen und hätte Ihnen nicht einmal die Hälfte erzählt, aber ich will es kurz machen. Sie war erst seit zwei Jahren in Amerika. Ihr Vater war in Polen Talmudlehrer gewesen. Ein Onkel hatte ihn in dieses Land des Goldes gebracht. Drei Tage nachdem Vater und Tochter Ellis Island verlassen hatten, starb der Onkel. Ihr Vater wurde Schammes bei einem kleinen Rabbiner. Ich fragte sie, wie alt sie sei, und sie antwortete ›sechsundzwanzig‹. ›Wie kommt es‹, fragte ich sie, ›daß ein so schönes Mädchen nicht verheiratet ist?‹ Sie sagte: ›Man hat mir viele Partien vorgeschlagen, aber ich habe mich geweigert, durch einen Heiratsvermittler zu heiraten. Ich will aus Liebe heiraten.‹ Was sie sagte, war nicht dumm; sie war wie ein Kind, und sie redete wie ein kleines Mädchen. Sie war nicht zurückgeblieben – nur naiv. Sie hatte vierundzwanzig Jahre in einem winzigen Dorf am Ende der Welt gelebt – in Wysoka. Ihre Mutter war gestorben, als sie noch klein war. Jedes ihrer Worte war die reine Wahrheit. Sie konnte ebensowenig lügen, wie ich die Frau eines Rabbiners sein könnte. Ich fragte nach ihrem Namen, und sie sagte: ›Hannah Basia.‹ Was soll ich lange drumherumreden? Ich verliebte mich in sie – Hals über Kopf. Ich konnte mich nicht losreißen von ihr. Ich hatte Angst, daß sie mich fortschicken würde, aber sie fragte: ›Sind Sie nicht hungrig?‹ ›Ja, ich bin hungrig‹, sagte ich und dachte: ›Nach dir!‹ Sie sagte: ›Ich habe geröstete Hafergrütze gekocht, einen ganzen Topf voll.‹ Ich hatte die Worte ›geröstete Hafergrütze‹ Gott weiß wie lange nicht gehört, und glauben Sie mir, keine Arie einer Opernsängerin hätte süßer klingen können.

Bald saßen wir an einem gebrechlichen Tisch und aßen gemeinsam die geröstete Hafergrütze wie ein altes Paar. Ich erzählte ihr, daß ich auch gerne Geschichtenbücher lese. Ich konnte sehen, daß sie einen ganzen Haufen davon besaß, die sie alle von drüben mitgebracht hatte: Die Geschichte

von den drei Brüdern, Die Geschichte zweier Metzger, Die Abenteuer des frommen Reb Zadock und der zwölf Räuber. Sie fragte mich: ›Können Sie davon leben, daß Sie Nähmaschinen verkaufen?‹ Ich sagte: ›Es gelingt mir, ein paar Dollar zusammenzukratzen.‹ Sie fragte: ›Haben Sie Frau und Kinder?‹ Ich erzählte ihr von meiner Frau und schüttete ihr mein schweres Herz aus. Hannah Basia hörte zu und wurde bleich. ›Warum bleiben Sie bei einer so bösen Sieben?‹ Ich sagte: ›Hier in Amerika muß man einer Frau Unterhalt bezahlen, wenn man sich scheiden läßt. Wenn man nicht zahlt, geht's ins Gefängnis. Die Zahlungen sind höher als das, was ein Mann verdient. So sieht die Gerechtigkeit aus im Lande des Kolumbus.‹ Sie sagte: ›Gott ist langmütig, aber Er straft schwer. Sie wird bald ein böses Ende nehmen.‹ Sie schimpfte auf meine Frau. Sie sagte: ›Wovon leben Sie, wenn Sie Ihnen den letzten Bissen fortnimmt?‹ Ich sagte: ›Ich habe immer noch genug für ein Stück Brot.‹ Sie sagte: ›Kommen Sie ruhig zu mir. Ich koche oft mehr, als ich für meinen Vater und mich brauche. Ich bin immer allein, denn mein Vater kommt spät nach Hause, und mit Ihnen wird es gemütlich sein.‹ Zum erstenmal fühlte jemand Mitleid mit mir und wollte geben, nicht nehmen. Wir aßen die Grütze, dazu frisches Brot vom Bäcker, und wir tranken dünnen Tee, während wir uns über die ›Drei Brüder‹ unterhielten, von denen der erste die gute Tat auf sich nahm, unschuldige Gefangene auszulösen, der zweite armen Waisen ermöglichte, zu heiraten, und der dritte den Sabbat hielt. Dann erzählte ich ihr die Geschichte von dem jungen Mann, der ein goldenes Haar fand und durch die ganze Welt reiste auf der Suche nach der Frau, von deren Kopf es gefallen war. Er fand sie auf der Insel Madagaskar, und sie war die Königin dort. Hannah Basia hörte jedem Wort aufmerksam zu.

Was soll ich noch sagen? Zwischen uns entstand eine große Liebe. Ich tat alles, damit das Haus erhalten blieb. Ich besuchte sie jede Woche, und in manchen Wochen fuhr ich zwei- oder dreimal auf der Canarsiestrecke nach Brownsville. Immer wenn ich dorthin ging, trug ich einen schäbigen Anzug und einen alten Hut. Ich brachte ihr Geschenke, wie sie ein Nähmaschinenvertreter kaufen würde: ein Pfund Farmerkäse, einen Korb mit Obst, eine Büchse Tee. Die Nachbarn kannten mich bald und wollten von mir Nähmaschinen auf Abzahlung kaufen. Mir wurde klar, wenn ich ihnen solche Gelegenheitskäufe vermitteln würde, dann wäre bald ganz Brownsville hinter mir her, so erzählte ich Hannah Basia, daß ich jetzt Versicherungsagent geworden sei. Die Hauptsache habe ich vergessen: ich nannte mich anders – David Wischkower. Den Namen hatte ich nicht erfunden; ein Vetter von mir hieß so.

Eine Zeitlang gelang es mir, ihrem Vater, dem Schammes, auszuweichen. Was Hannah Basia anging, so verliebte sie sich in mich mit einer Leidenschaft, die nicht zu beschreiben ist. An einem Tag war ich noch ein Fremder, und vier Wochen später hing ihr ganzes Leben an mir. Sie strickte Sweater für mich und kochte alle meine Lieblingsgerichte. Wenn ich versuchte, ihr ein paar Dollar zuzustecken, gab sie mir das Geld zurück, und ich mußte darum betteln, daß sie es annahm. In Wirklichkeit war ich ein Millionär, aber in der Blake Avenue wurde ich ein armer Versicherungsagent, ein verhungerter Schlemihl, dessen Frau den letzten Penny aus

ihm herausquetschte. Ich weiß, was Sie fragen wollen; ja, Hannah Basia und ich lebten wie Mann und Frau. Sie war eine reine Jungfrau gewesen. Wie so ein Mädchen dazu überredet werden konnte, ein Verhältnis zu haben, ist eine Geschichte für sich. Ich weiß ein wenig Bescheid mit den jüdischen Gesetzen, und ich überzeugte sie davon, daß nach der Tora ein Mann zwei Frauen haben darf. Sie beging also keinen Ehebruch, denn sie war nicht verheiratet. Hätte ich ihr gesagt, sie solle auf dem Kopf stehen, sie hätte auch das getan.
Solange Hannah Basias Vater nichts von dem wußte, was sich abspielte, ging alles glatt. Wir lebten wie die Turteltauben. Aber wie lange kann so ein Verhältnis geheim bleiben? Als der Vater herausfand, daß ein verheirateter Mann seine Tochter besuchte und sie ihn wie einen Bräutigam empfing, war der Teufel los. Ich versicherte ihm, daß, sobald mein böses Weib sich von mir scheiden ließe, ich mit seiner Tochter unter den Hochzeitsbaldachin treten würde.
So schön Hannah Basia war, so häßlich war ihr Vater, krank, ein zerbrochener Scherben. Er drohte mir, daß ich exkommuniziert würde. Mit der Zeit wurde er immer heftiger; er deutete sogar an, daß er mich ins Gefängnis bringen könnte. Ich bekam es mit der Angst zu tun. Man sollte so etwas nicht sagen, aber das Glück war auf meiner Seite. Er wurde sterbenskrank. Er hatte etwas an den Nieren und weiß Gott was noch. Ich schickte ihn zu Ärzten, brachte ihn ins Hospital, bezahlte die Krankenschwestern, und ich gab vor, daß dies alles nichts kostete. Er siechte noch ein paar Monate dahin, dann starb er. Ich setzte ihm einen Grabstein für fünfzehnhundert Dollar, und seiner Tochter machte ich weis, daß die Landsleit aus Wysoka ihn bezahlt hätten. Eine Lüge führt zur anderen. Wie heißt es im Talmud?«
»Eine Sünde zieht die andere nach sich«, sagte ich.
»Richtig.«

»Nach dem Tode ihres Vaters wurde Hannah Basia ihm noch ergebener als zuvor. Sie betrauerte ihn, wie ich noch nie eine Tochter ihren Vater habe betrauern sehen. Sie bezahlte einen Mann, Kaddisch für ihn zu sagen. Sie zündete Kerzen in der Synagoge an. Jede zweite Woche ging sie an sein Grab. Ich erzählte ihr, daß mein Geschäft gutginge, und ich versuchte, ihr mehr Geld zu geben. Aber wie wenig es auch sein mochte, sie bestand darauf, es sei zuviel. Alles was sie brauche, so sagte sie, sei ein Laib Brot, ein paar Kartoffeln und ab und zu ein Pfund Kutteln. Jahre vergingen, und sie trug immer noch die gleichen schäbigen Kleider aus der alten Heimat. Ich wollte ihr eine Wohnung an der Ocean Avenue kaufen und sie möblieren. Sie weigerte sich, umzuziehen. Sie fuhr fort, ihren Trödel abzustauben und zu polieren. Sie las die jiddischen Zeitungen, und einmal fand sie mein Bild darin. Ich war Vorstand eines Altenheims geworden, und darüber hatte man berichtet: ›Sieh mal, dieser Sam Palka sieht genau aus wie du. Ist er ein Verwandter?‹ Ich sagte: ›Ich wünschte, er wäre einer. In meiner Familie sind alle arme Schlucker.‹ Hätte ich ihr gesagt, daß ich Sam Palka war, unsere Liebe wäre zu Ende gewesen. Sie brauchte einen armen Mann, um den sie sich kümmern konnte, nicht einen reichen, der sie verwöhnte. Jedesmal, wenn ich sie verließ, um nach Hause zu gehen, bot sie mir einen Beutel mit Essen an, so daß ich nicht verhungern würde bei den Portionen, die meine Frau mir gab. Komisch, was?

Die Jahre vergingen, und ich wußte kaum, wie. An einem Tag hatte ich noch dunkles Haar, und über Nacht, wie es schien, war ich grau geworden. Hannah Basia war auch kein Küken mehr. Aber ihre Gedanken waren die eines Kindes. Das Haus in der Blake Avenue wurde so baufällig, daß ich Angst bekam, es könnte einstürzen. Ich mußte die Inspektoren bestechen, damit es nicht abgerissen wurde. Die Geschichtenbücher, die Hannah Basia aus Wysoka mitgebracht hatte, waren nun ganz zerfetzt, und sie las jetzt die Bücher der jiddischen Schriftsteller, die in Amerika lebten. Von dieser Ware gab es reichlich in meinem Hause! Ich brachte ihr einen Haufen, und sie bewunderte alle, egal wie schlecht sie waren. Sie liebte alle Menschen, außer meiner Frau. Auf sie goß sie Feuer und Schwefel. Sie wurde nie müde, von den Schwierigkeiten zu hören, die Bessie mir bereitete, und ich hatte viel zu erzählen. Sie hatte sich einen Gigolo zugelegt und reiste mit ihm durch ganz Europa. Auch meine Kinder machten mir wenig Freude. Mein Sohn bestand nicht einmal ein Schulabschlußexamen. Ich habe drei Töchter, und keine von ihnen führte eine

glückliche Ehe. Ihre Mutter säte Haß gegen mich in sie. Ich war nur zu etwas gut – Schecks auszuschreiben. Immerhin hatte ich ein großes Glück: Hannah Basia. Sie blieb sich immer gleich. In all den Jahren lernte sie nur wenige Worte Englisch. Die meisten jüdischen Mieter hatten das Haus verlassen, und Puertoricaner waren eingezogen. Nur zwei alte Frauen – Witwen – waren geblieben, und Hannah Basia kümmerte sich um sie. Eine litt am Star und erblindete später. Die andere hatte Wassersucht. Hannah Basia pflegte sie wie eine gelernte Krankenschwester.
Würden Sie das für möglich halten, in der ganzen Zeit kam Hannah Basia nie nach Manhattan. Die Untergrundbahn mit all dem Krach und Lärm erschreckte sie. In der Hopkinson Avenue gab es ein jiddisches Theater, und ab und zu ging ich mit ihr dorthin. Manchmal sahen wir auch einen jiddischen Film. Es gab Augenblicke, da dachte ich, ich müsse dieses falsche Spiel beenden. Warum sollte sie nicht meinen Reichtum genießen? Im Sommer hätte ich gern einen Bungalow in den Catkills für sie gemietet. Ich bot ihr an, mit mir nach Kalifornien zu reisen. Aber sie wollte nichts davon wissen. Damals gab es noch keine Klimaanlagen, und ich wollte ihr einen Ventilator kaufen. Sie schlug es aus. Sie hatte eine Todesangst vor Maschinen. Sie erlaubte mir auch nicht, ihr ein Telephon legen zu lassen. Das einzige, was sie annahm, war ein Radioapparat; es dauerte lange, bis sie gelernt hatte, wie man die jiddischen Stationen einzustellen hatte. So ist Hannah Basia, und so wird sie bis zum Ende ihrer Tage bleiben.
Mein lieber Freund, ich habe versprochen, es kurz zu machen, und ich will Wort halten. Bessie starb. Sie hatte sich mit ihrem Gigolo – diesem Strichjungen – verkracht und war allein nach Hongkong gefahren. Was sie dort gewollt hat, werde ich nie erfahren. Eines Tages brach sie in einem Restaurant zusammen und war tot. Das war 1937. In all den langen Jahren, die ich mit Hannah Basia verbracht hatte, hatten wir uns immer wieder versprochen, zu heiraten, wenn Bessie etwas zustoßen sollte. Aber irgendwie verschob ich es von Mal zu Mal, ihr davon zu berichten. Es war nicht daran zu denken, daß ich mit Hannah Basia in den Ruinen der Blake Avenue leben konnte. Und genauso unmöglich war es, sie in meine Zehnzimmerwohnung in der Park Avenue zu führen. Meine Nachbarn

sind alles hochnäsige Geldsäcke. Ich hatte eine Negerin als Hausmädchen und eine irische Wirtschafterin. Ich ging auf Parties, und ich gab selbst Parties. In meinem Kreis sprach kein Mensch auch nur ein Wort Jiddisch. Wie konnte ich Hannah Basia in diese sich nichtjüdisch gebende Welt bringen? Mit wem hätte sie reden können? Außerdem, wenn sie herausfand, daß ich die ganzen Jahre ihr gegenüber gelogen hatte, so hätte dieser Schock unsere Liebe zerreißen können wie ein Spinnweb. Ich begann mich damit zu beschäftigen, ob ich mit ihr nach Palästina gehen, vielleicht in Jerusalem oder am Grabe Rahels leben sollte, aber damals fing Hitler schon an, seine Zähne zu zeigen.

In solchen Zeiten war es besser, in Amerika zu sein und nicht in fernen Ländern herumzuwandern.

Ich schob die Angelegenheit von Tag zu Tag, von Monat zu Monat auf. Ich will es nicht leugnen – ich war ihr nicht immer treu in all diesen Jahren. Solange ich nichts von der wahren Liebe gewußt hatte, pfiff ich auf die frivolen Weiber, aber jetzt, da ich wirklich liebte, paßte es mir in den Kram, mich auch mit anderen Frauen zu vergnügen. Wenn Frauen wissen, daß ein Mann allein lebt, bieten sie sich gleich dutzendweise an. Ich wurde ein richtiger Don Juan. Ich verkehrte in Nachtklubs und Restaurants, wo man die großen Tiere trifft. Mein Name wurde sogar in der Klatschspalte erwähnt. Aber diese falschen Lieben machten nur Spaß, weil in Brownsville, in der Blake Avenue, die wahre Liebe auf mich wartete. Wer hat das gesagt? Eine Unze Wahrheit wiegt mehr als zehntausend Tonnen Lügen. Ich überlegte hin und her, was tun, und inzwischen brach der Krieg aus. Jetzt gab es kein Land mehr, in das wir fliehen konnten – außer vielleicht nach Mexiko oder Südamerika. Aber was sollten wir zwei dort anfangen?

Mein Lieber, bis heute hat sich nichts geändert, außer daß ich ein alter Mann geworden bin und Hannah Basia in den Fünfzigern ist. Aber Sie sollten sie sehen: ihr Haar ist noch immer wie Gold, und ihr Gesicht ist das eines jungen Mädchens. Man sagt, das kommt vom reinen Gewissen. Als Krieg war und sie hörte, wie man die Juden in Europa quälte, begann sie zu weinen; sie weinte jahrelang. Sie fastete und sprach Gebete, wie es die gottesfürchtigen Frauen in meinem Heimatdorf getan hatten. Irgendeine Organisation machte bekannt, daß sie Pakete nach Rußland schickte, und jeden Cent, den ich ihr gab, schickte Hannah Basia dorthin. Sie war so verstört, daß sie ganz vergaß, daß ich ein armer Versicherungsagent war, und nahm von mir große Beträge an, die ich angeblich für mein Alter zurückgelegt hatte. Wäre sie nicht Hannah Basia gewesen, sie hätte gemerkt, daß da etwas nicht stimmte. Aber Verdacht lag ihr nicht. Sie kannte den Wert des Geldes kaum – besonders wenn es sich um Schecks handelte. Ich wußte, daß die gewitzten Leute, die die Pakete schickten, sie vorn und hinten betrogen, aber ich wußte auch, daß es, wenn nur einer von hundert Dollar seine Bestimmung erreichte, eine gute Tat war. Außerdem, hätte ich Hannah Basia gesagt, daß Leute mit Bärten und Schläfenlocken Flüchtlinge beraubten, sie hätte einen Herzanfall bekommen können. Schließlich gab ich ihr so viel, daß ich ihr erzählen mußte, ich sei mit einer Hilfsorganisation in Verbindung, die mir Zuwendungen mache. Sie bezweifelte nichts. Später, als Palästina ein jüdischer Staat wurde und die Schwierigkeiten mit den Arabern anfingen, versuchte sie wieder zu helfen. Ob Sie es glauben oder nicht, ich bekomme immer noch Geld von all diesen nicht vorhandenen Komitees.« Sam Palka blinzelte mir zu und lachte. Er zog an seiner ausgegangenen Zigarre und warf sie dann in den Aschenbecher. Er zündete eine andere an und sagte: »Sie können mich einen Scharlatan nennen, aber ich war bis heute nicht fähig, ihr die Wahrheit zu sagen. Sie liebte David Wischkower, den armen Mann, das Opfer einer bösen Frau, nicht Sam Palka, den Hausbesitzer, Millionär, Weiberheld und Spieler. Es mußte alles bleiben wie bisher. Ich gehe immer noch zu ihr in die Blake Avenue. Die Gegend ist jetzt fast ganz schwarz geworden. Hannah Basia macht das nichts. ›Hier habe ich gelebt‹, sagt sie, ›und hier will ich sterben.‹ Ich gehe am Morgen zu ihr, bleibe den Tag über bei ihr – wir gehen etwas spazieren, und gleich nach dem Abendessen gehen wir zu Bett. Man kennt mich dort. Die Schwarzen und die Puertoricaner sagen: ›Hi, Mr. Wischkower.‹ Wir essen immer noch geröstete Hafergrütze, Nudeln mit Bohnen und Buchweizengrütze mit Milch, und wir reden von der alten Heimat, als seien wir gestern erst vom Schiff an Land gegangen. Es ist kein Spiel mehr. Für sie ist Bessie immer noch am Leben und macht mir das Dasein schwer. Sie glaubt, daß ich von einer kleinen Pension der Versicherungsgesellschaft und von der Altersrente lebe. Ich verliere immer noch die Knöpfe von meinem Jackett und an der Hose, und Hannah Basia näht sie immer wieder an. Sie bittet mich, ich soll ihr meine Hemden bringen, damit sie sie waschen kann. Sie stopft meine Socken. Ein Pyjama, der zwanzig Jahre alt ist, hängt bei ihr im Badezimmer. Jedesmal, wenn ich komme, muß ich über Bessie berichten. Ist sie immer noch so böse? Ist sie mit den Jahren nicht weicher geworden? Ich sage ihr, daß das Alter nicht den Charakter ändert – schlecht bleibt schlecht. Hannah Basia hat mich gebeten, auf dem Friedhof der Landsleit von Wysoka einen Platz zu kaufen, damit wir nach unserem Tode nebeneinander liegen können. Ich habe es getan, obgleich ein anderer Platz schon auf mich wartet, neben Bessies Grab. Ich werde zweimal sterben müssen. Wenn ich sterbe, wird Hannah Basia über mein Legat für sie erstaunt sein. Ich habe für sie eine Lebensversicherung über fünfzigtausend Dollar abgeschlossen. Auch das Haus in der Blake Avenue wird ihr gehören. Aber was wird sie damit anfangen? Es kommt die Zeit, wenn Geld einem nichts mehr nützt. Wir leben beide streng diät. Sie kocht jetzt mit Pflanzenöl statt mit Butter. Ich habe Angst, ein Stückchen Babka zu essen.

Eines Tages saß ich mit Hannah Basia zusammen, und wir sprachen von den alten Zeiten – als noch Mazze gebacken wurde, man sich Purimgeschenke machte und die Fenster für Schawuot schmückte –, und plötzlich fragte sie: ›Was ist mit deiner Frau? Wird sie nie sterben?‹ Ich antwortete: ›Unkraut vergeht nicht.‹ Hannah Basia sagte: ›Ich möchte immer noch vor Gott und den Menschen deine Frau werden, und sei es nur für ein Jahr.‹

Als ich diese Worte hörte, geriet ich außer mir. Am liebsten hätte ich ausgerufen: ›Hannah Basia, mein Liebling, niemand steht uns mehr im Weg. Komm mit mir aufs Rathaus, und wir lassen uns trauen.‹ Aber das hieße David Wischkower umbringen. Lachen Sie nicht – für mich ist er eine wirkliche Person. Ich habe so lange mit ihm gelebt, daß er mir näher steht als Sam Palka. Wer ist Sam Palka? Ein alter Wüstling, der ein Vermögen gemacht hat und nicht weiß, was er damit anfangen soll. David Wischkower ist ein Mann, wie mein Vater einer war, er möge in Frieden ruhen.

Ja, und was würde aus Hannah Basia werden, wenn sie die Wahrheit erfahren sollte? Anstatt die Frau von Sam Palka zu werden, würde sie die Witwe von David Wischkower sein.«

Die Silvesterfeier

Eine Frau rief mich an und sagte: »Ich bin ganz sicher, daß Sie keine Ahnung haben, wer ich bin, aber da ich Ihre Bücher lese, kenne ich Sie schon mindestens seit zwanzig Jahren. Wir sind uns auch einmal begegnet. Ich bin Perl Leipziger.«

»Ich kenne Sie gut«, erwiderte ich. »Ich habe Ihre Gedichte gelesen. Wir haben uns bei Boris Lemkin in der Park Avenue getroffen.«

»Also erinnern Sie sich doch an mich. Und ich rufe Sie aus folgendem Grunde an. Ein paar jiddische Schriftstellerinnen und einige Liebhaber der jiddischen Literatur haben sich entschlossen, Silvester zusammen zu feiern. Boris Lemkin wird dasein. Um die Wahrheit zu sagen, es war seine Idee. Wir fanden alle, daß es sehr schön wäre, wenn Sie kommen würden. Es werden mehrere Frauen dasein und außer Ihnen noch zwei Männer: Boris Lemkin und sein Schatten Harry. Ich weiß natürlich, daß Sie ein bekannter Schriftsteller sind und wir nur ein Haufen ›später Anfängerinnen‹ – im Grunde Dilettanten –, aber wir lieben die Literatur und wir sind Ihre treuen Leserinnen. Glauben Sie mir, Sie werden in einem Kreis aufrichtiger Bewunderer sein.«

»Perl Leipziger, es wird mir eine Ehre sein, zu Ihrer Party zu kommen. Wie ist Ihre Adresse und wann soll ich dasein?«

»Ach, es wird ein großes Fest werden. Schließlich und endlich, Silvester ist selbst für uns so etwas wie ein Festtag. Kommen Sie, wann Sie wollen – je früher, je besser. Hören Sie, ich habe eine Idee – kommen Sie doch zum Essen. Boris wird kommen und Harry, die anderen kommen dann später. Ich weiß, was Sie mir sagen wollen – daß Sie Vegetarier sind. Sie können sich auf mich verlassen. Ich koche für Sie eine Suppe, wie sie Ihre Mutter gemacht hat.«

»Wie können Sie etwas von den Suppen meiner Mutter wissen?«

»Aus Ihren Geschichten natürlich.«

Perl Leipziger gab mir ihre Adresse in der East Bronx, zusammen mit genauen Anweisungen, wie ich mit der Untergrundbahn dorthin käme. Sie dankte mir wieder und wieder. Ich wußte, daß Perl über Fünfzig sein mußte, aber ihre Stimme klang jung und kräftig.
Am Tag des Silvesterabends gab es einen heftigen Schneefall. Die Straßen waren weiß, und gegen Abend wurde der Himmel violett. New York erinnerte mich plötzlich an Warschau. Das einzige, was fehlte, waren die Pferdeschlitten. Während ich durch den Schnee ging, glaubte ich ihre Glöckchen klingeln zu hören. Ich kaufte eine Flasche Champagner, und es gelang mir, ein Taxi nach der Bronx zu bekommen, was am Silvesterabend keine geringe Leistung war. Es war noch früh, aber die Kinder fingen schon an, zu Ehren des neuen Jahres ihre Papptrompeten zu blasen. Das Taxi fuhr durch eine jüdische Gegend, und hier und da sah ich einen Weihnachtsbaum, der mit kleinen Lichtern und Lametta geschmückt war. Einige Geschäfte waren schon geschlossen. In anderen machten die letzten Käufer noch ihre Besorgungen – Lebensmittel und Alkohol. Während der Fahrt machte ich mir Vorwürfe, meinen Schriftstellerkollegen aus dem Weg zu gehen und ihren Versammlungen und Parties fernzubleiben. Aber es war so lästig, schon im ersten Augenblick, wenn ich jemanden traf, sofort den letzten Klatsch zu hören zu bekommen: was der von mir gesagt, und was jener über mich geschrieben hatte. Die linken Schriftsteller tadelten mich, weil ich nicht genug für die Weltrevolution tat. Die Zionisten warfen mir vor, den Kampf des jüdischen Staates und den Mut seiner Pioniere nicht genügend zu würdigen.
Boris Lemkin war ein reicher Grundstücksmakler, der in bescheidenem Umfang jiddische Schriftsteller und Künstler unterstützte. Die Schriftsteller sandten ihm ihre Bücher, und er schickte ihnen Schecks. Er kaufte Bilder. Er wohnte in der Park Avenue mit Harry, einem alten Freund aus Rumänien. Boris pflegte ihn seinen ›Diktator‹ zu nennen. In Wirklichkeit war Harry, oder Herschel, Boris' Koch und Diener. Boris Lemkin war als Gourmet und Frauenheld bekannt. Von seiner Frau lebte er seit Jahren getrennt. Irgend jemand hatte mir erzählt, daß er eine riesige Sammlung pornographischer Photos und Filme besaß.
Um Viertel nach sechs hielt mein Taxi vor Perls Haus, und ich fuhr mit

dem Lift in den vierten Stock. Sie erwartete mich an der offenen Wohnungstür. Sie war klein, hatte einen hohen Busen, breite Hüften, eine runde Stirn, eine Hakennase und große schwarze Augen, aus denen die polnisch-jüdische Lebensfreude strahlte, die keine Sorgen zu beeinträchtigen vermögen. Sie trug ein Abendkleid, das mit Pailletten bestickt war, und goldene Schuhe. Ihr Haar war frisch schwarz gefärbt und nach oben frisiert. Ihre Fingernägel waren blutrot lackiert. Ein goldener Davidstern hing an ihrem Hals, lange Ohrringe baumelten an ihren Ohrläppchen, und an einem ihrer Finger funkelte ein Brillant – bestimmt alles Geschenke von Boris Lemkin. Wahrscheinlich hatte sie schon einiges getrunken, denn obwohl sich mich kaum kannte, küßte sie mich. Schon als ich über die Türschwelle getreten war, kam mir das Aroma der Suppen meiner Mutter entgegen: Gerste, Linsen, getrocknete Pilze und geröstete Zwiebeln. Das Wohnzimmer war mit Nippsachen vollgestopft. An den Wänden hingen Bilder, von denen ich annahm, daß sie von Boris Lemkins Protegés gemalt worden waren.

»Wo ist Boris?« fragte ich.

»Verspätet wie immer«, sagte Perl, »aber er hat angerufen, um zu sagen, daß er bald hiersein wird. Trinken wir etwas, während wir auf ihn warten. Was hätten Sie gern? Ich habe fast alles, was Ihnen einfallen könnte. Ich habe auch die Anisplätzchen gebacken, die Sie so gern haben – fragen Sie mich nicht, woher ich das weiß!«

Während wir Sherry tranken und Anisplätzchen aßen, sagte Perl: »Sie haben viele Feinde, aber auch viele Freunde. Ich bin einer Ihrer aufrichtigsten Verfechter. Ich lasse niemanden in meiner Gegenwart etwas Schlechtes über Sie sagen. Und was sagt man nicht alles! Daß Sie ein Snob sind, ein Zyniker, ein Menschenfeind und Einsiedler. Aber ich, Perl Leipziger, verteidige Sie wie eine Löwin. Irgend so ein Besserwisser ging sogar so weit zu sagen, daß ich wohl Ihre Geliebte sein müsse! Ich sage ihnen immer das gleiche: Ich muß nur eines eurer Bücher aufschlagen, und schon fange ich an zu gähnen, aber wenn –«

Das Telephon läutete, und Perl griff nach dem Hörer. Sie sagte: »Ja, er ist da. Er kam ganz pünktlich. Er brachte mir eine Flasche Champagner mit, er ist wirklich ein Kavalier. Boris? Nein, noch nicht. Wahrscheinlich ist er mit einer seiner Liebsten beschäftigt. Meine literarischen Aktien müssen sehr gefallen sein, aber ich tröste mich damit, daß wir vor Gott alle gleich sind. Ihm ist eine Fliege ebenso wichtig wie Shakespeare. Komm nicht zu spät. Was? Du sollst gar nichts mitbringen. Ich habe so viel Kuchen gekauft, daß er bis Ostern reichen wird.«

Es war zwanzig Minuten nach sieben, und Boris war noch immer nicht erschienen. In einer Stunde waren Perl und ich so vertraut miteinander geworden, daß sie mich in alle ihre Geheimnisse eingeweiht hatte. Sie erzählte mir: »Ich komme aus einem frommen Haus. Wenn mir irgend jemand gesagt hätte, daß ich nicht nach dem Gesetz von Moses und Israel heiraten würde, ich hätte es für einen Scherz gehalten. Aber Amerika hat uns zerstört. Mein Vater war gezwungen, am Sabbat zu arbeiten, und das war für ihn wie für meine Mutter ein schwerer Schlag. Es hat beide tatsächlich umgebracht. Ich fing an, zu linken Versammlungen zu gehen, wo Atheismus und freie Liebe gepredigt wurden. In einer dieser Versammlungen lernte ich Boris kennen. Er schwor mir, daß er in dem Augenblick, in dem er von seiner Xanthippe geschieden wäre, mit mir unter den Hochzeitsbaldachin treten würde. Ich nahm alles für bare Münze. Er ist ein so geschickter Lügner, daß ich Jahre brauchte, bis ich herausfand, was für ein Kerl er ist. Noch heute wird er nie zugeben, daß er andere Frauen hat, und das habe ich satt. Wozu braucht ein Mann von siebzig Jahren noch so viele Liebschaften? Er ist wie die alten Römer mit ihren Vomitorien: sie mußten eine Mahlzeit loswerden, damit sie wieder eine andere zu sich nehmen konnten. Verrückt ist er auch. Wie verrückt, werden Sie nie verstehen, aber wenn es ums Geldmachen geht, ist er klüger als wir alle zusammen. Vier Wochen vor dem großen Börsenkrach 1929 verkaufte er alle seine Aktien und stand mit einer halben Million Dollar in bar da. Damals hätten Sie für diese Summe halb Amerika kaufen können. Er weiß selbst nicht, wie reich er heute ist. Und dennoch, jeder Penny, den er mir gibt, ist eine milde Gabe. Aber wenn er auf eine Sauftour geht, dann wird er Tausende rausschmeißen, und plötzlich geizt er mit dem Penny. Da kommt jemand – das ist er, endlich.«
Perl lief, ihm die Tür aufzumachen. Bald hörte ich Boris Lemkins Stim-

me. Er sprach nicht – er brüllte. Es klang, als sei er betrunken. Boris Lemkin war klein, rund wie eine Tonne, mit rotem Gesicht, weißem Haar und weißen buschigen Augenbrauen, unter denen ein Paar Knopfaugen hervorspähten. Er trug einen Smoking, ein rosa Rüschenhemd und Lackschuhe. Zwischen seinen dicken Lippen steckte eine Zigarre. Er reichte mir eine Hand, die an drei Fingern Ringe hatte, und schrie: »Schalom aleichem! Ich habe jedes Wort gelesen, das Sie geschrieben haben. Bitte verführen Sie meine Perl nicht. Sie ist alles, was ich besitze. Was wäre ich ohne sie? Weniger als nichts. Perl, Darling, gib mir etwas zu trinken, meine Kehle ist ganz trocken.«

»Später bekommst du etwas zu trinken. Jetzt werden wir erst essen.«

»Essen? Wer kommt auf eine solche Idee? Doch nicht am Silvesterabend.«

»Du wirst essen, ob du willst oder nicht.«

»Gut, wenn sie auf dem Essen besteht, wird gegessen. Sehen Sie meinen Bauch? Der könnte sich seinen Weg durch ein Lebensmittelgeschäft und einen Metzgerladen fressen und wäre immer noch nicht voll. Ich habe meinen Körper nach meinem Tode der Anatomie vermacht. Die Ärzte werden dort medizinische Wunder entdecken.«

Wir gingen in die Küche. Obwohl Boris dabei blieb, daß er nicht hungrig sei, schlürfte er gierig zwei Schalen Suppe. Er schmatzte und stöhnte, und Perl sagte: »Immer noch ein Schwein.«

»Ich hatte eine kluge Mutter«, sagte Boris, »und sie pflegte zu sagen: ›Berele, nimm, solange du kannst. Im Grab kannst du nicht mehr essen.‹ In Bessarabien gab es ein Gericht ›Karnatzlech‹, und es gibt nur einen Menschen in Amerika, der dieses Gericht zubereiten kann, und das ist Harry. Sonst taugt er zu nichts, dieser Eunuch. Ihm kann man eine Fünfdollarnote geben und ihm einreden, es seien hundert Dollar, aber wenn es ums Kochen geht, dann kann der Chef des Waldorf-Astoria ihm nicht das Wasser reichen. Darin hat er einen Instinkt, wie ihn Gott nur Idioten verleiht. Wenn Harry sagt, kauf diese Aktie, dann zögere ich keine Sekunde; ich rufe meinen Börsenmakler an und sage ihm: kaufen. Und wenn Harry sagt, verkaufe, dann verkaufe ich. Er hat keine Ahnung vom Aktienmarkt – ›General Motors‹ nennt er ›General Mothers‹. Wie erklären Sie sich das?«

»Man kann nicht alles erklären.«
»Das sage ich auch. Es gibt einen Gott, daran ist nicht zu zweifeln, aber da Er vorgezogen hat, während der letzten viertausend Jahre zu schweigen, und auch dem Rabbi Stephen Wise nicht das leiseste Wörtchen gesagt hat, so schulden wir Ihm nichts. Wir müssen das tun, was die Haggada vorschreibt: ›Eßt, trinkt und freut euch des Lebens.‹«
Gegen neun Uhr kamen die Schriftstellerinnen. Eine von ihnen, Mira Royskez, eine Frau von achtzig, kannte ich noch aus Warschau. Ihr Gesicht hatte zahllose Fältchen, aber ihre Augen waren so lebendig und klar wie die eines jungen Mädchens. Mira Royskez hatte ein Buch veröffentlicht mit dem Titel ›Der Mensch ist gut‹. Sie hatte Perl einen selbstgebakkenen Schmalzkuchen mitgebracht.
Mathilda Feingevirtz – klein, breit, mit einer riesigen Büste und dem Gesicht einer polnischen Bäuerin – schrieb Liebesgedichte. Ihr Beitrag zum Fest war eine Flasche Syrup, den man über die Kartoffelpuffer, die es zu Chanukka gibt, gießt.
Berta Kosatzky, deren unordentliches Haar karottenrot gefärbt war, war als Verfasserin von Schundromanen für die jiddischen Zeitungen bekannt. Ihre Heldinnen waren immer Mädchen vom Lande, die in der Großstadt von Lebemännern verführt wurden, zu Prostituierten herabsanken und schließlich Selbstmord begingen. Bevor sie kam, hatte Perl Leipziger geschworen, daß Berta noch Jungfrau sei. Berta Kosatzky brachte eine Babka mit, und kaum hatte Boris Lemkin sie erblickt, als er sie an sich riß und die Hälfte auffraß, wobei er brüllte, daß nur die Heiligen im Paradies solche Leckerbissen erhielten.
Die allerkleinste in der Gruppe war Genossin Tsloveh, eine Zwergin von einer Frau, die in der Revolution von 1905 eine Riesenrolle gespielt haben soll. Ihr Mann, Feiwel Blecher, war wegen eines Anschlags auf das Leben eines leitenden Polizeibeamten in Warschau gehängt worden. Tsloveh selbst war eine Sachverständige der Bombenherstellung gewesen. Sie schenkte Perl ein Paar wollener Socken, wie sie vor fünfzig Jahren von Schulmädchen in Warschau getragen worden waren.
Harry kam als letzter. Er brachte Perl eine Magnumflasche Champagner mit, die Boris ihn beauftragt hatte, für die Silvesterfeier zu besorgen.

Harry war groß, mager, mit einem langen, sommersprossigen Gesicht und gelblichem Haar, das noch keine graue Strähne aufwies. Er sah wie ein Ire aus. Er trug eine Melone, eine Fliege und einen Sommermantel. Sowie Harry eingetreten war, rief Boris: »Wo ist die Ente?«

»Ich konnte keine Ente bekommen.«

»In ganz New York gibt es keine Ente?« schrie Boris. »Ist vielleicht eine Entenepidemie ausgebrochen? Hat man alle Enten nach Europa zurückgeschickt?«

»Boris, ich konnte keine einzige Ente finden.«

»Gut, dann werden wir ohne Ente auskommen müssen. Ich bin heute morgen mit einer wahren Gier nach einer gebratenen Ente aufgestanden. Ich möchte für jede Ente, die man heute abend in New York kaufen könnte, eine halbe Million Dollar haben, steuerfrei.«

»Was würden Sie mit soviel Geld anfangen?« fragte ich.

»Ich würde sämtliche Enten in ganz Amerika aufkaufen.«

Obwohl Perl in einer Seitenstraße wohnte, konnte man von Zeit zu Zeit das Tuten der Papptrompeten hören. Mathilda Feingevirtz stellte das Radio an, und der Sprecher verkündete, daß sich ungefähr hunderttausend Menschen auf dem Times Square eingefunden hatten, um das neue Jahr zu feiern. Er sagte auch die Anzahl der Verkehrsunfälle voraus, die sich während der Festtage ereignen würden. Boris Lemkin hatte schon begonnen, Perl und die anderen Frauen zu küssen. Er goß sich ein Glas nach dem anderen ein, und während sich sein Gesicht mehr und mehr rötete, schien sein Haar immer weißer zu werden. Er lachte, klatschte in die Hände und versuchte, die Genossin Tsloveh, die Bombenherstellerin, zum Tanzen zu bewegen.

Er hob Perl vom Boden auf, und sie beklagte sich, daß er an ihren Strumpfbändern zerre. Die ganze Zeit über saß Harry ruhig und nüchtern auf dem Sofa, mit der Ernsthaftigkeit eines Dieners, der sich um seinen Herrn bemüht. Ich fragte ihn, wie lange er Boris schon kenne, und er sagte: »Wir gingen schon zusammen in den Cheder.«

»Er sieht zwanzig Jahre älter aus als Sie.«

»In unserer Familie bekommen wir keine grauen Haare.«

Das Telephon läutete, und Perl nahm den Hörer ab. Sie fing an, in einem Singsang nach Warschauer Art zu sprechen: »Wer? Was? Nu, Sie scherzen wohl oder? Ich bin doch kein Prophet.« Plötzlich wurde sie gespannt. »Gut, ich höre«, murmelte sie. Boris war ins Badezimmer gegangen. Die Frauen tauschten neugierige Blicke aus. Perl sprach nicht, aber ihr Gesicht drückte Erstaunen, Ärger und Widerwillen aus, obwohl ihre Augen ab und zu lachten. Bevor Perl angefangen hatte zu schreiben, war sie Schauspielerin an einer jiddischen Bühne gewesen. Endlich sagte sie wieder etwas. »Was ist er – ein sechs Monate alter Säugling, der von Zigeunern

entfernt worden ist? Ein Mann von siebzig Jahren sollte schon wissen, was er will. Ich habe ihn verführt? Entschuldigen Sie schon, aber als er anfing, mit Ihnen herumzutändeln, da lag ich noch in der Wiege.«
Boris kam ins Wohnzimmer zurück. »Warum ist es hier so still? Sprecht ihr alle die Stillen Gebete?«
Perl legte die Hand auf den Hörer: »Boris, es ist für dich.«
»Für mich? Wer ist das?«
»Deine Urgroßmutter ist aus dem Grabe auferstanden. Geh und nimm das Telephon im Schlafzimmer ab.«
Boris schaute Harry fragend an. Schwankend ging er auf das Schlafzimmer zu. An der Tür warf er Perl einen Blick zu, der zu fragen schien: ›Hast du die Absicht, mitzuhören?‹ Perl saß in der Sofaecke, den Hörer ans Ohr gepreßt. Wir konnten gedämpftes Schreien hören. Harry zog seine gelblichen Augenbrauen hoch. Einige der Schriftstellerinnen schüttelten den Kopf, andere machten leise ts-ts. Ich ging die Bilder ansehen, die in der nur von einem offenen Bogen vom Wohnzimmer getrennten Diele hingen: Juden an der Klagemauer, Tanzende Chassidim, Talmudgelehrte und eine Braut, die man unter den Hochzeitsbaldachin führte. Ich nahm ein Buch aus dem Bücherschrank und las eine Szene aus einem Roman von Berta Kosatzky, in der ein Mann ein Bordell betritt und dort seine frühere Verlobte findet. Als ich es gerade wieder zurückstellte, kam Boris aus dem Schlafzimmer zurück.
»Ich will keine Spitzel, und ich schulde niemandem etwas!« brüllte er. »Geht zum Teufel, ihr alle! Schmarotzer, Schlemihle, Blutsauger!«
»Die Seifenblase ist geplatzt«, sagte Perl Leipziger triumphierend. Sie wollte eine Zigarette anzünden, aber das Feuerzeug versagte.
»Was für eine Seifenblase? Wer ist geplatzt? Von jetzt an ist Schluß mit diesem Theater. Wozu brauche ich einen Haufen alter Vetteln, die mich aussaugen und immer mehr von mir verlangen. Ich habe keiner von euch versprochen, ihr treu zu sein, ihr oder irgendeinem anderen Miststück. Pfui!«
»Die Wahrheit tut weh, was?«
»Die Wahrheit ist, daß du sowenig eine Schriftstellerin bist wie ich ein Türke!« brüllte Boris. »Jedesmal, wenn du etwas geschrieben hast, muß

ich den Verleger bestechen, damit er es druckt. Und das gilt für euch alle.« Boris zeigte mit dem Finger auf die anderen Frauen. »Ich habe versucht, eure Gedichte zu lesen. Herz-Schmerz! Liebe-bliebe! Achtjährige Schulmädchen können das besser. Wer braucht euer Geschreibsel? Das taugt ja zu nichts als zum Heringeeinwickeln.«

»Möge Gott Schande über dich bringen, so wie du Schande über mich gebracht hast«, rief Perl aus.

»Es gibt keinen Gott. Harry, komm.«

Harry rührte sich nicht. »Boris, du bist betrunken. Geh ins Bad und wasch dir das Gesicht. Vielleicht haben Sie Alka-Seltzer?« fragte er Perl.

»So, ich bin also betrunken? Jeder wirft mir die Wahrheit ins Gesicht. Aber wenn ich einmal die Wahrheit sage, dann nennst du mich einen Säufer. Ich brauche mir das Gesicht nicht zu waschen, und Alka-Seltzer brauche ich auch nicht. Ich habe dich gebeten, mir eine gebratene Ente zu besorgen, aber du warst zu faul, dich darum zu kümmern. Du bist genau wie alle anderen – ein Schnorrer, ein Bettler, ein Strolch! Jetzt höre einmal zu!« grölte Boris. »Wenn ich heute abend keine gebratene Ente bekomme, bist du entlassen und kannst zum Teufel gehen. Morgen früh werfe ich deine Sachen hinaus, und du wirst dich nie wieder bei mir sehen lassen. Ist das klar?«

»Klar genug.«

»Wirst du mir jetzt eine gebratene Ente holen oder nicht?«

»Nicht heute abend.«

»Heute abend oder nie. Ich gehe. Du kannst hierbleiben.«

Boris bewegte sich auf die Diele zu. Plötzlich fiel sein Blick auf mich, und er trat einen Schritt zurück. Er sah mich verlegen an. »Sie habe ich nicht gemeint – Sie natürlich nicht. Wohin waren Sie verschwunden? Ich hatte geglaubt, Sie seien schon gegangen.«

»Ich habe mir die Bilder angesehen«, antwortete ich.

»Was für Bilder? Nachahmungen, Schmierereien. Diese Chassidim tanzen schon seit hundert Jahren. Sogenannte Künstler schmieren Dreck auf eine Leinwand, und ich soll ihnen dafür etwas bezahlen. Perl hat sich von meinem Geld einen ganz hübschen Notgroschen zusammengespart – deshalb ist sie so hochnäsig. Bis vor zwei Jahren habe ich sechzehn Stunden am Tag gearbeitet. Noch heute arbeite ich zehn Stunden täglich. Dieser Ignorant Harry glaubt, ich kann ohne ihn nicht leben. Ich brauche ihn wie ein Loch im Kopf. Er kann nicht einmal seinen Namen schreiben. Er konnte hier nicht eingebürgert werden deswegen. Er fährt den Wagen mit meinem Führerschein, und ich muß vorne sitzen, weil er die Schilder nicht lesen kann. Ich lasse diese ganze verfluchte Bande zurück und gehe nach Europa oder Palästina! Wo ist mein Mantel?«

Boris lief zur Tür, aber Perl stellte sich ihm in den Weg. Sie streckte ihre Hände mit den roten Fingernägeln aus und rief: »Boris, du kannst in diesem Zustand nicht Auto fahren! Du wirst dich und zehn andere umbringen. Im Radio haben sie gesagt –«

»Mich werde ich umbringen, nicht dich. Wo ist mein Mantel?«

»Harry, laß ihn nicht gehen. Harry!« jammerte Perl.

Harry kam langsam näher.

»Boris, du machst dich lächerlich.«

»Halt's Maul! Vor denen kannst du den feinen Herrn spielen, aber ich weiß, wer du bist. Dein Vater war der Gehilfe eines Kutschers, ein Stallbursche, und deine Mutter . . . Und du bist nach Amerika ausgerückt, weil du ein Pferd gestohlen hast. Ist das wahr oder nicht?«

»Wahr oder nicht. Ich habe dir vierzig Jahre gedient. Ich hätte in der Zeit ein Vermögen machen können, aber ich habe nicht einen Penny von dir bekommen. Wie Jakob zu Laban sagte: ›Ich habe weder einen Ochsen noch einen Esel von dir genommen.‹«

»Das hat Moses zu den Juden gesagt, nicht Jakob zu Laban.«

»Dann soll es meinetwegen Moses gewesen sein. Wenn du dich umbringen willst, mach das Fenster auf und spring hinunter wie diese Dummköpfe zur Zeit des Börsenkrachs. Warum willst du den Cadillac ruinieren?«

»Idiot! Das ist mein Cadillac – nicht deiner«, sagte Boris und lachte so laut, daß die Frauen angerannt kamen. Er beugte sich vornüber und brach vor Gelächter fast zusammen. Mit einer Hand griff Harry nach Boris' Schulter, mit der anderen gab er ihm einen Schlag ins Genick. Mira Royskez lief in die Küche und brachte ein Glas Wasser. Boris richtete sich auf.

»Wasser gebt ihr mir? Wodka brauche ich – nicht Wasser.«

Er umarmte und küßte Harry.
»Verlaß mich nicht, alter Freund, Bruder und Erbe. Ich habe dir alles vermacht – mein ganzes Vermögen. Alle anderen sind meine Feinde – meine Frau, meine Kinder, meine Freundinnen. Was will ich denn vom Leben? Ein bißchen Freundschaft und ein Stückchen Ente.«
Boris schnitt ein Gesicht, seine Augen füllten sich mit Tränen. Er hustete, schnaufte und begann plötzlich ebenso zu schluchzen, wie er einen Augenblick vorher gelacht hatte.
»Harry, rette mich!«
»Besoffen wie Lot!« rief Perl Leipziger.
»Komm, leg dich hin«, sagte Harry. Er nahm Boris' Arm und führte ihn halb, halb zog er ihn ins Schlafzimmer. Boris fiel auf Perl Leipzigers Bett, schnarchte einmal und schlief sofort ein. Perls Gesicht, das am Beginn des Abends jung und lebensvoll gewesen war, war blaß geworden, runzlig und verwelkt. Aus ihren Augen sprach eine seltsame Mischung von Trauer und Ärger.
»Was werden Sie mit all dem Geld machen, Harry?« fragte sie. »Genau so närrisch sein wie er?«
Harry lächelte.
»Machen Sie sich darüber keine Sorgen. Er wird uns alle überleben.«

Die vier Schriftstellerinnen wohnten alle in der East Bronx, und Harry fuhr sie nach Hause. Ich saß vorne neben ihm. Es hatte so heftig geschneit, daß Harry Mühe hatte, in den Nebenstraßen, wo sie wohnten, durchzukommen. Wie es ein Kutscher in der alten Heimat getan hätte, trug er jede von ihnen über die Schneehaufen und setzte sie auf der Vortreppe ab. Während der ganzen Zeit schwieg er. Aber als er in die Seaman Avenue einbog, sagte er: »So, jetzt haben wir ein neues Jahr.«
»Ich habe gehört, daß Sie ein Spezialist für ›Karnatzlech‹ sind«, sagte ich, um irgend etwas zu sagen.
Harry wurde sofort gesprächig. »Da steckt gar kein Geheimnis dahinter. Wenn das Fleisch gut ist und wenn man weiß, welche Zutaten hineingehören, dann muß es gelingen. In Ihrer Heimat, in Polen, gingen die Juden zu den Rabbis. In Litauen lernten sie in den Jeschiwas, aber in Bessa-

rabien, da aß man Polenta und Karnatzlech und trank Wein dazu. Da war das ganze Jahr hindurch Purim. Boris hat mich einen Ignoranten genannt. Ich bin kein Ignorant. Ich bin in die jüdische Vorschule gegangen, und ich wußte am Freitag in dem Kapitel aus der Bibel besser Bescheid als er. Aber hier in Amerika hat er ein bißchen Englisch gelernt, und mir fehlte die Geduld dazu. Dafür kann ich besser Jiddisch als er. Und wozu hätte ich amerikanischer Bürger werden sollen? Hier fragt einen keiner nach dem Paß. Er fing an, Geschäfte zu machen, und ich arbeitete in Läden. Viele Jahre lang sind wir uns nicht begegnet. Als ich damals zu ihm kam, hatte er eine Frau – Henrietta hieß sie, eine habgierige Person, ein widerliches Stück. ›Wo hast du diese Xanthippe aufgegabelt?‹ habe ich ihn gefragt. ›Herschel‹, sagte er, ›ich war verblendet. Hilf mir, denn wenn du es nicht tust, wird sie mich unter die Erde bringen.‹ Damals lebten sie noch nicht getrennt. Er hatte ein Büro, und ich zog dort ein. Von Henriettas Kocherei hatte er sich Magengeschwüre geholt – sie würzte alles zu stark. Wer weiß, vielleicht wollte sie ihn vergiften. In dem Büro stand ein Gasherd, und ich wurde sein Koch. Er hat zwar einen Führerschein, aber er kann nicht fahren. Wenn er chauffiert, gibt es sofort Unfälle, so wurde ich sein Chauffeur. Ich kann die Verkehrsschilder sehr wohl lesen; ich habe ihn nie dazu gebraucht, das für mich zu tun. Wenn ich einmal eine Straße gefahren bin, so erkenne ich sie mitten in der Nacht wieder. Wir wurden wie Brüder – vielleicht standen wir uns sogar noch näher. Er ließ sich noch ein paar Jahre von Henrietta quälen, und er hatte von ihr zwei Töchter und einen Sohn. Keiner von denen taugt was. Seine ältere Tochter ist schon fünfmal geschieden. Die andere ist eine bösartige alte Jungfer. Und der Sohn wurde Rechtsanwalt, Gangsteranwalt. Ehe die schweren Jungens ein Ding drehen, gehen sie zu ihm und lassen sich beraten, wie man um die Gesetze rumkommt. Boris hat gesagt, daß ich ein Pferd gestohlen habe. Ich habe es nicht gestohlen. Es gehörte meinem Vater. Wo war ich stehengeblieben? Ja, daß Henrietta sich nicht von ihm scheiden lassen wollte. Warum sollte sie sich scheiden lassen, solange sie alles haben konnte, was sie wollte? Heute ist es etwas leichter, ein böses Weib loszuwerden. Damals konnte jedes Flittchen sich für eine Lady halten und ihren Mann vor Gericht bringen. Boris ist verrückt nach

Weibern, mich ziehen sie nicht an. Die meisten Frauen sind ›Goldgräber‹. Alles, was sie wollen, ist Geld. Ich kann diese Falschheit nicht leiden, aber Boris läßt sich gern hochnehmen. Schriftstellerinnen gegenüber, oder Malerinnen und Schauspielerinnen, ist er ganz hilflos. Wenn sie ihn mit ihrem katzenfreundlichen Gewäsch aus den Büchern umgarnen, verliert er den Verstand. Nachdem er die Trennung von Henrietta erreicht hatte, zog Boris in eine Wohnung in der Park Avenue, und ich verließ das Büro und zog mit ihm zusammen. Wie oft kam er nach Hause und rief aus: ›Harry, ich halte es nicht mehr aus – sie sind so falsch wie die heidnischen Götter!‹ ›Schmeiß sie hinaus‹, antwortete ich ihm. Dann fiel er auf die Knie und schwor bei der Seele seines Vaters, daß er sie zum Teufel schicken würde, und am nächsten Tag kam er mit der einen oder anderen zurück. ›Eunuch‹ nennt er mich. Ich bin kein Eunuch. Ich bin ein ganz normaler Mann. Frauen haben mich um meinetwillen geliebt, nicht meines Geldes wegen. Woher sollte ich auch Geld haben? Boris ist verrückt mit Geld. Aber mir ist Freundschaft teurer als die Millionen. Ich arbeite für ihn völlig umsonst, genau wie der Sklave in der Bibel. Es hätte nur noch gefehlt, daß er mich an den Türpfosten geführt und mein Ohr durchbohrt hätte. Ich habe niemals etwas von ihm bekommen außer dem Stück Brot, das ich esse, und dem Bett, in dem ich schlafe. Einmal habe ich ein Mädchen gern gehabt, und es wäre auch gutgegangen mit uns, aber als Boris davon hörte, schlug er einen solchen Krawall, als ob ich ihn hätte umbringen wollen. ›Wie kannst du mir das antun?‹ schrie er. Er versprach, mich als Partner in sein Geschäft aufzunehmen – alles. Er setzte mir so zu, daß ich es mit der Angst bekam. Aus Büchern mache ich mir nichts, aber ich bin immer gern ins Theater gegangen. Ich bin mit ihr ins Jiddische Theater gegangen. Ich habe sie alle gesehen – Adler, Tomaschevsky, Kessler. Sie und ich teilten jeden Gedanken, wie man sagt, aber ich ließ es zu, daß Boris uns trennte. Ich bin ein schwacher Charakter. Er ist so stark, wie ich schwach bin. Er kann bei einem alles erreichen, was er will. Er hat Frauen dazu gebracht, ihre Männer im Stich zu lassen. Er hat Frauen aus guten Familien dazu bekommen, ein Verhältnis mit ihm anzufangen. Diese Perl Leipziger ist nur das fünfte Rad am Wagen. Einige seiner Freundinnen sind alt inzwischen geworden und gestorben. Andere sind krank. Eine von ihnen hat er in einer Anstalt untergebracht. Er prahlt mit seinem Magen. In Wirklichkeit sind seine Magengeschwüre nie geheilt. Er hat auch hohen Blutdruck. Jeder andere Mensch wäre längst gestorben, aber er hat sich entschlossen, hundert Jahre alt zu werden, und wenn er etwas will, so muß es geschehen. Da war einmal eine Schauspielerin, sie hieß Rosalia Carp, eine wunderschöne Frau, eine wirkliche Primadonna. Sie hatte eine Stimme, die man die halbe Second Avenue entlang hören konnte. Wenn sie die Bühne betrat und die Kleopatra spielte, verliebten sich alle Männer in sie. Damals erzählte mir Boris alles. Er hatte kein Geheimnis vor mir. Eines Abends kam er aus dem Theater nach Hause und sagte: ›Harry, ich habe mich in Rosalia Carp verliebt.‹ ›Viel Glück‹, sagte ich. ›Das hat dir gerade noch gefehlt.‹ ›Warum?‹ fragte er. ›Sie ist doch für Männer geschaffen, nicht für den Erzengel Gabriel.‹ Damals, wenn Boris sich verliebt hatte, schickte er der Angebeteten Geschenke – riesige Blumenarrangements, große Schachteln Konfekt und sogar Pelze. Natürlich war ich der Mittelsmann, und ich kann Ihnen gar nicht sagen, wie oft mich die Rosalia Carp beleidigt hat. Sie drohte sogar, den Portier zu rufen. Einmal sagte sie zu mir: ›Was will er von mir? Ich mach' mir nichts aus ihm.‹ Dann lächelte sie und sagte: ›Wenn ich mit euch beiden auf einer einsamen Insel wäre, raten Sie mal, wen ich wählen würde.‹ Bei dieser Gelegenheit war sie die Liebenswürdigkeit selbst und wendete alle weiblichen Tricks an. Jeder andere an meiner Stelle hätte gewußt, was er zu tun hatte. Aber ich kann nicht aus meiner Haut und kann nicht Verrat üben.«

»Was wurde daraus – hat Boris sie bekommen?« fragte ich.

»Was für eine Frage! Und zwei Jahre später warf er sie weg. Das ist Boris Lemkin!«

Der Wagen hielt vor meinem Haus am Central Park West. Ich wollte aussteigen, aber Harry sagte: »Warten Sie noch einen Augenblick.«

Die Stille der Morgendämmerung hing über New York. Die Verkehrsampeln wechselten, aber kein einziger Wagen fuhr vorbei. Harry saß gedankenverloren da. Er schien auf das Rätsel seines eigenen Wesens gestoßen zu sein und versuchte, es zu lösen. Dann sagte er zu mir: »Wo kann ich mitten in dieser Nacht eine Ente bekommen? Nirgends.«

Fast drei Jahre waren vergangen. Eines Nachmittags, als ich in meinem Büro Korrekturen las, stand Harry plötzlich vor mir. Sein Haar war ganz weiß geworden, aber er sah immer noch jung aus. Er sagte: »Ich wette, Sie erkennen mich nicht wieder, aber –«

»Ich erinnere mich sehr gut an Sie, Harry.«

»Ich nehme an, Sie wissen, daß Boris schon über ein Jahr tot ist?«

»Ja, ich weiß. Setzen Sie sich. Wie geht es Ihnen?«

»Ach, gut. Alles in Ordnung.«

»Ich weiß sogar, daß Boris Ihnen nicht einen Penny hinterlassen hat«, sagte ich und bedauerte es sofort.

Harry lächelte schüchtern.

»Er hat niemandem etwas hinterlassen – weder Perl noch irgendeiner anderen. Die ganzen Jahre hat er immer vom Testament geredet, aber nie eins gemacht. Mehr als die Hälfte seines Vermögens nahm sich Onkel Sam, der Rest ging an seine Frau, dieses Stück, und seine Kinder. Der Sohn, der Winkeladvokat, kam am Morgen nach dem Tode seines Vaters und warf mich aus der Wohnung. Er versuchte sogar, noch einige von meinen Sachen zu grapschen. Aber es hat mich nicht umgebracht; ich verdiene mir mein Brot.«

»Was arbeiten Sie?«

»Ja, ich bin Kellner geworden. Nicht in New York. Hier würde mich die Gewerkschaft nicht aufnehmen, aber ich habe etwas in einem Hotel in den Catskills gefunden. Im Winter gehe ich nach Miami Beach, und dort bin ich Koch in einem koscheren Hotel. Meine ›Karnatzlech‹ sind berühmt. Was brauche ich sein Geld?«

Wir schwiegen beide eine Zeitlang. Dann sagte Harry: »Sie wundern sich sicher, warum ich gekommen bin.«

»Nein, ich wundere mich nicht. Ich freue mich, Sie zu sehen.«

»Es hat einen Grund. Boris hat noch immer keinen Grabstein. Ich habe seinen Sohn ein paarmal angerufen, um ihn daran zu erinnern, und er hat es immer versprochen – später, morgen, nächste Woche würde er ihn bestellen. Aber er wollte mich nur loswerden. Ich habe etwas Geld gespart, und ich habe beschlossen, selbst den Grabstein für Boris zu bestellen. Schließlich waren wir doch Brüder. Einmal ist ein gelehrter Mann in unsere Stadt gekommen und hat gesagt: ›Was geschehen ist, kann auch Gott nicht mehr ändern.‹ Ist das wahr?«

»Ich glaube schon.«

»Nachdem es einmal einen Hitler gegeben hat, wie hätte Gott die Zeit zurückdrehen können und ihn ungeschehen machen? Boris und ich sind zusammen aufgewachsen. Er war kein schlechter Mensch – nur abergläubisch und selbstsüchtig. Er hat kein Testament gemacht, weil er fürchtete, dann eher zu sterben. Wir waren über vierzig Jahre zusammen, und ich möchte nicht, daß sein Name vergessen wird. Ich bin heute nach New York gekommen, um mich darum zu kümmern. Ich bin zu einem Steinmetzen gegangen und habe ihn gebeten, die Inschrift auf Jiddisch zu machen. Hebräisch kann ich nicht gut, und auch Boris konnte es nicht. Ich wollte, daß er folgende Inschrift machen sollte: ›Lieber Boris, sei gesund und glücklich, wo immer du bist‹, aber der Steinmetz sagte, man könne von einem Toten nicht sagen ›Sei gesund‹. Wir fingen an zu streiten, und ich erzählte ihm von Ihnen – daß ich Sie kenne und daß wir einmal einen Neujahrsabend zusammen verbracht hatten. Er schlug vor, daß ich zu Ihnen gehen sollte, und wenn Sie sagen, daß es in Ordnung ist, er es so machen würde, wie ich es will. Und darum bin ich hier.«

»Ich muß leider sagen, daß der Steinmetz recht hat«, sagte ich. »Man kann einem Toten wünschen ›Sei glücklich‹, wenn man an ein Jenseits glaubt, aber Gesundheit ist eine Eigenschaft des Körpers. Wie kann man einem Körper, der schon zerfallen ist, Gesundheit wünschen?«

»Sie glauben also, daß man nicht das schreiben kann, was ich wollte?«

»Harry, es ist unsinnig.«

»Aber ›gesund‹ heißt ja nicht nur ›gesund‹. Man sagt doch immer: ›In einem gesunden Körper lebt eine gesunde Seele.‹« Wie seltsam – Harry fing an, mit mir über den Gebrauch der Worte zu debattieren. An seinen Beispielen wurde mir zum erstenmal klar, daß man im Jiddischen oft das gleiche Wort benutzt für ›kräftig‹, ›vernünftig‹ und ›gesund‹ – ›gesunt‹. Ich schlug Harry vor, er solle statt ›gesund‹ das Wort ›zufrieden‹ benutzen, aber Harry sagte: »Ich habe viele Nächte darüber nachgedacht. Diese Worte sind mir eingefallen, und ich möchte, daß die Inschrift so sein soll. Steht es in der Tora, daß solche Worte verboten sind?«

»Nein, es gibt kein Gesetz in der Tora, das sich damit beschäftigt, aber wenn jemand an dem Grabstein vorbeigehen und die Inschrift lesen würde, könnte er darüber lächeln.«
»Soll er lächeln. Das ist mir ganz gleich. Boris hat sich auch nichts daraus gemacht, wenn die Leute über ihn gelacht haben.«
»Sie wollen also, daß ich den Steinmetz anrufe und ihm sage, es sei in Ordnung?«
»Wenn es Ihnen nichts ausmacht.«
Harry gab mir die Telephonnummer des Steinmetzen. Obwohl auf meinem Schreibtisch ein Telephon stand, ging ich zu dem Anruf in ein anderes Zimmer. Der Steinmetz versuchte mir klarzumachen, daß es eine Art von Sakrileg sei, einer Leiche Gesundheit zu wünschen, aber ich entgegnete ihm mit einem Zitat aus dem Talmud, um ihn zu widerlegen. Ich kam mir wie ein Anwalt vor, der einen Fall gegen seine eigene Überzeugung vertritt. Nach einiger Zeit sagte der Steinmetz: »Wenn das Ihre Entscheidung ist, so werde ich tun, was Sie sagen.«
»Ja, ich übernehme die Verantwortung.«
Ich ging in mein Büro zurück, und durch die offene Tür sah ich Harry in Gedanken versunken sitzen, auf die Williamsburg-Brücke starren, die man von meinem Fenster aus sieht, und auf die Straßen der East Side, wo man die meisten Mietshäuser abgerissen und wieder aufgebaut hatte und wo andere noch im Bau waren. Ich selbst erkannte die Gegend fast nicht mehr wieder. Goldener Staub fiel auf die zerstörten Häuser, die Gräben, die Bulldozer, die Krane und die Zement- und Sandhaufen. Ich stand und starrte auf Harrys Profil. Wie war er zu dem geworden, der er war? Wie hatte dieser unwissende Mensch jene geistigen Höhen erreicht, die selbst unter Denkern, Philosophen und Dichtern selten sind? Als ich an jenem Morgen nach Perl Leipzigers Silvesterfeier um vier Uhr nach Hause gekommen bin, glaubte ich, die Stunden dort seien verschwendet gewesen. Jetzt, fast drei Jahre später, wurde mir eine Lehre zuteil, die ich nie wieder vergessen würde. Als ich Harry sagte, die Inschrift würde seinem Wunsch entsprechend gemacht werden, leuchtete sein Gesicht auf.
»Ich danke Ihnen, vielen Dank. Sie haben mir einen großen Gefallen getan.«

»Sie sind einer der großmütigsten Menschen, die mir je begegnet sind«, sagte ich.
»Was habe ich denn schon getan? Wir waren Freunde.«
»Ich wußte nicht, daß es solche Freundschaft noch gibt.«
Harry sah mich fragend an. Er stand auf, reichte mir die Hand und murmelte: »Nur Gott kennt die ganze Wahrheit.«

Die Geschichte zweier Schwestern

Leon, oder Chaim Leib, Bardeles goß Rahm in seinen Kaffee. Er tat eine Menge Zucker hinzu, kostete, verzog das Gesicht, goß mehr Rahm hinein und biß ein Stück von der Makrone ab, die der Kellner ihm gebracht hatte.

Er sagte: »Ich trinke meinen Kaffee gerne süß, nicht bitter. In Rio de Janeiro trinkt man winzige Tassen Kaffee, der gallebitter ist. Hier kann man ihn auch so bekommen – Espresso –, aber ich bevorzuge Kaffee im Glas, wie wir es in Warschau gewöhnt waren. Wenn ich hier so mit Ihnen sitze, vergesse ich ganz, daß ich in Buenos Aires bin. Es kommt mir vor, als säßen wir im Café Lours in Warschau. Was sagen Sie zu dem Wetter hier? Ich habe lange gebraucht, bis ich mich daran gewöhnt hatte, daß Sukkot im Frühling und das Passahfest im Herbst gefeiert wird. Ich kann Ihnen gar nicht sagen, welche Verwirrung dieser auf den Kopf gestellte Kalender bei unseren Leuten hervorruft. Chanukka fällt in die Zeit der Hitzewelle, und man zerschmilzt. Und an Schewuot ist es kalt. Na, immerhin sind die Frühlingsdüfte wenigstens die gleichen – der Flieder duftet ebenso wie der, der von den Praga-Wäldern und dem sächsischen Garten herüberwehte. Ich erkenne die Gerüche wieder, aber ich kann sie nicht beim Namen nennen. Die nichtjüdischen Schriftsteller zählen alle Blumen und Pflanzen auf, aber wie viele Namen gibt es im Jiddischen für Blumen? Ich kenne nur zwei Arten von Blumen – Rosen und Lilien. Wenn ich einmal in ein Blumengeschäft gehe, um für jemanden einen Strauß zu kaufen, verlasse ich mich immer auf die Verkäuferin. Trinken Sie Ihren Kaffee!« – »Erzählen Sie die Geschichte«, sagte ich.

»Ja, kann man die überhaupt erzählen? Wo soll ich anfangen? Ich habe Ihnen versprochen, alles zu erzählen, die ganze Wahrheit, aber kann man die Wahrheit wirklich sagen? Warten Sie, ich muß erst eine Zigarette rauchen. Und zwar eine von Ihren amerikanischen Zigaretten.«

Leon Bardeles zog eines der Päckchen heraus, die ich ihm aus New York mitgebracht hatte. Ich kannte ihn schon über dreißig Jahre. Ich hatte sogar einmal eine Einleitung zu einem Band seiner Gedichte geschrieben. Er war dreiundfünfzig oder vierundfünfzig Jahre alt, hatte sowohl die Hitlerhölle wie den Stalinterror überstanden, sah aber für sein Alter recht jung aus. Er hatte einen schwarzen lockigen Schopf, große schwarze Augen, eine volle Unterlippe, und sein Hals und seine Schultern drückten männliche Kraft aus. Er trug noch immer ein Hemd mit einem Kragen à la Slowacki, wie früher in Warschau. Er blies Rauchringe in die Luft und starrte mich mit zusammengekniffenen Augen an wie ein Maler sein Modell.

Er sagte: »Ich werde in der Mitte anfangen. Aber ich bitte Sie, fragen Sie mich nicht nach Daten, denn was das angeht, so bin ich völlig verwirrt. Es muß 1946 gewesen sein, oder vielleicht auch Ende 45. Ich hatte das Rußland Stalins verlassen und war nach Polen zurückgekehrt. In Rußland hätte ich eigentlich der Polnischen Armee beitreten sollen, aber ich habe mich gedrückt. Ich ging durch Warschau, und ich sah die Ruinen des Gettos. Sie werden es kaum für möglich halten, aber ich ging tatsächlich auf die Suche nach dem Haus, in dem ich 1939 gewohnt hatte – vielleicht würde ich zwischen den Backsteinen etwas von meinen Manuskripten wiederfinden. Die Aussicht, das Haus in der Nowolipki-Straße zu erkennen und nach all den Bombenangriffen und Bränden ein Manuskript zu finden, war weniger als Null, aber ich erkannte die Hausruine und fand eines meiner Bücher, und zwar gerade das mit Ihrer Einleitung. Nur die letzte Seite fehlte. Ich war überrascht, aber nicht allzusehr. In meinem Leben haben sich so unglaubliche Dinge zugetragen, daß ich vollkommen blasiert geworden bin. Käme ich heute abend nach Hause und fände meine verstorbene Mutter dort, würde ich nicht mit der Wimper zucken. Ich würde sagen: ›Mama, wie geht's dir?‹

Von Warschau aus stolperte ich weiter nach Lublin und von dort nach Stettin. Die meisten Städte waren nur noch Ruinen, und wir schliefen in Ställen, Baracken und auch auf den Straßen. Man schilt mich hier in Buenos Aires, daß ich nicht meine Erinnerungen schreibe. Erstens bin ich kein Prosaschriftsteller, zweitens geht in meinem Kopf alles durcheinan-

der, besonders Daten und Namen von Städten, und ich bin ganz sicher, ich würde so einen Haufen von Irrtümern zusammenbrauen, daß man mich einen Lügner und Fälscher nennen würde. Einige der Flüchtlinge waren halb verrückt. Eine Frau hatte ihr Kind verloren und suchte nach ihm in Gräben, in Heuhaufen und an den unwahrscheinlichsten Orten. Ein Deserteur von der Roten Armee hatte sich in den Kopf gesetzt, daß unter dem Schutt in Warschau Schätze begraben seien. Er stand in der bitteren Kälte und grub mit einem Spaten zwischen den Steinen. Diktaturen, Kriege und Grausamkeiten haben ganze Länder in den Wahnsinn getrieben. Meine Theorie ist die: die menschliche Spezies war von Anfang an verrückt, und Zivilisation und Kultur haben den Wahnsinn noch gesteigert. Nun ja, Sie wollen Tatsachen.
Die Tatsachen, um es kurz zu machen, waren folgende: In Stettin hatte ich eine Frau getroffen, die mich buchstäblich auf den ersten Blick verhexte. Sie wissen, es hat viele Frauen in meinem Leben gegeben. In Rußland fehlte es an allem, nur nicht an der sogenannten Liebe. So wie ich gebaut bin, kann mich nichts, weder Gefahr, Krisen, Hunger noch Krankheit, von dem abbringen, was man heutzutage Libido nennt oder was sich die Professoren sonst noch für Namen ausdenken können. Das war von der romantischen Liebesvorstellung unserer Jugend so weit entfernt wie wir vom Jupiter. Und plötzlich stehe ich vor einer Frau und starre sie an, als hätte ich nie zuvor ein weibliches Wesen gesehen. Beschreiben kann ich sie nicht. Dafür habe ich kein Talent. Sie hatte langes schwarzes Haar und eine Haut weiß wie Marmor. Sie müssen mir diese Banalitäten verzeihen. Augen hatte sie, die dunkel waren und seltsam verängstigt. In jenen Tagen war Angst nichts Besonderes. Man riskierte jeden Augenblick sein Leben. Die Russen wollten uns nicht aus dem Land herauslassen, und nach Palästina konnten wir nur illegal gelangen, denn die Engländer wollten uns nicht hereinlassen. Man hatte uns falsche Papiere verschafft, aber es war ziemlich deutlich, daß sie nicht in Ordnung waren. Ihre Augen spiegelten jedoch eine andere Art von Furcht wider. Es war, als ob dieses Mädchen von einem andern Stern auf die Erde gefallen sei und nicht wüßte, wo sie sich befand. Kann sein, daß die gefallenen Engel so ausgesehen haben. Aber sie war ja ein Mensch. Sie trug geplatzte

Schuhe und ein prachtvolles Nachthemd, das sie für ein Kleid hielt. Das ›Joint Distribution Committee‹ hatte Unterwäsche und Kleidung nach Europa geschickt, die von reichen Amerikanerinnen gespendet worden waren, und sie hatte das kostbare Nachthemd erhalten. Neben der Furcht sprach aus ihrem Gesicht eine seltene Vornehmheit. All dies paßte nicht recht zur Wirklichkeit. So zarte Geschöpfe überlebten im allgemeinen den Krieg nicht. Sie starben wie die Fliegen. Die überlebten, waren die Starken, die Entschlossenen und oft genug jene, die über Leichen gingen. Trotz all meiner Weibergeschichten bin ich im Grunde schüchtern. Ich bin nie der, der den ersten Schritt tut. Aber ich konnte mich buchstäblich nicht losreißen. Ich nahm all meinen Mut zusammen und fragte sie, ob ich ihr helfen könne. Ich sprach sie auf polnisch an. Erst schwieg sie, und ich vermutete schon, daß sie stumm sei. Sie sah mich mit der Hilflosigkeit eines Kindes an. Dann antwortete sie: ›Danke, Sie können mir nicht helfen.‹ Wenn man mich so zurückstößt, gebe ich es gewöhnlich gleich auf, aber diesmal hielt mich etwas zurück. Es stellte sich heraus, daß sie aus einem chassidischen Haus kam und die Tochter eines Warschauer Hausbesitzers war, eines Anhängers des Alexandrower Rabbi. Debora oder Dora war eines jener chassidischen Mädchen, die in einer fast assimilierten Atmosphäre aufwuchsen. Sie hatte ein privates Mädchengymnasium besucht, hatte Klavierunterricht und Tanzstunden genommen. Gleichzeitig kam die Witwe eines Rabbiners in ihr Elternhaus, um sie in den Gebeten und der jüdischen Lehre zu unterweisen. Vor dem Krieg hatte sie zwei ältere Brüder, von denen der eine bereits in Bedzin verheiratet war, während der jüngere in einer Jeschiwa lernte. Sie hatte auch eine ältere Schwester. Der Krieg machte kurzen Prozeß mit der ganzen Familie. Der Vater wurde von einer deutschen Bombe getötet, der ältere Bruder in Bedzin von den Nazis erschossen, der jüngere Bruder wurde zur polnischen Armee eingezogen und fiel irgendwo, die Mutter starb an Unterernährung und einer Nierenkrankheit im Warschauer Getto, die Schwester Itta verschwand, und Dora wußte nicht, wo sie war. Dora hatte eine Französischlehrerin gehabt, eine Christin, die im ›judenreinen‹ Teil der Stadt wohnte, eine alte Jungfer mit Namen Elzbieta Dolanska, und die hat Dora gerettet. Wie sie es machte, würde zu lange dauern zu erzählen. Do-

ra lebte zwei Jahre in einem Keller, und die Lehrerin brachte sie mit ihren letzten Spargroschen durch. Eine Heilige von einer Frau, die während des polnischen Aufstands umkam. So belohnt der Allmächtige die guten Taten der Nichtjuden.
Ich habe das nicht etwa alles auf einmal von ihr erfahren, sondern nacheinander, jedes Wort mußte ich aus ihr herausziehen. Ich sagte zu ihr: ›In Palästina wirst du wieder auf die Beine kommen. Dort wirst du unter Freunden sein.‹
›Ich kann nicht nach Palästina gehen‹, sagte sie.
›Warum nicht? Wohin denn?‹
›Ich muß nach Kuibyschew.‹
Ich traute meinen Ohren nicht. Stellen Sie sich das vor – damals eine Reise von Stettin zurück zu den Bolschewisten, und nach Kuibyschew. Der Weg war voller Gefahren.
›Was hast du in Kuibyschew zu suchen?‹ fragte ich sie, und sie erzählte mir eine Geschichte, die ich für die Ausgeburt eines kranken Gehirns gehalten hätte, wenn ich sie nicht später bestätigt gefunden hätte. Itta war aus dem Zug gesprungen, der sie in das Konzentrationslager bringen sollte, und hatte sich durch Felder und Wälder nach Rußland durchgeschlagen. Dort hatte sie mit einem jüdischen Ingenieur zusammengelebt, der einen hohen Rang in der Roten Armee bekleidete. Dieser Offizier wurde dann im Krieg getötet, und Itta wurde darüber wahnsinnig. Sie kam in ein Irrenhaus in jener Gegend. Durch einen reinen Zufall, eigentlich durch ein Wunder, erfuhr Dora, daß ihre Schwester noch am Leben war. Ich fragte sie: ›Wie kannst du deiner Schwester helfen, wenn sie irrsinnig ist? Dort erhält sie wenigstens ärztliche Pflege. Was kannst du für eine geistesgestörte Frau tun, wenn du selbst weder Geld noch eine Wohnung, noch einen Groschen besitzt? Ihr werdet beide umkommen.‹
Und sie sagte: ›Du hast vollkommen recht, aber sie ist die einzige Überlebende meiner Familie, und ich kann nicht zulassen, daß sie den Rest ihres Lebens in einer russischen Irrenanstalt verbringt. Vielleicht wird es ihr guttun, wenn sie mich sieht.‹
Es ist an sich nicht meine Art, mich in die Angelegenheiten anderer Menschen einzumischen. Der Krieg hatte mich gelehrt, daß man niemandem

helfen kann. In Wirklichkeit ging man damals über Gräber. Wenn man jahrelang in Lagern und Gefängnissen verbracht und zehnmal am Tage dem Tod ins Gesicht gesehen hat, verliert man jegliches Mitgefühl. Aber als ich hörte, was dieses Mädchen im Sinn hatte, überkam mich ein Gefühl des Mitleids, wie ich es nie zuvor empfunden hatte. Wieder und wieder versuchte ich, ihr das Vorhaben auszureden. Ich kam mit tausend Gründen.

Sie sagte: ›Ich weiß, du hast recht. Aber ich muß dorthin zurückkehren.‹

›Wie willst du hinkommen?‹ fragte ich sie, und sie antwortete: ›Ich bin bereit, zu Fuß zu gehen.‹

›Ich fürchte‹, sagte ich, ›du bist genauso verrückt wie deine Schwester.‹

Und sie antwortete: ›Ich glaube, daß du recht hast.‹

Nach alle dem, was er bei seinem Umherirren gelitten hatte, gab der Mensch, der hier neben Ihnen sitzt, seine Chance, nach Israel zu gehen, auf – was damals sein größter Traum gewesen war –, und ich zog mit diesem fremden Mädchen nach Kuibyschew. In Wirklichkeit war das ein Selbstmordversuch. Eines wurde mir damals klar, Mitleid ist eine Form der Liebe und tatsächlich ihr höchster Ausdruck. Ich werde Ihnen die Reise nicht beschreiben – es war keine Reise, sondern eine Odyssee. Ich kann Ihnen nur sagen, daß die Roten uns zweimal während der Reise verhafteten, und um ein Haar wären wir beide entweder im Gefängnis oder in einem Arbeitslager gelandet. Dora benahm sich auf dieser Fahrt auf seltsam heroische Weise, aber ich hatte das Gefühl, es geschah wohl mehr aus Resignation als aus Heldenmut. Ich habe ganz vergessen, Ihnen zu sagen – sie war eine Jungfrau, und unter ihrer Verzweiflung schlummerte eine leidenschaftliche Natur. Ich war daran gewöhnt, daß Frauen mich liebten, aber dies hier war anders als alles, was ich bisher erfahren hatte. Sie klammerte sich an mich mit einer Mischung aus Verzweiflung und Liebe, die mich erschreckte. Sie war gebildet, und in dem Keller, in dem sie zwei Jahre versteckt gelebt hatte, hatte sie eine ganze Bibliothek polnischer, französischer und deutscher Bücher gelesen, aber es fehlte ihr jegliche Lebenserfahrung. Jede Kleinigkeit jagte ihr Furcht ein. In ihrem Versteck hatte sie sowohl christliche Bücher wie auch die Werke der Mme. Blavatsky gelesen, außerdem okkulte und theosophische Schriften, die

Fräulein Dolanska von einer Tante geerbt hatte. Dora sprach dauernd von Jesus und von Geistern, aber ich hatte keine Geduld dafür, obwohl ich selbst während der Massenvernichtung ein Mystiker geworden war, oder zumindest ein Fatalist. Merkwürdigerweise verband sich all dies bei ihr mit ihrem jüdischen Elternhaus.

Es war nicht besonders schwierig, über die russische Grenze zu gelangen, aber die Züge waren überfüllt. Plötzlich wurde die Lokomotive abgehängt, an andere Wagen angehängt, und wir blieben tagelang irgendwo auf der Strecke liegen. In den Waggons bekriegten sich die Leute unentwegt. Irgendein Zank brach aus, und man schob sich gegenseitig aus dem Waggon. Leichen lagen neben den Geleisen. Innen herrschte eine fürchterliche Kälte. Auf den offenen Güterwagen wurden die Leute eingeschneit. In den geschlossenen Wagen mußte man einen Nachttopf oder eine Flasche bei sich haben, falls man austreten wollte. Auf dem Dach des Waggons hatte ein Bauer gesessen, und als der Zug in einen Tunnel einfuhr, wurde ihm der Kopf abgerissen. Und so gelangten wir nach Kuibyschew. Während der ganzen Fahrt konnte ich nicht aufhören, mich über mich selbst und was ich getan hatte zu wundern. Diese Sache mit Dora war nicht einfach irgendeine Liebschaft. Ich hatte mich mit ihr auf immer verbunden. Jemanden wie sie zu verlassen, wäre das gleiche, wie ein Kind in einem Wald auszusetzen. Noch ehe wir an unserem Ziel angekommen waren, gerieten wir in allerlei Konflikte, die alle dadurch hervorgerufen wurden, daß Dora mich auch nicht eine Minute allein lassen wollte. Wenn der Zug an einer Station hielt und ich versuchen wollte, irgend etwas zu essen oder heißes Wasser zu holen, ließ sie mich nicht aussteigen. Sie hatte den Verdacht, daß ich versuchen könnte, sie zu verlassen. Sie klammerte sich an meinen Ärmel und zerrte mich zurück. Die Mitreisenden, besonders die Russen, hatten etwas, über das sie sich lustig machen konnten. Ein Anflug von Wahnsinn schien in der ganzen Familie zu liegen; er drückte sich in Angst aus, in Mißtrauen und einer Art Mystik, die aus den Zeiten stammte, als der Mensch noch in Höhlen lebte. Wie dieses primitive Erbe von dort bis in eine wohlhabende chassidische Familie in Warschau gelangt war, ist ein Geheimnis. Dieses ganze Abenteuer, das ich erlebt habe, ist mir bis heute ein Rätsel geblieben.

Endlich erreichten wir Kuibyschew, und da schien alles umsonst gewesen zu sein. Keine Schwester und auch keine Irrenanstalt. Das heißt, es gab schon eine Irrenanstalt, aber die war nur für Ortsansässige. Die Nazis hatten bei ihrem Rückzug alle Hospitäler, Kliniken und Anstalten zerstört. Die Kranken hatten sie erschossen oder vergiftet. Bis Kuibyschew waren die Nazimörder nicht gekommen, aber das Hospital war überfüllt mit Schwerverwundeten. Wem kam es in jenen Tagen in den Sinn, sich um die Geisteskranken zu kümmern? Eine Frau hatte Dora alle Einzelheiten berichtet. Der Name des jüdischen Offiziers war Lipman gewesen, die Frau war eine Verwandte von ihm, und sie hatte keinen Grund zu schwindeln. Können Sie sich die Enttäuschung vorstellen? Wir hatten die ganze Reise mit all ihrem Elend für nichts durchgestanden. Aber warten Sie, wir fanden Itta doch, aber nicht in einer Irrenanstalt, sondern in einem Dorf, wo sie mit einem alten Juden lebte, einem Schuhmacher. Die Frau hatte sich nichts ausgedacht. Itta hatte an einer Depression gelitten, und man hatte sie in irgendeiner Anstalt behandelt und nach einer Weile entlassen. Ich habe nie alle Einzelheiten erfahren, und selbst das, was sie mir erzählte, habe ich später vergessen. Die ganze Massenvernichtung ist eng verknüpft mit Gedächtnisverlust.

Der Schuhmacher war ein polnischer Jude, sogar aus einem Ihrer Städtchen, Bilgoraj oder Janow, ein alter Mann von fast achtzig Jahren, aber noch sehr rüstig. Fragen Sie mich nicht, wie er nach Kuibyschew geraten ist oder warum Itta zu ihm gezogen ist. Er lebte in einer Bruchbude, aber er konnte Stiefel und Schuhe flicken, und das braucht man überall. Da saß er mit seinem langen weißen Bart, von alten Schuhen umgeben, in einer Hütte, die eher ein Hühnerkäfig war, und wenn er die Nägel hämmerte oder den Faden durchzog, murmelte er einen Psalm vor sich hin. Vor dem Lehmofen stand eine rothaarige Frau – barfuß, zerlumpt, ungekämmt und halbnackt – und kochte Grütze. Dora erkannte ihre Schwester sofort, aber die andere erkannte Dora nicht. Als Itta endlich begriff, daß dies ihre Schwester war, weinte sie nicht, sondern begann, wie ein Hund zu bellen. Der Schuhmacher bewegte sich betend auf seinem Schemel vor und zurück.

Angeblich sollte in der Nähe eine Kolchose sein, eine Gemeinschaftssied-

lung, aber alles, was ich entdecken konnte, war ein herkömmliches russisches Dorf mit Holzhütten, einer kleinen Kirche, hohem Schnee und von Hunden oder elenden Kleppern gezogenen Schlitten, genauso wie ich es oft in russischen Schulbüchern gesehen hatte. Wer weiß, dachte ich, vielleicht ist die ganze Revolution ein Traum gewesen. Vielleicht sitzt Nikolaus noch immer auf dem Thron. Während des Krieges und auch später war ich oft Zeuge gewesen, wenn nahe Menschen sich wiederfanden, aber diese beiden führten ein erschütterndes schwesterliches Drama auf. Sie küßten sich, leckten sich, heulten laut. Der alte Mann murmelte mit seinem zahnlosen Mund: ›Welch Jammer, welch Jammer . . .‹ Dann wandte er sich wieder seinen Schuhen zu. Er schien taub zu sein.
Zu packen gab es nichts. Alles, was Itta besaß, war ein Paar Schuhe mit dicken Sohlen und Absätzen und ein Lammfellmantel ohne Ärmel. Der alte Mann holte irgendwo einen Laib schwarzen Brotes hervor, und Itta steckte ihn in ihren Sack. Sie küßte die Hände des alten Mannes, seine Stirn und seinen Bart und fing von neuem an zu bellen, als ob sie von dem Geist eines Hundes besessen sei. Diese Itta war viel größer als Dora. Sie hatte grüne Augen, die furchtsam blickten wie die eines Tieres. Ihr Haar war von einem ungewöhnlichen Rot. Um Ihnen zu erzählen, wie wir von Kuibyschew nach Moskau und von dort zurück nach Polen gelangten, müßte ich bis morgen früh hier mit Ihnen sitzen. Wir schleppten uns vorwärts und schmuggelten uns durch, jeden Moment in Gefahr, festgenommen, getrennt oder umgebracht zu werden. Aber der Sommer war gekommen, und nach vielen Mühen gelangten wir endlich nach Deutschland und von dort nach Paris. Wenn ich es so erzähle, klingt es ganz einfach. In Wirklichkeit war es bereits Ende 1946, als wir in Frankreich ankamen, oder vielleicht war es auch schon 1947. Einer der Sozialarbeiter des ›Joint‹ war ein Freund von mir, ein junger Mann aus Warschau, der 1932 nach Amerika gegangen war. Er konnte Englisch und auch noch andere Sprachen. Sie können sich nicht vorstellen, welche Macht die Amerikaner damals besaßen. Durch ihn hätte ich ganz leicht ein Visum nach Amerika bekommen können, aber Dora war fest davon überzeugt, daß ich dort eine Freundin hätte. So besorgte uns der ›Joint‹, in Wirklichkeit der gleiche junge Mann, eine kleine Wohnung in Paris, was damals keineswegs

leicht war. Von seiner Organisation erhielten wir auch eine monatliche Unterstützung.

Ich weiß, was Sie mich jetzt fragen wollen – haben Sie ein wenig Geduld. Ja, ich lebte mit beiden. Dora hatte ich in Deutschland offiziell geheiratet – sie wollte unter dem Hochzeitsbaldachin stehen, und so geschah es –, aber in Wirklichkeit hatte ich zwei Frauen, zwei Schwestern, wie der Patriarch Jakob. Mir fehlten nur noch Bilha und Silpa! Was hätte jemanden wie mich zurückhalten sollen? Die jüdischen Gesetze nicht und die christlichen schon gar nicht. Ich Krieg brach die ganze menschliche Kultur zusamen wie ein morsches Haus. In den Lagern – nicht nur in Deutschland, auch in Rußland und später in den Lagern der Heimatlosen, die Jahre dort verbrachten – kannte man keine Scham mehr. Ich weiß von einem Fall, wo eine Frau auf einer Seite ihren Mann und auf der anderen ihren Liebhaber hatte, und alle drei lebten zusammen. Ich habe so phantastische Dinge erlebt, daß sie mir ganz normal vorkommen. Da kommt ein Schicklgruber oder ein Dschugaschwili und stellt die Uhr zehntausend Jahre zurück. Nicht ganz und gar, wohlgemerkt. Es gab auch Beispiele seltener Frömmigkeit und Aufopferung eines unwichtigen Gesetzes im Schulchan Aruch wegen, oder selbst für irgendeinen Brauch. Aber auch das hat etwas von Fanatismus an sich.

Nicht, daß ich das so gewollt hätte. Ein Abenteuer haben ist eine Sache, aber daraus einen Dauerzustand machen, das ist etwas ganz anderes. Aber ich hatte es nicht mehr in der Hand. Von dem Augenblick an, als die beiden Schwestern sich wiedergetroffen hatten, war ich kein freier Mann mehr. Mit ihrer Liebe zu mir versklavten sie mich, ebenso wie mit ihrer Liebe zueinander und mit ihrer Eifersucht. Eben noch küßten sie sich und weinten hingebungsvoll, und plötzlich droschen sie aufeinander ein, rissen sich die Haare aus und fluchten mit Worten, die Sie nicht einmal in der Unterwelt hören würden. Nie in meinem Leben hatte ich solche Hysterie erlebt und solches Geschrei gehört. Alle paar Tage versuchte eine der Schwestern, oder beide, sich das Leben zu nehmen. Einen Augenblick lang war es ruhig. Da saßen wir zu dritt beim Essen oder sprachen über ein Buch oder ein Bild – ganz plötzlich ertönt ein entsetzlicher Schrei, und beide Schwestern wälzen sich auf dem Boden und reißen sich in

Stücke. Ich lief hinzu und versuchte, sie zu trennen, und dann erwischte ich einen Schlag ins Gesicht oder einen Biß, und ich begann zu bluten. Warum sie sich schlugen, habe ich nie erfahren. Glücklicherweise wohnten wir im obersten Stock, in einer Dachwohnung, und auf unserem Flur hatten wir keine Nachbarn. Es kam vor, daß eine der Schwestern ans Fenster lief und versuchte, sich hinunterzustürzen, während die andere ein Messer ergriff, um sich den Hals durchzuschneiden. Eine packte ich am Bein und der anderen nahm ich das Messer fort. Sie brüllten mich und sich gegenseitig an. Ich habe immer wieder versucht, herauszufinden, was diese Ausbrüche verursachte, aber allmählich begriff ich, daß sie es selbst nicht wußten. Sie müssen aber wissen, daß beide auf ihre Art intelligent waren. Dora hatte einen ausgezeichneten literarischen Geschmack. Wenn sie etwas über ein Buch sagte, so stimmte es aufs Haar. Itta hatte musikalische Neigungen. Sie konnte ganze Symphonien singen. Waren sie in Form, so zeigten sie große Fähigkeiten. Irgendwo hatten sie eine Nähmaschine aufgetrieben, und aus Stoffetzen und Resten nähten sie sich Kleider, auf die die eleganteste Dame stolz gewesen wäre. Eine Sache war beiden Schwestern gemeinsam, sie hatten keine Spur von gesundem Menschenverstand. Eigentlich hatten sie viele gemeinsame Züge. Manchmal schien es mir, als wären sie zwei Körper mit einer Seele. Hätte es ein Tonbandgerät gegeben, um das festzuhalten, was sie sagten, besonders in der Nacht, Dostojewski würde daneben banal erscheinen. Sie stießen Anklagen gegen Gott aus, und gleichzeitig jammerten sie über die Massenvernichtung mit Ausdrücken, die niemand wiedergeben könnte. Was ein Mensch in Wirklichkeit ist, zeigt sich erst in der Nacht, im Dunkeln. Heute weiß ich, daß beide von Geburt an wahnsinnig waren und nicht Opfer der Umstände. Natürlich machten die Umstände alles noch schlimmer. Im Zusammenleben mit ihnen wurde ich ebenfalls Psychopath. Wahnsinn ist nicht weniger ansteckend als Typhus.

Außer streiten, zanken, endlosem Geschichtenerzählen aus den Lagern und ihrem Warschauer Elternhaus und den Unterhaltungen über Mode, Kleider und was sonst noch alles hatten die Schwestern ein Lieblingsthema: meinen Verrat. Sie schmiedeten eine Anklage gegen mich, gegen die die Moskauer Prozesse vergleichsweise reine Logik waren. Selbst wenn sie auf dem Sofa saßen, mich küßten, sich übermütig um mich balgten und sich einem Spiel hingaben, das sowohl kindisch wie animalisch und daher undefinierbar war, beschimpften sie mich. Alles lief darauf hinaus, daß ich nur eine Sache im Sinn habe, sie zu betrügen und mich mit anderen Frauen herumzutreiben. Jedesmal, wenn die Hausmeisterin mich ans Telephon holte, kamen sie angelaufen, um zu horchen. Erhielt ich einen Brief, so öffneten sie ihn sofort. Kein Diktator hätte eine so strenge Zensur ausüben können wie diese beiden Schwestern. Ihnen war es völlig klar, daß der Briefträger, die Hausmeisterin und ich uns gegen sie verschworen hatten, aber welcher Art diese Verschwörung war und welchem Zweck sie diente, das war selbst ihrem getrübten Geist nicht verständlich. Lombroso hat behauptet, daß Genie Wahnsinn sei. Aber er hat vergessen zu sagen, daß Wahnsinn Genie ist. Ihre Hilflosigkeit war auch genial. Manchmal hatte ich das Gefühl, daß das schiere Überleben während des Krieges bei ihnen jene spezifische Kraft gänzlich aufgebraucht hatte, die jedes menschliche wie tierische Wesen zum Leben braucht. Die Tatsache, daß Itta unfähig gewesen war, eine andere Beschäftigung in Rußland zu finden außer der, Mädchen und Geliebte des alten Schuhmachers zu sein, betonte noch ihren Mangel an Initiative. Die beiden spielten oft mit der Idee, in Paris in einen Haushalt zu gehen oder als Erzieherin oder etwas Ähnliches, aber es war sowohl mir wie ihnen klar, daß sie in keiner Stellung länger als ein paar Stunden bleiben würden. Sie waren die faulsten Geschöpfe, die mir je begegnet sind, obwohl sie von Zeit zu Zeit von einem Anfall von Energie und Tatendrang gepackt wurden, der genauso übertrieben war wie ihre übliche Faulheit. Zwei Frauen hätten imstande sein sollen, die Wohnung in Ordnung zu halten, aber bei uns herrschte immer ein wüstes Durcheinander. Wenn sie eine Mahlzeit gekocht hatten, ging die Streiterei los, wer abwaschen solle, und dann war es Zeit für die nächste Mahlzeit. Tage, manchmal Wochen vergingen, ohne daß wir etwas Gekochtes zu essen bekamen. Die Bettwäsche war oft schmuddelig, und wir hatten Küchenschaben und anderes Ungeziefer. Die Schwestern waren nicht etwa körperlich unsauber. Jeden Abend setzten sie große Töpfe Wasser auf und verwandelten die Wohnung in eine Badeanstalt. Das Wasser lief in die untere Wohnung, und der Mieter, ein alter französi-

scher Adliger, schlug gegen unsere Tür und drohte mit der Polizei. In Paris hungerte man, aber in meinem Haushalt wurden Lebensmittel in den Abfallkübel geworfen. Die Wohnung war mit allerhand Plunder vollgestopft. Die Kleider, die sie sich genäht hatten oder die das Komitee ihnen gegeben hatte, trugen sie fast nie, sondern liefen halbnackt und barfuß herum.

So ähnlich die Schwestern einander waren, so verschieden waren sie auch. Itta war von einer Brutalität, die zu einem Mädchen aus chassidischem Hause überhaupt nicht paßte. Viele ihrer Geschichten drehten sich um Prügel, und ich wußte, daß Blutvergießen und Gewalt jeder Art sie sexuell erregten.

Sie hatte mir erzählt, daß sie einmal, als sie noch zu Hause lebte, ein Messer geschärft und drei Enten geschlachtet hatte, die ihre Mutter in einem Verschlag hielt. Ihr Vater hatte sie dafür verdroschen, und Dora warf ihr dies immer wieder vor, wenn sie sich zankten. Itta war ungewöhnlich kräftig, aber wann immer sie versuchte, irgend etwas zu tun, gelang es ihr, sich zu verletzen. Sie war immer von oben bis unten mit Bandagen und Pflastern bedeckt. Sie deutete oftmals an, daß sie sich an mir rächen würde, obwohl ich sie von Sklaverei und Armut befreit hatte. Ich hatte den Verdacht, daß sie eigentlich gerne bei dem alten Schuhmacher geblieben wäre; vielleicht hätte sie dann ihre Familie und besonders Dora, mit der sie eine Haß-Liebe-Beziehung verband, vergessen können. Diese Feindseligkeit zeigte sich bei jedem Streit. Dora war diejenige, die schrie, weinte und schimpfte, während Itta Schläge austeilte. Ich hatte oft Angst, daß sie Dora in ihrer Wut umbringen könnte.

Dora war gebildeter, kultivierter und von krankhafter Phantasie besessen. Sie schlief unruhig und erzählte mir immer ihre Träume, die sexueller Natur, teuflisch und verworren waren. Sie wachte auf und zitierte Bibelverse. Sie versuchte, Gedichte auf polnisch und jiddisch zu schreiben. Sie hatte sich eine Art persönlicher Mythologie ausgedacht. Ich sagte ihr oft, daß sie von einem Dibbuk besessen sei, und zwar von einem der Anhänger Sabbatai Zevis oder Jakob Franks.

Die Einrichtung der Polygamie hatte mich schon immer mit Neugier erfüllt. Kann man Eifersucht völlig ausrotten? Kann man jemanden, den

man liebt, mit anderen teilen? In gewissem Sinne nahmen wir an einem Experiment teil, auf dessen Ergebnisse wir alle drei gespannt waren. Je länger die Situation andauerte, desto klarer wurde uns, daß es so nicht weitergehen könne. Irgend etwas mußte geschehen, und wir wußten, es würde etwas Böses sein, eine Katastrophe. Jeder Tag brachte neue Krisen, jede Nacht beschwor die Drohung eines Skandals oder der Impotenz herauf. Obwohl unsere Mitbewohner auf der unteren Etage ihre eigenen Sorgen hatten und von der deutschen Besetzung her allerlei gewohnt waren, so fingen sie doch an, uns mißtrauisch zu betrachten, herumzuschnüffeln und mißbilligend die Köpfe zu schütteln. Und obgleich unser Verhalten sündhaft war, wirkte sich dennoch unsere religiöse Erziehung dahin aus, daß sie Forderungen an unsere Jüdischkeit stellte. Dora sprach den Segen über die Sabbatkerzen am Freitagabend und saß dann herum und rauchte Zigaretten. Sie hatte sich ihre eigene Auslegung des Schulchan Aruch zurechtgemacht, nach der Schweinefleisch verboten, aber Pferdefleisch erlaubt war, nach der es zwar keinen Gott gab, aber man an Jom Kippur fasten und an Pessach Mazze essen mußte. Itta war in Rußland Atheistin geworden, so sagte sie wenigstens, aber jeden Abend vor dem Schlafengehen murmelte sie ein Abendgebet oder irgendeine Beschwörung. Wenn ich ihr eine Münze gab, so spuckte sie darauf, um den bösen Blick abzuwenden. Stand sie morgens auf, so verkündete sie: ›Heute ist ein unglücklicher Tag . . . irgend etwas Furchtbares wird geschehen . . .‹ Unweigerlich passierte ihr etwas: sie verletzte sich oder zerbrach einen Teller, oder sie zerriß sich einen Strumpf.
Dora verwaltete das Haushaltsgeld. Ich gab ihr immer mehr, als sie brauchte, denn ich erhielt Stipendien von einigen Stiftungen und später auch Geld von meinen Verwandten aus Amerika. Nach einiger Zeit merkte ich, daß sie sich einen kleinen Notgroschen beiseite gebracht hatte. Ihre Schwester wußte offenbar davon und war an der Beute beteiligt. Ich hörte oft, wie sie von Geld flüsterten und darüber stritten.
Die Hauptsache habe ich unerwähnt gelassen – Kinder. Beide Schwestern wollten ein Kind von mir, und daraus erwuchsen viele Auseinandersetzungen. Ich war absolut dagegen. Wir lebten von Almosen. Jedesmal, wenn die Unterhaltung sich wieder um Kinder drehte, hatte ich die glei-

che Antwort zur Hand: ›Wozu? Damit der nächste Hitler jemanden zu verbrennen hat?‹ Bis heute habe ich keine Kinder. Was mich angeht, ich will der menschlichen Tragödie ein Ende bereiten. Ich vermute, daß weder Dora noch Itta imstande gewesen wären, Kinder zu bekommen. Solche Frauen sind wie Maulesel. Ich werde nie begreifen, wie es möglich war, daß ein chassidischer Jude zwei solche Töchter hatte. Wir sind Träger verirrter Gene, die bis auf die Zeit Dschingis-Khans zurückreichen, oder weiß der Teufel, wie weit.

Das Unheil, das wir die ganze Zeit gefürchtet hatten, kam auf stille Art. Die Auseinandersetzungen ließen allmählich nach und machten einer Depression Platz, die uns alle drei verzehrte. Es fing damit an, daß Dora krank wurde. Was eigentlich bei ihr nicht stimmte, habe ich nie herausbekommen. Sie verlor an Gewicht und hustete viel. Ich hatte Verdacht auf Schwindsucht und ging mit ihr zum Arzt, aber er fand keine Anhaltspunkte für eine Krankheit. Er verschrieb Vitamine und Eisen, was nichts half. Dora wurde auch frigide. Sie hatte keine Lust mehr zu unseren gemeinsamen nächtlichen Spielen und dem albernen Schmus. Sie verschaffte sich sogar ein Klappbett und stellte es in der Küche auf. Ohne Dora verlor auch Itta das Interesse an unserem Dreiecksspiel. Sie war nie diejenige gewesen, die die Initiative ergriffen hatte; in Wirklichkeit tat sie nur, was Dora ihr zu tun befahl. Itta war eine starke Esserin und eine laute Schläferin. Sie schnarchte und schnaufte im Schlaf. Bald ergab sich eine Situation, in der ich statt zwei Frauen keine Frau hatte. Wir waren nicht nur in der Nacht schweigsam, sondern auch am Tage; dumpfe Mürrischkeit erfüllte uns. Früher hatten mich das dauernde Geschwatze, die endlosen Streitereien und das übertriebene Lob, mit dem die Schwestern mich überhäuften, ermüdet, jetzt sehnte ich mich nach jenen Zeiten zurück. Ich besprach die Lage mit den Schwestern, und wir beschlossen, der Entfremdung, die zwischen uns entstanden war, ein Ende zu machen, aber mit Beschlüssen ist solchen Dingen nicht beizukommen. Ich hatte oft das Gefühl, zwischen uns lauere ein unsichtbares Wesen, ein Phantom, das unsere Lippen versiegelte und unsere Gemüter beschwerte. Jedesmal, wenn ich etwas sagen wollte, blieben mir die Worte in der Kehle stecken. Und wenn ich schließlich etwas herausbrachte, so waren es Worte, die keine Antwort verlangten. Voller Staunen wurde ich Zeuge, wie die ewig plappernden Schwestern verschlossen wurden. Sie schienen aller Worte beraubt zu sein. Ich wurde genauso schweigsam wie sie. Früher hatte ich stundenlang darauf losgeredet, ohne nachzudenken oder zu überlegen, aber plötzlich wurde ich diplomatisch und war darauf bedacht, jedes Wort sorgsam abzuwägen, da ich fürchtete, was immer ich sagen würde, könnte einen Aufruhr heraufbeschwören. Früher hatte ich über ihre Geschichten von Dibbuks gelacht, jetzt fühlte ich mich tatsächlich wie von einem Dibbuk besessen. Wollte ich Dora ein Kompliment machen, so kam eine Beleidigung heraus. Merkwürdigerweise konnte keiner von uns dreien aufhören zu gähnen. Wir saßen da, gähnten, sahen einander mit schwimmenden Augen verwundert an, wir waren in eine Tragödie verstrickt, deren Ablauf wir weder verstehen noch beeinflussen konnten. Außerdem wurde ich impotent. Ich hatte kein Verlangen mehr nach den beiden Schwestern. Des Nachts lag ich im Bett, und anstatt Lust empfand ich etwas, das man nur als Un-Lust bezeichnen kann. Ich hatte oft das unangenehme Gefühl, meine Haut sei eiskalt und mein Körper schrumpfe. Obwohl die Schwestern meine Impotenz nicht erwähnten, wußte ich doch, daß sie gespannt lauschend im Bett lagen und dem merkwürdigen Vorgang zuhörten, der sich in meinen Organen vollzog – ein Verebben des Blutes und ein Sich-Verkrampfen und Schrumpfen der Glieder, die bis zur völligen Verkümmerung zu degenerieren schienen. Ich bildete mir oft ein, im Dunkeln eine Gestalt zu erblicken, die so fragil und durchsichtig wie ein Spinnweb war – groß, dünn, langhaarig –, ein schattenhaftes Skelett mit Löchern anstelle von Augen, ein Ungeheuer, das mit verzerrtem Mund lautlos lachte. Ich beruhigte mich damit, daß es nur meine Nerven seien. Was hätte es sonst sein können? Ich habe damals nicht an Gespenster geglaubt und tue es auch heute nicht. In einer jener Nächte wurde mir etwas ganz klar – Gedanken und Gefühle können buchstäblich Gestalt annehmen und Wesen von Substanz werden. Selbst jetzt, wenn ich daran denke, verspüre ich ein Ameisenkribbeln auf meinem Rücken. Ich habe niemals zu irgend jemandem darüber gesprochen – Sie sind der erste, und ich versichere Ihnen, auch der letzte Mensch, der dies zu hören bekommt.

Es war eine Frühlingsnacht des Jahres 1948. Eine Frühlingsnacht in Paris kann manchmal bitter halt sein. Wir waren getrennt schlafen gegangen – ich auf dem Klappbett, Dora auf dem Sofa und Itta im Bett. Wir löschten das Licht und legten uns nieder. Ich kann mich an keine so kalte Nacht erinnern, nicht einmal in den Lagern. Wir deckten uns mit allen Decken und Kleidungsstücken zu, die vorhanden waren, konnten aber nicht warm werden. Ich legte die Ärmel eines Sweaters über meine Füße und warf meinen Wintermantel über die Decke. Itta und Dora krochen unter ihre Zudecken. Wir taten all das, ohne zu sprechen, und dieses Schweigen verlieh unseren verzweifelten Anstrengungen eine schwer lastende Bedrückung, die sich aller Beschreibung entzieht. Ich erinnere mich genau daran, wie ich im Bett lag und dachte, daß in jener Nacht die Bestrafung erfolgen würde. Gleichzeitig betete ich leise zu Gott, daß sie nicht kommen möge. Eine Zeitlang lag ich da, halb erfroren – nicht nur von der Kälte, sondern auch von der Spannung. Ich suchte im Dunkeln nach dem Dämon, wie ich die Kreatur aus Spinnweb und Schatten nannte, aber ich sah nichts. Dabei wußte ich, daß er da war, sich in einer Ecke herumtrieb oder vielleicht sogar hinter dem Kopfteil des Bettes. Ich sagte mir: ›Sei kein Idiot, es gibt keine Geister. Wenn Hitler sechs Millionen Juden abschlachten konnte und Amerika Billionen von Dollar zum Wiederaufbau Deutschlands dorthin schickte, dann gibt es keine anderen Kräfte als materielle. Geister würden eine solche Ungerechtigkeit nicht zulassen.‹
Ich mußte mal hinaus, und die Toilette war draußen im Korridor. Gewöhnlich gelingt es mir, wenn es sein muß, den Drang zu überwinden, aber diesmal war er zu stark. Ich stand von dem Klappbett auf und schlich langsam zur Küchentür, die nach draußen führte. Ich war erst zwei Schritte gegangen, als mich etwas aufhielt. Lieber Freund, ich kenne alle Antworten darauf und das ganze psychologische Gewäsch dazu, aber das Ding da vor mir war eine Gestalt, und sie verstellte mir den Weg. Ich war zu erschrocken, um zu schreien. Es liegt mir nicht, zu schreien. Selbst in Todesgefahr würde ich nicht schreien. Nun, und wer hätte mir schon geholfen, wenn ich geschrien hätte? Die beiden halbverrückten Schwestern? Ich versuchte, die Gestalt wegzuschieben, und berührte etwas, das

Gummi, Teig oder irgendeine Art von Schaum hätte sein können. Es gibt Ängste, vor denen man nicht davonlaufen kann. Zwischen uns kam es zu einem wilden Kampf. Ich stieß ihn zurück, und er wich etwas aus, leistete aber Widerstand. Ich erinnere mich jetzt, daß ich vor dem bösen Geist weniger Angst hatte als vor dem Geschrei, das die Schwestern ausstoßen könnten. Ich kann Ihnen nicht sagen, wie lang dieser Kampf gedauert hat – eine Minute oder vielleicht auch nur ein paar Sekunden. Ich hatte das Gefühl, jeden Augenblick ohnmächtig zu werden, aber ich stand dort und rang schweigend und hartnäckig mit einem Phantom oder was immer es sein mochte. Statt daß mir kalt war, wurde mir heiß. Innerhalb einer Sekunde war ich so naß, als ob ich unter der Dusche gestanden hätte. Warum die Schwestern nicht zu schreien anfingen, ist etwas, das ich nie begreifen werde. Daß sie wach waren, dessen bin ich ganz sicher. Offenbar waren sie von ihrer eigenen Furcht gelähmt. Plötzlich traf mich ein Schlag. Der Böse verschwand, und ich fühlte, daß auch mein Glied nicht mehr da war. Hatte er mich kastriert? Die Hose meines Schlafanzuges war zu Boden gefallen. Ich fühlte nach meinem Penis. Nein, er hatte ihn nicht herausgerissen, sondern so tief in mich hineingestoßen, daß er nur noch eine Vertiefung statt einer Erhöhung bildete. Sehen Sie mich nicht so an! Ich bin weder jetzt verrückt, noch war ich es damals. Während dieses ganzen Alpdrucks wußte ich, daß es nur meine Nerven waren – Nervosität, die Gestalt angenommen hatte. Einstein behauptet, Masse sei Energie. Ich sage, Masse ist komprimiertes Gefühl. Neurosen verwirklichen sich und nehmen konkrete Formen an. Gefühle nehmen Gestalt an oder sind selbst schon Körper. Das erklärt Ihre Dibbuks, Kobolde und Gespenster.

Mit wackeligen Knien ging ich in den Korridor hinaus und fand die Toilette, aber ich hatte buchstäblich nichts, mt dem ich hätte urinieren können. Ich habe mal irgendwo gelesen, daß solche Sachen in arabischen Ländern vorkommen, besonders bei Männern, die einen Harem haben. Merkwürdigerweise war ich während der ganzen Aufregung ruhig geblieben. Tragische Ereignisse bringen manchmal eine Art düsterer Resignation mit sich, die von Gott weiß woher kommen mag. Ich ging wieder zurück, aber keine der Schwestern rührte sich. Sie lagen ruhig da, gespannt, kaum atmend. Hatten Sie mich verhext? Waren sie selber verzaubert? Langsam begann ich, mich anzukleiden. Ich zog meine Unterhosen an, meine Hosen, meinen Rock und meinen Sommermantel. Ich packte ein paar Hemden ein, Socken und Manuskripte, alles im Dunkeln. Ich ließ den beiden Schwestern genügend Zeit, mich zu fragen, was ich da mache und wohin ich gehe, aber sie ließen keinen Pieps hören. Ich nahm meine Tasche und ging mitten in der Nacht auf und davon. Das sind die nackten Tatsachen.«

»Wohin sind Sie gegangen?«

»Mir war alles egal. Ich ging in ein billiges Hotel und nahm mir ein Zimmer. Allmählich wurde alles wieder normal und funktionierte wieder. Irgendwie gelang es mir, diese Nacht des Alpdrucks zu überleben, und am nächsten Morgen nahm ich ein Flugzeug nach London. Dort hatte ich einen alten Freund, einen Journalisten, der für die jiddische Lokalzeitung arbeitete, und der hatte mich schon mehrmals eingeladen. Die Redaktion bestand aus einem einzigen Raum, und die ganze Zeitung ging bald danach ein, aber in der Zwischenzeit fand ich gelegentlich etwas Arbeit und auch eine Unterkunft. Von dort aus kam ich 1950 nach Buenos Aires. Hier lernte ich Lena kennen, meine jetzige Frau.«

»Was ist aus den beiden Schwestern geworden?«

»Wissen Sie es? Mehr weiß ich auch nicht.«

»Haben Sie nie mehr von ihnen gehört?«

»Nie.«

»Haben Sie nicht nach ihnen gesucht?«

»So etwas will man vergessen. Ich habe mir selbst suggeriert, daß die ganze Sache nur ein Traum war, aber es ist wirklich passiert. Es war so wirklich wie die Tatsache, daß ich jetzt hier mit Ihnen sitze.«

»Wie erklären Sie sich das?« fragte ich.

»Ich habe keine Erklärung dafür.«

»Vielleicht waren sie tot, als Sie weggingen?«

»Nein, sie waren wach und lauschten. Man kann zwischen Toten und Lebenden unterscheiden.«

»Sind Sie gar nicht neugierig, was aus ihnen geworden ist?«

»Und wenn ich neugierig wäre, was käme dabei heraus? Wahrscheinlich

sind sie am Leben. Die Hexen sind irgendwo – vielleicht haben sie geheiratet. Vor drei Jahren bin ich in Paris gewesen, aber das Haus, in dem wir gewohnt haben, gibt es nicht mehr. Man hat dort eine Garage hingebaut.«
Wir saßen lange schweigend da; dann sagte ich: »Wenn Masse aus Gefühl besteht, dann wäre jeder Stein auf der Straße eine Strähne Elend.«
»Vielleicht ist es so. Einer Sache bin ich ganz sicher – alles lebt, alles leidet, kämpft und begehrt. So etwas wie den Tod gibt es nicht.«
»Wenn das wahr wäre, dann hätten Stalin und Hitler niemanden umgebracht«, sagte ich.
»Sie haben auch nicht das Recht, eine Illusion umzubringen. Trinken Sie Ihren Kaffee!«
Lange Zeit sprach keiner von uns; dann fragte ich halb im Scherz: »Was kann man denn aus dieser Geschichte lernen?«
Chaim Leib lächelte: »Wenn Nietzsches verrückte Theorie von der Erschöpfbarkeit aller atomischen Kombinationsmöglichkeiten und von der ewigen Wiederkehr wahr ist und wenn es wieder einen Hitler, einen Stalin und noch eine Massenvernichtung geben wird und wenn Sie in Trillionen von Jahren in Stettin ein weibliches Wesen kennenlernen – gehen Sie nicht mit ihr, ihre Schwester suchen.«
»Nach dieser Theorie wird mir nichts anderes übrigbleiben, als all das zu erleben, was Sie erlebt haben«, sagte ich.
»Dann werden Sie wissen, wie mir zumute war.«

Glossar

Almemor arab., wörtl. Kanzel; umgrenzter, erhöhter Bezirk in der Synagoge mit Pult zur Toravorlesung.

Aschkenasim hebr., die mittel- und osteuropäischen Juden, im Unterschied zu den spanischen Juden (Sefardim), die seit ihrer Vertreibung 1492 vor allem in den Mittelmeerländern leben.

Asmodi ein böser Geist, böser Dämon. (Buch Tobias 3,8) Im Talmud als ›König der Dämonen‹ bezeichnet.

Aw hebr., der elfte Monat (Juli–August) im jüdischen Kalender.

Baalschem hebr., Abkürzung von Baal Schem Tow, der ›Meister des (göttlichen) Namens‹. Israel ben Elieser Baalschem (1699–1760) war Begründer des Chassidismus.

Babka slaw., Hefegebäck.

Baum des Lebens ist neben dem Baum der Erkenntnis im Paradies erwähnt (Gen. 2,9).

Ben Jehuda Eliezer, (1858–1922), Schriftsteller, Lexikograph, Schöpfer des modernen Hebräisch.

Beza hebr., ein nach seinem Anfangswort benannter Traktat aus dem babylonischen Talmud. Er behandelt vorwiegend Probleme der Feiertage.

Blintzes dünne Pfannkuchen mit süßem Quark gefüllt, mit saurer Sahne übergossen.

Chamsin trockenheißer, aus dem Süden oder Südosten wehender Wüstenwind.

Chanukka hebr., wörtl. Einweihung. Achttägiges Lichterfest zur Erinnerung an die Wiedereinweihung (165 v. Chr.) des von den Griechen entweihten Tempels, nach deren Vertreibung durch Juda Makkabi.

Chassidim hebr., ›Fromme‹, die Anhänger einer jüdisch-religiösen Bewegung, die um 1740 von Israel Baal Schem Tow in der Ukraine und in

Polen gegründet wurde und in Osteuropa weite Verbreitung fand. Die Chassidim betonen das Gefühl in der Religion, dem Gesetzesglauben gegenüber die Offenbarung in der Natur.

Cheder hebr., ›Stube‹. Lehrstube der jüdischen Elementarschule (4. bis 13. Lebensjahr) für Knaben.

Cheschwan hebr., der zweite Monat im jüdischen Kalender (Oktober–November).

Cordovero, Moses (1522–1570), Rabbi. Der hervorragendste Kabbalist in Safed (Palästina) vor Isaak Luria.

Dibbuk hebr., wörtl. Anhaftung. Im jüdischen Volksglauben ein Totengeist, der in den Körper eines Lebenden eintritt und bei den so Besessenen ein irrationales Verhalten bewirkt. Nur einem Wundertäter kann es gelingen, die ›Dämonen‹ auszutreiben.

Elieser ben Hyrkanos Rabbi, einer der bedeutendsten Gesetzeslehrer nach der Zerstörung des Tempels.

Elul hebr., der zwölfte Monat im jüdischen Kalender (August–September).

Etrogbüchse Behälter zur Aufbewahrung der Paradiesfrucht. Eine Zitrusfrucht und eine der vier Pflanzen, die in den für das Laubhüttenfest vorgeschriebenen Feststrauß gehören (Lev. 23, 40).

Frank, Jakob (1726–1791) wurde zum Begründer einer ›kontratalmudistischen‹ Sekte, deren Anhänger sich schließlich taufen ließen.

Freud/Schmeud eine in der jiddischen Umgangssprache gelegentlich pejorativ verwendete Redeweise, um etwas wegwerfend abzutun.

Gebetsriemen werden beim wochentäglichen Morgengebet am linken Arm, dem Herzen gegenüber, und an der Stirn angelegt; sie tragen Kapseln mit vier auf Pergamentstreifen geschriebenen Texten aus dem Pentateuch: Exodus 13, 2–10; Ex. 13, 11–16; Deut. 6, 4–9 (Glaubensbekenntnis); Deut. 11, 13–21.

Gehenna hebr.: Gehinnom = Tal der Söhne Hinnoms. Tal im Süden Jerusalems, wo dem Moloch Kinderopfer dargebracht wurden (2. Kön. 23, 10). Metaphorisch: Stätte der Pein für die Bösen nach dem Tode (Hölle).

Gemara hebr., wörtl. vervollständigte Erklärung, Erläuterung. Diskussion der babylonischen und palästinensischen Talmudisten über die

›Mischna‹, mit der zusammen die Gemara den Talmud bildet, die mündlich überlieferte Lehre.

Gesetzesfreude Tag der, Fesstag bei Abschluß der letzten Tora-Vorlesung des Jahres und dem Beginn eines neuen Zyklus im Anschluß an das Laubhüttenfest (Sukkot).

Golem hebr., wörtl. ungestaltete Masse. Nach der jüdischen Mystik (Kabbala) hat ein Mensch, der den geheimnisvollen Namen Gottes von 72 Buchstaben kennt, die Macht, einen Golem aus Lehm auf Zeit zu beleben und so einen künstlichen Menschen zu schaffen. Diese Gabe wurde seit dem 13. Jahrh. verschiedenen Rabbinern nachgesagt, so dem Hohen Rabbi Löw in Prag (1520–1609).

Gur (recte: *Gora Kalwaria*), jiddisch: Ger; polnisch: Kalwariga. Ort in der Umgebung von Warschau. Sitz einer ›Dynastie‹ von chassidischen Rabbis.

Haggada hebr., die volkstümliche Pessach-Erzählung, die bei der Feier in der Familie verlesen wird.

Hillel Rabbi. Gelehrter, der das Haupt eines Lehrhauses um 30 v. Chr. in Jerusalem war. Vertreter einer milderen Gesetzespraxis.

Jerobeam Sohn des Nebat, der erste König (928–907 v. Chr.) im nachsalomonischen Israel.

Jeschiwa hebr., höhere Lehranstalt, Hochschule für das Studium des Talmud.

Jom Kippur hebr., Versöhnungstag, der höchste jüdische Feiertag, bildet den Abschluß der mit dem Neujahrsfest beginnenden 10 Bußtage. (Lev. 23, 27 ff.)

Juda (Jehuda) Halevi Rabbi (1083–1140), bedeutendster jüdischer Dichter des Mittelalters und Religionsphilosoph. Verfasser der Dichtung ›Zionide‹ und des ›Kusari‹, eines religionsphilosophischen Werkes, dessen Titel der Handlung entnommen ist, der Bekehrung des Königs von Kusar vom Islam zum Judentum.

Kabbalist von hebr. Kabbala, wörtl. ›das Empfangene‹, ›Überlieferung‹; die Lehre und die Schriften der mittelalterlichen jüd. Mystik ab ca. 1200. Die Kabbala beschäftigt sich hauptsächlich mit dem geheimen, mystischen Sinn des Alten Testaments und der talmudischen Religionsgesetze, mit Begriffs- und Zahlenkombinatorik, mit der geheimen Bedeutung und mystischen Kraft der verschiedenen Gottesnamen. Hauptwerk: das Buch ›Sohar‹.

Kaddisch aram., wörtl. ›heilig‹; Gebet mit Verkündung der Heiligkeit Gottes und der Erlösungshoffnung. Schlußteil des tägl. Gebets und Gebet bei der Bestattung und an Gedenktagen der Verstorbenen.

Kaftan arab., langer geknöpfter Oberrock der orthodoxen Juden.

Ketev M'riri hebr., böser Geist. (Hebr. Deut. 32, 24.)

Ketubba hebr., wörtl. ›das Geschriebene‹. Ein Dokument, in dem bei der Eheschließung die finanziellen Verpflichtungen des Ehemanns seiner Frau gegenüber festgesetzt werden.

Ketura eine der Frauen Abrahams, nach dem Tode von Sara (Gen. 25,1).

Kischkes jidd., gefüllter Rindsdarm, gekocht oder gebraten.

Knisches jidd., gefüllte ›Mehlspeise‹, salzig oder süß, bei der es sich um Nudel-, Hefe-, Strudel-, Kartoffel- oder Kuchenteig handeln kann.

Kock Städtchen in ehemalig Russisch-Polen, in dem zu Beginn des 19. Jahrhunderts sich eine Richtung im Chassidismus entwickelte.

Kol Nidre hebr., wörtl. ›alle Gelübde‹, Anfangsworte des jüdischen Gebets, das am Vorabend des Versöhnungstages (Jom Kippur) den Gottesdienst in der Synagoge einleitet.

Komplex/Schmomplex s. Freud/Schmeud

Konstitution/Schmonstitution s. Freud/Schmeud

koscheres Essen hebr., den jüdischen Speisegesetzen entsprechend.

Krochmal, Nachman (1785–1840), Philosoph und Historiker. Einer der Wegbereiter für die ›Wissenschaft des Judentums‹. Führend in der Aufklärungsbewegung.

Kräppelach jidd., Teigtaschen mit Fleisch gefüllt und in Wasser gekocht. An besonderen Feiertagen (Purim) als Suppeneinlage.

Kugel eine für den Sabbat zubereitete Mehlspeise. Gilt als Symbol und zur Erinnerung an die von den Juden während der Wüstenwanderung gegessene, vom Himmel gefallene süße Manna.

Lag Baomer hebr., der 33. Tag der Omer-Zählung, der die 49 Tage lange Omerzeit unterbricht, während der Trauungen nicht vorgenommen werden.

Laubhüttenfest s. Sukkot.
Lehrhaus Stätte der Tora- und Talmudstudien und Diskussionen.
de Leon, Mosche Rabbi (1240–1305), führender Kabbalist. Vgl. ›Sohar‹.
›lernen‹ jidd., sich eifrig mit Talmudstudien beschäftigen.
Litwak Litauischer Jude.
Luria, Isaak Rabbi (1534–1572), bedeutender Kabbalist.
Maimonides, Moses ben Maimon Rabbi (1135–1204), Religionsphilosoph und Theologe. Neben der Kenntnis des religiösen Schrifttums umfassendes Wissen in Philosophie, Mathematik, Astronomie und Medizin. Leibarzt Saladins. Geistiges Oberhaupt seiner Glaubensgenossen. Verfasser grundlegender Werke.
Marrane span. = Schwein. Pej. Bezeichnung für die zur Verleugnung ihrer Religion gezwungenen Juden in Spanien und Portugal, besonders zur Zeit der Inquisition.
Masel tow hebr., wörtl. Masal = Stern, Glück; tow = gut. Glückwunsch.
Mazze (Mazza) hebr., ungesäuertes Brot, für Pessach vorgeschrieben. (Deut. 16, 3.)
Mendele Mocher Sforim Pseudonym von Schalom Jakob Abramowitsch (1835–1917). Der ›Großvater‹ (von Scholem Alejchem so genannt) der modernen hebr.-jiddischen Literatur.
Mesusa hebr., wörtl. ›Türpfosten‹. Handgeschriebene kleine Pergamentrolle in einer Metall- oder Holzhülse, die am rechten Türpfosten des Hauses angebracht wird, mit Text aus Deut. 6, 4–9; 11, 13–21.
Midrasch hebr., wörtlich ›Schriftauslegung‹. Vortrag im Anschluß an die Toravorlesung der alten Synagoge sowie die daraus erwachsene Literatur.
Mischna hebr., wörtl. ›Wiederholung‹. Kern der mündlichen Lehre des Judentums, eines der beiden Teile des Talmud, ist ein Sammelwerk von Lehrsätzen und Ausführungsbestimmungen zum Pentateuch. Etwa um 200 n. Chr.
Mizwa hebr., Gebot Gottes, religiöse Pflicht, gute Tat.
Nachman, ben Simcha aus Braclaw (1771–1810), chassidischer Meister. Urenkel des Israel Baalschem.

Neunzig/Schmeunzig s. Freud/Schmeud
Omerzählung hebr., ›Omer‹ = ›Garbe‹; ein Opfer, das vom 16. Tage des Monats Nissan (März–April) im Tempel während 49 Tagen dargebracht wurde. Diese Tage mußten gezählt werden, und während dieser Periode durften keine Trauungen vorgenommen werden.
Ouija-Brett herzförmiges Brett, auf dem bei spiritistischen Sitzungen das Medium die Mitteilungen niederschreibt.
Passah = Pessach hebr., wörtl. ›Vorüberschreiten, Verschonung‹. Nationales Fest, wird zu Beginn des Frühjahrs zur Erinnerung an den Auszug der Kinder Israel aus Ägypten gefeiert. ›Fest der ungesäuerten Brote‹. ›Sechs Tage sollst du Ungesäuertes essen, und am siebenten Tag ist Festversammlung dem Ewigen deinem Gotte.‹ (Deut. 16, 8.)
Pentateuch griech., die fünf Bücher Moses: Genesis, Exodus, Leviticus, Numeri, Deuteronomion.
Poale-Zion hebr., wörtl. ›Arbeiter Zions‹. Zionistisch-sozialdemokratische Partei.
Purim hebr., Freudenfest anläßlich der Errettung der jüdischen Diaspora im Perserreich. (Buch Esther.)
Quorum lat., die Mindestzahl von 10 männlichen Juden, deren Anwesenheit und Beteiligung beim Gottesdienst oder bei Trauungen, Beschneidungen erforderlich ist. ›Wenn zehn zusammen beten, so ist Gottes Gegenwart mit ihnen.‹ (Talmud)
Rabbi hebr., ›mein Lehrer‹, ›Meister‹. Anrede und Amtsbezeichnung, Ehrentitel der jüdischen Schriftgelehrten (Matth. 23, 7 f.), der auch Jesus beigelegt wurde.
Radzyn Ort in Russisch-Polen, Sitz einer chassidischen ›Dynastie‹.
Raschi Abkürzung für Rabbi SCHlomo ben Isaak (1040–1105). Der populärste Kommentator der Bibel und des Talmud im mittelalt. Europa. Die Raschi-Schrift ist ein Schrifttyp der hebr. Quadratschrift, der diese kursiv umbiegt; angeblich von Raschi zuerst angewandt.
Rosch haschana hebr., ›Anfang des Jahres‹. Neujahrsfest. 1. Tischri, erster der zehn Bußtage.
Rozwoj militante ansisemitische Organisation in Polen, 1913 gegründet.

Sabatai Zevi (Zwi) (1626–1676), jüd. Schwärmer. Gab sich für den auf Grund kabbalistischer Verheißung 1648 erwarteten Messias aus; trat später unter Zwang zum Islam über. Die von ihm ausgelöste Bewegung (Sabbatianismus) war trotzdem erfolgreich, hatte noch im 18. Jh. Anhänger und reichte bis in die Zeit der Franz. Revolution.

Sanhedrin griech., Synhedrion = ›Sitzung‹. Jüd. Ältestenrat in Jerusalem bis 70 n. Chr. (Tempelzerstörung). 71 Mitglieder; Zuständigkeit: allgemeine und religiöse Gerichtsbarkeit.

Schamai Rabbi. Jüd. Schriftgelehrter, wirkte gleichzeitig mit Rabbi Hillel (s. das.) in Jerusalem, vertrat die strenge Richtung der Gesetzesauslegung.

Schammes hebr., Synagogendiener.

Schaufäden Fäden, die nach alttestamentarischer Vorschrift (Num. 15, 38–39; Deut. 22,12) an den vier Zipfeln des Gewandes in Quastenform angebracht werden sollen; von orthod. Juden noch heute befolgt.

Schawuot hebr., ›Wochenfest‹, Ernte- und Wallfahrtsfest, im Christentum als Pfingstfest gefeiert. ›Und sollst feiern ein Fest der Woche dem Ewigen und deinem Gotte, eine Darbringung deiner freiwilligen Gaben deiner Hand.‹ (Deut. 16,10).

Scheidebrief wesentlicher Teil des Aktes der jüdisch-rechtlichen Ehescheidung. (Deut. 24, 1 ff.)

›*Scheitel*‹ Perücke. Alter jüdischer Brauch, schreibt vor, daß verheiratete Frauen aus Keuschheit ihr Kopfhaar vor fremden Männern bedecken.

›*Schema Israel*‹ hebr., ›Höre, Israel, der Ewige ist unser Gott, der Ewige ist einzig‹ (Deut. 6,4). Gilt als Glaubensbekenntnis der Juden.

Schiwe (Schiwa) sitzen hebr., Trauerritus nach Todesfällen. Sieben (hebr. schiw'a) Trauertage nach der Bestattung. Sitzen auf niedrigen Schemeln und unbeschuht.

Schläfenlocken nach biblischer Vorschrift darf das Kopfhaar nicht rundherum abgeschnitten werden. (Lev. 19,27.)

Schlemihl jidd., Pechvogel, unbeholfener Mensch.

Schofar hebr., althebräisches Blasinstrument aus einem Widderhorn. Wird heute noch im Kult verwendet.

Schulchan Aruch hebr., ›Gedeckter Tisch‹. Kompendium des jüdischen

Religionsgesetzes und Rechts in systematischer Anordnung und knappster Form für den praktischen Gebrauch, verfaßt von Josef Caro (1488 bis 1575) in Safed (Galiläa); vom 17. Jahrh. an für die orthodoxe Judenheit maßgebend.

Sephardim hebr., Bezeichnung der Nachkommen der spanischen und portugiesischen Juden, die 1492 von der Iberischen Halbinsel vertrieben wurden.

Siloa, die Wasser zu, das Wasserbecken, in welches das Wasser der Quelle Gihon im Osten unterhalb Jerusalems durch zwei Kanäle geleitet wurde. (Neh. 3,15; Jes. 8,6.)

Simon ben Jochai Rabbi, einer der führenden Schriftgelehrten um die Mitte des 2. Jahrh. n. Chr., zur Zeit des Aufstandes gegen die Römer (Bar Kochba); mußte, zum Tode verurteilt, fliehen. Er gilt in der Überlieferung als Verfasser des ›Sohar‹ und nimmt in der Welt der Kabbala eine zentrale Stellung ein.

Sohar hebr., wörtl. ›Lichtglanz‹. Hauptwerk der Kabbala; entwickelt in der Form einer Erläuterung zum Pentateuch ein System kabbalistischer Gotteserkenntnis. Wurde wahrscheinlich von Moses de Leon (gest. 1305) in Spanien verfaßt, galt zuerst als Werk des Rabbi Simon ben Jochai.

Sukkot hebr. Sukka (Einzahl), ›Hütte‹. Laubhüttenfest, in Erinnerung an die Wüstenwanderung der Kinder Israel nach dem Auszug aus Ägypten (5. Mose 23, 41.), Herbstfest.

Talmud hebr., wörtl. ›Belehrung, Lehre, Studium‹. Nächst der Bibel Hauptwerk des Judentums, eine Zusammenfassung der Lehren, Vorschriften und Überlieferungen der nachbiblischen Jahrhunderte (begonnen im 6. Jh. v. Chr., abgeschlossen im 5. Jh. n. Chr.).

Tammus hebr., der 10. Monat des jüdischen Kalenders (Juni–Juli).

Tisch'a b'Aw hebr., der neunte Tag im Monat Aw, an dem im Jahre 70 der Tempel von den Römern erobert und zerstört wurde. Seither als Trauer- und Fasttag begangen.

›*Toledot des Jakob Joseph*‹ ›Die Geschichte des J. J.‹ aus Polonnoje (Ukraine), 1780 erschienen, enthält, zum erstenmal schriftlich fixiert, eine theoretische Formulierung des Chassidismus.

Tora hebr., wörtl. ›Lehre‹, die Fünf Bücher Mose, der Pentateuch.
Torazeiger Zeiger, meist aus Silber, zum Deuten auf die Schrift des Toratextes bei der Toravorlesung, von einem neben dem Vorlesenden stehenden Gemeindemitglied zu dessen Unterstützung geführt.
Tosephot hebr., wörtl. ›Ergänzungen‹, enthält Ergänzungen und Erläuterungen zur Mischna (einer der beiden Teile des Talmud).
Vital Chajim (1543–1620), Rabbi, Kabbalist, bedeutendster Schüler Isaak Lurias.